울고 싶을 때마다

한 발씩

내디뎠다

니타 스위니 지음

김효정 옮김

시공사

일러두기

- 저자는 이 책을 쓸 때 사람, 장소, 대화, 사건에 대한 기억을 되살리기 위해 일기와 달리기 일지를 참고했다. 사실관계를 조사하고 책에 등장하는 몇몇 인물들에게도 직접 확인했다. 일부는 저자의 개인적 의견임을 밝혀둔다. 저자에게 효과가 있었던 방법을 소개했을 뿐 이 책이 신체, 심리 문제에 대한 전문가의 소견을 대신할 수는 없다. '죽은 러너의 사회' 회원들의 말마따나 상황은 **사람마다 다르다.**

- 본문에 언급된 책, 프로그램 등이 우리말로 번역된 경우 그 제목을 그대로 따랐고, 단행본은 『 』, 신문이나 잡지는 《 》, 방송 프로그램, 노래, 영화 등은 〈 〉로 묶어 표시했다.

내 남편이자 둘도 없는 친구, 에드에게

차례

머릿속 목소리가 또 비아냥거렸다.

"네까짓 게 뭐라고?" 콜럼버스 마라톤에서 7킬로를 달리고 녹색 간이 화장실에 들어와 쭈그리고 있는 내게 시비를 걸었다. 흰 천장에 반사된 햇빛이 나를 회색빛으로 물들였다.

지난 4개월간 함께 훈련하고 오늘 아침에 함께 경주를 시작한 동료들은 나를 남겨두고 계속 달려 나갔다. 그들은 한사코 내 곁에 있으려 했다. 나는 뱃속 신호를 도저히 무시할 수 없는 지경이 되고도 1.6킬로를 더 달리며 그들이 먼저 가게끔 설득해야 했다.

푹 주저앉지 않은 엉거주춤한 자세로 유리섬유 칸막이에 홀로 있던 나는 용무를 마치고 나서 외로움에 몸을 부르르 떨었다.

어머니. 아버지. 제이미. 모두 세상을 떠났다.

한결같이 내 편이 되어주는 남편과 언니, 친구들은 살아 있지만 지금은 먼 곳에 있다. 달릴 때마다 내 곁을 지키는 개도 지금은 없다. 집에서 잠을 자고 있겠지.

지금 내 옆에 남은 것은 사사건건 비판만 하는 못 미더운 동반자인 머릿속 목소리가 전부다.

밖에서 줄을 서 있던 사람이 문을 두드렸다. 나는 무거운 마음으로 혼자 길을 건너야 하리라.

"나는 러너야." 이렇게 속으로 되뇌었다. 팬티를 올린 다음 문을 열고 나가서 달리기 시작했다.

울고
싶을 때마다
한 발씩
내디뎠다

마흔아홉 살 생일을 맞기 다섯 달 전, 잠옷 차림으로 소파에 웅크리고 있던 나는 눈을 가늘게 뜨고 노트북 화면을 들여다봤다. 고등학교 동창의 소셜미디어에서 '이럴 수가, 달리기가 슬슬 재밌어져!'라는 게시물을 발견한 것이다.

킴이 고등학교 때 승마를 했던 것은 기억났지만 그때 우리는 둘 다 운동에 별 소질이 없었고, 지금이라고 크게 다르지는 않을 터였다.

친구의 글을 계속 읽어보았다. 한 주에 세 번 달리는 인터벌 훈련*을 시작했단다. 총 20분 동안 60초의 조깅과 90초의 걷기를 번갈아 반복하는 방식이었다. 60초라면 못할 것도 없겠다 싶었다.

하지만 나는 우울증이라는 베일을 덮어쓰고 있었다. 그때는 평일 정오였다. 늘 그렇듯 나는 그 무렵에야 간신히 일어났고 며칠간 샤워도 하지 않은 상태였다. 누렁이 래브라도 모건을 데리고 동네 한 바퀴를 산책하는 간단한 운동마저 힘에 부칠 때가 많았다.

킴의 인터벌 달리기 일정을 잠시 훑어보는 사이 유난히 오래 가던 딸꾹질이 어느새 흐느낌으로 바뀌었다. 내친김에 실컷 울다가 노트북을 닫고 다시 침대로 파고들었다.

---

* 강도가 높은 훈련과 가벼운 운동을 반복해 운동의 지속 능력을 높이는 훈련 방법.

어쨌든 달리기에 대한 친구의 게시물이 내 의식 한구석에 어떤 씨앗을 뿌린 모양이었다. 그 주가 지나기 전에 킴은 '1주 차 완료!'라는 글을 올렸다. 그녀의 환호에 감응한 나는 문득 수십 년 전 단거리를 달리고 나서 느꼈던 뿌듯함을 떠올렸다. 씨앗에서 싹이 튼 셈이었다.

비슷한 시기에 런던 출신의 작가 친구 피오나도 달리기를 시작했다. 그녀는 운동화(스니커즈) 사 모으기를 좋아했다. 그 친구가 보낸 이메일을 보니 수십 년 전 러닝용품점에 처음 갔던 날이 기억났다. 뭘 골라야 할지 몰라 주눅이 들었지만 오히려 가격표를 보고 코웃음을 치며 허세를 부렸었다. 피오나는 달리기를 할 때의 기분과 끝난 후의 만족감에 대해서도 설명했다. 나보다는 젊지만 그녀도 새파란 젊은이는 아니었다. 씨앗이 무럭무럭 자라고 있었다.

킴의 글을 읽기 얼마 전부터 나는 같은 꿈을 되풀이하여 꾸기 시작했다. 오하이오 중부에 있는 우리 집 근처에는 사이오토강이 흐른다. 강가를 따라 조성된, 숲이 울창한 그리그스 저수지 공원의 길을 미끄러지듯 내려가는 내 몸이 가볍게 들썩거렸다. 팔꿈치를 구부린 팔은 옆구리에서 까닥거렸다. 산들바람이 얼굴을 간질였다. 날아다니는 기분이었다. 악몽을 꾸다가 깨어도 이 리듬은 나를 달래어 다시 잠재웠다. 불안감은 한 점도 없었다. 숨을 헐떡이지도 않았다. 차분하고 행복한 마음으로 찬란하고 푸르른 세계를 지나가고 있었다. 나는 달리기를 꿈꾼 것이다.

3월의 어느 평일, 겨울 화단의 흙을 뚫고 자라난 수선화에 자극을 받아 달리기 웹사이트를 다시 찾았다. "너 이거 하다가 죽을지도 몰라." 머릿속에서 익숙한 목소리가 속살거렸다. 하지만 나는 킴과 피오나의 미소를 떠올렸다. 둘 다 60초씩 달리기를 했다고 죽지는 않았다.

마음 한구석에서는 운동이 내게 활력을 주리라는 것을 알았지만 깊이 뿌리박은 동물적 본능이 빈정대며 나를 단념시키려 했다. "넌 늙었고 뚱뚱해. 사람들이 조롱할걸. 너 심장마비로 죽을지도 몰라." 대부분의 사람들의 머릿속에서 이런 두 가지 목소리가 서로 싸우곤 한다. 나의 경우 목소리가 좀 더 요란할 뿐이다.

꿈속에서 경험한, 나는 듯이 가뿐하던 감각에서 용기를 끌어낸 나는 부실한 종아리에 튜브 삭스를 씌우고, 펑퍼짐한 엉덩이에 운동 바지를 입히고, 두툼한 배에 긴팔 티셔츠와 후드 티를 덮고, 부은 발에 내 신발 가운데 러닝화에 가장 가까워 보이는 트레킹화를 신겼다. 남편 에드는 직장에 있었기에 거북살스러운 내 옷차림을 보이지 않아도 되었다.

개 목줄을 걸어두는 벽장을 열자 모건은 신이 나서 뱅뱅 돌다가 나를 자빠뜨릴 뻔했다. 내게는 녀석의 도움이 필요했다.

디지털 주방 타이머까지 챙겨 밖으로 나갔다.

단풍나무와 플라타너스가 즐비한 이 동네 주민들은 대부분 학교나 직장에 있을 시간이었다. 집에 있다 쳐도 1950년대 농가풍 집에서 창밖만 내다보고 있을 리는 없었다.

그런데도 어설프게 달리는 내 모습을 이웃들이 보고 비웃을 것만 같았다. 나는 개울가의 한적한 언덕길인 도나 협곡으로 모건을 이끌었다. 민가가 한참 떨어져 있는 나무가 우거진 곳이었다.

마침내 남들의 이목에서 안전하게 벗어났다는 생각이 들자 타이머로 60초를 설정한 다음 머뭇머뭇 트레킹화로 땅을 박차기 시작했다.

손에 난 땀으로 축축해진 조그만 흰색 타이머는 나의 충실한 친구였다. 마음챙김 명상을 수년간 실천하고, 작가 나탈리 골드버그에게서 배운 10분간의 '글쓰기 수련'을 수십 년간 지속할 수 있었던 것도 이 친구 덕분이었다. 이번에도 나를 올바르게 안내해주겠지.

코를 킁킁대다가 새로 싹튼 관목 잎에 오줌을 뿌린 모건은 저만치 먼 곳을 응시했다.

"엄청 힘들 거야." 모건에게 말했다.

꿈속에서 느낀 경쾌함 대신 내 머릿속은 영화의 한 장면 같은 몇 가지 단편으로 채워졌다. 첫 번째는 먼지를 들이마시며 실내 체육관을 억지로 돌던 근 20년 전의 어느 날이었다. 다음은 변호사로 오랜 시간 일하면서 지칠 대로 지친 탓에, 고비 하나를 더 넘지 못하고 달리기를 그만둔 날이었다. 마지막은 마음속으로 이제 나는 끝장이라고 선언한 어느 날이었다.

모건이 나를 올려다보았다. 이 녀석에게는 두려움이 없었다. "어떻게 생각해, 분홍아?" 녀석의 갈색에 가까운 분홍 코를 보며 물었다.

모건은 고개를 갸웃거리면서 구릿빛 귀를 쫑긋 세웠다.

나는 타이머 버튼을 누르고 달리기를 시작했다.

아팠다.

오래된 스포츠 브라 속 가슴이 심하게 출렁거리면서 흉부로 통증이 퍼져나갔다. 지난 16년간 약물 때문에 늘어난 몸무게가 가슴으로만 몰린 모양이었다. 나는 속도를 줄이고 무릎을 구부렸다. 그렇게 하자 가슴이 덜 흔들려 통증이 조금 줄었다. 이 방법이 관절에도 무리가 덜 가는지는 알 수 없었다. 실제로 그렇다는 사실은 나중에야 알게 되었다.

60초 후 타이머가 꺼졌다.

"해냈어!" 나의 함성에 모건은 어리둥절한 표정을 지었다.

내가 너무 느렸던 탓에 녀석은 걷는 속도를 높일 필요도 없었던 모양이다.

아무래도 좋았다. 나는 성취감을 맛보았다. 지난 수십 년간의 즐거운 추억이 떠올랐다. 빗속에서 흠뻑 젖은 채 웅덩이를 힘겹게 지나면서도 행복했던 기억. 나보다 젊은 남자들을 앞지르면서 더 강하고 젊고 예뻐진 것만 같던 기분.

하지만 숲에서 나와 집들이 가까이 자리 잡은 길로 들어서자 달리면서 누린 영광의 이미지는 흩어지고 말았다. 창가에서 누가 나를 지켜보는 기분이었다. 방향을 틀어 남의 시선이 미치지 않는 언덕으로 다시 내려갔다.

안전하고 한적한 계곡에서 20분 동안 걷기와 뛰기를 반복했다. 내 딴에는 빨리 움직인다 싶어도 개는 줄곧 걷고 있었다. 다 끝난 후에 나는 숨을 거칠게 몰아쉬었지만 모건은 헉헉대는 티도 내지 않았다. 상관없었다. 땀이 나고 있었으니까. 몸을 움직여 땀이 난 것이 얼마 만인가 싶어 씩 웃음이 났다.

집으로 걸어가는 발걸음은 더없이 가뿐했다. 속은 자부심으로, 겉은 땀으로 반짝반짝 빛났다. 달리기를 했다. 다시 달리고 싶어서 참을 수 없었다. 하지만 일단 낮잠부터 자야 했다. 침대에 누워 내가 날아다니는 꿈을 꾸었다.

그날 저녁 에드가 닭고기를 볶는 사이 나는 냄비에 껍질콩 통조림을 부었다. 내가 뭘 해냈는지에 대해서는 일언반구도 하지 않았다. 이미 과거에도 몇 번이나 달리기를 포기한 전력이 있어서였다. 저녁 식사가 다 준비되자 허겁지겁 맛있게 먹으며 앞뜰에 산딸나무를 사다 심는 것에 대해 상의했다.

다음 날은 커피숍에 가서 내가 쓴 소설을 퇴고하는 작업에 매달렸다. 같은 문장을 고쳐 쓰면서 달리기 얘기는 누구에게도 하지 않겠다고 다시 다짐했다. 그날 저녁 에이미 언니와 통화를 하면서도 그 얘기는 꺼내지 않았다. 언니는 에드와 더불어 가장 가까운 내 편이다. 에이미는 나보다 여덟 살 많고, 오빠 짐은 에이미보다 두 살 더 많다. 언니와 오빠는 부모님과 다름없이 나를 보살펴주었다. 그런데도 그들에게 달리기 얘기는 하지 않았다. 내가 살을 빼고, 활력을 되찾고, 툭하면 뭔가 잃어버리는 습관을 고치고, 장을 보러 다니고, 집을 나설 때 어디로 갈 참이었는지 까먹지 않는 등 모든 면에서 나아지리라는 희망을 주고 싶지 않아서였다. 실패하면 그들을 실망시킬 게 뻔했다. 누가 내 의욕을 꺾는 것도 싫었다. 사람들이 나를 응원할 거라는 생각은 들지 않았다.

사실 나는 희망을 지키고 싶었다. 아무한테도 말하지 않으면 진짜처럼 느껴지지 않는다. 이 작은 성취는 내 상상 속에만 존재했다. 앞으로 어떻게 될지 몰라도 당장은 희망을 붙잡고 늘어질 수 있었다.

첫날 일정을 성공적으로 마친 후, 훈련 일정에 따라 이틀을 기다린 다음에야 다시 트레킹화를 신었다. 낡은 러닝화는 내다 버린 지 오래였다. 찍찍이 테니스화도 있었지만 할머니처럼 보일까 봐 끈으로 묶는 신발을 골랐다. 관자놀이가 회색으로 변해가고 입가에 주름이 져도 마음만은 고수머리 세 살짜리였다. 달리기를 하면 그때로 돌아갈 수 있을 것 같았다.

운동복 바지가 너무 불룩해서, 한때 살을 빼고 감정 기복을 줄일 목적으로 수강했던 니아Nia˙ 수업에서 입었던 꽉 끼는 나팔바지를 꺼냈다. 스판덱스에 허벅지를 밀어 넣으면 적어도 하반신은 탄탄해지는 기분이었다. 하지만 아무리 복근 운동을 해도 나쁜 자세는 어찌할 수 없었다. 성인이 된 이후 내 몸이 가장 가볍던 시절에도 구부정한 자세 때문에 주눅이 들곤 했다. 뱃살 주위는 이중으로 감쌌다.

실수로 타이머 버튼을 눌렀더니 멀찍이서 곤히 자고 있던 모건이 후다닥 달려왔다. 함께 가주겠다는 녀석에게 고마워 목줄을 채우고 다시 숲속 깊숙이 들어갔다.

나는 헬스장 트랙을 돌며 숨이 넘어갈 듯 헉헉거렸던 20년 전을 떠올렸다. 걸음을 멈추고 손에 쥔 타이머를 내려다봤다. 첫날의 성공은 요행일 것이다. 난 절대 숲 밖으로 못 나가겠지.

˙ 동양 무술, 현대 무용, 요가를 결합한 에어로빅의 일종.

달리기는 젊고 날씬한 사람들에게나 어울린다.

　내 마음을 듣기라도 한 듯 킴과 피오나의 글이 머릿속을 가득 채웠다. 눈물이 핑 돌았다.

　모건이 저만치에서 보라색 크로커스 꽃을 킁킁거릴 동안 나는 한참을 가만히 서 있었다. 목줄을 뒤로 잡아당겼더니 모건이 나를 째려봤다.

　"네가 필요해." 내 말에 모건은 "난 기다리고 있었다고!"라는 듯 눈을 굴렸다.

　달리기를 시작했지만 나는 너무 성급하고 껑충거렸다. 몸의 모든 부분이 위아래가 아닌 앞으로 움직여야 한다는 사실은 본능적으로 알고 있었다. 두 발과 무게중심을 최대한 땅에 가깝게 붙이려 애썼다. 그래야 달리기 편했다. 시작하고 60초 정도는 가뿐했다. 옆에서 걷던 모건은 내 자세에 신경도 쓰지 않았다. 타이머가 울릴 즈음에는 숨이 가빴지만 심장 마비가 올 만큼 힘들지는 않았다. 더 오래 달리는 나 자신을 그려보았다.

　다음 인터벌이 끝나고 개 목줄을 잡아당겼다. 우리는 숲속 언덕의 꼭대기에 와 있었다. 길가에 들어선 집들의 활짝 열린 창문들이 우리를 노려보는 기분이었다. 모건은 나를 마주 보고 앉았다.

　지켜보는 사람이 아무도 없다는 것을 모르지는 않았다. 나는 대수롭잖은 결정에도 어마어마한 애를 써야 했다. 나 같은 사람을 가리켜 인생을 참 힘들게 산다고 한다. 이런 태도는 사실 여러모로 도움이 안 된다.

수십 년 동안 온갖 공포증에 시달리면서, 어떤 대상에서 달아나려 할수록 거기에 더 얽매여 운신의 폭이 좁아진다는 사실을 깨달았다. 숲속에만 숨어 있으면 영영 1주 차 훈련을 넘어서지 못한다. 달리기를 제대로 해보고 싶었다. 모건이 자리에서 일어나 마을 쪽을 돌아보았다.

온 길을 되돌아가는 대신 거리를 따라 나갔다. 그럴 리 없겠지만 만약 이웃들이 보고 있었다면 내가 달리기로 전환한 것을 누구도 알아채지 못했을 거다. 한 집 한 집을 지나가면서도 나를 볼 리 없는 이웃들의 눈에 띌세라 앞만 보며 달렸다. "나 사람들 보는 데서 달린다!" 내 안의 세 살짜리 어린애가 외쳤다. 타이머가 걷기로 전환할 때가 되었음을 알렸다. 누가 들으면 마라톤이라도 한 줄 알겠네. 숨을 헐떡이는 기분이 기막히게 상쾌했다. 나는 고개를 당당히 쳐들었다. 모건은 도로 표지판의 냄새를 탐색하더니 오줌 세례를 내렸다.

첫 주에 모건과 나는 똑같은 방식으로 세 차례 운동했다. 첫 이틀은 숨이 차고 몸이 늘어져서 낮잠을 자야 했지만 그 이후로는 잘 필요가 없었다.

낮잠은 내 정신 건강 상태를 알려주는 지표다. 알코올 중독자였던 어머니는 습관적으로 낮잠을 잤지만 나는 우울증에 빠지기 전까지는 낮잠이 필요하지 않았다. 낮잠을 안 자면 적어도 낮에는 깨어 있으니까 내가 아무짝에도 쓸모없는 인간이라는 자괴감이 덜했다. 사실 육체적으로 피곤할 때는 많지 않았다. 오히려 일상생활이 정신적 피로를 안겼다. 아등바등하다가 진이 빠질 때쯤 침대가 손짓하면 그 유혹을 이기기 어려웠다. 내가 새로 시작한 달리기는 운동을 잘하는 사람들의 입장에서는 시시하기 짝이 없겠지만, 나는 한 주 만에 낮잠을 안 자게 된 것만으로도 성취감을 느꼈다.

2주 차 훈련에서는 '조깅'이 60초에서 90초로 늘어난다. 서서히 늘리는 거라 별로 두렵지 않았다.

능숙한 러너라면 훈련 일정에 들어간 '조깅'이라는 단어가 못마땅할 수도 있다. 나는 전혀 그렇지 않았지만. 어쨌거나 '조깅'도 침대에 누워 있는 것보다는 빠르지 않은가. 게다가 '러닝'이라고 했다면 전력 질주를 떠올리고 겁부터 먹었을 거다. '러닝'이라 하면 내가 과거에 시도했다가 실패한 운동들이 떠올랐다. 반면 조깅은 비교적 쉽고 편하다는 인상을 주었다. 소파 죽순이인 내 몸뚱어리와 걸핏하면 겁에 질리는 뇌는 이 단어를 선호했다. "가볍게 조깅 좀 하는 거야." 나는 모건에게도 이렇게 말했다. 지레 겁먹을 필요는 없으니까.

우리는 가볍게 조깅을 하러 나갔다. 첫 주에 그랬듯이 특대 사이즈 티셔츠와 몸에 딱 붙는 나팔바지 차림으로 개를 데리고 뛰는 나를 사람들이 집 안에서 내다보며 낄낄댈 것만 같았다. 그 생각을 계속 억지로 몰아냈다.

2주 차 첫날의 훈련을 마친 후에는 다시 낮잠이 쏟아졌지만 둘째 날은 그렇지 않았다. 땀도 별로 나지 않아 집에 돌아가 평상복으로 갈아입고 그날 일과를 계속했다. 셋째 날 훈련이 끝나자 기운이 더 샘솟았다. 의외였다. 과거에는 일하기 전에 달리기를 하면 낮잠으로 기력을 회복해야만 그날의 업무를 시작할 수 있었다. 하지만 지금은 판이하게 달랐다. 운동을 하지 않는 날에는 어김없이 낮잠을 잤지만 옛날보다는 조금 나아진 셈이었다. 달리기가 '재밌다'던 킴의 말에 차츰 수긍하게 되었다.

잘 하고 있었지만 매번 운동을 나가기 전에는 나 자신을 구슬려야 했다. 두려움이 나를 괴롭혔고 내면의 포악한 목소리가 조롱했다. "운동하는 척하면서 '운동'복을 입은 네 꼴 좀 봐. 남사스러운 짓 그만하고 컴퓨터로 카드 게임이나 하시지." 그런 목소리를 물리치며 꿋꿋이 운동을 계속하다 보니 새로이 자존감과 성취감이 생겼다. 달리기를 끝낼 때마다 그런 감정으로 가슴이 벅찼다.

울고
싶을 때마다
한 발씩
내디뎠다

2주 차 운동을 마친 후에야 에드에게 말해도 되겠다는 생각이 들었다. 그와 결혼한 지 어느덧 20년에 가까웠다. 나의 가장 좋은 친구이자 반려자인 에드는 지혜와 의지를 갖춘 사람이다. 반면 나는 터무니없는 계획만 세우는 사람이다. 내가 나탈리 골드버그에게 글쓰기를 배우기 위해 뉴멕시코로 이사하고 싶다고 하자, 에드는 그 도전을 진지하게 받아주었다. 우리 집 지하실을 명상실로 꾸미고 싶다고 하자, 그는 가구를 옮겨주었다. 첫 결혼기념일 다음 주말에 아내가 정신 병원에 입원하는, 다른 남자들 같았으면 진작 줄행랑을 쳤을 충격적인 사건을 겪고도 에드는 흔들리지 않았다. 파스텔화, 피아노, 댄스, 개 훈련을 배우겠다고 법석을 떨고, 희한한 식단에 집착하고, 백과사전을 채우고도 남을 온갖 치료를 거치는 동안에도 그는 내 곁을 지켰다. 나는 에드의 의견을 소중하게 여기는 만큼 그에게 말하는 것이 두려웠다.

에드와 나는 주방에 놓인 직사각형 식탁에 앉아 그가 요리한 이탈리아 소시지와 렌틸콩을 먹었다. 고맙게도 그는 요리를 즐긴다. 그렇지 않았다면 우리는 굶어죽었을 거다. 나도 캔을 따고 전자레인지를 돌리고 설거지를 하지만, 정신을 어디다 파는지 내가 요리를 하면 화재경보기가 울리기 일쑤다. 한번은 압력솥을 망가뜨리기도 했다. 에드는 내가 괜히 요리를 한답시고 값비싼 냄비를 못 쓰게 만드는 것을 원치 않는다.

나는 남몰래 달리기를 하던 가로수 길을 통유리 창으로 내다보았다. 지난해의 잎은 누런 풀밭으로 떨군 떡갈나무가 싹을 틔우기 시작했다.

"달리기 다시 시작했어." 내가 말을 꺼냈다.

에드도 알고 있듯이 나는 과거에도 달리기를 했지만 진득이 계속한 적은 없었다. 고등학교 다닐 때, 대학에서, 1980년대 말과 1990년대 초에, 그리고 2008년에도 몇 주 하다 말았다. 고등학생 때는 살을 빼려고 달렸다. 당시에 찍은 어떤 사진을 봐도 과체중과는 거리가 멀었지만 나는 내가 뚱보라고 느꼈다. 하지만 터덜터덜 달리는 내내 **정말 하기 싫다**는 생각뿐이었다. 나는 밴드에서 악기를 연주하고 남자애들 생각을 하는 데 더 관심이 있었다.

대학 시절에는 친구 프리실라와 함께 오하이오주 애선스의 벽돌 길을 달렸다. 애팔래치아의 야산은 절대 만만하지 않았다. 나는 숨을 헐떡이며 이런 운동은 질색이라고 투덜거렸다. 땅 위를 사뿐사뿐 이동하지 못하는 내 몸이 원망스러웠다. 하지만 숨 막히는 우울증이 닥치면서 학업과 관계없는 활동은 몽땅 포기했다. 졸업 후 로스쿨에 들어가서도 달리기는 하지 않았다.

작은 로펌에서 변호사 생활을 하던 1980년대 후반에는 하루 종일 책상 앞에 앉아 있으면서 나날이 묵직해지는 몸에 환멸을 느꼈다. 그래서 집 근처의 언덕을 달리기로 결심했다. 반쯤 올라가다가 걸어야 했지만 꼭대기에서부터 다시 달렸다. 그때는 웬만큼 재미를 느껴서 달리기를 몇 년간 꾸준히 지속했다. 헬스장의 트랙에서도 달리고, 이웃집 골든 레트리버와 어린아이들을 피해 가며 개 두 마리와 함께 도시 외곽에 있는 우리 동네를 달리기도 했다.

에드와 데이트를 시작하면서 직장 가까운 곳으로 이사한 다음에는 인근 공원을 달렸다. 체중이 줄고 몸매가 좋아지는 기분이었다. 웨이트트레이닝도 병행하면서 한때나마 내가 건강하다고 느꼈다. 하지만 갑자기 내면의 스위치가 딸깍 꺼졌다. 양극성 장애 진단을 받기 전이었지만 아무래도 그때부터 경조증이 찾아온 것 같다. 위험할 정도로 몸이 여위자 의사는 섭식 장애 치료를 권유했다. 달리기는 계속했지만 전혀 재미를 느끼지 못하고 강박적으로 다이어트에 매달렸다. 내가 좋아하던 달리기는 위태로운 집착으로 바뀌었다. 결국 답답하고 멍멍하고 헛헛한 우울증에 사로잡혔다. 그길로 다시는 달리기를 하지 않을 줄 알았고 에드도 그렇게 생각했을 것이다.

나는 돌아서서 그를 마주 봤다. 그의 다정한 파란색 눈에 희망이 차 있었다. 너무 과한 희망이었다.

"멀리 뛰지도, 빨리 뛰지도 않지만!" 내가 덧붙였다.

그에게 킴과 피오나 이야기를 하면서 모건과 함께 주방 타이머를 들고 뛰기와 걷기를 번갈아 했다고 설명했다.

그는 포크를 내려놓더니 생각에 빠졌을 때 늘 하는 대로 흑발보다 백발이 많은 머리카락을 움켜쥐었다.

"목표는 정했어?" 그가 물었다.

나는 어깨를 으쓱했다. "그냥 몸을 움직이니까 기분이 좋더라고."

그는 머리카락을 놓고 포크를 집더니 다시 식사를 시작했다.

"꼭 러너가 될 필요는 없어." 그가 음식물을 씹으며 말했다. "인터벌 훈련만으로도 충분해."

에드는 농담도 진지하게 하는 경향이 있어서 나는 잠시 그 말이 농담인지 아닌지 가늠해야 했다. 농담이 아니었다. 마침 최근에 인터벌 훈련의 효과와 점진적인 시작의 중요성을 다룬 기사들을 읽어서 하는 말이라고 했다.

나는 웃으며 고개를 끄덕였다. 그는 내가 너무 늙었다거나 뚱뚱하다거나 달리기를 하면 무릎이 상할 거라고는 하지 않았다. 과거에, 달리기를 왜 그만두었냐는 질문을 받으면 "무릎이 망가져서"라고 대답했다. 하지만 사실은 힘들어서였다. 지금처럼 서서히 훈련 강도를 높이고, 인터벌을 적용하고, 인간이 이렇게 느릴 수도 있나 싶은 속도로 달리는 것은 과거에 시도했던 방식과 전혀 달랐다. 에드도 그 점을 인지한 모양이었다.

그간 수많은 다이어트와 운동요법을 시도하는 나를 지켜보

앉기에 그는 내가 달리기로 과체중과 우울증을 극복할 거라는 지나친 기대를 품지 않길 바랐던 모양이다. 먼지가 수북이 쌓인 채 지하실에 방치된 미니 트램펄린처럼 이번에도 조금 하다 말겠지 생각했을 거다. 집 한구석에서 옷걸이 신세가 되었다며 어머니가 우리에게 넘겨준 트램펄린이었다. 나는 6주가량 그 것을 꼬박꼬박 타다가 싫증이 나서 그만두었다.

에드는 내게 별다른 질문을 하지 않았지만 관심이 없어서라기보다 원래 속을 잘 드러내지 않는 과묵한 성격 때문이었다. 찬성 비슷한 말도 꺼내지 않았다. 칭찬조차 내게 부담으로 받아들여질 수 있음을 알고 있었다. 그의 절제된 격려에 나는 계속 열심히 해야겠다는 의욕을 느꼈다.

하지만 3주 차 훈련을 시작하기로 한 날 아침, 나는 '못하겠어'라고 생각하며 잠에서 깼다. 세 번째 주에는 달리는 시간을 두 배로 늘려야 했기 때문이었다. 나는 눈을 감고 다시 잠을 청했다.

정신을 차리고 나서도 얼마 동안 무시무시한 환영에 시달렸다. 내가 에드의 장례식에서 검은 상복을 입고 있거나, 수의사가 모건의 목숨을 끊기 위해 앞발에 주삿바늘을 찔러 넣는 장면이었다. 갖가지 불쾌한 기억이 뒤를 이었다. 다리를 절단한 후 목발에 의지해 힘겹게 움직이던 조카딸, 마지막 수술 직전에 물을 마시게 해 달라고 애원하던 어머니, 튜브를 꽂는 간호사에게 손을 내밀던 아버지.

비몽사몽 상태였던 나는 에드가 출근하기 전에 침실로 들어와 몸을 숙여 키스하는 것도 거의 알아채지 못했다. 모건이 침대로 뛰어들어 내 무릎 뒤에 몸을 웅크리는 것만 어렴풋이 느꼈다. 모건이 침대에서 떨어지지 않도록 몸을 살살 움직여 녀석을 끌어안았다.

5년 전, 모건을 만난 어머니는 그 애의 등에 연황색과 암적색으로 박힌 '천사 날개' 반점을 가리키며 "이 무늬 새기느라 개 미용사한테 돈 좀 썼겠구나" 하고 농을 던졌다. 녀석은 유기동물 관리관이 고속도로 분기점 인근에서 구조한 한 살짜리 황색 래브라도였다. 잘생긴 데다 행동이 얌전하고 기관지염도 있어서 유기견 보호소행을 피하고 목숨을 건질 수 있었다. 녀석은 위탁 보호를 담당하는 수의사에게 보내졌다. 우리가 기르던 골든 레트리버 보디가 무지개다리를 건넌 다음 충분한 시간이 흘렀기에 에드와 나는 다른 개를 가족으로 맞이할 준비가 되어 있었다. 에드의 연락을 받은 수의사가 모건을 시험 삼아 우리 집에 데려왔다. 녀석을 잃어버린 누군가가 슬피 울고 있는 건 아닐까 걱정됐지만 울타리 쳐진 뒷마당에서 테니스공을 쫓아다니는 어린 강아지를 30분쯤 지켜본 에드는 수의사에게 전화를 걸어 다시 올 필요가 없다고 전했다. 어머니는 주인이 집을 비운 사이 개가 가출했을 거라 믿었다. 그 말이 옳을지도 모른다. 우리를 거쳐 간 다른 개들과 달리 모건은 차를 타면 낑낑대며 울었다. 하지만 어린 녀석이 다른 면에서는 나무랄 데 없이 점잖았다. 대소변도 잘 가리고 우리 말귀를 전부 알아들었다. 가끔씩 소파 쿠션을 작살내기는 했지만 모건은 우리의 삶과 마음속으로 자연스레 파고들어왔다.

모건의 몸이 주는 따스함과 묵직함은 막 잠에서 깼을 때 나를 괴롭혔던 기분 나쁜 이미지를 물리쳤다. 이불 속에서 50년대풍 옷장 문에 붙은 거울을 흘끔 보다가 녀석과 눈이 마주쳤다. 모건은 몸을 기다랗게 쭉 뻗고 꼬리로 나를 찰싹찰싹 두드리며 자신이 살아 있는 존재임을 상기시켰다. 나는 멋진 개, 훌륭한 남편, 다정한 가족과 친구들에게 사랑과 보살핌을 받고 있었다. 얼른 몸을 굴려 머리를 덮은 이불을 걷었다.

욕실에 들어갔다. 변기에 앉았더니 모건이 수염을 내 얼굴에 문질렀다. 녀석은 아주 부드러운 몸짓으로 수염이 내 입술을 스칠 만큼만 주둥이를 가까이 들이밀었다. 내 얼굴을 축축하게 핥거나 침을 질질 흘리는 법이 없다. 잠시 간지럼 태우듯 몸을 접촉할 뿐이다.

냄새 맡기가 끝나면 모건은 내 무릎에 몸을 비빈 다음 변기에 기댄 내 다리 밑에서 꼼지락거렸다. 그곳에 자리 잡고 내가 긁어주길 기다렸다. 내장형 마이크로칩이 움직일 만큼 어깨뼈

사이를 긁어주길 바라서 걱정이었다. 나는 모건의 반반하고 뻣뻣한 털가죽 깊이 손톱을 박고 등을 아래위로 긁어주었다. 흡족해진 모건은 욕실 밖으로 나가 발 매트 위에서 몸을 동그랗게 말았다. 내게는 그것이 변기에서 일어나라는 신호였다. 나의 트레이너이자 치어리더 노릇을 톡톡히 하고 있기에 나도 녀석을 행복하게 해줄 의무가 있었다.

치료 도우미견의 도움도 받았겠다, 이제 3주 차 훈련을 시작해야 했다. 운동복을 입고 타이머를 챙긴 다음 개에게 목줄을 채워 밖으로 나갔다.

위안을 주는 모건 덕에 나는 동네 큰길에서부터 시작할 용기를 충분히 얻었다. 타이머를 눌렀다. 달리는 시간을 두 배로 늘려야 할 때가 되자(장장 3분!) 무릎을 굽히고 천천히 페이스를 조절했다. 지치지는 않았지만 숨이 턱까지 차서 3분은 지나고도 남았겠다 싶은 순간 타이머를 확인했다. 2분 30초. 30초쯤이야 더 달릴 수 있었다.

인터벌은 순식간에 지나갔다. 걷는 동안에는 달리고 싶었다. 달리는 동안에는 다시 걷는 시간이 언제 오나 싶었다. 끝나고 보니 지난주보다 땀도 많이 흘렸고 몸도 더 피곤했다. 낮잠이 절실했다.

이 과정을 두 차례 더 반복해 3주 차를 완료했다.

날마다 체력이 강해지는 기분이었다. 첫날에는 낮잠을 자야 했지만 둘째 날에는 낮잠 생각이 나도 안 자고 버텼다. 셋째 날에는 졸리지 않았다. 머릿속에서 심술궂은 목소리가 자꾸 훼방을 놓았지만 나는 이렇게 단언했다. "이봐. 자꾸 나더러 못할 거라고만 하는데 이렇게 잘 하고 있잖아. 제발 입 좀 닥쳐!" 그 목소리는 잠시 잠잠해지다가 더 많은 거짓말로 나를 현혹하려 들었다. 하지만 이제는 나도 그 목소리를 믿지 않았다.

내 유전자 속에 달리기가 있는 줄은 몰랐다. 독일계에 키가 크고 호리호리하면서 다리가 긴 아버지는 딱 마라톤 선수 같은 모습이었다. 고교시절 릴레이 팀의 최종 주자로도 활약했던 그는 주 선수권 대회에서 우승을 거뒀고 수년간 깨지지 않은 기록을 보유한 적도 있다. 언니는 아버지가 딴 메달들을 내게 주었다.

외삼촌도 달리기를 했지만 그분은 다리가 짧고 상체가 긴 편이었다. 우리가 그를 찾아갔을 때 외삼촌은 러너로서 영광을 누린 날들의 추억담을 쏟아냈다. 그가 가장 선호했던 거리는 10킬로였는데, "몸을 풀기에는 충분하지만 죽을 만큼 긴 거리는 아니기 때문"이라고 했다.

나는 어릴 때 보통 체형이었지만 스스로 뚱뚱하다고 느꼈다. 30대에 우울증 치료제를 복용하면서부터 체중은 확 늘었다. 아버지를 닮아 팔다리는 길고 몸통은 짧았다. 외삼촌처럼 상체도 길었다면 키가 180센티미터는 됐을 거다.

　훈련 시작 후 첫 3주 동안 신었던 트레킹화는 무겁고 더웠다. 좀 더 가벼운 운동화가 필요했다.

　2008년, 나는 샌들을 신고 달리기를 시도했었다. 문예창작 대학원을 졸업한 직후인 그 무렵에 조카와 어머니의 죽음이 가져온 스트레스로 폭식을 하고 체중이 10킬로그램쯤 늘었다. 샌들을 신으면 발목이 자몽 크기로 부었다. 긴급 진료urgent-care* 의사는 내 몸무게 때문이라고 했다. 그 말에 나는 다시 자기 비하에 빠졌다. 그래서 또 한 번 포기했다. 과거에 그렇게 부은 발목 때문에 고생을 했고 체중은 그대로인데도 이제는 '제대로 된' 러닝용 샌들을 신고 싶었다.

　오래전에 가본 적 있는 러닝용품점으로 차를 몰았다. 당시 나는 친구에게서 "적합한 장비를 갖춰야 해"라는 말을 들었다. 하지만 가난한 로스쿨 학생이었던 터라 빈손으로 돌아올 수밖에 없었다. 오늘은 마음에 드는 장비를 반드시 장만하겠다고 결심하고 가게에 들어갔다.

　러닝 샌들을 보여 달라고 했더니 젊은 판매원이 얼굴을 찡그렸다. 그녀는 내게 비브람에서 나오는 발가락 신발을 보여주었

* 응급실보다 긴급도가 낮은 환자들이 예약 없이 야간이나 주말에 이용할 수 있는 의료 센터.

다. 말이 신발이지 발에 끼는 장갑이나 다름없어 보였다. 이번에는 내가 얼굴을 찌푸렸다. "미니멀리스트 러너를 위한 슈즈예요." 그녀가 설명했다.

들도 보도 못한 미니멀리스트 러너라는 말에, 나는 다른 신발을 보여 달라고 했다. 과거에 발목이 부은 적 있다는 얘기만 하고 체중 때문이었다는 말은 쏙 뺐다. 내 모습은 누가 봐도 날씬한 판매원들이나 다른 손님들과는 딴판이었다.

"맨발로 걸으시는 모습을 한번 봐 드릴게요." 그녀가 말했다. 내 걸음걸이를 살피는 그녀의 시선을 의식하며 걸어보았다.

그녀는 고릿적부터 발 치수를 재는 데 썼을 도구인 브래녹 Brannock으로 내 발을 측정했다. "달리면 발이 붓는 경향이 있어요. 적어도 한 사이즈는 큰 걸 신어보세요." 그녀가 말했다. 세상을 떠난 내 조카딸만큼 젊은 사람이었지만 말투는 전문가처럼 그럴싸했다.

"주차장에 나가서 한번 뛰어보세요." 그녀가 제안했다. 나는 스포츠 브라를 입지 않았고, 이웃 사람이 볼까 봐 우리 동네에서도 달리기를 꺼리는 소심쟁이였기에 거절하고 매장 안에서만 걸어보았다.

두툼한 쿠션이 붙은 운동화를 신었더니 꼭 마시멜로로 만든 광대 부츠를 신고 걷는 기분이었다. "초보 러너는 쿠션감이 있는 제품이 좋아요." 그녀가 설명했다. 나는 샌들은 어디에 있나 두리번거렸다. 반대편에 진열되어 있었다. 사전 조사를 하지 않은 탓에 당시에는 점원이 추천한 쿠션감 있고 뻣뻣한 운동화보다 유연하고 굽이 낮은 러닝화가 유행한다는 사실을 몰랐다. 그래서 그녀가 권한 제품을 사기로 했다.

진열대에는 몸에 딱 붙는 상의, 신축성 있는 타이츠, 반바지 등도 걸려 있었다. 러닝복에 대해서도 아무것도 알아보지 않고 온지라 '순면 소재는 최악'이라는 것도 몰랐다. 다양한 원단, 두께, 색상의 양말이 걸린 벽 쪽으로도 가보았다. 내 튜브 삭스는 내다 버릴 때가 됐다. 아까 러닝화를 시험할 때 신어봤던 양말과 같은 브랜드를 선택했다. 발가락과 발볼, 뒤꿈치에 패드를 덧대고 발목 쪽에는 원색의 신축성 있는 소재를 사용한 푹신푹신한 제품이었다. 신발에 어울리는 하늘색과 연분홍, 검정까지 세 켤레를 골랐다.

지난 몇 년간 옷 사는 데 쓴 것보다 더 많은 돈을 단 1시간 만에 소비했다. 좀 더 젊고 날씬했던 (그리고 경조증이 있던) 시절에는 출근할 때 입는 옷에 수백 달러는 우습게 썼지만 살이 찌고 기력이 떨어지고 자존감이 바닥을 치면서 옷 가게에 가는 것조차 꺼리게 되었다. 그런데 지금 쇼핑백에 담긴 알록달록한 양말을 들여다보니 슬그머니 웃음이 났다. 이제야 진지하게 달리기를 해보려나 싶었다.

며칠 후 조깅을 마친 다음 친구 크리스타와 커피를 마셨다.

자리에 앉으면서 그녀는 내 트레이닝 바지를 가리키며 요즘 운동을 하느냐고 물었다. 그때만 해도 나는 내 정신 건강의 또 다른 지표인 샤워를 꼬박꼬박 할 만큼 우울증이 개선된 것은 아니었다. 땀을 별로 흘리지 않으면 수고롭게 씻고 싶지 않았다.

나보다 몇 살 위인 크리스타는 규칙적으로 운동을 하고 있었다. 언젠가 운동을 하면 정신 건강이 개선될지 모른다고 조언하는 그녀에게 나는 그런 충고를 물리치고 싶을 때 주로 하던 반응을 내놨다. "사는 것도 피곤해. 날씨가 춥잖아. 뚱뚱해서 안 돼. 그러다 무릎 상해. 운동은 질색이야. 그럴 기력이 없어." 나는 이런 대답을 구차한 핑계라고 생각하지 않았다. 그저 운동은 내 능력 밖이라 여겼을 뿐. 한때는 나도 운동을 하고 살았지만 다 옛날 일이었다.

그랬던 내 태도에 변화가 생기고 있었다.

"부럽네." 크리스타가 말했다. 그녀도 달리기 대회에 나가곤 했지만 지금은 잭 러셀 테리어 강아지를 산책시키고 자전거를 타는 게 전부였다. 달리면 무릎이 아프다고 했다.

지나치게 달리면 무릎에 안 좋다는 이야기를 들을 때마다 좀 더 나은 달리기 방법은 없는지 의문이 들었다. 혹시라도 내가 장거리를 달릴지 모르니 조사를 해봐야 할 것 같았다.

"치유를 위한 달리기Race for the Cure*에 참가해봐." 크리스타가 제안했다.

"음, 별로." 나는 커피를 쏟을 뻔했다. "우리 동네를 벗어날 생각은 없어."

크리스타가 덧붙였다. "운동하는 사람들한테 대회는 파티나 다름없어. 더구나 자선 모금에도 동참할 수 있잖아."

"내가 끝까지 달릴 수나 있겠어?" 나는 그녀를 단념시켜야 했다. "뒤뚱거리는 수준인걸." 아직 존 빙엄의 '뒤뚱거리는 펭 귄waddling penguin'이라는 모임의 존재를 알기 전이었지만 내 꼴 이 딱 그렇다고 생각했다.

이웃 사람들이 창밖을 내다볼 가능성이 있는 곳에서 달리는 것조차 얼마나 큰 용기가 필요한지 그녀가 이해할 리 없었다. 내 주변에는 유방암 연구비 모금을 위해 2만 명의 참가자와 함 께 분홍색 옷과 가발을 착용하고 5킬로를 달리거나 걷는 러너 가 몇 명 있긴 했다. 내게는 어림없는 소리였다.

"나는 혼자 달릴 거야." 개를 데리고 동네에서 인터벌을 할 때의 유쾌한 기분을 떠올리며 이렇게 덧붙였다. 어느새 나는 달리기를 일종의 치료 수단으로 여기고 있었다.

크리스타는 단념하지 않고 그녀의 아들이 애크런 마라톤** 참

• 유방암 재단과 병원 지원을 위한 기금 마련을 목적으로 열리는 대규모 체육 행사.

•• 2003년부터 매년 9월 오하이오주 애크런에서 개최되는 풀코스 마라톤 대회.

가를 위해 실시했던 훈련 일정을 알려주었다. 주중에 단거리를 서너 번 달리고 주말에는 좀 더 긴 거리를 달리는 거였다. 32킬로가 될 때까지 장거리 달리기 구간을 매주 조금씩 늘렸고, 대회가 임박하자 '컨디션 회복을 위해' 거리를 차츰 줄였다.

엄청 힘들 것 같기는 했지만 그녀의 아들이 따랐다는 마라톤 훈련 일정에 흥미가 생겼다. 나도 나만의 훈련 스케줄을 따르고 있었다. 계획을 정해 두면 생각할 필요가 없다. 일정대로 진행하면 그만이다. 내가 명상과 글쓰기 수련을 좋아하는 이유도 그 때문이다. 타이머를 맞추고 앉거나 쓰기만 하면 된다. 다른 계산은 필요 없다. 크리스타의 아들이 실시했다는 훈련 일정을 듣고 나니 나도 스케줄을 따르기를 참 잘했다 싶었다.

내가 어느 정도의 거리를 걷고 뛰었는지 잘 모른다고 하자 크리스타는 거리 추적 웹사이트에 대해 알려주었다. 수년 전에는 차의 주행거리계를 이용해 내가 달린 거리를 계산했다. 이제는 구글 지도를 활용하면 얼마나 멀리 달렸는지 알 수 있다. 소요 시간을 입력하면 속도도 계산해준다. 크리스타가 알려준 것들을 집에 가서 당장 시도해보고 싶었다.

울고
싶을 때마다
한 발씩
내디뎠다

내가 처음으로 접한 달리기 모임은 active.com 초심자 커뮤니티에서 알게 된 '펭귄들(느린 러너) 모두 모여'였다. 여기서 나는 《러너스 월드Runner's World》 기자 존 빙엄을 알게 되었다. 그가 쓴 칼럼 '천천히 달려라'와 책들을 읽으면 느린 속도, 민망함, 의욕을 떨어뜨리는 사고방식을 극복하고 용기를 가질 수 있다. 그는 상점 앞 진열장 창문에 비친 자신의 모습을 보고 스포츠맨보다는 펭귄 같다고 생각했다. 그렇게 붙은 이름이었다.

댓글을 보니 자신은 뒤뚱거리거나 비틀거리거나 휘적거리거나 터벅거린다는 러너가 많았다. 내가 3주 차까지 훈련을 마쳤다는 글을 올리자 '런포블링'이라는 이용자가 "잘했어요! 4주 차도 힘내요!"라고 답글을 달았다. 러닝화와 양말을 구매했다는 글에는 '슬로벗슈어'라는 사람이 "장비는 사도 사도 부족하죠!"라고 반응했다. 마음이 편해졌다. 사람들과 함께, 또는 사람들 앞에서 달릴 생각은 없었고 친구 크리스타에게 대회는 나가지 않겠다고 했지만 집 밖으로 나가지 않아도 다른 초보 러너들을 만날 수 있어서 좋았다. 내게는 응원이 필요했다.

나는 대체로 혼자 자랐다. 내가 태어났을 때 어머니와 아버지는 30대였다. 내가 중학교를 졸업하기 전에 오빠와 언니는 성인이 되었다. 부모님은 술을 마시고 돈 때문에 싸웠다. 음울

한 침묵에 빠져 있다가 이따금씩 벌컥 화를 내기도 했다. 그들에게서 떨어져 나만의 시간을 갖기 위해 방에 틀어박혀 플루트를 연습하거나, 한 마리 말처럼 마당을 홀로 어슬렁거리거나, 숲속으로 달아나 쓰러져 있는 나무들로 '도시'를 만들었다. 걸리적거리지 않으려고 그랬던 셈이지만 슬픔의 베일을 뒤집어쓰고 극도로 부정적인 사고를 하게 되었다. 10대 시절부터 폭음을 일삼았다.

알코올이 인생의 날카로운 모서리를 무디게 해주자 음주가 숨 쉬는 것만큼 자연스러워졌다. 부모님은 내가 운전을 배우기 훨씬 전부터 대놓고 같이 술을 마시게 했다. 마시는 맥주 캔의 수가 우리 가족의 거리와 관심사를 나타내는 지표였다. 다용도실에는 버드와이저 캔이 늘 세 상자 이상 쌓여 있었고 냉장고 맨 밑 칸 서랍(나는 대학에 가서야 대부분의 가정에서는 그곳에 채소를 보관한다는 사실을 알았다)은 맥주를 차게 식히는 용도로만 쓰였다.

열여섯 살 때는 록밴드 하트의 콘서트에 갔다가 술에 취해 정신을 잃고 여자 화장실 바닥에 쓰러졌다. 곧바로 술을 끊겠다고 결심했지만 몇 주도 못 버티고 다시 마셨다. 대학과 로스쿨에 진학하고 나서도 술을 끊기로 해놓고 금방 다시 입에 댔다. 차도 몇 번 분실했다. 필름이 끊긴 상태에서 친구를 때린 적도 있다. 몇 년씩 폭음을 자제하기도 했지만 처하지 말아야 할 상황에 같이 있지 말아야 할 사람들과 발견되는 일이 허다

했다.

30대의 어느 날 밤, 나는 열린 냉장고 문 앞에 서서 중간 칸에 놓인 맥주 여섯 개 묶음을 보며 망설였다. 이러다 어떻게 될지는 뻔했다. 나쁜 술버릇을 극복한 사람들의 모임에 도움을 청했더니 그만두는 방법을 알려주었다. 그런 길동무들이 없었다면 나는 진작에 끝장났을 것이다.

펭귄 회원들은 나의 달리기 동지가 되었다. 우리 집 근처 협곡에 있는 언덕을 정복했다는 글을 썼더니 그들은 열렬히 응원했다. 그들에게서 신발, 물통 보관 벨트, 스포츠 브라, 기능성 셔츠, 7부 바지, 속옷에 대한 정보도 얻었다. 그들을 통해 인터벌 훈련, 장거리 저속 훈련, 템포 런tempo run●도 알게 되었다. 내게는 전부 생소했다. **파트렉**? 그런 단어도 있었나? 그들은 '파트렉'이 스웨덴어로 '스피드 놀이'라고 설명했다. 마음 내키는 대로 속도를 바꿔가며 훈련하는 방법이었다.

지식이 쌓이면서 자신감도 커졌다. 다른 초심자가 진행 상황을 보고하면 "힘내세요!" 같은 댓글을 달아주었다. 펭귄 커뮤니티 사람들은 중년 아줌마의 몸으로 동네를 뚜벅뚜벅 달리는 내 모습을 볼 수 없었다. 사람들 앞에서 늘 소심한 나였지만 인터

● 평상시 속도보다는 빠르지만 무리하지 않는 정도로 달리는 훈련법.

넷에서는 그렇지 않았다. 나도 배운 내용을 열심히 공유했다.

펭귄과 함께하면서 스스로를 러너로 인식하기 시작했다. 한 번에 5분도 채 달리지 못한다는 사실은 중요하지 않았다. 우울증 때문에 내가 쓸모없는 존재고, 좋은 시절은 다 갔고 앞으로 암울하고 비참할 일만 남았다고 생각했었다. 나 자신을 좀 더 소중하게 여기면서 더 많은 노력을 쏟으니 포기하고 싶다는 생각은 줄어들었다. 중년 아줌마답게 천천히 달리는 방식이라면 나도 꽤 잘 하고 있었다. 적어도 펭귄 커뮤니티에서 보잘것없는 경험을 공유할 때만큼은 위태로울 정도로 침체된 기분을 몰아낼 수 있었다.

기쁨은 오래가지 않았다. 4월 마지막 주에 4주 차를 마치니 오래전처럼 발목이 퉁퉁 부었다. 며칠이 지나도 부기가 빠지지 않자 겁이 나서 다 그만두고 싶어졌다.

다음 2주 동안 개를 데리고 여러 번 긴 산책을 하면서도, 이제 건강이고 재미고 다 끝이라고 생각하니 억장이 무너졌다. 친구 킴과 피오나는 꾸준히 게시물을 올리고 이메일을 통해 달리기를 어떻게 진행하고 있는지 보고했다. 펭귄 커뮤니티 게시판을 둘러보는 것도 속이 상했다. 나의 정신과의사에게 약을 바꾸는 것에 대해 상담했지만 이런 암흑기가 그냥 지나갈 수도 있으니 일단 두고 보기로 했다.

정신과의사와 나는 암흑기가 오래가는 것을 경계했다. 우리는 상황이 얼마나 나빠질 수 있는지 알고 있었다. 1994년에 '일시적 노동 불능'을 이유로 휴직하면서, 당시에 한창 열심히 하던 달리기를 비롯한 삶에 대한 열의와 낙이 사라졌다. 숨쉬기조차 힘들었다.

9월의 어느 날, 나는 개들을 데리고 달리러 나갔다. 쇠약하고 고단하고 공허했던 터라 한 블록도 채 달리지 못했다. 우울증이 의욕을 앗아가자 달리기가 힘들고 귀찮게만 느껴졌다. 나는 다시 집 쪽으로 방향을 틀었다. 집에 돌아와 러닝화를 벗은 다음 벽장 깊숙이 집어넣었다.

며칠 뒤 거실에서 일하는 에드 옆에서, 말짱한 정신으로 바닥에 누워 묵직한 머리를 카펫에 대고 있었다. 에드와 결혼하기 전부터 키운 아스트로와 맥신이라는 개 두 마리가 내 곁에 웅크리고 있었다. 팔, 다리, 머리에 무거운 추라도 달린 기분이었고, 마음속은 찌꺼기로 가득했다. 지극히 하찮은 일들이 나를 삼켜버릴 듯 부담스럽게 느껴졌다. 거실 창밖의 푸른 하늘도 칙칙하게만 보였다.

그 자리에 누워, 나는 검정 래브라도 맥신과 아메리칸 에스키모 도그 아스트로를 차에 싣고, 차고 문을 열지 않은 채 시동을 걸어 후진하는 상상을 했다. 영원히 '잠드는 것'만이 타당한 해결책으로 느껴졌다. 에드의 사랑에도 불구하고, 나는 우리가 없어지면 그도 더 잘 살 거라고 믿었다.

자살 계획을 실행하기 전에 전화벨이 울렸다. 심리학자와의 상담 예약을 까맣게 잊고 있었던 거다. 잠옷 차림으로 그녀를 찾아가 내 계획을 털어놓은 후, 자살 생각이 사라질 때까지 정신 병원에 입원하기로 했다. 그 후 6개월은 외래로 각종 정신 치료 프로그램에 참가했다.

그때의 신경 쇠약을 계기로 나는 10년간 몸담았던 법조계를 영원히 떠났다. 그 이후로는 일정한 직업을 가진 적이 없다. 글쓰기를 시작해 기사와 에세이를 몇 편 쓰기도 했지만, 의욕도 없는 마당에 완벽주의 성향까지 있어 긴 글은 한 편도 완성할 수 없었다. 침대에서 나올 의욕도 없었고 머릿속 목소리는 내가 쓰는 모든 글을 형편없다고 혹평했지만, 나의 글쓰기 블로그 범 글루Bum Glue ("엉덩이에 풀칠을 한다. 앉는다. 쓴다.")에 가끔 게시물을 올리고, 몇 차례 글쓰기 수업을 진행하고, 오하이오 글짓기 대회의 월간 소식지인 《라이트 나우 뉴스레터Write Now Newsletter》를 발간했다. 소설 세 편, 회고록 네 편, 글쓰기에 관한 책 한 권, 마음챙김 명상에 대한 책 한 권의 초안도 썼다. 하지만 그것들을 완성하기 위한 열의가 없었다. 여러 번 고치기를 반복하다가 책마다 결함이 너무 많다고 판단하여 새로 쓰기만 무려 아홉 번이었다. 사람들이 직업을 물으면 은퇴했다고 대답했다.

음주 문제를 극복한 사람들 덕분에 술을 끊었고, 여러 명상 동아리 회원들에게서 명상 수련에 도움을 받았듯이 글쓰기 모임의 회원들은 내가 어려운 여건 속에서도 펜을 놓지 않도록 힘이 되어주었다. 불교 신자들은 그들의 공동체를 '상가_{Sangha}'라고 부른다. 상가와 함께 고요한 방에 앉아 내 호흡에 집중하면 생각에 체계가 잡히는 기분이었다. 불교 스승들의 글을 두고 토론하다 보면 우리는 한마음이 되었다. 글을 쓰면서 참가한 평론 모임, 집필 모임(대면과 온라인), 워크숍, 학회 등을 통해 다른 '아마추어 문인들'과 어울릴 수 있었다. 치료 모임의 사람들에게서 술 없이 사는 법을 배웠다. 단순한 동지애를 뛰어넘는 집단의 힘으로 치료 여정은 한층 즐거워졌고 힘든 시기에는 동료들의 따뜻한 격려와 지지를 받을 수 있었다. 나는 달리는 '펭귄들'과 함께하면서도 비슷한 도움을 얻었다.

달리기를 2주간 쉬었더니 발목이 정상으로 돌아왔다. 5주 차 훈련에 들어갈 준비가 된 것 같았다. 며칠 더 고민하다가 일정을 시작했다. 첫날에는 단순히 달리는 시간을 늘리고 걷는 시간을 줄였다. 하지만 둘째 날에는 8분을 뛰어야 했고 셋째 날에는 세상에, 중간에 걷는 것 없이 내리 20분을 달려야 했다. 나는 당황했다. 둘째 날이나 셋째 날을 도저히 소화할 수 없다면 첫째 날 훈련을 뭐 하러 하나?

터무니없는 사고방식이지만 내 생각은 이런 식이다. 첫날 하루만이라도 해보자고 15분이나 나 자신을 설득해야 했다. 운동할 때 솟아나는 에너지와 행복한 기분을 열심히 떠올렸다. 잘 해내는 내 모습을 상상하려 했지만 공포는 진정되지 않았다. 매주 조금씩 늘어난 거리를 똑같이 세 번 반복하는 형식으로 진행될 줄 알았다. 의기소침해져 운동복을 입을 마음도, 개에게 목줄을 채울 마음도, 그 밖에 어떤 생산적인 일을 할 마음도 생기지 않았다. 울적한 데다 속도 약간 울렁거려 친구에게 전화나 걸어봤지만 받지 않았다. 에드에게 전화해도 바빠서 통화할 수가 없었다. 나는 인터넷 서핑과 컴퓨터 게임이나 하며 시간을 보냈다. 그날이 다 지나도록 시도조차 하지 않았다.

다음 날 마지못해 침대를 빠져나왔다. 나는 누군가의 의견보다는 그들의 경험을 더 믿기 때문에 펭귄 커뮤니티에 로그인해 5주 차에 대한 질문을 올렸다. "갑자기 빡세네요." 그 과제에 나처럼 겁을 먹은 사람이 댓글을 달았다. 그녀는 내게 일단 첫날 일정을 시도해보고 그때 가서 다시 생각해보라고 권했다.

4주 차 운동을 마치고 2주를 흘려보냈다. 발목이 부은 김에 달리기가 내게 맞지 않다고 단정했었다.

그녀의 댓글은 지난번 훈련을 마친 뒤 마치 운동선수가 된 양 뿌듯했던 기분을 떠올리게 했다. 아무래도 시도는 해봐야 할 것 같았다. 그만두자고 마음먹었던 게 생각나 웃음이 났다.

모건은 전혀 우습지 않은 모양이었다. 녀석은 타이머가 놓인 식탁 쪽으로 가는 나를 볼 때마다 귀를 쫑긋 세웠다. 내가 결국 타이머에 손대지 않으면 귀를 다시 축 늘어뜨려서 매번 가슴이 아팠다. 모건과 함께하면 잘 해낼 수 있을 것이다.

숲속으로 들어가 달리기와 걷기 인터벌을 두 차례 실시했을 뿐인데도 숨이 넘어갈 것 같았다. 세 번은 도저히 무리였다. 또다시 개를 집 쪽으로 이끌었다. 집에 도착하자마자 침대로 기어들어갔다. 모건도 뛰어올라 내 무릎 뒤에 웅크렸다.

잠들기 전, 펭귄 커뮤니티의 누군가가 몇 주 일정만 계속 반복했다던 글이 번뜩 떠올랐다. 그 글을 읽었을 때 나는 5주 차를 시작할 엄두조차 못 내고 있었던 터라 5주 차를 반복한다는 말은 큰 도움이 되지 않았다.

가만있자, 나는 4주 차를 반복하면 되잖아! 훈련은 단거리 전력 질주가 아니다. 그 자체로 하나의 마라톤이다. 이번에는 과거처럼 달리기를 시도했다가 금방 포기하고 싶지 않았다. 평생 달리는 사람이 되고 싶었다. 대회에 나간다면 유일한 90대 참가자가 되어 내 나이 그룹의 1등을 하고 싶었다. 물론 대회에 나갈 생각은 없었지만….

당장 다음 날부터 다시 시작했다. 그 후 3주에 걸쳐 이번 세트가 수월하게 느껴질 때까지 한 주에 세 차례씩 4주 차 인터벌을 반복했다. 언젠가는 5주 차로 넘어가기를 바라면서.

4주 차가 수월해져서 세 차례 모두 달리는 거리가 다른 5주 차 훈련으로 들어갔다. 내리 20분을 달리는 3일째 훈련이 절정이었다. **20분이라니!** 펭귄 동지들에게 장시간을 달릴 거라고 선언했지만 어떤 식으로 계속해야 할지 여전히 혼란스러웠다.

책상 옆에서 모건이 주홍색과 회색의 밧줄 장난감을 여러 조각으로 신나게 찢고 있었다.

조각! 바로 그거였다.

5주 차를 세 조각(5A주 차, 5B주 차, 5C주 차)으로 나눈 다음 쉬워질 때까지 하나만 반복하는 거다. 나는 모건의 뻣뻣한 털에 코를 묻고 개 냄새를 들이마셨다.

헤실거리는 모건을 데리고 5A주 1일 차 운동을 하러 나섰다. 나는 헉헉대고 쌕쌕댔다. 힘들었지만 어떻게든 버텼다.

마지막 5분이 남았을 때 협곡 한구석에 있는 가파른 언덕으로 돌아갔다. 봄에 새로 돋은 참빗살나무 잎이 반짝였다. 산딸나무와 박태기나무는 꽃망울을 맺었다. 이 언덕을 다 올라가면 세상이 더 아름답겠지.

천천히 뛰어도 숨이 거칠어졌다. 개 줄이 팽팽해지며 모건과의 거리가 멀어지자 마음이 조급해졌다. 나는 속도를 늦추고 숨을 돌린 다음 다시 달리며 거리를 좁혔다. 개가 걷고 있더라도 신경 쓰지 말자. 나보다 먼저 정상에 도착하게 두지는 않을 테다. 나는 더 분발했고 우리는 함께 정상에 올랐다. 타이머를 확인했다. 아직 3분을 더 달려야 했다.

"걷는다고 실패한 건 아니야." 나는 이렇게 말하며 벌렁거리는 심장을 진정시켰다. 나머지 길도 오르막이었지만 조금은 완만했다. 정지 표지판 앞에서 다시 달리기 시작했다. "우린 해낼수 있어." 모건에게 말했다. 녀석은 고개를 끄덕였다. 귀에 붙은 벌레를 털어내느라 그랬는지도 모른다. 또 숨이 차서, 혹시라도 집 안에서 나를 보고 있을 사람들에게는 기어가는 것처럼 보일 만큼 속도를 줄였다. 한 집, 또 한 집을 지나고 모퉁이를 돌아 계속 나아갔다. 석회를 바른 집. 널빤지를 댄 집. 벽돌집. 단풍나무. 꽃사과나무. 층층나무. 조그만 꽃망울들이 금방이라도 터질 것 같았다. 1분만 더. 8초만 더. 그리고 반가운 신호음.

5A주 1일 차 완료. "야호!" 나의 환호에 모건이 소스라쳤다. 녀석을 쓰다듬으며 나 자신도 속으로 토닥여주었다.

나는 속도가 빠른 일부 러너들이 느린 사람들을 무시한다는 사실을 다행히 알지 못했다. 하지만 어느 날 밤 펭귄 커뮤니티 게시물을 훑어보다가 이런 글을 발견했다. "굼벵이처럼 느려터진 주제에 러너랍시고 설치고들 있네. 나라면 그렇게 꾸물거리느니 접시 물에 코 박고 죽겠다." 도가 지나친 잘난 척에 화가나 "당신, 관리자한테 신고하겠어요"라고 댓글을 달았다.

이 악플러는 내 계정 사진을 복사해 내 이름 끝에 문자 하나를 덧붙인 계정을 만들었다. 순진하게도 나는 내 실명을 닉네임으로, 모건과 같이 찍은 사진을 프로필로 사용했다. 악플러는 얼핏 보면 내 아이디처럼 보이는 새 계정으로 커뮤니티의 다른 회원들을 헐뜯는 게시물을 올렸다. 그 자식은 내 트위터와 웹사이트까지 따라와서 욕을 남겼다. 커뮤니티 운영자가 그의 댓글과 계정을 삭제했지만 악플은 끊이지 않았다. 그때부터는 악플에 휘말리지 않고 '신고' 버튼만 눌렀다. 닉네임, 비밀번호, 사진도 다 바꿨다. 하지만 커뮤니티를 떠나지는 않았다.

그 악플러는 달리기가 자기 나이대 사람들이나 하는 운동이라고 주장했다. 그는 빨리 뛰지도 못하면서 앞쪽에서 출발하겠다고 나대는 사람들이 걸리적거린다고 불평했다. 나는 대회에 나가본 적이 없어서 규정을 몰랐지만 그런 글을 보고 나니 더 위축되었다. 펭귄들 중에는 보도에서 뛰라는 핀잔을 들었거나 너무 느리다는 이유로 차량에 실려 갔거나 꼴찌로 들어왔다는 사람들도 있었다. 나는 앞으로도 개를 데리고 동네 골목을 혼자서 달리겠다고 마음을 굳혔다.

7월이 끝나갈 무렵, 이메일을 주고받던 친언니에게 결국 달리기 얘기를 했다. 뛰다가 걷다가 하면서 아직 30분도 내리 뛴 적이 없다는 사실도 덧붙였다.

언니의 딸, 우리 어머니, 나의 시아버지, 언니의 전남편이 세상을 떠난 해인 2007년부터 에이미 언니와 날마다 문자를 주고받았다. 내 남편이 그랬듯이 언니는 정신 질환에 시달리는 나를 오랫동안 지켜보았다. 나는 이혼, 우울증, 하나뿐인 딸의 죽음을 겪는 언니를 지켜보았다. 우리는 감정이라는 난파선의 생존자들처럼 서로에게 매달렸다. 하지만 시간이 이렇게 지나도록 언니에게 달리기를 얘기하는 것은 깜박했다. 언니는 개를 산책시키고 수영을 하지만 오하이오 주립대 미식축구 팀 벅아이즈 외에는 스포츠에 관심을 보인 적이 없었다.

내가 사람들 앞에서는 절대 달리지 않겠다고 또 한 번 결심할 무렵 언니가 이메일로 제1회 육종을 위한 발걸음 5킬로 행사의 링크를 보냈다. 내 조카를 앗아간 골육종 퇴치를 위해 연구비를 모금하는 행사였다. 언니는 1.6킬로 걷기에 참가할 생각이라고 했다.

"5킬로 한번 달려볼래?" 언니가 물었다.

"아니." 나는 이렇게 답장했다. "난 혼자서 달리는 게 좋아."

이것을 핑계라고 생각하지 않았다. 남들이 보는 앞에서 뛰는 내 모습을 도저히 상상할 수 없었다. 게다가 발목도 아직 붓다가 말다가 했다.

하지만 달리러 나갈 때마다 죽은 조카 제이미가 생각나서 가슴이 답답해졌다.

제이미도 러너였다. 대퇴골에 종양이 생겼다는 진단을 받기 전까지는 다리의 통증이 달리기로 생긴 부상인 줄 알았다. 그 애가 살아있다면 지금도 달리고 있을 텐데. 다리를 절단하고도 의족을 차고 다시 달리고 싶다던 아이였다.

언니에게 대회에 나가지 않겠다고는 했지만 그 제안이 자꾸 마음에 걸렸다.

훈련과 펭귄들 덕분에 자신감이 조금 생겼다. 언니가 또 한 번 묻길래 나는 다시 한번 생각해보았다.

펭귄들은 자신의 게시물마다 경주 기록을 서명처럼 남겼다. 나는 아직 시간을 잰 적이 없어 내 속도를 몰랐다. 알기가 두려 웠다. 하지만 펭귄들이 대회 번호표를 수집하고 설사 꼴찌라 해도 결승선을 넘었다는 글을 계속 접했다. 때때로 악플러들이 튀어나왔지만 금세 사라졌다. 한 번쯤 대회에 나가봐도 괜찮을 것 같았다.

친구 크리스타에게도 경주에 대해 이것저것 물어보았다. 그 녀는 절대 안 나간다고 하지 않았냐며 나를 놀렸다. 가치 있는 일에 보탬이 될 수 있다는 생각이 인식을 바꾸었다. 크리스타 는 경주가 재미있다고 했다. 대의를 위한 모금 활동이라는 점도 목적의식을 준다고 했다. 아무리 그래도 꼴찌는 아닐 거라면서, 설사 꼴찌로 들어온다 해도 죽지는 않을 거란다. 마지막으로 들 어오는 게 뭐가 그리 두려운지 몰라도 어쨌든 두려웠다.

그러던 어느 날 한 친구의 차 뒤편에 붙어 있는 26.2 스티커*를 발견했다. 달팽이 같은 속도라고 해도 달리기를 하는 내 눈에 이 타원형의 하얀 스티커가 들어왔다. 나에게 26.2 스티커는 달리기의 박사 학위나 다름없었다. 내게는 이미 세 개의 학위(학사, 석사, 법학 박사)와 여러 수료증, 면허증이 있었다. 나는 이 증명서도 손에 넣고 싶었다. 아는 사람의 차에서 26.2 스티커를 보기는 처음이었다.

스티커의 주인인 젊은 친구를 붙잡고 달리기에 대해 질문을 퍼부었다. 훤칠하고 호리호리한 그는 딱 내가 생각하는 마라토너의 모습이었다. 같이 참석한 치료 모임이 끝난 후 건물 밖에 서서 "언젠가는 26.2 스티커를 손에 넣고 싶다"라고 털어놨다. 그러고는 시선을 떨군 채 '설마, 농담이겠죠' 하는 표정을 기다렸다. 하지만 그는 미소 지었다. "꾸준히 달리면 머잖아 완주하실 거예요." 목이 메었다. 나는 그보다 두 배나 나이를 먹은 데다 몸무게도 훨씬 더 나갔고 5킬로도 뛰어본 적이 없었다. 조증도 있었다. 뭐 어때. 이 착한 청년이 나를 믿어주는데.

언니에게는 말하지 않았지만 나는 5킬로에 참가할 계획을 세웠다.

● 26.2마일(42.195킬로) 마라톤을 완주했다는 뜻이다. 하프 마라톤 완주 시에는 13.1 스티커를 붙인다.

더 이상 나쁠 수는 없다   04

——————————————————————— ——

울고
싶을 때마다
한 발씩
내디뎠다

체중 감량과 반백 살을 코앞에 둔 나이만으로도 내가 달리기를 계속할 이유는 충분했다. 달리기를 하는 내 모습을 몇 번이나 꿈에서 보기도 했다. 하지만 그것들은 전부 표면적인 이유에 불과했다. 사실 킴과 피오나의 게시물이라는 씨앗은 5년 전부터 시작된 역경으로 이미 비옥해진 토양에 뿌려진 셈이다. 생애 최악의 사건들이 내가 소파에서 내려오는 데 필요한 최소한의 조건을 만들었다.

더구나 나는 살을 빼고 싶었다.

고등학생 때와 20대에는 겨울마다 2킬로그램씩 쪄도 봄이 되면 쉽게 살을 뺄 수 있었다. 30대 초반에 나는 딱 거식증 환자 꼴이었다. 에드를 만나기 전 6개월 동안 변호사 일이 주는 스트레스에 엄격한 다이어트로 맞섰다. 머리카락이 한 움큼씩 빠지고 툭하면 현기증이 났고 월경은 아예 멈췄다. 에드는 우리 집에 와서 냉장고를 열어봤더니 유통기한이 지난 케첩 한 병과 사과 한 봉지, 베이글 한 봉지가 전부였다고 했다. 그 무렵 나는 하루에 베이글 한 개와 사과 한 쪽만 먹고 살았다.

신경 쇠약이 생기면서부터는 더 이상 식사를 통제할 여력이 없었다. 우울증 치료제를 복용하기 시작하면서 강박증이 과식과 요요 다이어트로 바뀌자 금세 살이 뒤룩뒤룩 쪘다. 40대 초반에 체중은 90킬로그램을 찍었다. 식단 문제를 해결하기 위해 치료 모임에 들어가 20킬로그램 가까이 감량했지만, 달리기에 대한 킴의 게시물을 보았을 때는 내 몸집이 무척이나 불만스러운 상태였다.

살을 빼려고 항우울제를 몇 번이나 끊기도 했다. 체중은 줄었지만 우울증, 불안, 공황 발작이 너무 심해져서 몇 달도 안 돼 정신과의사를 다시 찾아가 약을 처방해 달라고 졸랐다. 달리기를 시작하기 1년쯤 전에도 약을 끊어보려다 실패했다. 다시 약을 복용했지만 항우울제가 효과를 내기까지는 여러 달이 걸리는 터라 10킬로그램을 줄이는 대가로 또 한 번 9개월의 멀쩡한 삶을 포기해야 했다.

과거에 운동을 했던 경험을 바탕으로 나는 우울증이 움직이는 목표물은 쫓아가지 않는다는 사실을 깨달았다. 2004년과 2005년에는 니아 댄스 수업을 들었다. 슬렁슬렁할 생각이었지만 매번 수업이 끝날 즈음에는 미친 듯이 뛰고 차며 헐떡이고 있었다. 무언가를 해냈다는 행복감에 한껏 격앙된 기분으로 교실을 떠나면서 내 상태도 호전되고 있다고 느꼈다.

하지만 우리 골든 레트리버 보디가 죽자, 춤을 출 수가 없었다. 보디를 애도하며 개 없이 오랜 시간 느릿느릿 산책하거나, 적막한 집에서 벗어나 커피숍에서 글을 썼다. 그 무렵에는 여름 공기, 나무에 이는 바람, 흔들리는 내 팔이 주는 위로가 최고의 약이었다. 다행히도 얼마 후 우리 가족의 일원이 된 모건은 나의 산책 동무이자 동물 치료사가 되어주었다.

모건을 입양하고 한 달 후인 9월의 어느 날, 어머니가 전화로 제이미가 아동 병원에 입원했다는 소식을 알렸다.

병원에 가보니 스물한 살 된 내 조카딸이 한쪽 다리와 허리까지, 몸 절반을 깁스한 채 침대에 누워 있었다. 조카의 친구들이 속닥거리는 소리가 온 병실에 울렸다. 오하이오 주립대 학생이나 직장동료, 고등학교 동창들이었다. 열 명도 넘는 젊은 이들이 의자와 바닥, 창턱을 차지하고 있었다. 언니와 다른 가족들은 충격에 빠져 말없이 복도 건너편 회의실에 모였다.

젊은 친구들은 조카의 깁스에 차례로 낙서를 했다. 한 청년이 내게 매직펜 통을 건네자, 제이미가 눈을 가리는 금발을 쓸어 넘기며 말했다. "한마디 적어주세요, 니타 이모." 나는 보라색 매직펜을 뽑아 툭 튀어나온 그 애의 발가락 밑에 이렇게 적었다. '여기. 지금.'

의료진의 예상과 달리 진통제는 그 애의 정신을 무디게 하지 못했다. 다가올 고통을 누그러뜨리기에는 제이미의 내성이 너무 강했다.

나는 그 애의 발가락을 가리키며 말했다. "겁이 날 때는 지금이 순간만을 기억해. 내가 늘 네 곁에 있어." 이런 상황에 마음 챙김 기법을 적용하려는 내가 너무 무력하고 한심하게 느껴졌지만 제이미는 미소를 지었다.

어머니의 전화를 받고 나는 이렇게 물었다. "왜 아동 병원이

죠? 그 앤 스물한 살인데.”

제이미에게 나타난 골육종이라는 암은 대개 10대에 발병한다. 그래서 이 병의 권위자는 아동 병원에 포진해 있다. 제이미의 허벅지에 생긴 종양은 수개월에 걸쳐 성장한 모양이었다. 그날 아침 MRI가 발견한 종양은 벌써 몸에서 가장 크고 단단한 뼈인 대퇴골을 부러뜨린 상태였다. 그 종양과 더불어 폐에도 병변이 생겼다는 소식에 우리는 가슴이 찢어질 것 같았다.

언니 부부가 이혼했을 때 제이미는 다섯 살이었다. 언니의 형편이 넉넉지 않아서 내가 그 애를 데리고 쇼핑을 다녔다. 우리는 손을 잡고 대형 할인점의 통로를 걸어 다니다가 실용성은 떨어지지만 제이미의 눈빛을 반짝이게 하는 분홍색 프릴 원피스부터 골랐다. 그런 다음 속옷, 양말, 티셔츠, 바지, 구두, 따뜻한 코트 등 학교 갈 때 입을 옷가지들을 카트에 담았다. 이렇게 필요한 물건을 사주고 그 애 생일 파티에 몇 번 참석한 것이 내가 할 수 있는 최선이었다. 나는 제이미를 비롯한 가족들과 함께 보내고 싶었던 귀중한 시간을 법률 문서 작성에나 쓰면서 높은 수임료에 자부심을 느꼈다. 내 아이를 갖고 싶었던 적은 없지만 제이미를 딸 못지않게 아꼈다. 그 애나 에이미 언니가 나를 필요로 할 때 옆에 있어 주겠다고 다짐했다.

제이미가 투병 중이던 2006년에 나는 고더드 대학 문예창작

과의 순수예술석사(MFA) 비상주자 과정$_{\text{non-residential}}$•에 등록했다. 고더드를 선택한 이유는 내 정신 건강이 큰 걸림돌이 되지 않을 것 같아서였다. 수업이 없거나 제이미네 집에 있지 않을 때는 책상이나 소파에서 글을 읽고 썼다. 날마다 대용량 디카페인 두유라테를 마셨다. 과제를 완수하면 성취감을 느꼈지만 몸무게가 늘었고, 운동이 가져다준 긍정적인 기분은 기억에서 멀어졌다.

2006년 7월 학기 중에 에이미 언니의 연락을 받았다. 전화수신 감도가 좋은 위치를 찾기 위해 양해를 구하고 강의실 밖으로 나왔다. 잔디밭에 선 채 오하이오에 사는 언니가 훌쩍이는 소리를 들었다. "척추까지 퍼졌대!" 언니는 절규했다. 나는 잔디밭에 주저앉아 흐느꼈다. 도저히 침착하게 언니를 진정시킬 수 없었다.

11월이 되자 제이미는 다리에 생긴 종양 때문에 더 이상 발까지 피가 돌지 않았다. 그래서 다리를 절단해야 했다. 수술 후 그 애는 중환자실에서 고통에 몸부림치며 내게 전화했다. 약물에 대한 강한 내성 때문에 정상 복용량으로는 극심한 통증을 막을 수 없었다. "명상하는 법을 알려주세요." 제이미가 애원했다. 나는 그 애에게 기본 몸 살피기 명상을 설명했다. 내가 설

• 얼마 안 되는 기간만 캠퍼스를 방문하고 독립적인 작업이 주를 이루는 과정.

명하는 사이, 약물 효과가 나타나기 시작했는지 제이미는 잠이 들었다. 언니가 전화기를 받아들고 고맙다고 했다.

2007년 2월에 제이미는 세상을 떠났다. 겨우 스물네 살에. 세상의 정상적인 질서를 뒤집어엎는 그녀의 죽음으로 나는 절망에 빠졌다. 다시 공황 발작이 찾아와 침대로 파고들었다.

남은 2007년 내내 에드와 나는 소방 호스처럼 슬픔을 펑펑 쏟아내야 했다.

7월에 에드의 친한 친구이자 옛 직장 동료가 사망했다.

8월에는 에드의 아버지가 아흔여섯의 나이로 돌아가셨다.

9월에는 내 아버지가 돌아가신 이후에 만난 어머니의 남자친구가 세상을 떠났다.

10월에는 제이미의 고양이와 제이미의 아버지가 숨을 거뒀다.

11월에는 엄마의 가장 친한 친구가 영원히 잠들었다.

죽음을 마주할 때마다 나는 '좀 지나면 괜찮아질 거야' 하고 생각했다. 그러면서 내 검은 상복을 불태우는 상상을 했다.

하지만 우리에게 2007년은 아직 끝난 것이 아니었다.

1996년, 내 아버지는 예순일곱에 전이성 폐암으로 돌아가셨다. 의사에게서 "신변을 정리하라"라는 말을 들은 후 나는 아버지와 골프를 치고, 여행을 다니며 최대한 많은 시간을 함께 보냈다. 아버지는 마지막 몇 달간 어머니와 같이 나와 에드가 사는 집에서 지냈다. 나는 그의 침대 곁을 지켰다. 아버지의 죽음이 무척이나 슬펐지만 그 경험도 2007년에 겪은 상실 앞에서는 아무 소용이 없었다.

뉴멕시코에서 나탈리 골드버그의 글쓰기 워크숍에 가 있을 때, 에이미 언니가 전화로 일흔일곱의 어머니가 장폐색 때문에 오하이오 중앙 병원에 입원했다는 소식을 전했다. "얼마 전까지만 해도 멀쩡히 모건을 돌봐줬다고!" 내가 부르짖었다. 떠날 때만 해도 어머니는 분명히 아무렇지도 않아 보였다.

어머니는 한평생 질병에 시달렸다. 문이 꼭 닫힌 방에서 늘 침대에 누워 있었다. 나는 싱크대 앞에 나무 의자를 끌어다 놓고 토스터에 빵을 집어넣곤 했다. 아버지가 가르쳐준 대로 토스트에 버터를 잘 펴 발라 침대로 가져가면 어머니는 미소를 지어 보였다. 어머니의 병은 대부분 진짜였지만 의사도 원인을 찾지 못하는 것도 있었다. 나는 어린 시절 내내 어머니가 돌아가시면 어쩌나 걱정하며 자랐다.

더구나 어머니는 기분이 극단적으로 오르락내리락했다. 진단을 받지는 않았지만 건강 염려증에 음주로 악화된 양극성 장애까지 더해졌다. 자식들을 대할 때도 강한 집착과 방임 사이를 오락가락했다. 나는 어머니의 상태를 도저히 예측할 수 없었다. 학교를 마치고 집에 돌아가면, 어머니가 창문이 덜컹거리 만큼 요란하게 오르간을 연주하고 있을지, 내게 냄비 받침을 던질지, 부정적인 생각과 술로 인해 침대에 늘어져 있을지 알 수 없었다. 어머니는 내가 성인이 된 이후에 술을 끊었고 우리 사이의 상처도 어지간히 봉합되었다. 하지만 내게 어머니는 여전히 당혹감과 혼란을 주는 사람이었다.

아버지가 돌아가신 후, 어머니가 당뇨병, 만성 폐쇄성 폐 질환, 만성 기침 치료를 받는 동안 나는 병원 대기실에서 숱한 시간을 보냈다. 내가 자식들 중 어머니와 가장 가까이에 살고 직장도 안 다니기 때문이었다. 내가 '전담 보호자'라도 되냐고 툴툴거리면서도 어머니가 요청하면 노트북과 헤드폰을 챙겨가 병원 로비에서 글을 쓰며 기다렸다. 치명적인 위기가 닥치나 싶다가도 어머니는 매번 살아남았다. 과거에도 장폐색으로 입원한 적은 있지만 수술 없이 해결되었다. 언니의 전화를 받고 나는 이번에도 엄살이 아닐까 의심하는 마음도 없지 않았다. 어쨌든 제일 빠른 비행기를 탔다.

닷새가 지나도록 폐색이 해결되지 않자 어머니는 수술실로 옮겨졌다. 에드, 에이미, 짐과 그의 아내 디애나와 나는 우중충한 병원 대기실에 앉아 있었다. 책을 읽으려 해도 눈에 들어오지 않았다. 우리는 이런저런 이야기를 나눴지만 대화 내용도 잘 기억나지 않는다. 나는 간식을 잔뜩 먹으며 기다렸다. 몇 시간 후에 의사가 미소로 우리를 맞았다. 유착으로 소장이 막혀 한쪽 부위의 혈류가 차단되었다고 했다. 의사는 소장의 유착 조직을 분리해냈다. 잘 나을 거라 자신하여 그 부위를 절제하지 않기로 했단다. "저 사람은 의사야." 나는 혼잣말을 했다. 그를 재단하고 싶지 않았다.

병원에서 지내는 날은 끝나지 않았다. 아직 대학원을 다니던 시절이라 나는 어머니의 침대 옆에서 과제를 했다. 같은 수술을 받은 다른 환자들은 일어나서 복도를 돌아다녔지만 어머니는 매일같이 침대에 누워만 있었다. 의사나 간호사가 오면 어머니를 두둔했지만 솔직히 그해에 연이어 겪은 죽음들 때문에 나도 지칠 대로 지친 상태였다.

어느 날 밤, 병원에서 또 하루의 지루한 날을 보내고 집에 돌아왔더니 에드가 나를 서재로 불렀다. 그는 컴퓨터를 가리켰다. 화면에는 유착에 관한 기사가 떠 있었다. "어머니 예후가 좋지 않은 거야." 그가 말했다. 나는 고개를 저으며 "엄만 괜찮을 거야!"라고 외치고는 침대로 달려가 엉엉 울었다.

병원에 입원한 지 24일 후, 어머니의 장은 막힌 채로 감염되었다. 의사는 재수술을 제안했다. 나는 수술의 위험성을 경고하는 서류에 다시 한번 서명했다. 변호사 시절에 수많은 위임장을 접했음에도 서명하는 손이 부들부들 떨렸다.

의사가 돌아서기도 전에 에이미, 짐, 디애나와 나는 어머니의 침대 옆에 둘러섰다. 어머니는 여러 날 유동식만 섭취한 탓에 가뜩이나 여윈 몸이 더 쪼그라든 채 헝클어진 이불 속에 누워 있었다. 진통제와 진정제 때문에 어눌해진 말투로 "다들 내가 골칫덩어리라고 속으로 욕하고 있지!" 하고 소리쳤다. 그 말에 우리는 웃으면서도 마음이 좋지 않았다. "왜 그래요, 엄마!" 어머니 말이 틀리지 않았지만 우리는 여전히 그녀를 사랑했다. 내게 플루트를 배우라고 격려하던 어머니를 떠올렸다. 식탁에 앉아 내가 고른 식탁보 천을 자르던 어머니의 모습도 눈에 선했다. 어머니가 달콤한 음성으로 불러주던 생일 축하 노래가 귓가에 쟁쟁했다. 우리가 자신을 귀찮아한다고 생각하는 어머니를 그대로 수술실에 들여보낼 수는 없었다. "엄마가 내게 창의력을 물려줬어요. 고마워요." 수술실로 실려 가기 전에 어머니에게 입을 맞췄다.

다시 칙칙한 대기실에 앉아 몇 시간이나 기다렸다. 마침내 수술실을 나오는 의사를 보고 나는 벌떡 일어섰다. 초조한 마음에 이번에는 수술이 훨씬 빨리 끝났다고 어색한 농담을 던졌다. 의사는 굳은 표정으로 나를 응시했다.

"이번에는 어려울 것 같습니다." 그가 말했다.

무릎이 꺾이면서 조금 전까지만 해도 희망을 품은 채 앉아 있었던 회색 의자에 풀썩 주저앉았다. 디애나가 내 팔을 붙들었다. 나는 손으로 얼굴을 감싼 채 의사의 말에 귀를 기울이려

했지만 같은 문장만 머릿속을 맴돌았다.

이번에는 어려울 것 같습니다.

이번에는 어려울 것 같습니다.

어려울 것 같습니다.

의사는 어머니의 소장이 녹아내리리라곤 예상하지 못했다.

"마치 젖은 휴지 같더군요." 그가 말을 이었다. 수습할 수 없다고. 짐, 에이미, 디애나, 에드가 이것저것 물어보는 사이 나는 회색 벽만 응시하고 있었다. 의사 말이 틀린 게 분명했다.

나중에야 알았지만 사람은 소장이 없으면 살 수 없다. 소장이 영양소를 흡수하지 못하면 영양실조가 된다. 우리 중 의학을 공부한 사람은 없었다. 그래서 아무도 그 사실을 몰랐다.

의사가 표정을 조금 누그러뜨리며 물었다. "어떻게 하기를 원하십니까?" 감염을 치료하면 당장은 목숨을 이어갈 수 있어도 몇 주 안에 영양실조로 죽게 된다. 지금 상태로 두면 체열 때문에 죽음이 조금 더 앞당겨진다.

의사에게 질문을 퍼부으면서도 모두들 인도적인 해답이 무엇인지 알고 있었다. 마취가 완전히 깨지 못한 상태로 어머니는 호스피스 병동으로 옮겨졌다. 다음 날 오후인 2007년 12월 30일에, 어머니는 우리에게 둘러싸여 평화로이 눈을 감았다.

비합리적인 생각이라는 건 알았지만 나는 어머니를 죽도록 '방치'한 데에 죄책감을 느꼈다. 어머니한테 제대로 된 토스트

하나 못 만들어드렸다니. 의대에 갔어야 하는 건데. 어머니가 그 지경이 되도록 아무 눈치도 못 챘다니. 이런 정신 나간 생각과 앞서 경험한 모든 죽음, 다음번에는 내가 영안실에 실려 갈 차례라는 망상이 더해져 혼란의 소용돌이에 빠졌다. 나는 먹고, 자고, 울었다.

어머니가 돌아가신 지 근 1년, 제이미를 잃은 후 근 2년이 되도록 집에만 틀어박혀 있었다. 마침내 2008년 11월, 모건과 함께 집 주위를 천천히 걷기 시작했다. 내가 수년간 기분 장애에 시달리고 있을 때 오랜 친구 로라는 활발한 운동을 통해 섬유근육통에서 비롯된 우울증을 치료했다. 다른 친구 팻은 우울증 치료를 위해 테니스를 다시 시작했다. "너도 땀을 좀 흘려야 돼." 둘은 이렇게 입을 모았다. 나는 그 말에 회의적이었다. 운동이라면 시도하고 포기하기를 무수히 반복했다. 게다가 심신이 피로할 때 절대 하기 싫은 것이 땀을 내는 거다. 니아 댄스도 생각해봤지만 내가 좋아하던 강사가 수업을 그만두었고, 차를 몰고 어디에 갈 의욕도 없었다. 집에서 할 수 있는 뭔가가 필요했다. 맑은 공기를 마시며 개와 함께 천천히 걷는 산책과 정신 상담, 치료 모임 활동을 통해 나는 서서히 활력을 되찾고 있었다. 킴과 피오나의 게시물을 보고는 달리기를 하면 좀 더 빨리 일상을 회복할 수 있지 않을까 속으로 기대했다.

울고
싶을 때마다
한 발씩
내디뎠다

에드를 만난 직후, 그는 내게 명상을 한번 해보지 않겠냐고 물었다. 그는 우리가 만나기 전 열흘짜리 선불교 수련회에서 명상을 접했고 태극권도 배우고 있었다.

에드는 전자레인지 타이머를 5분으로 설정했다. 우리는 내가 평소에는 잘 쓰지 않던 딱딱한 식탁 의자에 앉아 호흡에 최대한 집중했다.

"가슴이 막 두근거려." 나는 몸을 비비꼬았다.

"가만히 앉아서 정신을 집중해봐. 저절로 안정될 거야."

그 후 20년에 걸쳐, 나는 지금 달리기에 적응하는 것과 유사한 방식으로 오랜 시간 앉아 있는 습관을 들였다. 20년 가까이 정기적으로 명상을 하면서 에드가 약속한 마음의 안정과 정신 집중을 자주 경험했다.

달리기를 시작한 후 한 동료를 통해 치러닝ChiRunning을 접하게 되었다. '치'는 '생명력'을 뜻한다. 치러닝의 창시자 대니 드라이어는 태극권의 원리를 적용해 "부상을 줄이고 개인의 기량을 향상시켜, 달리기를 언제까지나 즐기는 데 도움이 되는" 기법을 개발했다. 그 안에 담긴 동양 철학은 명상 수련과도 일맥상통했다.

나는 치러닝이 발목 붓는 것을 예방해주기를 바라며 남들 앞에 나서는 두려움을 접어둔 채 다른 수강생 두 명과 함께 더그 대포가 진행하는 치러닝 수업에 참가했다. 우리는 웨스터빌 공원에서 4시간을 연습했는데, 최근 몇 년간 야외에서 이렇게 긴 시간을 보내기는 처음이었다. 나는 과도한 보폭의 위험성, 중족 착지의 이점, '미니멀리스트 슈즈'의 장점에 대해 배웠다. 내가 구입한 쿠션이 높은 러닝화는 발목에 더 해로울 수 있었다. 또 메트로놈을 이용해 발 전환foot turnover 을 늘리는 방법도 배웠다. 집에 가자마자 DVD, 메트로놈, 달리면서 대니의 수업을 들을 수 있는 오디오 녹음 파일을 구입했다.

더그는 우리의 전후 모습을 녹화한 다음 나란히 재생하여 비교했다. 내 운동용 브라가 낡은 데다 살이 빠져 헐렁해졌다는 것은 알았지만, 영상 속에서 출렁이는 가슴을 보고 나서야 괜찮은 스포츠 브라를 새로 사야겠다는 생각이 들었다.

펭귄 커뮤니티의 여성 회원들과 달리기를 하는 친구들에게 브라 추천을 부탁하고 인터넷 검색도 해보았다. 매장에서 가장 추천하는 브랜드를 착용해봤는데 앞쪽에 호크와 단추가 너무 많아 세다가 헷갈릴 지경이었다. 마음에 들었지만 입기가 불편해서 끈 길이를 조절할 수 있는 다른 제품을 구입했다. 착용해보니 숨을 쉬어도 가슴을 제자리에 붙들어주었다.

나는 달릴 때마다 "자세에 집중하라"라는 더그의 말을 따랐다. 특히 많은 개선이 필요한 '골반 기울기'에 신경을 썼다. '집중'은 정좌 명상 시 '명상의 대상'을 선택하는 것과 비슷했다. 달리면서 딴 생각이 날 때마다 명상에서처럼 달리기 전에 미리 선택해둔 대상으로 다시 집중력을 모았다.

인터벌 훈련 5주 차와 6주 차를 마치자, 샌들을 신고 달린 2008년에 부었던 왼쪽 발목이 뻐근해지고 뼈 주위가 부풀었다. 당시에는 내 체중과 신발 탓이라고 생각했다. 하지만 지금은 괜찮은 러닝화를 신었고 체중도 5킬로그램 줄어 있었다. 나는 아예 달리지 말아야 할 운명인가 싶었다.

왼쪽 발목은 절대 오른쪽 발목처럼 구부러지지 않았다. 왼발이 크기도 더 크고 발가락에 자주 쥐가 났다. 이틀을 쉬었더니 부기가 가라앉았다. 하지만 다음 운동이 끝나고 다시 부었다. 마사지도 하고, 얼음찜질도 해보고, 들어 올리기도 했다. 이럴 때는 대개 의사를 찾아가겠지만 나는 의학을 불신하는 사람들의 영향을 많이 받았다.

7월에 에드의 출장지인 샌안토니오에 함께 가서 둘이서 도심지와 강변을 산책했다. 비행기를 타고 부은 발목이 다음 날 아침에도 부어 있었다. 러닝머신 위를 걸으려고 헬스장에 갔다. 평소에 그렇게 싫어하던 러닝머신에 오른 나는 창밖으로 펼쳐진 탁 트인 조망에 흠뻑 취했다. 러닝머신이 힘차게 돌아가는 사이 나는 계획보다 훨씬 긴 거리를 훨씬 더 빠른 속도로 달렸다. 기계에서 내려왔더니 어지럽고 괴로웠다.

발목이 욱신거렸다. 며칠 후 칸쿤으로 날아가며 발목은 더 부었다. 스파에서 마사지와 보디 랩으로 부기를 줄였지만 집으로 돌아와 며칠 푹 쉬기 전까지는 완전히 가라앉지 않았다. 한 주를 몽땅 쉬면서 얼음찜질을 하고 다리를 들어 올렸다. 달리기는 또 글렀나 싶어 걱정이 태산이었다.

부기가 사라지자 2주 차 훈련부터 다시 시작해 달리기 90초와 걷기 2분을 20분간 반복했다. 다음 날은 들뜬 기분에 내리 30분을 달렸다. 발목이 잔뜩 부풀었다.

7월과 8월 초까지, 발목이 부을 때마다 의사에게 연락했다. 그녀의 진찰대에 앉아서 나는 '러닝'을 얼마나 좋아하는지 털어놨다. 펭귄들이 내게 '조깅' 대신에 '러닝'이라는 단어를 쓰라고 제안했었다.

내 열정이 의사에게 전달되길 바랐지만 그녀는 부은 내 발목을 보고 눈살을 찌푸렸다. 별로 심하게 붓지는 않아서 소프트볼보다는 테니스공에 가까웠다. 하지만 복사뼈 주위가 쓰라렸다. 발목 보조기를 신고 집에 돌아가게 될까 봐 걱정이었다.

나는 의사에게 혹시 통풍은 아닌지 물었다. 내가 자란 오하이오 시골의 농민들은 발목이 부으면 통풍 탓을 했다. 식단을 바꾸면 붓는 것을 피할 수 있을지도 모른다. 부상보다는 통풍이 나아 보였지만 의사는 고개를 저으며 혈액 검사를 지시했다. 간호사는 바늘을 세 번이나 찔러 넣었다.

의사가 돌아와 자가 면역 검사를 하겠다고 했다. 머릿속에서 경종이 울렸다.

"자가 면역 질환이라고요?" 간호사가 피를 뽑을 때보다 더 아찔했다.

"네, RA요."

"류머티즘 관절염 말이죠?"

"네. 어디서 떨어지거나 넘어지거나 발목을 접질린 적은 없으신 거죠?" 그런 적은 없었다.

대학 다닐 때 류머티즘 관절염을 앓는 여자가 있었다. 그녀의 부은 관절, 허약한 기력, 통증이 떠올랐다. 눈물이 핑 돌았다.

"권태감과 우울증도 그 때문일지 몰라요."

내게 관절염 검사를 권한 사람은 아무도 없었다. 치료 방법이 있을 것이다. 이 의사가 틀렸을지도 모른다. 나는 속이 상해 부은 발목을 끌며 진료실을 떠났다.

1차 진료 의사를 만난 후 훈련 계획을 내 능력에 맞게 수정해 인터벌 달리기를 계속했다. 10분 달리고 1분 걷고 다시 10분 달리기. 5킬로 대회에는 아직 등록하지 않았다.

발목 때문에 다시는 달리지 못할 거라 생각하자 점점 의기소침해졌다. 며칠 쉬면서 가벼운 마사지와 얼음찜질을 하고 다리를 들고 있었더니 부기가 가라앉고 희망이 돌아왔다. 그때부터 다시 달리기 시작했다. 그런 순환이 이어졌다. 달린다. 붓는다. 우울해진다. 얼음찜질을 한다. 걷는다. 달린다. 붓는다. 우울해진다. 얼음찜질을 한다. 걷는다. 감정 기복이야 내게는 흔한 일이었지만 이제는 운동에 좌우되었다.

달리기가 내 우울증을 영원히 치료할 수 있을지는 의문이었지만 다시 달리고 싶어서 안달이 났다. 달린 후 몇 시간은 팔다리가 얼얼했다. 가슴과 목구멍이 확 트이는 기분이었다. 어둡고 무거운 기분은 풀리고, 가볍고 따뜻한 여운이 몸속에 남았다.

《영국 스포츠 의학 저널British Journal of Sports Medicine》에 소개된 한 연구에 따르면 달리기는 마리화나에 의해 촉진되는 신경전달물질인 엔도카나비노이드를 활성화한다. 《미국 국립 과학원 회보Proceedings of the National Academy of Sciences》에도 같은 사실을 확인한 연구가 실렸다. 러너스 하이runner's high* 덕분에 세상은 아름답다. 모든 이가 나를 사랑하는 것 같다. 뭐든지 받아들일 수 있을 것 같다. 가슴이 벅차다. 딱 마약 했을 때의 상태 아닌가? 바로 그거다! 겨우 1.6킬로 달리고 그런 감정을 느꼈다.

---

* 강도 높은 운동으로 무산소 상태가 될 때 엔도르핀이 급상승하며 나타나는 행복한 기분.

당시에는 이런 원리를 잘 몰랐다. 나중에야 운동을 하면 행복하고 안 하면 울적한 이유를 설명하는 과학적 이유가 더 있음을 알게 되었다. 교활한 머릿속 목소리는 자꾸만 내가 실패할 거라고 기를 꺾으려 들었다. 목표를 달성할 때마다 그 목소리에 신경 쓰지 말자고 마음을 다잡았다. 온라인에 달리기 일지를 쓰기 시작했고 쓸 때마다 다시 달리고픈 충동을 느꼈다.

그러는 사이 언니는 몇 번이나 내게 5킬로 참가 의사를 물었다.

내 옆에서 달리는 모건에게 5킬로에 대해 어떻게 생각하느냐고 물었더니 녀석은 구리색 귀를 쫑긋 세웠다. '경주'라는 단어를 간식 이름으로 착각했을 수도 있지만 그것을 긍정 신호로 받아들였다. 꼴찌로 도착하면 어쩌지? 사람들이 비웃으면 어떡해? 그게 뭐 어때서!

집에 가서 등록을 시도했지만 웹사이트를 찾기가 어려웠다. 이제 대회에 참가하기로 마음을 바꿨고 개의 동의도 받았지만 우주가 허락하지 않았다. 아무래도 모건이 틀린 모양이다.

나는 에드의 서재로 들어가 등록이 안 된다고 불평했다. 그는 나를 껴안고 말했다. "잘 해결될 거야." 정신적 시련을 겪는 나를 20년이나 지켜보았기에 그는 더 이상 나를 뜯어고치려 하지 않았다. 그는 내게 대회 책임자에게 이메일은 보내봤냐고 물었다. 이미 보냈다.

다음 날 나는 대회 책임자와 이메일을 몇 차례 더 주고받았다. 여러 시간이 지났다. 마침내 확인 메일을 받은 나는 개를 끌어안으며 제이미에게 감사했다.

8월에는 믿음직하던 주방 타이머를 타이멕스 스포츠 시계로 바꿨다. 러닝용품 가게에서 한 청년이 내게 몇 가지 제품을 보여주었다. 속도, 경로, 심박수를 측정하는 GPS 시계도 있었다. 그렇게 많은 정보가 필요할 것 같지는 않았다. 그는 나의 달리기 방식을 물었지만 그 매장을 찾는 사람들이 전부 마라톤을 뛸 거라는 생각에 얼마 안 되는 거리를 밝히기가 민망했다. 하지만 청년은 달리는 것 자체가 대단하다며 내 비위를 맞췄다. 시계와 함께 양말 한 켤레를 더 집어 가게를 나왔다. 나는 양말을 좋아하니까. 운동선수라도 된 듯 가슴이 벅찼다.

인터벌을 쉽게 추적할 수 있게 훈련 일정을 바꾼 다음에 내 달리기 시간을 재고 데이터를 온라인에 입력했다. 오래전에도 비슷한 시계가 있었는데 바닷물에 빠져 고장 났다. 운동하는 사람들만 쓰는 시계다 보니 운동을 관둔 나로서는 새로 살 이유가 없었다. 스포츠 시계로 바꾸면서 나는 러너에 한 발짝 더 가까워졌다. 달리는 것뿐만 아니라 돈을 쓰면서도 정체성을 표현할 수 있다. 불과 몇 달 사이에 지난 몇 년간 쓴 것보다 더 많은 돈을 러닝용품에 썼다.

몇 주간 시계를 차고 달리다가 똥오줌을 싸는 모건 때문에 내 기록이 늦어진다고 소셜미디어에 불평했다. 콜로라도 출신의 작가이자 울트라러너*인 친구 웬디가 버튼 한 번만 누르면 타이머를 시작하거나 멈출 수 있다고 일러주었다. 놀라워라!

에드가 우리 독서 모임에 소속된 한 여성에게 내가 달리기를 시작했다는 얘기를 꺼내자 그녀가『본 투 런』이라는 책을 추천했다. "달리기에 대한 책이 재미있을 줄은 몰랐어요." 그녀는 그 책이 마치 소설처럼 읽혔다고 했다.

도서관에서 오디오북을 빌려 차에서 들었다. 나는 실화 미스터리, 스릴러, 달리기 백과사전이 집약된 이 책에 홀딱 빠져 (차 시동을 끈 채) 차고에 앉아 1장을 끝까지 다 들었다. 수십 년 전, 다른 차고의 다른 차 안에서 자살을 결심한 순간은 여전히 잊지 않았다. 그런 생각은 지금도 때때로 머릿속을 맴돌지만 더 이상 현실이 될 위험은 없다.

이 책을 쓴 크리스토퍼 맥두걸은 울트라러너 카바요 블랑코와 멕시코 인디언 타라후마라 부족을 찾아가는 여정을 시작한다. 이 책 곳곳에는 진화와 인체에 대한 지식도 소개된다. 치러닝에서도 주장하듯이 맥두걸은 발꿈치를 딛거나 보폭을 너무

---

* 정규 마라톤 풀코스보다 긴 거리를 달리는(울트라마라톤) 러너.

넓게 하는 것이 해롭다고 본다. 또 그는 치아시드와 아침 식사로 먹는 샐러드의 이점을 설파했다. 무엇보다 그는 인간이 유전적으로 달리기에 적합하게 설계되었다고 주장한다.

나는 맥두걸이 전수받은 카바요 블랑코의 가르침에 큰 감명을 받았다.

"쉽고, 가볍고, 부드럽고, 빠르게 달려야 해. 일단 쉽게 시작하는 거야. 그것만 생각하면 별로 어려울 거 없지. 그다음에는 가볍게 달릴 생각을 해. 언덕이 얼마나 높든 갈 길이 얼마나 멀든 개의치 말고 슬슬 달리는 거야. 그렇게 한참 연습하다가 연습하고 있다는 사실조차 잊을 무렵에는 아주 부드럽게 달리도록 노력해봐. 마지막 한 가지는 걱정할 필요 없어. 쉽고 가볍고 부드럽게 달리면 저절로 빨라지거든."

이 책은 발목이 내 달리기의 발목을 붙잡지 못하게 하겠다는 결심에 불을 지폈다. 나는 크리스토퍼 맥두걸이 설명한 것을 이미 경험했고 그 이상을 원했다. 더 먼 거리를 더 빨리 달리고 싶었다. 얼마 남지 않은 5킬로를 앞두고 정신 무장을 하는 데 큰 도움이 되었다.

『본 투 런』에서는 러닝화 산업의 역사도 배울 수 있었다. 제화업계가 매년 모델을 바꾸는 건, 좋아하는 스타일이 유행에 뒤처질까 두려운 사람들이 여러 켤레를 사게 하려는 목적은 아니었어도 결국 그런 결과를 가져왔다. 그들은 발꿈치에 충격이 가지 않도록 푹신하고 굽 높은 운동화를 디자인했지만 만약 내가 자세를 바꿔 미니멀 슈즈를 신고 달린다면 내 위태로운 발목도 치료될지 모른다.

펭귄 회원들은 수중 에어로빅용으로 나온 슬립온 워터 슈즈를 추천했다. 유행하는 미니멀 슈즈보다 저렴하고 맨발을 겨우 면한 정도로 단순한 신발이었다. 그 신발을 신고 한 주에 하루씩 달리고 나머지 날에는 걸었더니 금방 헤져버렸다. 좀 더 튼튼한 것을 사러 스포츠용품점에 갔다. 워터 슈즈를 신고 달릴 생각이라고 했더니 판매원은 입을 떡 벌렸다. 나는 타라후마라 인디언과 미니멀 슈즈의 이점을 뒷받침하는 연구에 대해 설명했다. 그는 고개를 절레절레 저으면서 내게 워터 슈즈를 내주었다.

치러닝 수업에서 더그는 발 전환에 대해 설명했다. 평균적인 러너의 발 전환율은 분당 약 150걸음이다. 선수들은 180에 가깝다. 선수들이 빠른 이유가 그 때문이냐고 한 수강생이 묻자 더그는 그렇다고 하면서도 "꼭 그 때문만은 아닙니다"라고 덧붙였다. 그는 자신의 발 전환율이 속도와 관계없이 동일하다는 것을 보여주었다. "선수들은 좀 더 효율적이죠." 발이 땅에 닿는 시간이 짧으면 힘이 적게 들고 무리도 덜 간다고 했다.

더그는 우리의 현재 발 전환율을 측정해보라며 자신의 허리띠에 매달린 작은 메트로놈을 가리켰다. 우리는 메트로놈을 현재 전환율보다 한 단계 높게 설정해 일주일간 그 속도로 연습해야 했다. 그 속도가 편하게 느껴지면 또 한 단계를 높인다. 시간당 발 디디는 횟수를 조금씩 늘리면 몸에 충격을 줄이고 최소한의 스트레스로 케이던스cadence*를 높일 수 있다. '점진적 진행'은 치러닝의 주요 원칙이다.

나는 훌륭한 도구에 관심이 많다. 주방 타이머와 마찬가지로 메트로놈도 익숙하고 친근했다. 고교 시절 플루트를 연주할 때는 훨씬 큰 것을 사용했다. 더그의 허리에 클립으로 고정된 메트로놈은 그의 발자취를 따라 "삐. 삐. 삐" 소리를 냈다.

내가 주문했던 회색 메트로놈이 배송되자마자 그것을 허리에 차고 모건에게 목줄을 채웠다. 역시나 남들의 이목이 두려워 개를 데리고 숲속으로 달려갔다. 아무도 삐 소리를 듣지 못하길 바랐다. 터무니없지만 아무도 안 본다는 생각은 들지 않았다.

---

* 1분당 발걸음의 수.

숲속에서 갑자기 멈추자 모건이 줄을 당겨댔지만 기계 사용법을 읽어야 했다. 그 사이 녀석은 관목에 오줌을 누고 진흙 냄새를 음미했다. 기계를 살펴보며 소리, 모드, 속도 조절법을 파악했다. 손가락을 속도 버튼에 놓은 채 달리기 시작하자 개도 따라왔다. 달리면서 버튼을 눌러 나의 발 전환 속도와 맞췄다. 조깅하는 사람의 일반적인 케이던스인 153이었다.

더그는 왈츠처럼 삼박자 리듬을 사용했다. 왼쪽, 둘, 셋, 오른쪽, 둘, 셋, 왼쪽, 둘, 셋. 한 걸음당 한 박자로 설정하면 너무 빠르고 두 걸음당 한 박자로 설정하면 한쪽 발만 힘껏 디디게 된다. 나는 153걸음을 삼등분, 즉 51걸음으로 나눴다. 서서히 속도를 높이라는 더그의 충고에 따라 52걸음으로 맞춰 길을 내려갔다. 더 빠를수록 좋은 것이라 53으로 올리고 싶은 마음도 있었다. 하지만 이내 '점진적 진행'이란 말을 떠올렸다. 천천히 하면 된다. 5킬로의 시간이 다가오고 있었다.

울고
싶을 때마다
한 발씩
내디뎠다

♠ "참가자 기념품을 받으러 왔어요." 러닝용품점 판매원에게 말했다. 나의 첫 경주인 육종을 위한 발걸음 5킬로 하루 전날이었다.

티셔츠와 비닐봉지가 차곡차곡 쌓인 접이식 테이블 뒤에서 늘씬한 젊은 여자가 잘 알겠다는 듯이 미소 지었다. 그녀는 내 이름을 확인하더니 티셔츠와 참가번호가 찍힌 번호표, 안내 책자와 옷핀 네 개가 들어있는 비닐봉지를 건넸다. 뭐라도 사야 할 것 같았지만 마음에 드는 양말이 없어서 핼러윈 사탕봉지를 쥔 아이처럼 봉지만 움켜쥐고 나왔다.

두려움도 잠재울 겸 경기 에티켓을 조사하고 펭귄들에게도 물어보았다. 옷핀은 번호표 고정용으로 앞쪽에 달아야 했다. 등에 붙였다가는 초보 티를 팍팍 내게 된다. 초보는 맞지만 들키고 싶지 않았다.

대회 한 주 전에 홈페이지에서 온라인 코스 지도를 찾아 에드와 함께 차를 타고 현장을 답사했다. 온라인 지도를 활용하기는 처음이었다. 차를 몰고 공원 인근의 거리를 지나가면서 그곳을 달리는 나 자신을 상상했다. 감을 잡기 위해 공원을 걸어보기도 했다.

그 정도 거리는 이미 걷거나 달려보았다. 대회 당일에는 번호표를 달고 달린다는 점이 다를 뿐이다. 내 번호 18 외에도 번호표에는 내가 출발선과 결승선을 지나는 시간과 기록, 속도를 추적하는 컴퓨터 칩이 내장되어 있었다. 더구나 나를 지켜보는 사람들도 있을 것이다. 공공장소에서 달릴 생각을 하니 역시 걱정스러웠지만, 훌륭한 대의를 위한 활동이었기에 기꺼이 시도해볼 작정이었다. 에드가 사진을 찍어주기로 했다.

대회 전날 밤, 친구들과 아미시Amish* 레스토랑에 가서 으깬 감자와 그레이비소스, 탄수화물이 가득한 음식으로 접시를 채웠다. 경주 전 탄수화물 축적이라는 오랜 관행을 비판하는 기사를 읽은 적 있지만 말이다. 5킬로가 아닌 마라톤에 대한 기사였는데 나는 마라톤이라도 나가는 사람처럼 잔뜩 먹었다.

대회 당일인 화창한 가을날 아침, 내가 옷을 입으면서 실수로 '달리다'라는 말을 뱉는 바람에 모건이 와락 달려들었다. 개가 발밑에 앉아 있는 사이 새 스포츠 브라와 "길에 쓰러져 있으면 결승선까지 끌고 가주세요"라고 적힌 쨍한 초록색 셔츠를 입었다. 쓸데없는 걱정은 접어두고 싶었다. 워터 슈즈가 별로 튼튼하지 않은 것 같아서 러닝화를 신었다. 남들이 이상한 신발을 신었다고 수군거릴까 걱정되기도 했다.

우리가 모건을 '산책 바라기'라 부르는 데는 다 이유가 있다. 대회는 평소에 하는 달리기와 다르다고 아무리 설명해도 나를

• 현대 기술 문명을 거부하고 공동체를 이루어 농경 생활을 하는 개신교의 일파.

졸졸 따라다녔다. "다른 개는 아무도 안 올걸." 내가 말했다. 녀석은 목줄이 걸려 있는 '모건 전용' 벽장 문 옆에 죽치고 앉아 애처롭기 짝이 없는 표정을 지었다. 모건을 주방으로 유인하기 위해 밥그릇에 사료 몇 알을 떨어뜨리자 비로소 몸을 움직였다. 우리가 집에 없을 때 소파 쿠션을 뜯어놓지 못하도록 외출할 때는 녀석을 주방에 데려다 놓곤 했다. 모건은 사료를 우걱우걱 먹었다. 나는 녀석의 크고 네모난 머리를 쓰다듬어주고 에드와 함께 차에 올랐다.

에드가 공원에 주차를 하고 있을 때 나는 개를 데려온 참가자들을 발견했다. "모건도 데려올걸 그랬네." 나는 이렇게 웅얼거리다가 곧바로 생각을 고쳐먹었다. "오늘은 안 되겠지." 에드도 동의했다. 첫 경주는 아무래도 혼자 달리는 편이 나았다.

대회 현수막, 몸을 푸는 사람들, 출발점과 도착점을 표시하는 아치형 튜브를 보자 나의 불안은 흥분으로 바뀌었다. 우리와 언니, 올케, 조카딸, 조카의 시댁 식구들, 내 친구 데비, 크리스타가 출발점 근처에 모였다. 나는 불과 얼마 전 크리스타에게 앞으로도 혼자서만 달릴 거라고 단언했었다. 오빠도 외국 출장만 아니었으면 우리와 함께했을 것이다.

내 안의 어린애는 이 많은 사람들이 나의 첫 출전을 응원하러 왔다고 상상의 나래를 펼쳤다. 디지털 타이머를 쥐고 숲속에서 60초를 달리는, 6개월 전부터 개와 함께 시작한 훈련의 종지부인 셈이었다. 일반적으로 9주가 걸리는 훈련이었다. 불안한 발목과 우울한 마음탓에 나는 20주 가까이 걸렸다.

하지만 언니의 얼굴에 담긴 슬픔을 보니 우리가 그곳에 온 이유가 떠올랐다. 우리는 떠나보낸 사람들을 기억하고, 살아남은 사람들을 응원하고, 돈을 모금하고, 운동을 할 예정이었다. 에이미 언니의 생기발랄하던 딸은 불과 3년 전만 해도 살아 있었고, 이런 경주에 참가한다고 제이미가 살아 돌아올 리는 없었다. 언니와 나는 눈물을 글썽이며 서로를 보듬었다.

펭귄 회원들은 내 속도에 맞게, 걷는 사람들보다는 앞에, 빨리 달리는 사람들보다는 뒤에 서라고 제안했다. 나는 주위에 있는 사람들에게 어떤 속도로 달릴 거냐고 물었다. 유모차를 미는 여자가 "저는 걸을 거예요"라고 했다. 그녀 뒤에 서 있던 남자는 이렇게 말했다. "전 부상을 입어서 좀 느릴 거예요." 내가 그 두 사람 사이에 자리 잡자 친구와 가족들도 합류했다. 에드는 첫 번째 모퉁이로 먼저 가서 기다리기로 했다.

신호가 울리고 시끌벅적한 우리 팀이 출발선을 넘어 걷기 시작했다. 에드가 서 있는 지점에 도착하자 그는 사진을 찍고 나서 물었다. "달리기로 한 거 아니었어?" 잊고 있었다. "결승선에서 만나!" 속도를 높여 앞으로 나아갔지만 다른 주자들이 내

주위를 에워쌌다. 무슨 러너가 달리는 걸 다 깜박하나 싶었지만 일단 그 생각은 떨쳐버렸다. "서두르지 마. 끝까지 가는 게 목표야."

공원을 도는 코스였다. 길 위에 '암을 이기자!', '한 걸음 한 걸음이 소중합니다!' 같은 응원 구호들이 분필로 적혀 있었다. 사람들이 지나갔다. 젊은 여자. 남자애 둘. 유모차를 미는 여자. 개를 데리고 온 여자. 다들 나를 앞질러 가버렸다.

나지막한 언덕에서, 잔디가 잘 손질된 이층집들이 늘어선 동네로 안내해준 경찰관에게 고맙다고 인사하느라 속도를 늦췄다. 건널목 근처에서 자전거 타는 사람이 우리 앞으로 쌩쌩 다가오며 소리쳤다. "선두 주자들이 들어오고 있어요!" 일등으로 달리는 남자, 러닝셔츠와 반바지를 입은 호리호리한 젊은이가 나는 아직 가지 못한 3킬로를 벌써 끝내고 진행자를 스쳐지나 코스로 진입했다. 적절한 행동이었는지 모르겠지만 그가 지나갈 때 나는 함성을 지르며 환호했다.

똑같은 '육종' 티셔츠를 입은 여자애들이 1.6킬로 지점 근처에서 킥킥거리며 나를 지나쳤다. 기분이 가라앉았다. 치러닝 강사 더그가 가르쳐준 대로 긴장을 풀고 몸을 앞으로 기울이려 노력했다. 널찍한 도로에 사람이 거의 보이지 않았다. 걷는 사람 몇 명이 뒤를 따랐지만 다른 주자는 없었다. 내가 영락없이 꼴찌구나 생각하며 묵직한 다리를 힘겹게 들어 올렸다. 그러다 내 목표를 떠올렸다. 그냥 경주를 즐기고 서 있는 상태로 결승선에 들어가기. 아니면 물 마시는 곳까지라도.

교차로마다 자원봉사자들이 자동차 라디오를 요란하게 틀거나 방울을 흔들면서 우리를 응원했다. 나는 팔이 흔들리고 체중이 이동하는 것을 느끼며 리듬을 탔다. 명상하듯 몸을 들썩이자 마음이 진정되었고, 아드레날린 때문에 얼굴은 상기되었다. 사람들 눈에는 내가 교외 도로를 터벅터벅 달리는 뚱뚱한 아줌마로 보였겠지만 티셔츠에 적힌 문구처럼 '마음만은 케냐인'이었다.

다음 언덕을 지나는 내내 혼잣말로 스스로를 격려했다. 우리 동네에서도 언덕을 자주 달렸지만 여기는 또 달랐다. 모퉁이를 돌았더니 에드와 함께 차를 타고 사전 답사할 때는 확인하지 못한 더 높은 언덕이 있었다. 호흡이 거칠어졌다. 이번에도 숨이 차고 현기증이 나고 기분이 처져서 속도를 줄였다. "네가 무슨 달리기를 한다고. 5킬로도 못 뛰는 주제에. 웃긴 티셔츠를 입고 비싼 운동화나 신었지. 네까짓 게 뭐라고?" 그런 목소리가 머릿속을 스쳐가는 순간 눈물이 쏟아질 것 같았다. 발밑으로 지나가는 포장도로를 내려다봤다. 한 발짝. 두 발짝. 세 발짝. 네 발짝.

어디선가 "잘 하고 있어요!"라는 목소리가 들렸다. 자동차 후드에 기대 서 있는 경찰관이 눈에 들어왔다. 고개를 들어 보니 어느새 언덕을 거의 다 올라와 있었다! 나는 그녀에게 손을 흔들고 계속 달려 나갔다.

정상에서 어린아이 몇 명이 물 잔을 들고 있었다. 여자아이 둘은 미소를 지어 보였지만 남자아이는 바닥만 내려다보고 있었다. 나는 소년에게 다가가 속도를 줄이고 눈을 맞췄다. "고마워!" 그 말에 아이는 보일 듯 말 듯 웃었다.

모퉁이를 돌아 다시 공원으로 돌아간 다음 1.6킬로 표지판을 지났다. 아까 킥킥거리고 재잘대던 소녀들이 이제는 걷고 있었다. 나는 치러닝에서 배운 '의지'라는 말을 떠올리며 내려가는 길에 소녀들에게 집중했다. 그들의 등 한복판에 연결된 밧줄이 나를 끌어당기는 상상을 했다. 우리 사이의 거리가 서서히 좁혀졌다. 서로에게 정신이 팔려 그들은 내가 지나가거나 말거나 신경 쓰지 않았다. 짧은 순간 친구들과 깔깔대던 조카가 생각나 숨이 막혔지만 그 아이가 얼마나 용감하게 치료를 견뎠는지 떠올렸다. 나는 그 아이를 기리기 위해 달리고 있었다.

공원으로 돌아와 아까 그 경찰관에게 다시 한번 감사 인사를 했다. 일등 주자가 지나간 후 몇 시간은 흐른 기분이었다. 시계를 확인해보니 시작 버튼 누르는 것을 잊고 있었다. 근사한 장비에게 미안할 판이었다.

0.8킬로쯤 남기고 속도를 높였다. 긴장을 풀고 몸을 숙여라.

작은 도서관 근처에서 유모차를 미는 여자를 지나갔다. 완만한 경사를 올라 나무가 우거진 구역으로 들어갔더니 '암을 이기자'라는 구호가 또 나타났다. 숨을 헉헉대고 눈물을 글썽이며 제이미를 생각했다. 결승선이 내 오른쪽에 있었지만 눈에 들어오지 않았다. 나는 아까 에드가 서 있던 지점을 지나갔다. 심장이 마구 뛰었고 팔다리를 더 힘차게 놀렸다. 앞에서 달리던 주자가 오른쪽으로 급회전했다. 나는 그 뒤를 따라갔다. 결승선이 바로 눈앞이었다. 심장 박동 소리가 귓전을 울렸다. 대형 검정 시계에 42분 뭐라고 표시되어 있었다. 43분을 넘지 말아야겠다는 생각에 아치에 매달린 시계를 휙 지나 42분 16초에 타이밍 매트를 밟았다. 날아갈 것 같은 기분이었다.

에드가 나를 끌어안고 입을 맞췄다. 나는 걷기를 마친 친구와 가족들을 껴안았다.

지쳤지만 뿌듯한 마음으로, 휴게소에 가서 바나나와 물을 산 다음 결승선으로 돌아가 크리스타를 기다렸다. 신장, 체형, 능력치가 제각각인 사람들이 들어오는 모습을 지켜보았다. 완주한 사람들의 수는 훨씬 적었다. 크리스타는 아직도 보이지 않았다. 텅 빈 거리를 흘끔거리다가 슬슬 걱정이 되었다. 대회 몇 주 전부터 그녀는 복용 중이던 약 때문에 컨디션 조절에 난항을 겪었다. 대회 진행 요원들이 현장을 정리하고 있었다.

나는 그들에게 "친구가 아직 들어오지 않았다"라고 알렸다.

남자 스태프가 무전기에 대고 그 말을 전했다.

"청소차가 친구분을 태웠답니다." 그가 말했다.

잠시 후 자원봉사자 두 명의 부축을 받으며 크리스타가 결승선으로 들어왔다. 그녀는 기를 쓰고 달렸지만 나도 거의 포기할 뻔했던 가파른 언덕에서 쓰러질 지경에 이르렀다고 했다. 친절한 경찰관이 그녀를 결승선까지 태워주었다. 나중에 약을 바꾸면 해결될 문제였다.

우리는 아침을 먹으러 갔다. 달리기를 마친 후의 가뿐하고 들뜬 기분으로 나는 내가 극복한 몇 차례의 위기에 대해 신나게 떠들었고 친구와 가족들은 귀를 기울여주었다. 결국 나도 체육인이 되었다. 머릿속의 부정적인 목소리를 이겨냈을 뿐 아니라 많은 사람들 앞에서 무사히 달리기를 마쳤다. 한층 강인하고 건강해진 기분이었지만 배가 너무 고팠다.

처음으로 참가한 5킬로에서 대회에 푹 빠져버렸다. 대회는 뛰면서 즐기는 파티와 같다. 가족, 친구, 먹거리, 달리기, 음악(자동차 스피커에서 나오는 거긴 하지만)이 준비되어 있다. 더구나 대회는 내 경쟁심에도 불을 지폈다. 어린 아가씨들 무리를 앞질러 달리면서 (비록 그들은 걷고 있었지만) 꼴찌를 면했다는 생각에 행복했다. 크리스타가 맨 마지막에 들어오지 않았다면 더 좋았겠지만 그게 내가 아니라는 사실에 이기적인 기쁨을 느꼈다.

그런 성취를 했는데도 다음 날 나는 침울하게 집에만 있었다. 에드가 찍은 우리의 사진과 결승선을 넘은 사진에서 내가 너무 뚱뚱해 보여서였다. 아무리 살을 빼도 펑퍼짐해 보인다. 실제 체중과는 별 관계가 없다.

"달리기 시작하고 이렇게 우울해 보이긴 처음이네." 에드가 나를 팔로 감싸며 말했다. 울적하고, 피로하고, 허무해서 훌쩍 훌쩍 울었다. 팔다리를 절단한 채 휠체어를 타거나 목발을 짚은 아이들을 보니 500일이나 치료를 받다가 너무 이른 죽음을 맞은 제이미가 떠올랐다. 그 아이도 살아남았다면 얼마나 좋았을까. 허전함과 그리움으로 가슴이 미어졌다.

다시 슬픔에 시달리고 있을 언니에게 문자 메시지를 보냈다. 대회는 우리를 한자리에 모이게 하는 동시에 잔인한 기억을 불러일으켰다. 제이미가 영영 떠났다는 것. 나는 모건을 불렀다. 침대에 파고든 개의 온기가 나를 위로했다.

거의 잠만 자면서 보낸 암울한 이틀이 지난 후 펭귄들에게 자문을 구했다. 사랑하는 사람을 추모하는 행사가 아니더라도 경주가 끝난 후의 침울한 기분은 정상이라고들 했다. 나는 여섯 달 가까이 이 목표를 위해 노력했고 많은 사람들 앞에서 달리기를 하는 두려움도 극복했다. 그런데 다 끝나버렸다. 신체적, 심리적 침체는 연휴가 끝나고 모두들 일상으로 돌아간 새해 첫 주를 연상시켰다.

펭귄들은 해결책을 알고 있었다. "다른 대회에 참가하세요!" 첫 5킬로 이후의 일은 생각해본 적이 없었기에 걱정부터 앞섰다.

인터넷을 찾아보니 대회가 많았다. 그중 가장 마음에 드는 행사는 추수감사절 아침에 우리가 사는 주택가를 달리는 콜럼버스 터키 트롯Columbus Turkey Trot이었다. '오하이오 중부에서 가장 유서 깊고 성대한 추수감사절 전통'을 표방하는, 20년 가까이 지속된 행사였다. 이 행사는 내가 가슴 쓰린 기억을 떠올리지 않고도 후원할 수 있는 이스터 실스라는 자선 단체를 도왔다. 예전에 이 경주를 마치고 동네 커피숍에 모인 친구 몇 명을 만난 적이 있다. 당시만 해도 그런 추운 날에 달리기를 하는 그들이 제정신이 아니라고 생각했는데, 경주에 대한 새로운 사랑이 싹트면서 딱 나를 위한 대회처럼 느껴졌다.

하지만 8킬로라는 사실을 확인하고 미소가 싹 사라졌다. 이번에도 5킬로였으면 했는데. 달력을 확인했다. 추수감사절까지 9주 반이 남았다. 5킬로를 훈련하는 데 여섯 달이나 걸렸다. 9주 반 만에 거리를 두 배 가까이 늘릴 방법은 없었다.

11월 초에 열리는 단거리 대회도 찾았지만 이왕이면 추수감사절에 달리기를 하고 싶었다. 6킬로를 달리는 다른 추수감사절 대회도 있었지만 그마저 길게 느껴졌고 경품은 와인 한 병이었다. 구미가 당기지 않았다. 콜럼버스 터키 트롯 웹사이트에는 칠면조, 순례자, 아메리카 원주민 의상을 입고 달리는 사람들의 사진이 실려 있었다. 《러너스 월드》는 이 대회를 '지역에서 가장 사랑받는 대회'로 선정했다. 나는 한숨을 쉬며 컴퓨터를 껐다.

하루를 더 고민하다가 '코치에게 물어봐'라는 커뮤니티를 떠올렸다. 누군가 내 마음을 읽기라도 한 건지 코치는 첫 5킬로를 준비한다는 어느 여성에게 9주간의 훈련 일정을 제안했다. 8킬로짜리 터키 트롯까지 남은 기간과 일치했다! 우울하던 나는 금방 신이 났다. 선물처럼 느껴지는 기분의 변화였다. 나는 그 일정을 인쇄한 다음 에드에게 의견을 물었다. 그가 나를 안아주었다.

에드는 내게 체계가 필요하다는 사실을 누구보다 잘 알았다. 이 9주짜리 일정은 5킬로를 넘어 나를 8킬로 주자로 키워줄 것이다. 등록은 하지 않았지만 훈련에 전념하기로 했다. 내 책장 끄트머리, 이제는 과거가 된 5킬로 계획표 위에 새로 인쇄한 일정표를 붙였다. 훈련 시작!

수술. 수술. 수술.

울고
싶을 때마다
한 발씩
내디뎠다

5킬로를 달리기 전에 주치의가 내게 류머티즘 관절염은 아니라는 소식을 전했다. 대신에 뼈 돌출증°이 시작되었고, 고등학교 때 제대로 치료받지 않은 발목 염좌가 남아 있다고 했다. 하지만 내 발목이 붓는 이유는 설명하지 못했다. 그녀는 MRI 검사를 권했다.

터널, 요란한 소음을 내는 자기장, 무시무시한 조영제 등 밀실 공포증을 유발하는 이 장치를 나는 매우 무서워한다. 예약을 했다가 취소했다. 다시 예약을 했다가 다른 시간으로 바꿨다. 결국 검사실 담당자가 전화를 걸어와 몸 전체가 아니라 발목만 기계에 들어가면 된다고 나를 안심시켰다. 나는 직접 차를 몰고 갔고 항불안제는 요구하지 않았다.

대기실에서는 천천히 호흡을 하고 조그만 테이블에 흩어진 여성 잡지를 읽으며 펄떡거리는 심장과 땀이 흥건한 손바닥을 의식하지 않으려 애썼다. 그냥 돌아갈까 하고 몇 번이나 일어섰다가 번번이 나 자신을 다독여 의자에 앉혔다. 사전 면담에서 조영제에 대해 물어봤더니 수술복 차림의 여자가 그런 건 필요하지 않다고 했다. 안도의 물결이 나를 휩쓸었다. 조영제만 아니라면 견딜 수 있을 것 같았다. 머리도 기계에 들어가야 하냐고 다시 물었더니 "발목만 넣는 거예요"라고 강조했다.

• 기존의 돌출된 뼈 표면에 연골이 자라는 현상.

마침내 짙은 색 머리에 키가 크고 이마에 주름진 기사가 나를 불렀다. 그녀를 따라 탈의실에 들어갔더니 양말과 신발을 벗으라고 지시했다. 열린 문틈으로 입을 떡 벌리고 있는 거대한 기계가 보였다. 나는 시선을 돌렸다. 양말과 신발을 사물함에 넣는 손이 파들거렸다. 기다리면서, 보지 않으려 해도 기계 한가운데의 컴컴한 구멍으로 자꾸 눈길이 갔다. 끝까지 들어가지 않아도 된다고 계속 혼잣말을 했다.

내 의료 정보를 살펴보는 기사를 따라 MRI 검사실로 들어갔다. 그녀의 퉁명스러운 말투와 조급한 발걸음에 도저히 안심이 되지 않았다. 그녀는 내 발목을 부츠에 고정하고 내가 누워 있는 침대를 벌어진 구멍 속으로 밀어 넣기 시작했다. 심장이 터질 듯이 쿵쾅거렸다. "천천히 좀 해요!" 내가 소리쳤다.

그녀는 한숨을 푹 쉬더니 천천히 밀어 넣겠다고 했다. 다리가 조금씩 들어갔다. 무릎까지 들어가기 시작해서 나는 항의했다. "발목만 검사하기로 했는데요!"

"그건 아닐 거예요." 이렇게 말하며 그녀가 알려준 센티미터 단위의 숫자에 나는 더 혼란스러워졌다.

"얼마나 더 들어가죠?"

그녀는 또 한숨을 쉬며 말했다. "이제 다 됐어요."

목구멍과 귀에서까지 맥박이 요동쳤다. 호흡을 애써 안정시켰다. 종이봉투를 갖다 달라는 말은 하지 않았다. 그녀가 건넨

수건을 움켜쥐었다. 눈에 덮으라고 준 것이었지만 그러면 밀실
공포증이 더 심해질 것 같아서 축축한 손에 꼭 쥐었다.

기계가 계속 움직이는 사이 그녀는 내게 헤드폰을 건넸다.
내가 싫어하는 컨트리 음악이 울렸다. 그녀는 검사 통제 구역
에 들어가면 잔잔한 재즈로 바꾸겠다고 약속했다.

허벅지 중간쯤 들어갔을 무렵 그녀는 "이제 됐습니다"라며
검사실을 나가려 했다.

"잠깐만요! 선생님한테 할 말이 있으면 어떡하죠?" 그녀는
눈알을 굴리며 할 말이 있으면 빨간 버튼을 누르라고 반복했다.

"버튼을 누르면 꺼내주시나요?" 그녀가 옆에 없을 때 기계가
나를 완전히 삼켜버릴까 봐 두려웠다.

"아뇨." 그녀가 대답했다. "나오실 때가 되면 말씀드릴게요."

"준비됐어요?" 그녀가 물었다. 더 이상 시간을 끌 수 없었다.
"네." 전혀 아니었다. 문이 닫혔다.

몇 초 후 헤드폰에서 그녀의 목소리가 들렸다. "잔잔한 재즈
는 못 찾겠네요." 그러면 클래식을 틀어 달랬더니 잔잔함과는
거리가 먼 우렁찬 피아노 협주곡이 흘러나왔다. 나는 이를 악
물었다. 요란한 기계 소리가 음악에 묻혔다. 그녀는 내게 몇 초
숨을 참다가 긴장을 풀라고 일렀다. 그것을 몇 번 반복했다. 조
금 부드러운 음악으로 바뀌었다. 숨을 참다가 긴장을 풀기를
몇 번 더 반복하니 마침내 그녀가 말했다. "영상이 잘 나왔는

지 확인할게요." 기다리는 시간이 너무 길었다. 클래식 음악이 다시 빨라지고 숨소리와 심장 박동이 귓가에 요란하게 울렸다. 나는 참지 못하고 버튼을 눌렀다.

"네?"

"언제 오시는 거예요?" 내가 물었다.

"잠깐만 기다리세요." 그녀가 대답했다.

"음악 좀 꺼주시겠어요?"

마침내 그녀는 무시무시한 기계에서 나를 꺼내주었다. 일어나 앉고 싶었지만 발이 여전히 묶여 있었다. 그녀가 플라스틱 부목을 제거하며 말했다. "천천히 일어나세요. 어지러울 수 있으니까요." 나는 앉아서 호흡이 안정될 때까지 기다렸다.

안도했지만 민망했다. 그렇게 나쁘지는 않았다. 또 한 번, 내 마음은 괜한 기복을 겪었다.

로비에서 다시 기사를 만났다. "주치의 선생님께 결과가 전달될 거예요." 감사를 표하고 떠나려 하는데 그녀가 나를 멈춰 세우고 말했다. "또 MRI 찍을 일이 생기면 오픈형 MRI와 항불안제를 요청하세요." 그녀는 등 뒤로 문을 닫았다.

며칠 후, 주치의의 편지가 도착했다. "족근골 결합.* 거주상

• 분리되어 있어야 할 둘 이상의 족근골이 연결된 상태.

관절의 골관절염. 인대 결합과 내인성 인대 염좌. 두 번째 중족 관절 골관절염. 족부 족관절 전문의에게 진료를 받으세요."

10년 전, 잔디 깎는 기계를 밀다가 큰 바위에 부딪친 이후 양쪽 어깨가 굳어버렸다. 주치의가 소개한 어깨 전문의는 내게 물리 치료를 받게 했다. 수술은 하지 않고 치료를 세 차례 받은 후에야 팔이 제대로 움직였다. 그때 발목은 보지 않았기 때문에 나는 그 분야의 전문가를 소개해 달라고 부탁했다.

이번에도 주저하면서 약속 잡는 것을 미루었다. 우리 가족은 의사들과 유별난 인연을 맺어왔다. 어머니는 수시로 온갖 의사를 만났고 척추 지압사와 자연 치료사까지 찾아다녔다. 건강보조식품을 복용하고 식이요법을 실시하면서 만성 기침을, 그 후에는 관절통을 치료하려 했다. 아버지는 심하게 아프지 않으면 병원에 가지 않는 쪽이어서 결국 너무 늦게 의사를 찾아갔다가 말기 암 진단을 받았다. 나는 변호사였고, 역사상 최초의 의료 사고 사건 이후 의사와 변호사는 늘 애증관계였다. 나는 도움을 주려는 의사도 색안경을 끼고 대하기 일쑤였다.

어머니처럼 나도 만성 요통을 치료하기 위해 자연요법을 시도했다. 에고스큐 운동법Egoscue Method* 이사이즈e-cises를 적

● 해부 생리학자 피트 에고스큐가 고안한 치료법으로 나쁜 자세를 교정해 만성 통증을 치료, 완화하는 데 도움을 준다.

용하면서 척추 전문의를 멀리하고 발목이 아플 때는 척추 지압사를 찾아갔지만 큰 효과를 보지 못했다.

열심히 뛰면 발목이 계속 부었다. 5킬로 경주를 마친 후에도 부었다. 심하게 부풀지는 않았지만 땅기는 느낌이었다. 에드와 상의하고, 펭귄 회원들에게 자문을 구하고, 족근골 결합에 대해 조사를 한 다음 의사를 찾아갔다.

내 다이어리에 예약 날짜를 분명히 적어두었는데도, 안내데스크의 쌀쌀맞은 여자는 나더러 엉뚱한 날에 왔다고 타박했다. 그래서 1시간 가까이 기다려야 했다. 의사는 엑스레이를 다시 찍길 원했고 이 병원에는 내가 가져온 MRI 파일을 확인할 수 있는 소프트웨어가 없었다.

기사가 필름을 새로 인쇄하자, 역시나 쌀쌀맞은 다른 여자가 진료실로 안내했다. 벽면에 무릎, 발목, 고관절의 이미지와 의약품 광고가 붙어 있었다. 묵직한 발자국 소리가 다가왔다. 문이 열리면서 흰 가운 앞섶을 풀어헤친 몸집이 크고 건장한 남자가 나타났다. 그가 들어오자 벽과 내가 앉은 침대 사이의 공간이 꽉 찼다. 의사는 건성으로 나와 악수를 한 다음 조금 불룩한 내 발목을 들어 올렸다. 그는 커다란 손가락으로 뼈 주위 살을 건드리고 내 발 아래위를 눌렀다.

내 발목을 잡은 의사에게 "얼마 전 처음으로 5킬로를 뛰었고 8킬로 터키 트롯을 준비하고 있어요!"라고 유쾌하게 밝혔다.

그는 내 발에서 두툼한 손가락을 떼며 말했다. "인간은 장거리를 달리기에 적합하지 않아요." 그는 달리기를 싫어한다고 했다. "5킬로를 딱 한 번 뛰어보고 두 번 다시 안 했죠."

그는 내 발목의 뼈들이 너무 가깝게 모여 있다고 사무적으로 말했다. "더 이상 나빠지지 않게 유합 수술을 해야겠네요."

"제 MRI는 보셨나요?" 그가 고개를 저었다. "방사선과 소견서는 받았습니다. 좀 더 자세히 확인하려면 조영 증강 MRI를 찍어야 해요." 그는 내 발목뼈를 툭툭 건드렸다. "어릴 때 이 문제를 발견했으면 제대로 고칠 수 있었을 텐데요." 그리고 이렇게 덧붙였다. "계속 달리면 발목이랑 무릎 망가지기 딱 좋아요."

열불이 났다. 뭔가를 때려 부수고 싶었지만 내 몸집의 여섯 배나 되는 남자와 난투극을 벌일 수는 없었다.

"안내데스크에 가시면 조영 MRI 예약을 잡아줄 거예요." 그는 이 말을 남기고 진료실을 나갈 참이었다.

목청을 골랐다. "한번 생각해볼게요."

그가 나를 쏘아봤다. 나는 해부학 포스터를 보는 척했다.

잠시 말이 없던 의사가 입을 열었다. "갈수록 더 나빠질 겁니다. 당분간 다리 보조기와 압박스타킹을 착용하세요."

나는 대구하지 않았다. 그의 싸늘한 시선이 내 머리 옆면에 와닿았다.

결국 의사를 마주 보며 말했다. "제가 가져온 엑스레이와 소견서는 돌려주세요."

"아뇨. 우리가 보관하겠습니다." 그가 말했다.

이제 내 목소리가 커졌다. "돌려받아야겠어요. 새 진료 기록도 복사해주시고요."

"좋을 대로 하시죠." 그가 히죽거리며 말했다. "안내데스크에 가서 수납하세요." 그는 문을 열고 복도를 쿵쿵대며 걸어갔다. 발소리 끝에 문이 쾅 닫히는 소리가 들렸다.

그가 나간 뒤에 침대에 앉아 상기된 얼굴을 손으로 감쌌다. 조금 진정이 되자 판독기에서 엑스레이 사진을 꺼냈다. 다른 의사를 찾아갈 수도 있다. 아닐 수도 있고. 어느 쪽이든 이 남자는 내 발목 근처에 얼씬도 못 하게 할 생각이었다.

내가 가져온 진료 기록을 돌려받기 위해 심술궂은 안내데스크 직원과 실랑이를 벌여야 했다. 의사는 그것을 들여다보지도 않았다. 다른 병원에서 비용을 지불하고 가져온 것인데도 말이다. 새로 찍은 엑스레이 사본을 얻기 위해 동네 반대편 다른 사무실까지 가서 30달러를 써야 했다.

압박스타킹과 다리 보조기 처방전을 동네 약국에 가져갔다. 친절한 여성 약사가 그것들의 사용법을 설명해주었다. 딱딱한 보조기는 관절이 움직이지 못하게 고정하는 용도였다. 나는 『본 투 런』, 미니멀 슈즈에 대해 조사한 내용, 치러닝 수업에서 배운 내용을 돌이켜보았다. 발목을 포함한 관절에 지지대를 대면 자연스러운 움직임을 방해받아 관절이 오히려 약화된다는 것이 공통된 결론이었다. 나는 약사에게 보조기를 원하지 않는다고 말했다. 하지만 압박스타킹은 괜찮아 보였다. 약사는 자기도 비행기를 탈 때 혈전을 예방하기 위해 착용한다고 했다. 나는 스타킹만 구입했다.

집에 가서 에드에게 병원 이야기를 하며 의사를 욕했다. 다른 의사를 찾아가는 문제에 대해서도 논의했지만 결과가 똑같을까 봐 두려웠다. 이런 일은 두 번 다시 겪고 싶지 않았다.

다음 날, 느리고 힘겹게 3킬로를 달리는 동안에도 의사의 말이 뇌리에서 떠나지 않았다. 유합 수술. 유합 수술. 유합 수술. 유합 수술. 유합 수술. 모건마저 시무룩하고 지쳐 보였다.

"왜 그러니, 아가?" 대수롭지 않은 듯이 물었지만 모건은 대답이 없었다. 내 생각이 들리기라도 하나?

달릴수록 팔다리가 묵직해졌다. 내 기분과 자존감을 살려주던 달리기를 도둑맞은 것만 같았다. 길거리에 드러눕고 싶었다. 뛰지 못한다면 무슨 낙으로 산단 말인가. 나는 두려움의 소용돌이에 빠지고 있었다.

진료를 받으러 가기 전에 에드가 빌려준 무릎 보호대를 착용했다. 그가 스키 사고를 당했을 때 쓰던 물건이었는데 하나 안

하나 차이가 없었다. 발목을 들어 올리거나 얼음찜질을 하면 부기가 가라앉았지만 달리기만 하면 다시 부었다. 그래서 규칙을 정했다. 이틀 연속으로 달리거나 한 주에 4일 이상 달리지 말 것. 너무 무리하지 말 것. 더불어 신발, 자세, 도로 상태와의 연관성도 조사했다. 책을 읽고, 인터넷을 뒤지고, 다른 러너들에게 물어보았다. 하지만 의사의 말이 머릿속을 뱅뱅 돌 때는 다 때려치우고 싶었다.

달리는 대신 낮잠을 잤다. 모건의 간절한 눈빛에 못 이겨 우리가 달리던 것과 같은 거리를 산책했지만 터키 트롯 8킬로는 완주할 수 없을 게 뻔해서 참가 신청을 하지 않았다. 이렇게 내 기분은 최저점을 경신했다.

9월 말, 학회에 참석하는 에드를 따라 몬트리올에 갔다. 나는 발의 아치를 강화하기 위해 워터 슈즈를 신고 시내를 걸어 다녔다. 달리기 장비를 싸 들고 왔지만 도심지에서 달리는 건 익숙지 않다고 에드에게 둘러댔다. 그에게 진짜 이유는 말하지 않았다. "유합 수술. 유합 수술. 유합 수술." 헬스장 러닝머신을 달릴까도 생각해봤다. 5분만 달려도 안 하는 것보다는 낫겠지. 하지만 정신적 침체로 그조차도 감당할 수 없었다.

몬트리올에서 돌아와서는 한 주 내내 달리기를 쉬었다. 산책도 괜찮은 운동이지만 달리기처럼 나를 설레게 하지는 못했다.

조금 빨리 걸으면 도움이 될 텐데 그럴 의욕이 나지 않았다.

하루하루 지날수록 기력은 곤두박질쳤고, 밀폐된 차고에 주차되어 있는 차량에 시동을 거는 생각이 머릿속을 떠다녔다. 나는 내 기분을 글로 옮기며 홀로 넋두리를 했다.

에드는 산책만으로 충분하지 않은 이유를 물었다. 알 수 없었다. 펭귄들만 이해하는 것 같았다.

'족근골 결합'에 대해 조사를 했지만 치료법을 찾을 수 없었다. "통증을 견딜 만하다면 달려도 된다"라는 사람도 있었다. 발목 절제술에 대한 연구 자료를 찾아보니 성공률이 낮았다. 보통은 치료 시기를 놓칠 때까지 발견되지 않는다고 한다. 가뜩이나 처지는 기분이 푹 가라앉았다.

주치의에게 1차 MRI 결과를 받은 직후, 첫 5킬로 대회에 참가하기 몇 주 전이자 발목 전문의를 만나기 훨씬 전에 나는 이름난 러닝 닥터에게 이메일을 보내 족근골 결합이 있는데 달리기를 해도 괜찮은지 물었다. 그는 그 정도 상태로 달린다고 해서 부상이 생기지는 않으며 미니멀 슈즈가 도움이 될 거라는 답변을 해왔다. 그래서 에드와 함께 미니멀 슈즈를 물색했지만 마땅한 것을 찾지 못해 워터 슈즈에 정착하기로 했다.

하지만 이제는 러닝 닥터의 말에 의심이 생겼다. 그는 내 발목과 엑스레이, MRI 결과를 본 것도 아니었다. 어쩌면 자신의 가게에서 미니멀 슈즈를 파는 게 목적이었을지도 모른다. 달리지 않는 기간이 길어질수록 발목 전문의가 옳을지도 모른다는 두려움이 커졌다.

 달리기를 할 때는 작은 목표와 엔도카나비노이드를 통해 날마다 의욕을 얻었다. 달리기가 없으니 생활이 무미건조해졌다. 잠이 늘었지만, 모건을 데리고 느릿느릿 산책하면서 긍정적인 감각을 일깨우려 노력했다. 동네를 돌아다니면서 달리지 못하는 것이 안타까웠다. 뛰지도 않았는데 발목이 쓰리고 부었다. 영영 손상될까 두려웠다. 걷는 것조차 무리였는지 모른다. 개는 개의치 않는 듯했다. 우리의 속도와 상관없이 평소처럼 걷고, 킁킁대고, 오줌을 갈기고, 낙엽 더미를 밟는 데 명상하듯 집중했다. 나는 녀석이 차분한 것인지 무심한 것인지 헷갈렸다.

 에드가 한참이나 나를 안아주었다. 하지만 수술을 받으면 어떻게 되느냐는 그의 질문에 분통이 터졌다. 다시는 그 의사를 볼 생각이 없었다. 남편과 모건의 응원이 고맙기는 했지만 도움은 되지 않았다. 기분은 계속 가라앉았다. 꾸준히 글을 쓰면서 감정을 추스르려 해도 어두운 단어만 떠오르고 기분은 점점 침체되었다. 오래전처럼 정신 병원 입원까지 고려했다.

 달리기 탓만은 아니었다. 5킬로그램이 빠졌지만 체중은 거기서 정체되었다. 운동을 하면 체중이 더 늘 수도 있다는 기사가 잔인한 말장난처럼 느껴졌다. 사실 달리기를 하면서 이런 터무니없는 생각을 갖게 됐다. '1킬로를 달렸으니까 마음껏 먹어도 돼.' 달리기가 칼로리를 가장 많이 소모하는 운동에 속한다고는 해도 지방을 그리 많이 태우진 못한다. 더구나 나는 느리다. 30분을 달려봤자 베이글 4분의 1에 해당하는 50칼로리가 소모될 뿐이다. 그런데 나는 베이글 한 개치만큼도 달리지 않는다. 식욕과의 경쟁에서 이길 수는 없는 것이다.

내 몸에 근육이 늘고 있어서 그렇다는 친구도 있었다. 근육은 지방보다 무게가 더 나가고 근육 세포는 지방 세포보다 칼로리를 많이 소모하지만 역시나 한계가 있다. 운동을 해도 바지 사이즈는 달라지지 않았고 꽉 끼는 것도 마찬가지였다. 근육이 아니라 지방이 분명했다. 운동을 안 하는 것보다는 낫겠지만 운동을 한다고 더 먹는 것을 정당화할 수는 없다.

나이도 무시할 수 없다. 내년 8월 생일이 지나면 소위 말하는 '한물간' 쉰이 된다. 과거를 돌아볼 때마다 시간과 기회를 낭비하고 노력을 허비했다는 생각에 한숨이 나왔다. 젊을 때는 잘나갔지만, 지금의 나는 내가 상상했던 쉰 살의 모습과는 거리가 멀었고 그 나이를 어떻게 받아들여야 할지도 알 수 없었다. 책은 한 권도 내지 못했다. 살과의 전쟁은 여전히 끝나지 않았다. 근골격 건강은 위태로웠다. 스스로 죽음의 소용돌이에 휘말리고 있었다.

이런 생각에 빠져 허우적대던 나는 책상 앞에서 훌쩍이며 언니에게 신세를 한탄하는 문자를 보냈다. 하지만 발송하자마자 사과하는 문자를 보냈다. 외동딸을 암으로 잃은 언니야말로 우울할 이유가 충분하다는 생각이 들어 흐느꼈다. 나는 달리기가 젊음의 샘이라고 생각했다. 살을 빼고 심장병을 예방하고 당뇨병을 물리치고 정신 건강 문제를 해결할 것이라고 기대했다. 달리기를 하면 나와 개가 늙지 않고 오히려 젊어지리라고 착각했다. 지금까지는 달리기가 나를 치유했다 쳐도 이제 의사들이 달리기를 빼앗아 가버렸다.

며칠에 한 번씩 나 자신에게 다시 달려도 된다고 허락하고 싶은 마음이 솟았다. 천천히, 너무 과하지 않게 달리면 괜찮을 텐데. 의사에게 분노가 치밀 때도 있었다. "엿이나 먹어! 난 다시 달릴 거라고!" 하지만 매번 부정적 사고에 굴복하고 눈물을 훔치며 시무룩한 표정으로 집 주위만 걸었다.

어느 날 밤, 숨도 제대로 쉬어지지 않을 만큼 서럽게 울면서 키보드를 두드렸다. 늙고 뚱뚱하고 몸도 성치 않다는 생각에 처량한 감정이 마음을 집어삼켰다. 콧물범벅 눈물범벅이 될 때까지 통곡했다. "융합 수술. 융합 수술. 융합 수술. 융합 수술. 융합 수술." 내 마음이 울부짖었다. 운명을 받아들여야 했다. 꺽꺽대면서 에드가 자는 침대로 기어 들어갔다.

잠이 들자 꿈을 꾸기 시작했다… 달리는 꿈을.

발목 전문의를 만나고 11일 만에 정신과의사를 찾아갔다. 평소에는 화사하던 로비가 칙칙해 보였다. 실내폭포 소리가 신경에 거슬렸다. 내 이름이 호명될 때 나는 흐느끼고 있었다.

"그 의사가 뭐라고 했는지 정확히 말씀해주세요."

내가 이야기를 마치자 그녀는 "왜 다시 시도를…"이라고 했다가 말을 멈췄다. "적당히 달리면 괜찮지 않을까요?" 그녀는 아예 그만두지는 말고 원하는 것보다 조금 적게 달리면 어떻겠냐고 했다. "꼭 마라톤에 나가야 하는 건 아니잖아요." 그녀가 말을 이었다. 나는 26.2 스티커를 손에 넣겠다는 꿈은 얘기하지 않았다. 지금은 8킬로를 달리고 싶다는 생각뿐이었다.

에드와 모건처럼 이 정신과의사는 달리기 덕분에 에너지와 행복감이 높아지는 내 모습을 지켜보았다. 그녀는 약물 복용량이 늘지 않게 예방하는 데도 달리기가 도움이 된다고 믿었다. 평상시에 나는 혼합 약물을 처방받았는데 달리기를 하던 몇 달은 동일한 복용량으로도 효과를 보았다. 여전히 집중을 할 수 없었고, 소란스럽거나 변덕스러운 사람들을 견디지 못했으며, 조명과 소음에 지극히 예민했지만 달리기를 하는 날에는 적어도 침대에서 나왔다. 그런 날만큼은 정오까지 늘어져 있지 않고 늦어도 10시에는 일어나 샤워까지 했다.

의사는 달리기를 항우울제와 비교했다. 약은 신장에 해롭고 목숨을 빼앗을 수도 있다. 어떤 종류가 됐든 약을 많이 복용하는 사람은 대체로 그렇지 않은 사람보다 일찍 죽는다. 그러나 나의 경우 약이 없다면 내 손으로 또는 내가 일으킨 사고로 더 일찍 죽을 게 뻔했다. 육체적으로 사망하지 않더라도 감정적으로 사망하게 된다. 죽지 않으면 침대를 떠나지 못할 것 같았다. 그래서 감수하는 수밖에 없었다. 치러야 할 대가를 뻔히 알면서도 약을 복용하는 수밖에. 같은 논리로, 결국 불구가 된다 해도 가벼운 달리기를 계속하여 그 효과를 누리면서 양질의 삶을 사는 편이 낫다.

진료실을 나서는 내게 그녀가 조언했다. "가장 실력 있는 의사를 찾아보세요. 최첨단 의료 지식을 갖춘 전문가를요." 나는 그 말에 솔깃했다. "보행 분석도 받아보세요. 물리 치료도 알아보시고요. 포기하지 마세요."

집에 돌아온 나는 최고의 의사를 알아보거나 다른 일을 하기 전에, 운동 바지와 티셔츠를 입고 예쁜 러닝 양말을 신었다. 발을 강화하는 방법에 대한 기사 내용은 무시하고 쿠션감 있는 브룩스 아드레날린 러닝화를 신었다. 그 모습을 보고 내 옆에 찰싹 달라붙은 모건에게도 목줄을 채웠다. 내 흥분을 감지했는지 모건은 온몸을 경망스럽게 움직이다가 현관문 앞에서 나를 넘어뜨릴 뻔했다. 문손잡이를 잡은 채 이러다 다리가 영영 망가지는 건 아닐지 잠시 고민했다. 하지만 맹렬히 흔들리는 모건의 꼬리가 의미하는 것은 딱 한 가지였다. "발목 전문의 따위는 꺼져버려. 얼른 나가자고!" 나를 가장 잘 아는 건 개와 정신과의사였다. 우리는 밖으로 나갔다.

태양이 구름 사이를 엿보는 15도의 완벽한 날씨였다. 천천히 몸을 풀었다. 발목은 아프지 않았다. 무릎도 아프지 않았다. 가급적 골반을 올리고 머리를 쳐들고 무릎을 살짝 굽혔다. 달리기를 처음 시작했을 때부터, 그리고 워터 슈즈를 신고 달리면서 확인했듯이 덜 통통거릴수록 발목과 무릎에 무리가 덜 갔다. 우리는 6개월 전에 달리기를 시작했던 숲속을 향해서 가볍게 달렸다.

앞일이 어찌 될지는 몰라도 지금 달리기가 내게 어떤 혜택을 주는지는 잘 알았다. 앞으로 달리기의 가치를 아는 의사들에게만 조언을 구하겠다고 결심했다. 그리고 나 자신을 믿겠다고 다짐했다. 꼬리를 한껏 쳐든 모건은 속도를 거의 높이지 않고도 나를 잘 따라왔다. 그 꼬리가 다정하게 내 다리를 두드리자 심장이 터질 것만 같았다. 우리가 돌아왔다!

울고
싶을 때마다
한 발씩
내디뎠다

밉살스러운 발목 전문의가 빼앗아간 달리기를 되찾은 지 닷새 만에 개와 나는 6킬로를 달렸다. 우리가 달린 가장 긴 거리였다. 오하이오의 10월은 온통 적갈색, 진홍색, 주황색, 연황색의 낙엽 천지다. 가을 공기를 들이마시며 골반 움직임에 집중했지만 좀 지나면 잊어버리곤 했다. 긴장을 풀자 통증이 구름처럼 내 의식 속을 둥둥 떠다녔다.

우리 동네에서는 낙엽을 긁어모아 길가에 무더기를 만든다. 모건은 종종 래브라도 레트리버의 키보다 더 높게 쌓인 이 무더기를 무척 좋아한다. 녀석이 하나를 밟고 지나가다가 깊이를 잘못 가늠해 낙엽 무더기에 푹 빠져버렸다. 내가 깔깔 웃는 사이 모건은 버둥거리다가 몸을 일으켜 세웠다. 뻣뻣한 털에서 낙엽을 떨쳐내더니 아무 일도 없었다는 듯 다시 걷기 시작했다.

나는 개의 우아한 걸음걸이와 무심한 태연함을 흉내 내고 싶었다. 이제는 종종걸음을 쳐야 나를 따라올 수 있을 만큼 내 속도가 늘었지만, 모건은 변함없이 침착했다. 긴장도 서두름도 없었다. 머리와 등은 수평을 유지했다. 다리만 움직이면서 매끄럽게 따라왔다. 늘어진 귀도 펄럭이지 않았고 튼실한 뒷다리도 편안해 보였다. 살짝 말린 꼬리를 높이 쳐들자 끄트머리의 황금빛 털이 산들바람에 팔랑거렸다. 때로는 혀를 늘어뜨렸지만 헐떡이는 소리마저 경쾌했다.

그때 한 여자가 보더콜리를 데리고 다가왔다. 모건은 툴툴거렸다. 개를 끌고 그 둘 사이로 지나가려 했지만 모건이 으르렁대며 뒷다리로 일어서더니 나를 끌어당겼다. 그러고는 쉰 목소리로 우렁차게 짖어댔다. 나는 녀석을 힘껏 잡아당겨야 했다. 모건은 멈추고 뒤를 돌아보며 고개를 갸웃했다. "왜 이래? 개 짖는 거 처음 봐?"

보더콜리와 여자가 시야에서 멀어지고 나서야 모건은 다시 조용하고 차분해졌다.

달리고 나면 매번 압박스타킹을 신고 가까운 의자에 발을 올렸다. 온라인 달리기 일지는 '잘 하고 있어!', '장하다!' 따위의 말로 채웠다. 부상을 방지하기 위해 보호 장비를 착용하고 살살 달린다는 이야기를 펭귄 커뮤니티에 꾸준히 올렸다. 나는 90대까지 달리고 싶었다. 달리기 경력이 고작 6개월에 불과한 내가 이 커뮤니티에서는 고참 축에 들었다. 속으로 발목 전문의를 조롱했다. '유합'이라는 단어는 가급적 떠올리지 않았다.

물론 여전히 혼란스러웠다. 외과의사는 나더러 뛰지 말라고 했는데 정신과의사는 적당히 달리라고 했다. 유명한 러닝 닥터는 마음껏 달려도 된다고 했다. 단단히 결심한 나는 달리기 규칙을 한 가지 더 만들었다. 발목이 부으면 하루를 쉰다. 절대 이틀 연속으로 달리지 않는다. 나는 치러닝의 원칙(꼿꼿한 자세, 편안하게 몸 기울이기, 몸에 힘 빼기, 빠른 발 전환)을 계속 적용하고 절대 무리하지 않았다.

게다가 속도는 원래 상대적이다. 시간이 흐를수록 빨라지는 사람도 있다. 나는 발목이 불안하고 자세를 의식해야 해서 달릴수록 속도가 느려졌다. 발목 때문에 달리기 관련 기사에서 권하는 방식에 따를 수 없었다. 이론상 점점 빨라져야 하지만 나는 일단 효율성부터 익힐 필요가 있었다. 속도를 늦추며 골반을 기울이고 고개를 쳐들었다. 발을 높이 들고 무릎을 굽히면서 세상이 거대한 공처럼 내 발밑에서 구르는 상상을 했다.

나는 느렸다. 그것을 인정해야 했다.

발목이 실제로 어떤 상태인지 확인하려고 항염증제 복용을 중단했다. 붓기는 해도 매번 심하게 붓지는 않았다. 결리고 부어도 그러려니 했다. 달리기를 멈추지 않았다.

일주일 후 토요일에, 묵직한 다리와 힘겨운 호흡으로 7.6킬로를 달렸다. 어떤 날은 영원히 달릴 수 있을 것만 같았다. 오래전에 달리기를 포기하지 않았으면 얼마나 좋았을까 후회하며 더 먼 거리를 달리는 꿈을 꿨다. 어떤 날은 내가 어쩌다 달리기에 빠졌는지 도무지 이해가 되지 않았다.

'나의 운동은 네가 하는 운동의 벌이다my sport is your sport's punishment'라는 문구가 가슴에 와닿았다. 그렇게 긴 거리를 달린 건 처음이라 멋진 단풍이나 개인 기록은 신경 쓸 여력이 없었다. 터키 트롯 경주 거리에 가까워진 것도 별로 관심 없었다. 그만 달리고 싶을 뿐이었다.

개를 멀리까지 데려온 것이 걱정이었다. 날씨는 아직 더웠고 개들은 땀을 흘리지 않아 체온이 금방 올라간다. 우리 둘이서 마실 물을 가지고 달리기에는 부담스러웠다. 나 혼자 마실 물을 챙기기도 귀찮았다.

이 문제를 해결하기 위해 3.8킬로의 순환 코스 지도 두 개를 그렸다. 첫 번째 구간을 돌고 나서 집에 돌아와 모건을 풀어놓고, 화장실에 다녀오고 물을 마신 다음, 지지대를 댄 다리로 혼자 두 번째 구간을 돌기 위해 거리로 향했다. 내가 진입로를 내려가고 있을 때 모건은 주방 창문턱을 짚고 서서 나를 보며 낑낑거렸다. 나중에 에드에게 듣기로, 내가 없는 내내 풀이 죽은 채 서성이며 찡얼거렸다고 했다. 모건을 쓰다듬으려 하자 잔뜩 토라진 표정으로 나를 쏘아봐서 한층 더 피곤해졌다.

10월 내내 따뜻했기 때문에 날씨가 추워지자 몸이 좀처럼 적응하지 못했다. 9월은 무더워서, 나의 첫 5킬로 대회에는 러닝셔츠를 입고 온 사람들도 있었다. 그들을 보며 나는 진짜 러너

● 구기 등 단체 운동에서 태도가 불량한 선수에게 벌로 달리기를 시키는 경우가 많은 것과 관련해 달리기 선수들이 자주 쓰는 구호다.

들 같다고 느꼈다. 내가 입었던 옷은 러닝셔츠는 아니지만 티
셔츠도 아니라서 왠지 뿌듯했었다. 가을이 오자 다른 옷을 구
해야 했다.

추운 날씨에 걸치는 러닝복 가운데 내가 가장 아끼는 것은
원하는 물건을 골라 가라는 에이미 언니의 말에 제이미의 옷장
에서 가져온 보드라운 회색 면 후드 티였다. 소매가 찢어졌지
만 겹쳐 입기 딱 좋은 옷이었다. 영하 2도의 날씨에, 긴팔 면 티
두 장을 겹쳐 입고, 그 위에 후드 티를 입고, 넥워머를 하고, 장
갑을 꼈다. 내복 바지와 긴 양말 위에 러닝 팬츠를 입었다. 제이
미의 후드를 쓰고 그 아이 기억을 마음에 채우면 바람 따위는
아무것도 아니었다.

펭귄 회원들이 《러너스 월드》에 소개된 '무엇을 입을까' 계
산기를 알려주었지만, 그것은 시작하고 10분 만에 땀을 흘리
는 사람들을 겨냥한 내용이었다. 내게는 해당되지 않았다. 그
래서 제시된 기온별 옷차림에 한 겹을 더 추가했다. 10도쯤 높
은 기온에 맞춰 가볍게 옷을 입는 것이 일반적인 원칙이지만
나는 그것을 5도로 계산했다. 처음에 추운 것보다 끝나고 땀에
젖는 편이 나았다.

터키 트롯 2주 전, 모건 없이 경주 거리인 8킬로에 도전했다.
보통 사람에게 7.6킬로와 8킬로의 차이는 '0.4킬로'에 불과하

지만 내게는 그랜드 캐니언의 너비였다. 심장 마비가 오거나, 무언가에 걸려 넘어지거나, 집에서 한참 떨어진 곳에서 다리가 풀려 돌아오지 못할까 봐 걱정이었다. 나는 아직 휴대전화가 없어서 에드에게 전화할 수도 없었다. 더구나 그를 포함한 사람들 대부분이 직장에 있을 낮 시간이었다. 누군가 발견할 때까지 남의 집 잔디밭에 쓰러져 있어야 할지도 모른다.

장거리 달리기는 정신적인 두려움도 주었다. 30대 초반부터 명상을 했고 남편과 함께 열흘짜리 수련회에도 정기적으로 참가했지만 나는 지루함을 못 견디는 편이었다. 수련을 지루함 그 자체라 여기는 사람이 많을 거다. 45분 동안 앉는다. 30분간 걷는다. 45분 동안 앉는다. 식사를 한다. 열흘간 저녁 강의 시간만 빼고 이 과정을 하루에 세 번씩 반복한다. 0.4킬로를 더 달리는 게 뭐 대수냐고 하는 사람도 있을 것이다. 하지만 내가 지루함을 어디까지 참을 수 있을지 알 수 없었다. 8킬로를 도저히 못 견딜지도 모른다.

그날은 3킬로가 가장 힘들었다. 원래 그렇다. 3분의 1 지점을 지날 때까지 절대 해내지 못할 것만 같다. 하지만 그날, 그리고 그날 이후 계속 달리면서 조금씩 나아진다는 사실을 깨달았다. 5킬로를 마치자 마음이 환해졌다. 6킬로를 지나니 발이 한층 가벼워지고 속도도 더 빨라졌다. 8킬로를 달리고 우리 집이 시야에 들어오자 기분이 황홀했다.

집에 도착한 나는 토라진 모건의 귀를 긁어주고 인터넷에 접속해 콜럼버스 터키 트롯에 참가 신청을 했다.

터키 트롯의 기념품 꾸러미를 챙기러 러닝용품점에 들렀더니 '고참' 직원 배리가 처음 만나는 비탈길에서 골탕 먹을 수 있다고 귀띔해줬다. "막판에 쓸 에너지를 아껴둬야 해요. 힘을 비축해야 하죠." 나는 그에게 감사를 표하고 어린아이 손바닥으로 찍은 칠면조 그림이 그려진 오렌지색 긴소매 기능성 셔츠를 받았다.

그런데 감기가 찾아왔다. 펭귄들에 따르면 목감기는 달리기에 큰 지장이 없었다. 하지만 폐 쪽이 문제라면 다르다. 나는 코를 훌쩍이고 때로 기침을 했지만 그것이 후비루*라고 생각했다. 침대 옆에 앉아 상태를 살폈다. 들숨과 날숨을 몇 번 반복해도 가슴이 답답하지 않았다. 계속했더니 곧 답답해졌지만 사실 호흡을 의식할 때마다 가슴은 늘 답답했다. 에드에게 내 숨소리를 들어보게 했다. "괜찮은 거 같아." 그가 말했다. "달려도 되겠어." 나도 그렇게 생각하고 싶었지만 그것은 곧 사람들 앞에서 8킬로를 달려야 한다는 뜻이었다. 훈련 일지를 훑어보았다. 달린 거리를 입력했다. 숨소리를 다시 들어보았다. 탁한 소

---

* 코나 목에서 나오는 분비물이 인두에 고이거나 넘어가면서 이물감이 느껴지는 증세.

리가 났지만, 나는 겁을 먹으면 원래 그런 소리를 낸다.

배리가 주차 문제는 언질을 주지 않았다. 신청자가 4천 명에 달한 탓에 대회가 시작될 쇼핑센터에서부터 세 블록 이내에는 차를 댈 만한 공간이 아예 없었다. 에드는 단념하지 않고 '구급차 전용' 공간에 주차했고, 우리는 견인료를 누가 낼 것인가를 두고 옥신각신했다("당신 대회잖아." "당신 차잖아!").

시작 30분 전, 그냥 따뜻한 차 안에 머물고 싶은 마음도 없지 않았지만 한편으로는 얼른 출발점으로 가고 싶었다. 나는 에드에게 입을 맞추고 떼 지어 서성대는 인파에 합류했다. 겹겹이 껴입었는데도 몸이 떨렸다.

나는 앞치마를 입은 남녀, 분장용 의상을 입은 스탠더드 푸들 한 쌍(검은 개는 순례자, 갈색 개는 인디언 복장이었다), 칠면조 모형을 머리에 쓴 일가족, 머리부터 발끝까지 칠면조 분장을 하고 볏까지 붙인 사람, 그 밖에 순례자 모자와 인디언 머리띠를 쓴 많은 사람들을 피해 공기주입식 아치 앞으로 이동했다.

옅은 안개 속에 내 숨결이 퍼졌다. 러너들은 옹기종기 모여 이야기를 나누면서 체온을 유지하기 위해 발을 동동거렸다. 나는 같이 뛰기로 한 친구들 중 아무도 찾을 수 없었다. 에드도 어딘가에 있겠지만 대회가 끝날 때까지 그와 만날 계획은 없었다. 춥고 어색해서 낯선 사람에게 말을 붙일 기분도 나지 않았다. 결국 신호음이 울리고 우리 무리는 레인 애비뉴로 향했다.

배리의 예상대로, 나는 첫 내리막길만 내려갔는데도 힘이 빠졌다. 하지만 오하이오 주립대 캠퍼스의 모퉁이를 돌자 에드가 물 한 병을 들고 서 있었다. 전날 밤 형광펜을 들고 코스 지도를 연구하더니, 통제된 주변 거리에서 나와 마주칠 방법을 알아낸 모양이었다. 예상치 못한 구호반이었다.

에드를 만난 후 나는 되살아났다. 속도도 빨라졌다. 오하이오 경기장 밖에서 치러닝 강사 더그를 만났다. 그는 내가 달리는 속도로 치워킹을 하고 있었다. 우리는 대화를 나눴다. 나는 더 이상 춥지 않았다.

그는 앞서 나갔고, 나는 묵직한 다리와 지친 발을 원망하며 뒤처졌다. 내 또래의 여자 하나가 큰소리로 혼잣말을 했다. "이쯤에 이동식 화장실 하나쯤 갖다 둬야 하는 거 아닌가?" 내가 대꾸했다. "아니면 기저귀라도." 그녀가 킥킥 웃었다.

6.4킬로 지점을 통과하자 그 여자는 환호했다. "1.6킬로만 더!" 하지만 앞쪽에 긴 구릉이 보였다. 그녀는 겁먹지 않고 계속 재잘거렸다. 자신이 유방암을 이겨냈다는 이야기도 했다. "우리 사위가 빨리 가서 호박파이를 챙겨야 할 텐데!" 우리는 아무래도 호박파이를 받는 선착순 2천 명 안에 들긴 그른 것 같았다.

수다를 떠느라 속도는 느려지고 호흡은 거칠어졌다. 오르막길을 꾸역꾸역 올라 우리는 함께 결승선을 통과했다. 사위가 획득한 파이를 손에 든 그녀와 내 사진을 에드가 찍어주었다. 달린 후의 열기는 집으로 돌아오는 길에 자동차 히터만큼이나 나를 훈훈하게 했다.

가족과 함께한 추수감사절 만찬에서 언니는 달리기로 그 많은 칼로리를 퉁치려 든다고 나를 놀렸다. 내 머릿속 목소리가 "달리기만 하면 뭐든 다 해결되는 줄 알지?" 하고 시비를 걸었다. 나는 닥치라고 쏘아붙이고는 끝없이 먹었다.

내가 대회 번호표 수집에 열을 올리는 사이 에드도 상을 받았다. 지난 10월, 《콜럼버스 먼슬리Columbus Monthly》 잡지는 장기 거주 치료 시설인 '알코올 중독자 희망의 집'에서 최고 재무 관리자로 기여한 공로를 인정해 그에게 '올해의 CFO상'을 수여했다. 이 작은 비영리기관에서 에드는 장부를 정산하고 보조금을 지급하는 등 온갖 회계 업무를 도맡아 했다. 에드는 재정적 위기에 빠진 이 단체에 합류해 상황을 반전시켰다. 내가 보기에 그는 백마 탄 기사 같았다. 《콜럼버스 디스패치Columbus Dispatch》 인터뷰 기사에 정장과 넥타이 차림으로 서 있는 그의 근사한 사진이 실렸다.

이어서 12월에는 센트럴 오하이오 휴머니스트 커뮤니티(HCCO)가 수여하는 '올해의 휴머니스트상'을 수상하며 두 번째 영예를 얻었다. 그는 HCCO 이사회에서 봉사했고, 매달 하는 헌

혈 캠페인부터 고속도로 정화 사업에 이르기까지 수많은 선행에 적극 참여했다. 시상식에서 그가 수상 소감을 발표하며 그간의 노력과 지성, 선의를 인정받는 사이 나는 흐뭇하게 그의 옆자리를 지켰다.

내 기분은 사람들 앞에서 달리는 모습을 보여야 한다는 불안감에서, 출발선을 밟을 때의 미친 듯한 쾌감, 결승선을 넘을 때의 달콤한 피로감과 성취감을 넘나들었다. 기념품도 마음에 들었다. 두 사이즈나 큰 크리스마스 스웨터(빠진 체중을 과소평가한 나의 실수였다)와 이미 지하실에 여러 상자 쌓여 있는 머그잔이라고 한들 좋아하지 않을 이유가 있을까? 달리기를 하지 않았다면 더 나쁜 것에 중독될 수도 있었는데. 2011년이 지나기 전에 나는 5킬로를 두 번 더 뛰었다. '눈송이 5킬로'와 '새해맞이 달리기'라는 대회였다.

눈송이 5킬로에서 눈이 내리자, 나는 진정한 러너가 된 것만 같았다. '긴장을 풀고 몸을 숙인다'라는 치러닝의 원칙을 이용해 결승선에서 어떤 여자를 따라잡았다. 내가 더 빨리 달릴 수 있게 도와줘서 고맙다고 주책을 부렸더니, 그녀는 인상을 쓰며 대꾸했다. "나를 물리치다니 참 고맙네요!" 앗, 나의 실수.

새해 전날 오후, 새해맞이 달리기에서 터키 트롯 기념품으로 받은 긴팔 기능성 셔츠를 입었다. 이제 몸에 닿는 옷은 순면을 입지 않는다. 교회 주차장에 모인 40명의 참가자는 다들 날렵

하고 활기찬 모습이었다. 갑자기 집에 돌아가고 싶어졌지만 그곳에 오느라 에드는 30분이나 운전을 했다. 그가 내 생각을 읽었다. "꼴찌면 또 어때?"

내가 뭐라 따지기도 전에 대회 진행자가 확성기로 우리에게 줄을 서라고 외쳤다. 맨 뒤에 있는 부부 뒤에 서려 했더니 남자가 거부했다. "아내가 꼴찌 할 것 같대서요." 그는 분홍 후드 티를 입은 여자를 가리켰다. 그 옆에는 어린애를 목말 태운 나이든 남자가 서 있었다.

경주가 시작되자 미처 주차장을 나서기도 전에 부부가 나를 앞질러갔다. 큰길에서는 차 한 대가 빵빵대며 방향을 홱 틀었지만 경찰은 태평스레 지켜보기만 했다. 그가 무심히 가리키는 길 건너편의 강변길을 보니 분홍 후드 티를 입은 여자가 지나가고 있었다.

출발할 때의 설렘과 차에 치일 뻔했을 때의 충격으로 정신이 산만해졌지만, 늘어선 관목과 텅 빈 들판이 펼쳐지자 머릿속의 부정적인 목소리가 재잘대기 시작했다. "넌 늙었고 뚱뚱하고 느려." 나는 조그만 애착 담요인 양 분홍 후드 티만 애타게 찾았다.

그 여자가 속도를 줄여 걷기 시작하자, 나는 그녀의 후드에 잡힌 주름이 보일 만큼 가까워졌다. 내가 다가갔더니 그녀는 비장한 표정으로 돌아보고는 다시 속도를 내어 멀어졌다.

숲이 우거진 오솔길을 따라 개울이 흘렀다. 이따금씩 지나가는 차를 제외하면 고요하기만 했다. 그 여자는 나와의 거리를 점점 벌려 이내 시야에서 사라졌다. 달리기를 즐기고 싶어서 상쾌한 공기를 음미하고 겨울이 미처 얼려버리지 못한 녹색 이파리가 달린 나무줄기를 집어 들었다.

몇 개의 거리를 건너자, 반대편에서 개를 산책시키는 커플이 다가왔다. 꼬마를 목말 태운 남자가 뒤에 있나 돌아봤지만 보이지 않았다. 나는 다음 거리에 들어섰다. 작은 언덕 중간쯤에서 분홍 후드 티 차림의 여자를 또 만났는데… 걷고 있었다. 그녀는 나를 보고 속도를 올렸지만 기력이 빠진 듯했다. 나는 그녀를 쉽게 앞질렀고, 의기양양한 나 자신이 금방 부끄러워졌다.

분홍 후드 티를 입은 여자가 나를 따라잡을까 두려워 더 힘껏 달렸다. 여전히 아이를 어깨에 태우고 있는 나이 많은 남자도 따라잡았다. "우리는 지름길로 왔어요." 그가 말했다. 진로를 이탈하는 사람이 있으리라고는 생각지도 못했다.

에드가 기다리고 있던 주차장으로 진입하자 몇몇 사람이 환호를 해줬다. 나는 에드와 함께 작은 무리에 합류해 다른 사람들을 기다렸다.

아이를 목말 태운 남자는 환호하고 박수 치는 우리 옆을 천천히 달려 지나갔다. 분홍 후드 티를 입은 여자가 그 뒤에 따라

붙었다. 우리는 그녀가 1등이라도 한 듯 소리를 치고 휘파람을 불며 격려했다.

두 뺨이 화끈거렸다. 손자를 어깨에 태운 할아버지와 분홍 후드 티를 입은 여자밖에 못 이긴다고 해도 나는 이기기 위해 달려 나갔다. 그들 덕분에 5킬로 개인 기록을 세운 셈이지만 감사 인사는 안 하는 게 나을 거다.

에드는 공원 벤치에 쓰러지듯 누워 있는 내 사진을 페이스북에 올렸다. 새로운 내 모습이었다. 소파에서 뒹굴뒹굴만 하던 내가 '새해맞이 달리기'를 했다.

그날 밤, 우리 부부는 친구들과 TV를 보며 새해를 기다렸다. 1월의 한파가 닥치면 홀딱 빠져버린 이 일을 어떻게 계속할 수 있을지 고민이었다. 하지만 그 생각은 잠시 접어두고, 친구들과 축배를 들며 남편과 입을 맞췄다.

울고
싶을 때마다
한 발씩
내디뎠다

꿈을 좇는 것이 처음은 아니었다. 1997년, 나는 에드에게 뉴멕시코주 타오스로 이사를 가자고 했다. 결혼한 지 4년밖에 안 된 시기였다. 나는 베스트셀러 작가 나탈리 골드버그가 진행하는 3주 과정의 워크숍에 참가했다가, 그녀의 워크숍을 전부 이수하면 책을 써낼 수 있을 거라는 확신을 품게 되었다. 뉴멕시코의 햇살과 예술혼이 내게 새로운 인생을 선사할 거라 굳게 믿었다. 오하이오의 집을 매물로 내놨더니 딱 사흘 만에 팔렸다.

7월의 어느 날 타오스에서, 에드와 나는 부동산 중개사무소 앞에 앉아 볕을 쬐고 있었다. 백색 스바루 아웃백 차가 복사 가게 앞 주차 공간으로 들어갔다. 나는 운전석에 앉은 검은 머리 여자를 단번에 알아봤다. 나탈리였다. 파일 여러 개를 들고 차에서 내리던 그녀는 우리를 발견하고 빤히 응시했다.

용기를 짜내서 "안녕하세요, 나탈리"라고 말을 걸기까지 잠시 시간이 걸렸다.

"무슨 볼일이 있으신가요?" 그녀가 물었다.

"그게 아니라, 이쪽으로 이사하려고요." 나는 환히 웃었다.

그녀의 짙은 색 눈에 불신이 스쳤지만, 우리의 새 집 위치를 묻더니 다음 날 도서관에서 만나 이야기를 나누자고 했다. 그러고는 복사 가게로 들어갔다.

도서관에서 나눈 대화 가운데 기억나는 건 딱 한 가지다. "타오스는 시골이에요." 그녀는 이 말을 몇 번이나 반복했다. 나는 오하이오 시골에 있는 20헥타르 규모 농장에서 자랐다. 우리는 소, 콩, 옥수수를 길렀다. 삽으로 말똥을 치우고 건초도 묶었다. '시골'이라면 나도 엔간히 안다고 생각했다. 그녀가 우리를 단념시키려 해도 소용없을 것이다. 두 달 후, 에드와 나는 멋진 타오스산이 내다보이는 메사mesa* 위에 살게 되었다.

나탈리의 워크숍에 참가한 나는 메이블 도지 루한 하우스 Mabel Dodge Luhan House**의 흙벽돌 회의실 건물에서 60명에 가까운 다른 사람들과 함께 여러 줄로 놓인 접이의자에 앉아 그녀의 한 마디 한 마디를 놓치지 않으려 안간힘을 썼다. 나탈리는 자신의 책『뼛속까지 내려가서 써라』에서 글쓰기와 선불교 원칙을 접목한 '글쓰기 수련'이라는 용어를 만들었다. 불교와 창조성의 결합은 나의 명상 수행과도 관계가 없지 않았다.

그녀가 가르친 보편적 원리는 글쓰기 너머까지 미쳤다. 주요 '글쓰기 수련의 법칙'에서 그녀는 "손을 계속 움직이라"라고 가르쳤다. 그녀가 강조하는 '심원心猿'이라는 불교 용어에는 창조적인 정신과 내면의 비평가가 서로 얽힌 채 표현의 목을 조

● 스페인어로 '탁자'라는 뜻으로 꼭대기는 평평하고 주위는 급사면인 지형을 가리킨다.

●● 20세기 초, 예술 후원자이자 작가인 메이블 도지 루한이 문학, 음악, 미술 분야의 예술가들을 위해 마련한 살롱으로 현재는 호텔과 회의장으로 쓰인다.

른다는 의미가 담겨 있다. 창조적 에너지를 자유롭게 풀어주려면 "손을 계속 움직여야" 한다. 느릿느릿 걷는 것도 좋다. 나탈리의 "무슨 일이 있어도 계속하라"와 "포기하지 말라"라는 가르침은 그녀의 선불교 스승 다이닌 가타기리에게서 배운 원칙으로 글쓰기 이외의 분야에도 적용할 수 있다. 나는 침대에서 나오는 것부터가 전쟁이던 시절부터 이 원칙을 실천했다.

워크숍에서는 '으깬 감자'부터 '가장 큰 후회'에 이르는 온갖 주제에 대해 10분간 글을 썼다. 주제가 마음에 들지 않는다면? 그래도 상관없다. 어쨌든 쓰고 본다. 5일 내내 접이의자에 앉아 있어서 다리가 결린다면? 그래도 마찬가지다. "포기하지 말라." 나는 글을 쓰는 것과 우울증을 안고 사는 삶의 공통점을 금방 찾았다. 세월이 흐른 후, 나는 이러한 원칙들이 달리기에 어떻게 적용되는지 실감하게 되었다.

이런 원칙들과 더불어 내게는 비슷한 목표를 지닌 작가 동료들이 생겼다. 워크숍 참가자는 대부분 내 또래인 30~40대 여성들이었다. 우리는 명상을 하고, 산책을 하고, 글을 썼다. 펜 끝에서 쏟아낸 고난과 기쁨에 대한 이야기를 아무런 평가 없이 낭독했다. 나탈리가 정해준 소그룹별로 본관 주위의 공터에 모여, 야외용 의자에 앉아 몇 시간이고 글을 쓰고 낭독했다. 우리 머리 위로 뻗은 미루나무가 바람에 살랑거렸다.

타오스에 살게 되니 여행 경비나 숙박비를 쓸 필요가 없어져 해마다 네 차례 열리는 나탈리의 워크숍에 전부 참가했다. 꿈같은 워크숍 기간마다 에너지와 자신감이 샘솟았다. 변호사 일을 할 때 그랬듯이 끝까지 최선을 다했다. 하지만 워크숍이 끝나고 친구들이 대부분 다른 주에 있는 집으로 돌아가면, 나는 다시 고통과 함께 혼자가 되었다. 에드는 나를 정서적으로 지원하기 위해 갖은 노력을 다했지만, 오하이오에서는 한 직장에서도 가능했던 돈을 벌기 위해 세 가지 일을 해야 했다.

타오스로 이사한 후, 당시 나탈리의 파트너였던 미셸은 워크숍이 없는 기간에 글쓰기 연습을 할 그룹을 만들자고 제안했다. 내가 도서관과 커피숍 몇 군데에 전단을 붙였더니 금방 여섯 명으로 구성된 팀이 꾸려졌다. 우리는 매주 한 번씩 커피숍에서 만나 글을 쓰고 낭독했다. 이 모임이 워크숍 사이의 공백을 채웠지만 나는 그들과 같이 있을 때만 글을 썼다. 언덕 위의 멋진 우리 집에 혼자 있을 때는 빈 문서를 마주할 수 없었다.

에드와 나는 우리가 이사 온 첫 달에 미셸과 나탈리를 집으로 초대해 점심을 대접했다. 글쓰기 모임 덕분에 미셸과는 좋은 친구가 되었지만, 나탈리는 워크숍 밖에서는 수강생들과 거리를 두었다. 물론 나탈리에게도 사생활이 필요하다는 것을 알았지만 나는 그녀에게서 가급적 많은 것을 배우고 싶었다.

6개월 후 나탈리는 마을 북쪽에 있는 커피숍에서 차를 마시자고 내게 연락했다. 이 자리에서 그녀는 그동안 나를 "조금 경계했다"라고 인정했다.

"저를 이용하려는 사람이 워낙 많았거든요. 당신이 정신 나간 스토커가 아니라는 확신이 필요했어요."

그녀를 나무랄 수는 없었다. 내가 좀 집착한 면이 있었다.

나탈리는 이제야 안심한 듯 한 주에 한 번 있는 글쓰기 토론 모임에 나를 초대했다. 그 모임에서 그녀는 내 글 몇 편을 읽고 의견을 주기도 했지만 주로 글쓰기 수련을 꾸준히 하라는 얘기를 했다. "진짜 쓰고 싶은 게 무엇인지 깨달으려면 일단 많이 써봐야 해요." 조금은 맥이 빠졌지만 맞는 말이었다.

그녀는 자신의 집에서 모이는 글쓰기 모임에도 나를 초대했다. 우리는 그녀의 친환경 주택에 꾸며진 명상실에서 매주 만났다. 알루미늄 캔과 흙으로 지은 그 집은 산비탈에 자리 잡고 있었다. 커다란 창으로 언덕과 드넓은 하늘이 보였다. 우리는 조용히 앉아 있다가, 조용히 걷다가, 앉아서 20분간 글을 쓴 다음 소리 내어 읽었다. 다른 사람들은 대부분 서로 아는 사이 같았지만 상관없었다. 우리는 어떤 여건에서도 모임을 계속했다.

마침내 나탈리는 내게 워크숍에서 자신을 도와 달라고 부탁했다. 내가 큰 그룹을 대상으로 20분간 글쓰기 수련의 기본 원칙을 가르치고 걷기와 앉아 있기를 하는 사이, 그녀는 작은 그룹의 참가자들을 가르쳤다. 나는 글쓰기에 너무 깊이 빠져서 힘들어하는 사람들도 만났다. 그들의 강렬한 감정에 공감할 수 있었다. 워크숍에서조차 종종 고삐가 풀렸다고 느끼면 그 역할이 부여하는 체계가 내게 도움이 되었다.

   에드와 내가 이사 온 지 1년 만에 나탈리는 선불교를 공부하러 미네소타로 떠났다. 메사에 있는 친환경 주택은 그대로 두고 가서 우리 모임은 나탈리 없이도 앉아 있기, 걷기, 쓰기를 계속했지만, 워크숍 때 말고는 그녀를 만나기가 어려워졌다.

   한편 처방받은 항우울제가 체중 증가를 유발한다는 사실을 알게 된 나는 약 복용을 중단하고 '자연' 치료법을 시도하다가 비참한 결과를 맞았다. 자살 충동을 느껴 입원을 고려했지만 가장 가까운 정신 병원은 리오그란데 협곡을 관통하는 2차선 도로를 따라 1시간 30분을 가야 하는 산타페에 있었다. 에드가 날마다 그 길을 왕복으로 운전하다가는 교통사고로 죽기 딱 좋겠다는 생각이 들어 병원을 거부했다. 대신에 친구들에게 1시간마다 내 상태를 확인해 달라고 부탁했다. 그렇잖아도 에드는 분쟁조정 자격증 강의를 듣느라 한 주에 한 번 차를 몰고 산타페까지 다녀와야 했다. 나는 에드를 사고로 잃느니 차라리 같이 죽는 게 낫다며 그와 함께 다니겠다고 고집했다. 에드는 우리가 사고를 당하거나 죽을 거라고 생각하지는 않았지만 내가 동석하는 것을 좋아했다. 그가 수업을 받는 동안 나는 커피숍에 가서 고통에 대한 글을 썼다.

결국 다시 약을 먹기 시작했다. 자살 생각은 지나갔지만 공허하고 피로했다.

더구나 사람들이 '매혹의 땅'이라 부르는 뉴멕시코의 마법은 나를 매혹시키지 못했다. 그곳을 집처럼 생각하려고 애썼고, 워크숍이 없을 때 시간을 함께 보내는 글쓰기 모임이 둘이나 생겼고, 치료 공동체도 찾았지만 타오스에 정을 붙이기 힘들었다. 나탈리가 경고했듯이 타오스는 거칠고, 너저분하고, 무질서하고, 때로는 폭력적이고 낯설었다. 오하이오에는 이 정도까지 황량한 곳은 없었다. 타오스에 잠깐잠깐 방문할 때는 그 점을 깨닫지 못했다. 누군가에게 뉴멕시코 북부는 다른 지역의 따분한 삶에서 해방되어 굉장한 모험과 절실한 변화를 추구하는 곳일지도 모른다. 하지만 나처럼 정신 건강이 위태로운 사람에게는 안정감과 친밀감, 질서가 필요했다.

에드는 타오스에 무난히 적응했지만 내 행복을 염려했다. 그는 우리가 다시 떠나야 한다고 여겼다. LA에서 나고 자란 그는 캘리포니아로 가고 싶었을지도 모른다. 하지만 내가 고향으로 돌아가야 한다는 것을 이해해주었다. 우리는 2000년 3월에 오하이오로 돌아와 도시 외곽에 자리 잡았다. 이곳에서 나는 디지털 타이머를 들고 또 다른 꿈을 좇기 시작했다.

체계   10

울고
싶을 때마다
한 발씩
내디뎠다

낯익은 고향이었지만 어둠침침한 오하이오의 날씨는 나를 암울한 기분으로 미끄러뜨렸다. 달리기가 잠시나마 안도감, 에너지, 심지어 기쁨을 가져다주었지만 세상에서 사라지고 싶다는 생각은 없어지지 않았다. 12월 말에 펭귄 한 명이 '100일간의 도전'이라는 계획을 발표했다. 2011년 연초부터 100일 동안 날마다 30분씩 몸을 움직이는 게 목표였다. 나는 이미 한 주에 며칠은 운동을 하고 있었지만 날마다 하면 겨울 침체기를 예방할 수 있을 것 같았다.

매일 30분씩 운동한 경험은 없었다. 농장에서 자란 나는 건초를 묶고 거름을 삽으로 치웠다. 집과 헛간 사이를 달리거나 말 흉내를 내며 숲속에서 뜀박질을 했지만, 나의 첫 관심 대상은 음악이었지 스포츠가 아니었고 특히 체육 수업을 싫어했다. 소프트볼 시간에 체육 선생님은 나처럼 운동신경이 둔한 밴드 부원들을 괜히 공의 타깃이 되지 않도록 외야로 보냈다. 피구 시간에는 공포에 질렸다. 만만한 먹잇감인 내게 너 나 할 것 없이 빨간 고무공을 힘껏 던졌다. 쫓겨나서 관람석에 앉아 있으면 몸에 난 붉은 자국이 욱신거렸고, 다른 친구들과 달리 혼자서 겁을 잔뜩 먹었다는 생각에 수치스러웠다. 학교는 좋았지만 강제 운동의 굴욕을 피하기 위해 꾀병을 부리곤 했다.

100일간의 도전에 뛰어들기 위해서는 선택이 필요했다. 달리기를 하거나, 줄넘기를 하거나, 뜀뛰기를 하거나, 요가 또는 스트레칭을 하거나, 바닥에 구르는 것도 괜찮았다. 어떤 운동이라도 상관없었다. 다양한 가능성이 열려 있다는 점이 마음에 들었다. 체계적인 계획과 온라인 커뮤니티는 꾸준한 신체 활동을 하는 데 도움이 될 것 같았다.

우울증, 외상 후 스트레스 장애, 양극성 장애는 나의 의욕을 짓눌렀다. 생각이 너무 많으면 의사 결정이 마비된다. 눈앞에 너무 많은 선택지가 놓이자 여러 대안을 가늠하는 데 집착하게 되었다. 완벽주의, 실패에 대한 두려움, 어떤 과제도 결코 쉽지 않다는 것 때문에 너무 부담스러웠다. 다른 사람이 제안한 계획을 따르는 편이 나을 것 같았다.

어떤 날은 운동복을 입는 것조차 힘겨웠다. 그래서 그 과정을 작은 단계로 나눴다. 일단 신발장으로 간다. 하지만 어느 운동화를 신을지 결정해야 했다. 한 켤레를 고르면 앉아서 신는다. 하지만 그 전에 양말을 골라야 했다. 두꺼운 걸 신을까, 얇은 걸 신을까? 무슨 색으로? 이제는 서랍 한 칸에 양말이 가득했다. 다른 운동복도 마찬가지였다. 몇 겹이나 껴입을까? 어느 옷을 입을까? 이 모든 결정 때문에 실행이 좌절될 가능성이 있었다.

달리기 일정과 100일간의 도전이라는 체계가 도움이 되었다. 내가 선택했으니 완전히 외부적인 계획은 아니었지만, 출력하여 책장 한구석에 테이프로 붙여둔 계획표는 내 의지와 무관했고 언제 얼마나 달릴지를 정할 여지도 없었다. 어디서 달릴지에 대한 고민을 없애기 위해 몇 가지 경로를 정해두었다. 날마다 정해진 거리에 맞는 경로를 선택하고 운동을 나섰다. 그 전에 일단 양말, 옷, 운동화부터 골라야 했다. 거기다 시계를 차고 개 목줄도 채워야 했지만 결국 문밖으로 나갈 수는 있었다.

1월에, 100일간의 도전에 자극을 받은 나는 새해 결심을 한 여느 사람들처럼 설레발을 쳤다. 웨이트트레이닝을 하려고 헬스장에 갔다. 오로지 살을 빼기 위해 달린 젊은 시절, 달리기만큼이나 강박적으로 아령을 들어 팔다리를 매끈하게 만들었었다. 20년이 지난 지금도 그런 몸매를 만들 수 있을지는 의문이었지만 늘어진 군살이라도 좀 줄여볼 생각이었다.

집에서 15분 거리에 있는 매코널 심장 건강 센터는 번쩍번쩍하게 잘 관리된 헬스장으로, 심장 재활 환자들에 맞춤한 서비스를 제공했다. 헬스 기구에 개인별 설정을 저장할 수도 있어서 클립보드를 갖고 다니거나 못 미더운 기억에 의존할 필요가 없었다. 탈의실에는 포근한 수건도 준비되어 있었다.

헬스장치고는 조용하기도 했다. 나는 요란한 소음을 견디지 못한다. 대형 마트에 가면 찍찍대는 쇼핑카트 바퀴와 빽빽대는 스피커 소리 때문에 쇼핑을 하기 전 화장실에 한참 앉아 있어야 한다. 매코널에도 소프트 록이 울리고 기계가 철컹대고 러닝머신의 모터가 윙윙거렸지만 쩌렁쩌렁한 스테레오, 끙끙대는 보디빌더, 새된 소리로 웃어대는 여자들이 없어서 다행이었다. 나직한 소리는 고통스럽지 않았다. 인사성이 지나치게 밝은 자원봉사자들과 직원들이 부담스럽긴 해도 거기에는 익숙해질 수 있었다. 나는 곧 자극에 둔감해졌다.

온종일 죽치는 사람들이 없다는 점도 마음에 들었다. 낮 시간에는 헐렁한 반바지와 티셔츠를 입은 백발 남녀가 대부분이었고 60세 미만인 사람은 드물었다. 그들은 느릿느릿 조용하게 움직였고, 스판덱스, 푸시업 브라, 찢어진 탱크톱을 입는 법이 없었다. 그나마 가장 타이트한 옷이 요가 바지였다. 수영복마저 수수했다. 자다 일어난 머리와 화장 안 한 민낯이 나 혼자만은 아니어서, 부츠 컷 운동 바지와 티셔츠 차림으로도 마음이 편했다. 어떤 할아버지가 나를 본다면? 그러든가 말든가.

넘어질 위험이 없다는 점도 헬스장의 또 다른 매력이었다. 겨울이면 푹신하게 쌓인 눈과 매서운 바람, 싸늘한 비로 오하이오 시내는 얼음판이 된다. 나는 아이젠을 신고 길 위를 미끄러질 생각이 없었다. 그래서 헬스장 실내 트랙을 즐겨 달렸다. 달리면서 아래층을 내려다보면 노인들이 헬스 기구로 운동을 하고 있었다. 손가락으로 몇 바퀴째인지 세면서 한 번에 몇 킬로씩 달리고 나면 마음이 뿌듯했다.

모건은 내가 헬스장에 다니는 것을 못마땅하게 여겨 나 혼자 운동복 차림으로 집을 나설 때마다 슬픈 눈으로 바라보았다. 돌아오면 잔뜩 삐져 있었다. 하지만 제설 작업으로 도로에 뿌려진 염화칼슘에 녀석의 발바닥이 상할까 봐 어쩔 수 없었다.

100일간의 도전을 충실히 이행하기 위해 참가자들은 그날그날 어떤 운동을 했는지 소셜미디어에 게시했다. 나는 삽이나 기계로 눈을 치운 것(생각보다 힘들다)을 비롯해 다양한 신체활동을 신나게 올렸다.

헬스장에 반쪽짜리 농구 코트가 있어서 하루는 바스켓에 공을 던져보았다. 팔 힘이 약해서 처음에는 그물 근처에 가지도 않았다. 10분쯤 계속하니 겨우 골대의 백보드를 맞힐 수 있었다. 농구는 중학교 때 억지로 한 것이 전부였는데. 30년이 지난 지금, 초등학교 동창들이 온라인에서 나의 성취를 응원했다.

두 개의 수영장도 이용했다. 온수 풀장은 분출구가 있는 거대한 욕조 같았다. 수중 운동 수업 시간에는 백발 할머니들을 따라가는 것조차 버거웠지만 그들은 내게 계속 같이 수업을 듣자고 종용했다. 하늘, 눈, 나무가 모두 무채색인 계절에 뜨끈뜨끈하고 푸른 물은 내 관절과 마음을 달래주었다.

올림픽 규격의 긴 수영장을 처음 봤을 때는 주눅이 들었지만 트레이너와 함께한 몇 차례의 오리엔테이션 수업이 도움이 되었다. 30분간 물속에서 걷는 운동을 했는데 보기보다 어려웠다.

집 거실에 80년대 음악 방송을 틀어놓고 지르박이나 트위스트, 투스텝을 추는 날도 있었다. 당황한 개가 짖으며 내게 달려들었다. 내가 춤을 멈추지 않자 녀석은 구석에서 등을 보인 채 자는 척했다.

줄넘기도 해보니까 쉽지 않았다. 30분간 딱딱한 나무 바닥에서 뛰는 운동은 내 가엾은 발목에 전혀 도움이 안 되었다. 다음 날이 되니 붓고 아팠다.

어느 눈 내리는 날에는 주방에서 지하실까지 한 줄로 이어진 층계를 반복하여 오르내렸다. 10분 만에 앉아서 쉬어야 했다. 스트레칭 밴드 운동과 요가로 마무리했다.

'100일간의 도전' 표를 인쇄해 날마다 해당 칸에 스티커를 붙였다. 그러다 보니 겨울이 후딱 지나갔고 자존감도 높아졌다. 온라인 친구 몇몇은 내 노력에 박수를 보냈다. 소셜미디어를 보고 내가 유난을 떤다고 생각하는 사람들도 있었겠지만 대놓고 싫은 소리를 하는 사람은 없었다. 운동에 새로 푹 빠졌던 시기라 그런 사람이 있었다 쳐도 친구 삭제를 하고 말았을 것 같다.

매코널에서는 실내 트랙이 마음에 들어서 러닝머신은 뛰지 않았다. 러닝머신 위를 달리다 나자빠지거나 벨트에 끼여 조지 젯슨*과 그의 개 아스트로처럼 날아갈까 두려웠다. 윙윙 소리와 진동 때문에 이가 아팠고, 기계에서 내려오면 어지러웠다.

'대놓고' 지켜보는 사람 옆에 서게 될 위험도 있었다. 내가 지나치게 예민한 건 맞지만 그렇다고 나를 쳐다보는 사람이 없다는 뜻은 아니다. 한자리에 계속 서 있는 것도 지루하기 짝이 없었다. 러닝머신마다 TV가 있긴 한데 나는 1996년 이후로 TV를 본 적 없다. 게다가 내가 올라간 자리에는 어찌 된 일인지 항상 거미에 뒤덮인 사람들이 살아 있는 벌레를 삼키는 리얼리티 쇼만 나왔다.

러닝머신은 심박수, 거리, 속도를 정확히 측정하고, 오르막과 다양한 인터벌 운동을 제공하는 등 좋은 점도 많다. 하지만 나는 우리 동네 언덕이 더 좋았다. 언덕에서도 속도를 높이거나 낮추며 인터벌을 조절할 수 있다.

나는 거리가 눈이나 얼음으로 덮일 때만 매코널로 향했다. 야외에서 달리는 편이 더 좋았다. 속눈썹에 고드름이 맺히고 머리카락에 눈송이가 붙으면 내가 좀 멋지게 느껴졌다. 우리 동네 공공 서비스는 한 친구가 농담 삼아 '싹쓸이 제설'이라고 부를 만큼 훌륭하다. 눈송이가 땅에 떨어지기도 전에 치울 정

• 1960년대, 1980년대에 미국 ABC에서 방송된 애니메이션 〈우주 가족 젯슨〉의 주인공.

도다. 치우지 않은 눈이 하루 이상 거리에 방치될 때는 강한 폭풍이 부는 날뿐이다.

그런 궂은날이면 3층에 있는 트랙으로 향했다. 호수와 숲을 조망하는 높다란 창밖으로 앙상한 나무 우듬지와 청회색 하늘이 보였다. 트랙 건너편에는 백발의 말라깽이 남자가 선수처럼 부드럽고 리듬감 있는 동작으로 경보를 하고 있었다. 나는 트랙을 몇 바퀴째 돌고 있는지 손가락으로 세다가 깜박하기 일쑤여서 그의 손에 들린 딸깍 소리를 내는 기계가 부러웠다. 첫 한 바퀴는 몸을 풀며 천천히 달리고 그다음부터 속도를 높였다. 몇 바퀴 돌다 보니 많이는 아니지만 그 남자가 나를 앞서가고 있었다. 내가 뛰는 것보다 빨리 걷는 셈이었다. 오랜 기간에 걸쳐 그를 트랙에서 종종 보았고 나중에는 경주에서도 만났는데 항상 친절하고 야무졌다. 워낙 느림보인 나는 이런 상황에 그러려니 해야 했다. 그래도 조금 자존심이 상했다. 실은, 많이.

추운 날씨에는 더 많이 껴입어야 한다. 환한 해가 뜨고 빛을 가릴 구름도 없는 영상의 날씨에도 싸늘한 바람이 부니 영하처럼 느껴졌다. 나는 반팔 면 티 위에 긴팔 면 티를 겹쳐 입고 제이미의 후드 티로 몸을 감쌌다. 내쉬는 숨을 덥혀줄 이중 차단막을 덧댄 넥워머, 미세한 금속섬유를 짜넣어 피부에서 나는 열을 전도하는 흰 장갑, 그리고 검정 스포츠 선글라스도 썼다. 마이클 잭슨과 다스 베이더를 섞어놓은 모습이었다.

모건은 털가죽 옷을 입어서 괜찮아 보였다.

0.8킬로쯤 달리고 숲속에서 다시 동네 쪽으로 돌아올 무렵 얼굴에서 땀이 흘렀다. 넥워머를 내렸다. 서리 내린 잔디밭은 여전히 녹색이었지만 여름보다 빛깔이 옅었고 풀잎은 삐죽삐죽했다. 개는 동요하지 않고 내 옆에서 충실히 달렸다. 1.6킬로를 달리니 등에서 땀이 흘렀다. 따뜻해지니까 훨씬 좋았다. 모퉁이를 돌아 넓은 공터가 있는 거리로 들어섰다. 집들 사이의 너른 마당을 지나온 바람이 땀에 흠뻑 젖은 면 티를 얼리기 시작했다. 오들오들 떨면서 나는 비로소 '순면 소재는 최악'이라는 말을 뼈저리게 실감했다. 면 티는 금속 막대에 댄 축축한 혀처럼 피부에 얼어붙었다. 녹여야만 벗겨질 것 같았다. 추워서 이를 딱딱 부딪치다 보니 개의 두꺼운 털가죽이 부러웠다. 집으로 돌아와 일단 옷이 벗겨질 만큼 몸을 녹인 다음 미지근한 물에 샤워를 했다. 뜨거운 물이었다면 화상을 입었을 거다.

펭귄들은 내게 터키 트롯에서 입은 것과 비슷한 기능성 셔츠를 권했다. "겹겹이 껴입되 면은 안 돼요!" 다음번에 달릴 때는 기능성 셔츠를 입고 합성섬유 속옷 위에 합성섬유 바지를 입었다. 처음에는 추웠지만 적어도 달리기를 마쳤을 때 얼지는 않았다. 굳세게 버텼다는 생각에 뿌듯했다.

마라톤 선수

울고
싶을 때마다
한 발씩
내디뎠다

터키 트롯에 참가하기 전 11월 중순에, 내 1차 진료 의사에게 발목 유합 수술을 원치 않는다고 말했다. 그녀는 내 뜻을 이해했지만 "발목 관절이 버티기 힘들 거예요"라고 경고했다. 그녀 또한 발 부상으로 달리지 못했고, 발목 전문의처럼 달리기의 이점을 높이 평가하지 않았다. 나는 그녀에게 물리 치료사 소개를 부탁하며 덧붙였다. "저는 달리고 싶어요."

오하이오 주립대의 물리 치료사 앤드루는 밸런스와 스트레칭 밴드 운동을 처방했다. 치료가 끝날 때마다 그는 내 발목을 얼음주머니로 감쌌다. 처음에는 늘 아팠지만 조금 지나면 괜찮았다. 러너이기도 한 앤드루는 왼쪽 발목이 오른쪽 발목만큼 자유자재로 움직이진 못하더라도 달리기 때문에 더 손상되지는 않을 거라고 했다. 여덟 번의 치료 끝에 내 발목은 운동 범위가 넓어지고 지탱할 수 있는 무게도 커졌다. 달리면 부었지만 별로 심하지는 않았고, 운동을 해도 무릎이 아프지 않았다.

내 달리기 자세를 분석하기 위해 앤드루는 러닝머신에 올라선 나를 녹화했다. 나는 그 불쾌한 기계에 두려움을 갖고 있어서 평소의 걸음걸이가 정확히 반영됐는지 의문이었다. 그가 측면과 후면에서 찍은 영상을 살펴봤다. 아니나 다를까, 약한 발목이 충분히 구부러지지 않는 탓에 왼쪽으로 기울어져 달리고 있었다. 대신 무릎이 구부러졌다. 그는 내게 두 발을 더 벌리며 달리라고 제안했다. 몇 번 시도해봤지만 어색하기만 할 뿐이고 바뀌는 건 아무것도 없었다.

나는 한때 3D 보행 분석의 선두 기관인 캐나다 앨버타주 캘거리의 달리기 부상 클리닉에서 이와 유사한 검사를 받고 싶었다. 당시 오하이오에는 그만큼 정교한 검사가 없었다. 달리기로 인한 부상은 몇 가지 종류밖에 없어 대부분 똑같은 운동으로 치료한다. 나는 주로 허벅지 내전근과 외전근을 겨냥한 내게 가장 적합한 운동법을 종이에 인쇄해서 앤드루가 지시한 운동과 병행했다. 헬스장에서도 밸런스보드와 스트레칭 밴드를 이용해 물리 치료를 계속했다. 역시 큰 차도는 없었지만 발목을 계속 움직이는 것이 도움이 되었다. 한때 러너였던 연로한 삼촌이 입에 달고 살던 "녹슬지 말라!"라는 말이 증명된 셈이다.

앤드루를 만나면서 자신감은 부쩍 높아졌다. 어느 날 밸런스보드에서 몇 번이나 떨어지고도 다시 올라서자 그가 이렇게 말했다. "확실히 마라톤 선수들이 끈기가 있네요." 마라톤 선수라니! 하늘을 나는 기분으로 그곳을 나왔다.

발목의 문제를 애써 부정하고 있는 것인지는 시간이 알려줄 터였다. 나는 듣고 싶은 것만 들었다. 나만은 예외라고 생각하는 태도는 하루 이틀의 문제가 아니었다. 1차 진료 의사는 발목 전문의처럼 달리지 말라고 하진 않았어도 달리기가 해롭다고 보았다. 나는 의학박사 두 명의 조언을 거스른 셈이다. 의사의 지시를 무시한 것은 그냥 아집이었는지도 모른다. 아님 정신병 때문이었는지도. 러닝 닥터, 상담사, 정신과의사, 물리 치료사, 남편, 개, 펭귄 친구들은 계속 달리라고 격려했다. 근시안적인 생각인지 몰라도 그들은 내가 그만두는 것을 원하지 않았다. 정신과의사는 적당히 달리라고 했지만 내 사전에 '적당히'라는 말이 있던가. "빌어먹을 발목." 나는 달리기를 계속했다.

3월, '100일간의 도전'에도 함께했던 루이빌 출신의 친구 레슬리가 좀 더 큰 대회에 참가하자고 제안했다. 그녀는 하프 마라톤을 뛰고 나서 다시 훈련하는 중이었다. 콜럼버스에서는 매년 봄 10.5킬로의 '쿼터 마라톤'을 포함한 주도 하프 마라톤 대회가 열린다. 나는 이 큰 대회에 나갔다가 군중 속에서 길을 잃거나 경로를 이탈하는 악몽을 꾸었지만 재밌을 거라고 호언장담하는 레슬리를 따라 참가 신청을 했다. 그러고는 인터넷에서 훈련 일정을 찾아보았다.

4월 말에는 휴머니스트 학회에 참석하는 에드를 따라 아이오와주 디모인을 여행했다. 그가 워크숍에 가 있는 동안 나는 다소 긴 거리를 달려야 하는 주도 쿼터 마라톤 훈련으로 9.7킬로 달리기를 계획했다. 호텔 비즈니스 센터에서 인쇄한 종이 지도를 작은 사각형으로 잘랐다. 모건은 애견 호텔에 맡기고 왔기에 혼자서 달리는 가장 긴 거리인 셈이었다.

미시시피의 드넓은 지류인 디모인강은 수많은 다리로 이 도시를 분할한다. 강을 따라 한 블록을 달리니 지도상 건너야 하는 길고 빨간 보행자용 다리가 보였다. 머리 위의 철골에 놀라 나는 그만 얼어붙었다.

다리 위를 운전하는 것도, 걷는 것도 좋아하지 않지만 다른 길이 없었다. 다리가 무너질 것 같지는 않았으나 나는 수영을 할 줄 몰랐고 다리 밑에 보이는 짙은 색 물이 무서웠다. 별로 높지는 않아도 길이가 100미터는 족히 되어 보였다. 나는 다리를 노려봤다. 다리도 나를 노려봤다. 모건이 보고 싶었다.

호텔로 돌아가 낮잠이나 잘까 고민했다. 에드는 회의장에 있을 텐데. 나는 그 생각을 밀쳐냈다. 포기하면 악화될 뿐이다.

이 훈련을 시작하기 몇 년 전, 약을 끊었더니 고속도로에만 들어서면 공황 발작이 일어났다. 야간 운전도 발작을 일으켰다. 그래서 저녁 활동을 모조리 중단했다. 우리 집 진입로에서 차를 뺄 때마다 고무줄로 연결된 것처럼 집이 내 마음을 잡아 당긴다고 느꼈다. 차가 집에서 멀어질수록 고무줄은 점점 팽팽하게 당겨지다가 언제라도 뚝 끊어질 것만 같았다. 나의 세계는 점점 쪼그라들어 급기야 집 안에서도 발작이 일어나기에 이르렀다. 침대에 걸터앉아 숨을 헐떡이는 내게 에드가 몇 번이나 종이봉투와 캐모마일차를 가져다주었다.

다시 약을 먹기 시작했지만 진짜 치료법이 무엇인지는 알고 있었다. 내가 무서워하는 일을 해야 했다. 하지 않으면 불안은 쌓인다. 억지로라도 밀어붙여야 두려움은 사라진다.

다리를 응시하며 내 혈관에 아드레날린이 분출하던 그 불안한 밤들을 떠올렸다. 고속도로에서 종이봉투에 대고 숨을 쉬던 날들을 회상했다. 고속도로 나들목과 갓길, 내 머릿속의 비명을 기억했다. 고향 개울에 놓인 작은 다리를 생각했다. 이 다리를 건너지 않는다면 그 작은 다리도 건너지 못할 테고 결국 강 근처에도 가지 못할 것이다. 그러다 언젠가는 달리기조차 못하게 될지도 모른다.

다리를 다시 노려봤다. 다리도 나를 마주 쏘아보았다. 반대편 강가에 서 있는 벽돌 건물의 한 지점을 응시하며 출발했다. 심장이 쿵쾅거리고 머릿속에서 "돌아가!"라는 목소리가 울렸다. 어떤 힘이 뒤에서 나를 잡아당기는 기분이었다. 그 힘에 맞서 붉은 철골을 지나가려니까 심장이 터질 것 같았다. 반쯤 지나와 반대편 건물이 가까워지자 머릿속 비명은 멈췄다. 찻길 옆의 인도를 걸으며 숨을 골랐다. 돌아갈 때 다시 건너가야 할망정 일단은 지나왔다. 그 후 15분을 터벅터벅 걸었다. 도시는 눈에 들어오지 않았다. 다리 때문에 혼이 빠졌다. 도전에 직면하면 자신감이 커질 때도 있지만 오늘은 기운을 빼앗겼다.

저 멀리 디모인강이 레드강을 만나는 지점에 또 다른 다리가 어렴풋이 보였다. 지도에서 그것을 발견했을 때, 나는 그 밑을 흐르는 검은 물이 보이지 않을 넓고 낮은 차량용 다리였으면 했다. 하지만 먼젓번 것보다 더 긴, 철도를 개조한 교량이었다. 자전거 한 대가 나를 휙 지나쳐 다리를 건너가자 나무판자가 덜커덩거렸다. 등골이 서늘해졌다.

건너지 않으면 상황이 꽤 번거로워지겠지만 용기가 나지 않았다. 누군가는 그 녹슨 철골과 나무판자를 아름답다고 느낄 거다. 다만 나는 도저히 그렇게 생각할 수 없었다. 두 번째 자전거가 비틀거리며 지나가자 다리뿐만 아니라 내 혼도 덜컹거리는 것 같아 그냥 돌아섰다. 무서운 다리를 건너는 데 하루치 용기를 다 써버렸다. 나는 단념하고 왔던 길을 되돌아갔다.

정복하고 싶은 보행자용 다리로 되돌아갔다. 두려운 일은 조금씩 반복하면 공포에 둔감해지곤 한다. 익숙해지면 덜 두렵다.

다리 밑으로 흐르는 물을 생각하면 역시나 심장이 요동쳤지만 어쨌든 다리에 들어섰다. 한 가족이 중간쯤에 겁도 없이 서 있었다. 나무다리와는 달리 덜컹거리지 않았다. 반동은 있어도 소리는 나지 않았다. 아까도 건너지 않았냐고 스스로를 타일렀다. 하지만 공황 발작은 비논리적인 단세포동물 수준의 뇌에서 작동하기 때문에 이미 해봤다고 도움이 되는 것은 아니다. 그래도 이번에는 반복한 보람이 있었다. 나는 지나가면서 내게 이 일이 얼마나 대단한 성취인지 까맣게 모를 다리 위의 가족에게 손을 흔들었다. 황홀한 마음으로 숨을 헐떡이며, 한편으로는 사전에 정한 경로를 따르지 않았기 때문에 이제 어느 쪽으로 향할지 궁리했다. 긴 언덕 위에 주정부청사가 보였다. 이 다리를 건넜다는 기쁨에 건너지 못한 다리는 잊어버리고 청사 쪽으로 향했다.

9.7킬로를 달린 후, 방으로 돌아와 처음으로 얼음목욕을 해봤다. 하반신을 얼음장처럼 차가운 물에 담그면 염증이 감소하고 달린 후의 통증이 줄어든다는 기사 몇 건을 읽은 적 있었다. 다리가 아파서 당장 해보고 싶었다.

펭귄들이 찬물을 견디는 방법을 설명해주었다. 욕조에 물을 가득 채우고 들어갔다가 소스라치지 않도록, 그들은 내가 조금 전 불안감을 이기기 위해 적용한 둔감화와 유사한 과정을 제안했다. 나는 옷을 벗고 빈 욕조에 들어가 견딜 수 있는 차가운 온도의 물을 틀었다. 욕조가 채워질수록 더 찬물을 틀어 몸을 적응시켰다. 얼음통과 들통에 채운 얼음을 미리 욕조 옆에 갖다 두었다. 물이 튀지 않도록 주의하면서 찬물이 허리께까지 올라왔을 때 얼음을 집어넣었다. 10분간 가만히 있었더니 몸이 떨리고 소름이 돋았지만 적어도 비명은 나오지 않았다. 그보다 오래 있으라는 사람도 있었지만 나는 그 정도면 충분하다고 보았다. 운동복 셔츠를 입어 상체의 체온을 유지하라는 글은 아직 읽지 못했을 때였다. 나중에는 그렇게 했다. 이 통과 의례를 견디고 나니 진짜 러너에 한 발짝 더 가까워진 기분이었다.

울고
싶을 때마다
한 발씩
내디뎠다

🌢 달리기를 다시 시작한 지 1년이 조금 지난 4월 9일, 겨
    울 눈보라가 물러가고 새싹이 돋아나기 시작했다. 춥
고 상쾌하고 흐린 날이라, 번호표를 달고 틴 맨Tin Man 5킬로
대회로 '100일간의 도전'을 마무리하기 딱 좋은 날씨였다. 바
람이 출발 총성을 기다리던 참가자 60명을 마구 후려쳤다. 우
리는 풀이 기다랗게 자란 도시공원의 포장도로와 자갈길이 섞
인 코스를 지나, 다리를 건너 큰 연못 주위를 돌았다. 코스가 교
차하는 지점에서 마주친 10킬로 참가 친구를 큰소리로 응원했
다. 새해 전날의 '분홍 후드 티' 경주에서보다 실력이 부쩍 향
상됐는지 수월하게 개인 기록을 세웠다. 에드가 사진을 찍으며
외쳤다. "힘내라, 니타!" 심장이 쿵쾅거리는 느낌이 좋았다. 나
도 스포츠인이 되어가는 모양이었다.

  행복했던 틴 맨 5킬로 다음 주에, 친구 하나가 헤로인 과다
복용으로 자살했다는 소식을 들었다. 수년간 매주 같은 치료
모임에서 만나던 친구였다. 나를 포함해서 그를 아는 모든 이
가 망연자실했다. 며칠 후에는 다른 친구의 직장 상사가 경찰
서 인근의 주차장에서 권총 자살을 했다. 두 사건에 나는 크게
동요했다. 죽음을 애도하면서도 주방 서랍 속의 칼이 튀어나와
나를 찌르지 않을까 두려웠다. 에드에게 나를 붙잡아 달라고
부탁했다. "팅겨나가지 않게 지구에 나를 묶어야겠어."

에드는 워낙 정서가 안정된 사람이어서 나는 그를 '태연자약 에드'라고 부르고 싶었다. 뭐든지 고치기를 좋아하는 그는 결혼 초기의 어느 날 나를 침울함에서 꺼내주겠다며 같이 영화를 보러 가자고 제안했다. 그전에는 무료 급식소에서 자원봉사를 해보라고 권유한 적도 있지만 그럴 의욕은 없었다.

우리는 멕 라이언과 앤디 가르시아가 출연한 〈남자가 사랑할 때〉를 보았다. 알코올 중독 치료를 받던 앨리스 그린이 남편 마이클에게 "나는 당신이 해결해야 할 문제가 아니야"라고 말하는 장면에서 에드는 뭔가 깨달았다는 눈빛으로 나를 보았다. 나와 오랜 세월을 살면서 그는 영화나 자원봉사에서 얻는 위안이 전부 일시적일 뿐이라는 것을 깨달았다. 때때로 나는 그런 활동조차 아예 할 수 없었다.

친구가 죽었다는 소식을 들은 날 밤에, 중독과 우울증에 굴복한 모든 사람을 위해 눈물을 흘렸다. 기분이 바다에 뜬 작은 배처럼 울렁거리면 상상할 수 없는 일이 생길 수 있다고 에드에게 말했다. 그러면서 나는 죽고 싶지 않다고 그를 안심시켰다. 그는 내 말에 귀를 기울이다가 잠들 때까지 나를 안아주었다.

이런 일이 닥치기 몇 주 전, 쿼터 마라톤 훈련을 위해 후버 허슬Hoover Hustle 10킬로를 달려볼까 했다. 후버 저수지 댐을 가로질러야 하는 경로라서 두려웠지만 일단 참가 신청은 했다.

대회 전날 밤, 댐을 반쯤 건너가다가 구름 속에 꼼짝없이 갇혀 두려움에 빠지는 꿈을 꿨다. 발밑에서 출렁이던 물이 신발에 튀었다. 꿈속에서 댐 한가운데는 얇은 면도날이었다. 좁은 바위 위에 홀로 위태롭게 서서 배수로에서 소용돌이치며 흘러나가는 물을 바라봤다. 휘몰아치는 찬바람에 나는 균형을 잃었다. 물에 빠졌지만 내 비명 소리는 싸늘한 물에 묻혔다. 머리가 물에 잠기기 전에 땀범벅이 된 채 잠에서 깨어 이불을 움켜쥐고 숨을 헐떡였다.

어둠 속에서 에드의 차분한 숨소리를 듣고, 나는 경주를 포기하기로 결심하고 다시 잠들었다.

그런데 아침이 되자 죽은 친구가 떠올랐다. 그의 죽음 앞에서 나의 두려움은 어리석어 보였다.

에드에게 그 얘기를 했다. "그냥 꿈일 뿐이잖아"라는 그의 말에, 내가 불안한 나머지 판단력을 잃었음을 깨달았다. "두려움에 지면 안 되지." 그가 덧붙였다. 하지만 이번에는 처음으로 에드 없이 달려야 했다.

금발에 파란 눈인 에드는 캘리포니아 남부에서 성장하며 흰 피부에 손상을 입었다. 전날인 금요일에 '블루 라이트blue light'• 시술을 받은 터라 사흘간 빛을 피해 실내에 머물러야 했다. "일

• 특수한 약물과 빛을 이용해 태양에 손상된 피부나 피부암을 치료하는 광역학요법.

단 가서 상황을 보고 나한테 전화하면 되잖아." 그가 말했다.

나는 이 말에 마음이 조금 편해져 차에 올랐지만 저수지 쪽으로 차를 몰다 보니 다시 겁이 나기 시작했다. 도저히 못 당할 것 같은 댐이었다.

클래식 음악을 틀고, 운전하면서 종이봉투에 대고 숨을 쉬었다. 일단 주차를 하고 경주는 마른 땅에서 시작된다며 나를 달랬다. 댐은 1.6킬로도 채 안 되는 길이었다. 하지만 댐 생각을 하자마자 얼굴을 다시 종이봉투에 넣어야 했다. 호흡이 정상으로 돌아와 가슴에 번호표를 달았다.

에너지 젤을 잘 챙겨왔는지 허리 가방을 확인했다. 젤은 전해질을 공급하고 장거리를 달릴 때 없어지는 신체의 글리코겐을 보충한다. 댐을 건너고 나서 하나를 먹을 생각이었다. 그것들과 차 열쇠를 챙겨 매서운 바람 속으로 들어갔다.

경주가 시작되고 대부분의 참가자가 나를 앞질러갔다. 댐을 보지 않으려고 앞에 달리는 주자에게 시선을 집중했다. 댐에 가까워지니 뱃속이 뒤틀려서 눈을 감고 달렸다.

눈을 떠보니 댐이 저 멀리 보였다. 회색 콘크리트 구조물이 놀라울 정도로 작았다. 오하이오에서 수십 년 동안 수없이 봐온 댐이지만, 내 악몽은 그것을 네바다와 애리조나를 가르는 후버 댐만큼 무시무시한 모습으로 왜곡했다. 나는 댐이 풍경을 지배해 주변의 모든 것을 왜소하게 만드는 상상을 했다. 그 남쪽 면은 작은 배수로 하나가 전부인 마른 땅이라는 것도 잊었다. 겁에 질리면 언덕에서 구를 위험도 있었다. 멍이 들진 몰라도 물에 빠져 죽지는 않을 거다. 댐을 가로질러 넓게 펼쳐진 콘크리트는 악몽에서처럼 면도날이 아니라 그냥 2차선 도로였다. 나는 기운을 차려 댐 가운데로 달려갔다.

댐 위에서는 바람이 더 셌다. 왼쪽의 물을 보자 몸이 긴장되었다. 속도를 높였다. 머리띠에 덮인 귀가 웅웅 울렸다. 하지만 선두 주자를 리드하는 자전거가 다가오는 것을 보고 나는 댐 생각은 잊고 환호하며 펄쩍펄쩍 뛰었다.

댐 건너편 차수판에서 에너지 젤을 먹으며 나를 격려했다. 농축된 젤은 물과 함께 마셔야 한다. 훈련할 때 하나 먹어보았지만 그때는 "대회 당일에 새로운 걸 시도해서는 안 된다"라는 충고를 들어본 적 없을 때였다. 은박 봉지의 내용물을 짰더니 젤이 풀처럼 손가락 위에 퍼졌다. 맛있는 젤을 핥아먹고 물 한 잔을 마셨다. 컵에 두 번째로 따른 물에 손가락을 헹군 다음 전부 쓰레기통에 버렸다. 레몬라임 젤은 크림처럼 맛있고 투명하고 끈끈하다. 좀 깔끔하게 먹을 방법이 있으면 싶었다. 다행히 먹기 번거로운 게 유일한 단점이었다.

숲을 지나 원뿔이 놓인 시골 언덕길을 달려가니 댐 쪽으로 되돌아가는 가파른 경사가 나타났다. 내 앞에서 달리는 남자에게 시선을 고정한 채 언덕을 올라갔다.

바람을 맞으며 다시 댐 위를 달렸다. 고개를 풀밭 쪽으로 돌리자 심장이 심하게 두근거리지는 않았다. 댐 때문에 죽지 않은 데 감사하며 경주를 마쳤다. 대회가 끝나고 찍은 사진을 보니 나는 환히 웃고 있었지만 머리띠에 파묻힌 머리가 헤어스프레이를 뿌린 듯이 모조리 서 있었다. 내 친구가 세상을 떠났다. 나는 온 힘을 다해 슬픔을 참았다.

울고
싶을 때마다
한 발씩
내디뎠다

♠◦   주도 쿼터 마라톤 전날 저녁, 에드와 함께 대회 박람회에 가서 달리기와 걷기용 의류 부스를 둘러보았다. 규모가 큰 대회는 참가자에게 번호표와 참가 기념품을 배부하는 장소에서 용품 업체들의 박람회도 개최한다.

에드는 박람회를 좋아한다. 회계 법인 프라이스 워터하우스에서 근무하고 수십 년간 여러 조직의 재무 책임자로 일하면서 그는 많은 박람회에 참가했다. 이번 박람회에는 갯벌 달리기, 워리어 런warrior run,* 심지어 불구덩이를 뛰어넘는 경주를 홍보하는 업체도 있었다. 그런 경주는 내 관심을 끌지 못했다. 흥미로워 보여도 비현실적이었다. 에드는 달리기도 하지 않을 거면서 공짜 사은품을 다 챙기고 대회 참가 신청도 했다.

참가자 대부분은 21킬로 하프 마라톤을 신청했다. 다들 대단하다 싶었다. 불안한 발목 때문에 나는 '겨우' 10.5킬로 '쿼터' 마라톤이나 하는데. 사실 '겨우'라는 말은 가당찮았다. 나는 마흔아홉 살에 과체중이었고 둘째가라면 서러울 겁쟁이인 데다 운동을 잘한 적이 없었다. 하지만 그곳에서 남편과 함께 자리 잡고 앉아 '챔피언 패널'로 나온 선수들이 관객들의 질문에 대답하고 기자들이 사진 찍는 모습을 열심히 지켜보았다. '겨우' 쿼터나 달리는 나였지만 회의감이 들 때마다 나도 러너라는 사

● 험한 지형과 장애물 등을 극복하며 달려야 하는 경주의 일종.

실을 스스로 일깨웠다. 훈련을 거쳐 목표를 이루는 기분이 어떤지는 잘 알았다. 나도 러너니까.

대회 당일 아침에 다른 1만 명의 참가자처럼 주차할 공간을 찾지 못해 헤매는 에드를 보며 혹여 출발 시간을 놓칠까 전전긍긍했다. 레슬리가 안심시키려 했지만 나는 에드와 레슬리의 남편 케빈이 주차하는 사이 우리는 먼저 차에서 내려야 한다고 주장했다.

걸어가는 내내 다리가 후들거리는 기분이었다. 주방 타이머를 들고 모건과 함께 외딴 협곡을 달리기 시작한 지 이제 겨우 1년이었다.

이러한 대규모 대회는 예상 완주 시간을 기준으로 주자들을 각각의 '울타리corrals'에 배정한다. 레슬리는 우리가 마지막 구역에 속하기 때문에 10분은 지나야 출발선을 지날 수 있다고 설명했지만 나는 그 말을 믿지 않았다. 한자리에 모인 수많은 러너를 보며 짜릿하면서도 두려웠다.

울타리 옆 간이 화장실 앞에는 여태까지 본 것 중 가장 긴 줄이 네댓 겹으로 늘어져 있었다. 등록 부스 앞의 한두 줄은 이제 익숙해진 참이었는데. 레슬리와 나도 줄을 섰다. 밖으로 나와 보니 우리 구역은 이미 알록달록한 스판덱스를 입은 참가자들로 미어터져 울타리 입구까지 북적이고 있었다. 그 혼잡한 무리에 합류할 마음이 들지 않았다. 레슬리가 입구 근처에 섰다. "시작하면 들어가죠."

확성기에서 가사를 알아들을 수 없는 노래가 나왔다. 근육이 불안으로 파들거렸다. 얼른 시작했으면 싶었다.

혼자서 9.7킬로, 대회에서 10킬로를 달려보았지만 10.5킬로는 너무 길어 보였다. 직접 인쇄하고 연구한 지도를 손가락으로 만지작거리다가 러닝 벨트에 접어 넣었다. 전체 꼴찌가 되지 않으려면 하프 마라토너들보다 앞서 나가야 한다는 생각에 뱃속이 울렁거렸다.

마침내 사람들이 걷기 시작하자 레슬리와 나는 구역 안으로 섞여 들어가 출발선 쪽으로 서서히 이동했다. 본격적으로 달리기 전, 출발선에 있을 때 사람들이 좌우로 휙휙 지나갔다. 우리는 그들의 속도에 영향을 받았다. "너무 빨라요!" 레슬리가 말했다. 우리 둘 다 속도를 늦췄다.

오른쪽으로 움직이려는데 한 젊은 남자가 내 팔을 세게 치며 지나갔다. 마지막 구역에서도 늙고 느린 나는 다른 주자들보다 뒤처졌다. 레슬리의 꾐에 빠져 부실한 발목으로 이 자리에 나온 것을 후회했다.

"괜찮아요?" 레슬리가 물었다. "움직이고는 있어요." 내가 소리쳤다. 계속 달팽이 속도로 달리다 보니 걷는 사람들마저 우리를 앞질렀다.

결국 치러닝을 떠올렸다. 긴장을 풀고 골반을 앞으로 기울인 채 팔을 앞뒤로 흔들었다. 턱을 집어넣고 가슴을 쫙 폈다. 빠르고 가볍게 발을 전환했다. 기분이 한결 나아졌다.

1.6킬로 지점에 이르니, 아까 우리를 앞서갔던 몇 사람이 급수대 뒤의 간이 화장실 앞에 줄 서 있었다. 나는 유쾌하게 그들을 지나갔다.

달릴수록 자신감이 붙었다. 하지만 레슬리의 호흡이 거칠어지고 어느 순간부터 나 혼자 말을 하고 있었다. 나는 속도를 높일 준비가 되었다.

경기 전에 레슬리와 나는 각자 페이스에 맞게 달리자는 '합의'를 하지 않았다. 했으면 좋았을 텐데.

걸어야 할 것 같다는 레슬리에게 나는 "먼저 가도 될까요?" 하고 물었다. 길을 잃을지 모른다는 두려움은 사라졌다. "어서 가세요." 그녀가 말했다. 긴가민가해서 다시 물었다. 그녀는 나를 안심시켰다. "나중에 나를 따라잡아요." 나는 이렇게 말하고 몸을 앞으로 기울여 속도를 높였다.

응원하는 사람들이 '힘센 자기! 연락 줘요!', '도둑질하고 도망치듯 뛰어!' 같은 문구가 적힌 판자를 들고 있었다. 라이브 밴드와 DJ가 우리를 즐겁게 해주었다. 턱수염을 지저분하게 기르고 긴 코트를 걸친 추레한 남자가 〈채리엇 오브 파이어 Chariots of Fire〉와 〈아이 오브 더 타이거 Eye of the Tiger〉가 울리는 스피커를 자전거에 싣고 다녔다. 나는 그 사람을 세 번이나 보았다. 고속도로 진입로 끝에서 골판지 표지판을 들고 돈을 구걸하는 사람 같은 행색이었지만 치어리더로서는 최고였다. 그에게 주먹을 쥐어 보였더니 그도 똑같이 했다.

꼬마들이 하이파이브를 하려고 손을 내밀었다. 나는 손이 아플 때까지 고사리손들을 찰싹찰싹 쳤다.

5킬로 지점 근처에서 단체 티셔츠를 입은 여자들이 지나갔다. 그들의 셔츠에는 대회 훈련 중 심장마비로 사망한 여성의 이름이 적혀 있었다. 지역 뉴스에서 그녀의 딸들의 인터뷰를 보고 눈물을 흘렸었다. 그들이 지나갈 때, 나는 그 가족을 기억하겠다고 소리쳤다. 나도 2007년에 너무 많은 가족을 잃은 터라 그들의 사연에 마음이 아팠다.

하프 마라토너들은 멈추지 않고 계속 달려야 하는 쿼터 마라톤 분기점에 가까워지자 안도감이 생겼다. 한편으로는 '전체' 코스를 다 달리고 싶은 마음도 있었다. 언젠가 그래야겠다고 생각했다. 오늘 말고.

다음번 모퉁이를 돌아 하이 스트리트로 들어섰더니, 러너들이 출발선에서처럼 나를 앞질러 갔다. 어디서 저렇게 다시 힘이 솟나 싶었다. 걸음걸음마다 숨을 들이쉬고 내쉬었다. 급수대에서도 사람들은 속도를 늦추지 않았다. 컵만 낚아채며 계속 달렸다. 나는 물 대부분을 앞섶에 쏟고 말았다.

그 순간 이곳이 하프 마라톤에 합류하는 지점이라는 것을 떠올렸다. 지나가던 주자들은 좀 더 빠른 하프 마라토너들이었다. 어쩐지 쌩쌩 달리더라니! 나는 속도를 늦추고 오른쪽 구석으로 붙었다.

네이션와이드 경기장을 지나 결승선이 보이자 평소처럼 힘이 나서 한껏 속도를 냈다. 하지만 결승선은 생각보다 멀었다. 앞으로 박차고 나가 벅찬 마음으로 골인했다.

자원봉사자가 내게 물 한 잔을 건넸고 참전 용사 한 사람이 목에 메달을 걸어주었다. 레슬리도 별로 뒤처지지 않았다. 그녀도 나처럼 하프 마라토너들에게 휩쓸렸다고 했다. "떠밀려서 결승선까지 왔지 뭐예요!"

누군가에게 사진을 찍어 달라고 부탁한 다음 우리 남편들을 찾았다. 기온은 7도였다. 달리기를 끝낸 레슬리와 내겐 쾌적해도 구경꾼들에게는 불편할 온도였다. 남자들은 따뜻한 카페에 들어가 정치 얘기를 나눴다고 한다. 예상보다 빨리 끝나서 그들은 우리의 골인을 놓치고 말았다. 에드는 서운해했지만 나는 그가 관심사를 나눌 친구를 찾아서 기뻤다.

집에 돌아온 나는 나의 첫 메달을 날마다 볼 수 있게 서재에 놓인 액자 한구석에 걸었다.

울고
싶을 때마다
한 발씩
내디뎠다

달리기를 다시 시작한 지 1년이 되는 3월에, 지역 동호회가 《러너스 월드》 러닝 사무국장 바트 야소를 콜럼버스에 초청해 강연회를 열었다. 나는 지난가을 몬트리올 여행 중 바트의 책 『내 인생의 달리기My Life on the Run』를 읽었다.

마라톤 훈련자Marathoner in Training (MIT) 동호회는 하프나 풀코스 마라톤 훈련 그룹을 모집했다. 아직 하프를 뛰기에는 무리였지만 플리트 피트 매장에 연락해 바트의 방문에 대해 문의했다. 그러자 MIT의 수석 코치 제프 헨더슨이 토요일 그룹 달리기에 참가를 권했다. 바트의 강연이 끝난 후 에드가 강당에서 책을 읽는 동안, 나는 두려움을 접어두고 MIT의 가장 느린 러닝 그룹과 함께 올렌탄지 트레일을 달렸다. 금방 뒤처져 걷고 있는 사람들 바로 앞에서 러닝을 마쳤지만 상관없었다. 내가 돌아오자 에드는 나와 바트, 제프의 사진을 찍어주었다. 제프는 키가 무려 2미터라 별명이 '키다리'였다. 바트도 작은 키는 아니었는데 제프 옆에 서 있으니 바트와 나는 꼬맹이 같았다.

MIT와 함께 오전을 보내고 나서 알게 됐는데, 내가 아는 사람 네 명 중 한 명은 이 동호회에서 훈련한 적이 있었다. 달리기를 하는 줄도 몰랐던 사람들이 알고 보면 그 회원이었다. 나는 주도 박람회에서 MIT 간판과, MIT 셔츠를 입은 대회 참가자들을 본 적이 있다. 5월에 나는 MIT 설명회에 참가했다.

    30~40명의 사람들이 색색의 양말과 기능성 장비가 진열된 플리트 피트 매장에 모여 동호회에 대해 소개하는 제프의 설명을 들었다. 나는 이미 5킬로 대회를 몇 개 신청해둔 상태라 MIT의 토요일 장거리 달리기를 놓칠까 봐 걱정이었다. 제프는 내게 대회도 훈련 계획에 포함시키라고 제안했다. 그에게 내 발목 얘기를 했더니 의사와 물리 치료사를 추천해주었다. 내 속도가 느리다고 하자 걷기 그룹도 있다고 했다. 무슨 핑계를 대도 그에게는 먹히지 않았다.

    집으로 돌아와 MIT 가입의 장단점 목록을 쓰고 있는 나를 보더니 에드가 웃었다. 그는 내가 지난 1시간 동안 타로 카드 점을 보고, 동전 던지기를 하고, 옷장에 있던 매직 8볼Magic 8 Ball*을 몇 번이나 뒤집었다는 사실은 몰랐다. 매직 8볼의 대답은 이랬다. "선명히 보이지 않으니 나중에 다시 물어보세요."

    하프 마라톤을 뛰고 싶었다. 짜여진 일정과 코치가 잡아줄 체계가 필요했다. 하지만 나는 극도로 내향적인 사람이다. 모임은 나를 불안하고 긴장하게 한다. 그래도 바트 야소가 강연한 날에 MIT와 함께 달릴 때는 그룹에 속해 있지만 대부분은 혼자라고 느꼈다. 코스에서 러너들은 자전거 타는 사람들에게

● 미국의 마텔사에서 생산하는 포켓볼 8번공 형태의 장난감으로 질문을 던지고 나서 공을 뒤집으면 스무 가지 대답 중 한 가지를 보여주어 점을 치거나 조언을 구하는 데 쓰인다.

길을 내주기 위해 몇 명씩 무리 지어 달렸다. 기껏해야 서너 명과 이야기를 나누면 된다. 그 정도는 참을 수 있었다.

그때는 트레일에서도 얼마나 깊은 대화를 나눌 수 있는지 잘 몰랐다. 나중에야 인터넷 친구뿐만 아니라 같은 생각을 가진 '실물' 친구들이 우정을 나누고 조언을 해준 데에 고맙다는 생각이 들었다.

게다가 달리기를 하면서 상대해야 할 가장 큰 난관은 내 성격이었다. 집단 내 상호 작용도 있기야 하겠지만 나는 대체로 나와 나 자신을 비교하는 편이었다. 러닝이 내게 잘 맞는 이유도 그 때문이다.

MIT 시즌이 시작되는 2011년 5월 21일 토요일을 달력에 표시해두었다. 곧 (하프) 마라토너 훈련을 시작하는 거다.

첫 번째 MIT 훈련에 참가하러 가는 길에, 잔뜩 긴장한 채 고속도로를 운전하던 내 뒤로 적갈색 SUV가 바짝 따라왔다. 내가 차선을 변경하면 그 차도 차선을 변경했다. 나는 161번 주도의 나들목에 차를 세웠다. 그 차도 멈추었다. 야구 모자를 쓴 운전석의 젊은 남자를 힐끗 쳐다보았다. 심장이 요동을 쳤다. 내가 우회전을 하자 그 남자도 똑같이 했다. 그 순간 토머스 워딩턴 고등학교 진입로 옆 좌회전 차선에 줄지어 선 차들을 보고 웃음을 터뜨렸다. 야구 모자를 쓴 그 친구도 MIT 모임에 가는 것이 틀림없었다. 내가 신호 대기 중인 차량 행렬의 맨 뒤에 붙자 그도 따라왔다.

주차장은 13.1과 26.2 스티커가 부착된 자동차로 빽빽했다. 내 차에 붙은 '미안하지만, 개랑 같이 달려야 해요'라는 스티커도 그럭저럭 이 모임과 어울렸지만 여전히 불안했다. 하프 마라톤은 내가 여태 뛰어본 가장 긴 거리의 두 배였다. 나는 이 동호회에서 오래 달리는 방법을 배우고 싶었다.

야구 모자를 쓴 청년을 포함해 500명 이상의 참가자가 반바지, 타이츠, 티셔츠, 러닝스커트, 러닝셔츠 차림으로 서성대고 있었다. 개 목줄을 쥔 사람도 몇 명 있었다. 상황이 어떨지 몰라 나는 모건을 데려오지 않았다.

친구들과 함께 앉아 있는데 제프가 '1.6킬로에 7분' 그룹부터 걷기 그룹까지 50명이 넘는 페이스 코치를 소개했다. 다들 '코치'라 적힌 티셔츠를 입고 그룹의 페이스를 적은 표지판을 들고 있었다.

나는 달리는 속도가 가장 느린 그룹인 '1.6킬로에 13분'으로 이동했다. 세 명의 코치가 우리를 반갑게 맞았다. 나보다 몇 살 많아 보이는 남자와 훨씬 젊은 여자 둘이었다. 아담한 체구부터 통통한 체형까지, 20대 초반부터 60대까지의 참가자 30명이 한자리에 모였다. 내가 엄청 늙다리처럼 느껴졌다.

코치들이 심폐소생술 훈련을 받았다는 말을 듣고 나는 맥박을 확인했다. 지금까지는 괜찮았다. 찻길 쪽으로 걸어가는 도중에 가벼운 불안감이 설렘으로 바뀌었다. 이제 하프 마라톤 훈련을 한다. 무려 21킬로! 이 사람들이 도움을 줄 것이다.

여자 몇 명이 재미있는 농담을 주고받으며 달리고 있었다. 나는 조금 크다 싶은 목소리로 말했다. "재밌는 분들 같은데 저도 좀 낄 수 있을까요?" 그중 한 사람이 대답했다. "우리가 재밌는지는 몰라도 좀 시끄럽긴 해요." 나는 잔뜩 들떠 머릿속이 긍정적인 생각으로 가득 찼다. 여름의 태양이 반짝였다. 갑자기 재치 있고 활달한 사람이 된 기분이었다.

올렌탄지 트레일의 자전거 길을 달리는 사이 모두가 나를 앞서갔다. 내가 괜찮은지 확인하려고 페이스 코치 한 명이 다가왔다. 그녀에게 괜찮지만 따라가기 힘들다고 말했다. "그냥 할 수 있는 데까지 하면 돼요." 그녀는 이렇게 말하고 다음 사람에게 갔다. 다른 코치는 앞에서 속도를 유지하고 있었다.

글쓰기 교실 수업이 있어서 일찍 가봐야 했기 때문에 GPS 시계를 찬 청년에게 0.8킬로를 지나면 알려 달라고 부탁했다. 그 지점에 이르렀을 때 나는 방향을 돌렸다. 나무가 늘어선 길과 차도를 지나 출발점이었던 정지 표지판 앞으로 갔다. 자부심으로 마음이 벅찼다.

MIT는 회원 수가 많았지만 소그룹은 별로 부담스럽지 않았다. 그저 옆에서 달리는 사람과 이야기하면 되니까 좋았다. 더구나 내가 말을 꺼낼 처지는 아니었다. 헉헉대고 씩씩대기 바빠다. 지구력이 좀 개선되면 좋으련만. 나는 2형 양극성 장애*로 신용카드를 한도 초과까지 긁거나 위험한 활동에 뛰어들 만큼 광기에 빠지진 않는다. 오히려 낙관적이고 외향적으로 보이기도 한다. 경조증 상태가 아닐 때는 대체로 우울하다. 그날은 경조증 상태였기 때문에 평소에는 힘든 것들이 쉽게 느껴졌다. 나중에 후회할 수도 있지만 무르기에는 너무 늦었다. 이미 합류했으니까.

모건은 MIT에 가입할 수는 없어도 대회에는 나갔다. 토요일 MIT 달리기에 처음 참가한 다음 날인 무더운 일요일에, 프레드 비크먼 공원에서 열린 파일럿 도그Pilot Dogs** 자선 행사에서 모건과 나는 아이Eye 5킬로를 달렸고, 에드는 1.6킬로 거리의 가벼운 산책을 했다. 개 30마리와 주로 대학생인 사람 100명이 참가했다.

모건은 경주가 처음이었기 때문에 나는 녀석이 누군가를 넘어뜨리거나 더위를 먹을까 봐 걱정이었다. 걱정을 하면 상황을 통제하고 있다는 착각에 빠진다. 걱정이 칼로리를 태우면 참 좋겠지만, 사실은 위벽만 태울 뿐이다.

● 경조증과 우울증이 번갈아 나타나는 유형으로, 1형에 비해 기분의 변동 폭은 적으나 우울한 기간이 더 길다.

●● 맹인 안내견을 지원, 육성하는 오하이오주 콜럼버스 소재의 비영리 단체.

출발 신호음에 모건이 짖으며 앞으로 튀어나가서 목줄을 잡아당겼다. 획획 앞질러 가는 다른 개나 주자들을 따라갈 모양이었다. 무리 생활을 하던 개의 옛 본능이 자극되었는지, 모건은 이렇게 외치고 있었다. "엄마, 다들 달아나잖아!" 나는 갑자기 팍 늙는 기분이었다. 다른 개들을 피해 다닐 수 있는 조용한 우리 동네가 그리웠다.

모건이 다시 뛰쳐나가려 해서 "안 돼!" 하고 소리쳤다. 녀석에게는 익숙지 않은 단어였다. 개줄을 놓치지 않도록 꽉 잡았다. "엄마는 그렇게 빨리 달릴 수가 없다고." 내가 설명했다. 모건은 한숨을 푹 쉬었다. 이기는 것만이 중요한 게 아님을 몰라서였다. 우리는 속도를 조절해야 했다. 적어도 나는 그랬다.

마침내 모건이 진정했다. 두 바퀴째 도는 사람들이 첫 바퀴를 달리는 우리를 앞질렀다. 우리는 작디작은 파피용을 안고 달리는 여성을 앞질렀다. 그녀가 웃어 보이길래 나는 손을 흔들었다. 모건은 쪼그만 개에게는 관심을 보이지 않았다. 큰 개들은 여전히 멀어지고 있었다.

두 번째 바퀴의 4분의 3쯤 지났을 때, 이제 총총대며 걷고 있는 파피용과 여자가 우리를 앞질렀다. 모건의 개줄이 팽팽해졌다. 따라잡으려 했지만 속도를 조절할 수 없었다. 둘은 끝까지 우리를 앞서갔다.

에드가 물 한 병을 들고 우리를 맞았다. 첫 번째 물그릇 앞에서 모건이 욕심스럽게 주둥이를 밀어 넣으며 작은 개를 밀어내는 것을 보고 나는 그 개가 물을 편히 마실 수 있게 모건을 다음 물그릇으로 이끌었다.

에드는 모건과 내가 '달리는' 사진을 찍었다. 대부분의 경주 사진이 그랬듯 나는 걷는 것처럼 보였다. 동물 구조 사이트 주소가 적힌 연보라색 면 소재 러닝셔츠와 7부 바지가 축축해져 몸에 달라붙었다. 펭귄들에게서 겨울에 면옷을 입으면 고생한다는 얘기를 들었는데도, 면이 더 시원할 거라고 잘못 생각한 탓이다.

우리가 획득한 사료 샘플, 간식, 장난감이 담긴 큰 봉투를 집어 들자 모건은 열심히 꼬리를 흔들었다. 웬만한 인간 대회에서 주는 것보다 훌륭한 참가 선물이었다. 나도 이제는 대회가 익숙해졌다.

우리 동네 집배원은 집집마다 우편물을 배달하면서 나의 발전을 지켜보았다. 낮에는 우편배달부, 밤에는 작가 제임스 D. 베설이 되는 그는, 아들의 고등학교 크로스컨트리 팀을 지도한 러너이기도 했다. 그는 달리는 나와 모건을 발견하면 손을 흔들었다. 어느 날 그가 "무엇을 목표로 훈련하세요?" 하고 말을 걸어왔다. 나는 어느새 그런 질문을 받으면 상세히 설명하는 사람이 되어 있었다. 그에게 MIT 얘기를 했다.

그는 우리를 만날 때마다 조언을 해주었다. 트럭 소리를 듣고 날뛰는 모건과 함께 그를 맞으러 나가면 그는 모건에게 과자를 하나 주고 우편물 분류 작업을 하면서 나와 이야기를 나눴다. 더 이상 사람들 앞에서 달리는 것이 두렵지 않았기 때문에 그의 관심이 좋았다. 나도 우리 어머니처럼 관심 종자가 되어가나 싶었다.

우리는 그가 쓰는 소설의 진행 상황과 나의 월간 소식지 얘기도 주고받았다. 1년에 몇 번씩, 그의 과자를 축낸 대가로 강아지 과자 한 통을 우편물과 같이 밖에 내놨다.

그는 러닝머신을 사기 위해 크리스마스 상여금을 저축했다. "겨울에도 계속 달리고 싶어서요." 나는 밖에서 산책하는 것만으로는 충분하지 않으냐고 물었다. "그것도 좋죠." 그가 대답했다. "하지만 달리는 게 최고랍니다."

달리는 거리가 늘어나자 나는 그에게 통증에 대해 물었다. "피가 철철 흐를 정도가 아니면," 그는 입을 열었다가 고쳐 말했다. "뼈가 드러날 정도가 아니면 계속하세요. 감기에 걸리더라도 응급실에 실려 갈 정도가 아니면 계속 달리세요. 신선한 공기는 폐에 좋고 아드레날린은 독소를 몸 밖으로 배출하거든요." 이 남자, 여간내기가 아니었다.

맥퍼슨 코먼스 공원에서 열리는 더 큰 규모의 동물 구조 달리기 5킬로에 모건과 두 번째로 출전하기 위해 토요일 MIT를 건너뛰었다. 이번에는 면 대신 청록색 민소매 기능성 셔츠와 검은색 기능성 7부 바지를 입었다.

에드, 모건과 박람회를 둘러보며 개가 먹을 과자와 에드를 위한 키세스 초콜릿을 집어 들었다. 경품 추첨에 응모한 다음 출발 지점으로 이동했다. 나는 모건이 출발선에서 촐랑댈 것을 예상하고 걷는 이들 뒤에 자리 잡았다. 에드에게 작별 키스를 하고 친구 리사와 포옹했다. 그녀는 작은 개들을 데리고 걸을 작정이었다. 총성이 울렸다. 모건은 짖으며 줄을 당겨댔지만 걷는 사람 몇 명을 앞지르고 나니 만족한 모양이었다.

모건과 나는 물을 마시러 멈춘 친구 크리스와 헤더, 그들의 골든 레트리버 머피를 따라잡았다. 결승선이 가까워지자 크리스와 머피는 쏜살같이 달렸다. 헤더와 나는 추격전을 벌였고, 결승선 앞에서 내가 그들을 지나치는 모습을 에드가 카메라에 담았다.

이들은 '진짜' 러너였다. 하프 마라톤 훈련을 하고 있지만 나는 진짜 러너가 아닌 것 같았다. 헤더는 풀 마라톤을 완주했고 그녀도, 크리스도 속도가 빨랐다. 내가 그런 친구들과 함께 달리다니! 사진 속 모건은 벽돌 길 위에서 앞다리를 한껏 뻗었고 나는 전력 질주하고 있었다. 에드가 포착한 순간 속에서 나는 '진짜' 러너가 된 느낌이었다.

발목을 치료하고 불안을 다스리기 위해 매달 마사지를 받았다. MIT 회원들도 그 효과를 칭찬했고, 긴장 이완에 좋다는 얘기를 누누이 들은 터라 프랜차이즈 마사지숍 회원권을 끊었다. 젊고 활기찬 러너인 나의 첫 마사지 치료사는 근육 스트레칭을 도와주었다. 그는 발목을 사리염*에 담갔다가 밤에는 수건으로 감싸고 가급적 높이 들고 있으라고 조언했다. "그냥 염증이 생긴 거예요." 그가 말했다. "일단 가라앉으면 마음껏 움직일 수 있어요." 그는 내 나이나 체중으로 달리는 것이 문제라고 생각하지 않았다.

하지만 그는 그곳을 금방 떠났다. 그의 이름도 모르는데. 숍에 물어보니 알려주지 않았다. 대신 얼마 전 처음으로 5킬로를 달렸다는 여자 마사지사를 새로 소개해주었다. 그녀는 스트레칭을 해주거나 내 발목에 대해 조언을 하지는 않았지만, 마사지 솜씨가 좋았고 나의 달리기를 응원했다.

그녀가 그곳에서 30분 거리에 자신의 마사지 센터를 차린다며 떠났을 때, 나는 첫 번째 치료사 같은 사람을 기대하며 남자 치료사를 요청했다. 그런데 새 치료사는 끊임없이 불평만 하는 사람이었다. 다른 사람으로 바꿔 달라고 했더니 역시나 실망스러운 치료사가 배정됐다. 마침내 숍에서는 자연요법을 신뢰하

● 황산마그네슘 결정을 가리키는 말로, 관절염이나 근육통을 완화하는 효과가 있다.

고 마사지 솜씨도 훌륭하고 다른 치료사들처럼 나를 응원해주는 사람을 소개해주었다.

그녀도 그곳을 나가게 되어 나는 회원권을 취소했다.

어퍼 알링턴에서 살던 10년 동안 매년 전몰장병 추모일이면, 나는 전몰장병 추모일 8킬로 달리기 주자들을 응원하는 이웃들의 함성 소리에 잠에서 깼다. 어느 대회 날 아침에는 차단된 도로 앞에서 급정거를 하며 자원봉사자들에게 욕을 퍼붓기도 했다. 경주에 몇 번 나가본 지금은 교통 통제를 이해할 수 있었다.

올해는 내 이기심을 반성하며 모든 자원봉사자에게 감사를 표할 생각이었다. 오하이오 중부에서 가장 오래된, 400명이 참가하는 도로 경주에는 소란한 군중이 잔뜩 모였다. 대회 날 기온이 26도 이하로 떨어지는 경우는 드물었다. 대회 전날에도 달리긴 했지만, 8킬로는 매주 달리는 MIT 훈련보다 긴 거리였다. 꼴찌가 될까 두려웠고, 너무 급하게 출발하기도 했고, 더위도 걱정이었다. 나는 질서를 유지하는 경찰보다 살짝 앞서 달리는 수준이었다.

한 무리의 경찰들도 참가자 뒤편에서 출발해 8킬로를 완주했다. 그들은 구호를 외쳤다. "왼쪽. (쉬고) 왼쪽. (쉬고) 왼쪽. 오른쪽. 왼쪽." 혼자 조용히 달리고 싶었기 때문에 그들이 나를 앞지르는 것이 반가웠다.

첫 번째 급수대의 컵이 동났다. 꼬마 남자애가 내게 물 한 줌을 뿌리더니 깔깔 웃었다. 나는 주전자 주둥이에 손을 받쳐 겨우 한 모금 마시고 갈증을 해소하지 못한 채 그곳을 떠났다.

5.6킬로 지점 근처의 이웃집 잔디밭에서 에드와 모건이 기다리고 있었다. 모건은 나를 보고 왈왈 짖으며 빙빙 돌았다. 목이 말랐지만 에드가 언덕을 달려 올라가는 나를 촬영하고 있어서 씩씩하게 손을 흔들었다. 집 몇 채를 지나 아래로 내려가니 지역 록스타이자 커피숍 주인인 콜린 가월과 그의 가족이 차려놓은 즉석 급수대가 보였다. 콜린의 아들이 호스로 내게 물을 뿌려주었다. 콜린이 빈 컵들을 치우는 사이 나는 큰 컵을 집어 벌컥벌컥 마셨다.

터키 트롯 때의 8킬로 기록보다 8분 앞당겼다. 지치고, 쑤시고, 피곤하고, 볕에 탔다. 하루 종일 물과 허브 아이스티를 마시면서 영구적인 부상이 생긴 건 아닌지 걱정했다.

주말에 열린 경주에 참가하느라 토요일 MIT를 두 번이나 놓친 후 다시 기운을 차리기 위해 수요일 MIT 달리기에 나갔다. 어느새 정오까지 퍼질러 자고 하루 종일 블라인드를 걷지 않는 생활로 돌아가 있었다.

수요일 저녁에 주차장에 모인 사람은 채 50명도 안 되었고 우리 그룹 사람은 아무도 없었다. 참가자들은 경기장 근처에서 두 무리로 나뉘었다. 근육질 체형의 빠른 팀과 '슬렁슬렁 팀'이었다. 나는 슬렁슬렁 팀에서도 순식간에 뒤처졌다. GPS 시계가 없어서 언제 방향을 바꿔야 할지 알 수 없었다. 달리기/걷기 그룹의 코치가 친절하게도 내 옆에 와주었다. 내가 힘겹게 따라가다가 방향을 돌린 순간이었다. 그녀에게 고마웠지만 개와 함께 우리 동네를 달리는 편이 나을 것 같았다. 러닝복 냄새를 맡고 달려왔는데 내가 혼자 집을 나서자 시무룩해지던 모건의 얼굴이 떠올라서 슬펐다. "어이가 없네!" 모건은 자신이 뭘 잘못했나 싶어 이렇게 구시렁거렸을 것이다.

차를 몰고 집으로 돌아오면서 '넌 그곳에 어울리지 않아'라는 생각을 억지로 눌렀다. 나는 남편을 안아주고, 개를 쓰다듬고, 운동 내용을 기록했다.

어느 토요일에는 MIT와 함께 달리다가 낙오되었다. 어느 날에는 그럭저럭 따라갔다. 낙오되면 괴로웠지만 꿋꿋이 참가했다. 나와 가장 비슷한 연배인 코치 두에인에게 내가 너무 느린 것 아니냐고 물었더니 그는 걱정 말라며 나를 안심시켰다. "아무도 당신을 쫓아내지 않아요." 그가 뒤처지지 않는 요령을 알려줬으면 했지만, 무리하게 달리면 몸과 발목, 무릎, 골반에 부담이 가서 아플 게 뻔했다. 그래도 노력이 부족한 건 아닌지 걱정이었다.

모건과 함께 달리면 수시로 멈춰서 오줌을 싸거나 냄새를 맡는 녀석 때문에 시간이 지체되어 그룹 사람들과 달릴 때보다 더 느려졌다. 에드는 내게 개가 오줌을 한 번만 누도록 훈련시키라고 제안했지만 차마 그럴 수는 없었다. 녀석이 야생 동물과 쓰레기 냄새를 킁킁대는 것은 내가 신문을 읽는 것과 같았다. 개에게서 그런 즐거움을 뺏을 수는 없었다.

8월 말, MIT의 훈련 거리가 늘면서 우리 그룹에도 뒤처지는 사람이 몇 명 더 생겼다. 코치가 너무 빠르다고 투덜대는 불평분자들도 있었다. 나는 그런 줄도 몰랐다. 내 시계는 속도가 아닌 시간만 보여주니까 거리는 추정하는 수밖에 없었다. 주중에는 웹사이트 지도를 계속 사용했다. MIT랑 달린다고 해서 빨라진 것 같지는 않았다. 내 측정 방법이 정확하지 않았을 수도 있다. 나는 항상 걱정을 달고 살아야 하는 운명이라 쓸데없는 걱정을 하는지도 몰랐다. 두에인이 나를 안심시켰기 때문에 속도에 집착하지 않고 완주하는 데 의의를 두기로 했다.

속도, 복장, 발목 외에 소변도 문제였다. 장거리를 달리더라도 화장실에 들를 필요가 전혀 없는 날도 있지만 첫 번째 간이화장실까지 참기 힘든 날도 있었다. 터키 트롯에서의 기저귀 농담을 떠올리며 처음으로 성인용 기저귀 한 봉지를 샀다.

따뜻한 미소와 맑은 눈을 지닌 신참 켈리와 친구가 되었다. 올렌탄지 강변길을 따라가면서 우리는 나의 잦은 화장실 출입

을 두고 깔깔대고, 우리가 읽는 책에 대해 토론하고, 나라 돌아
가는 꼴을 개탄했다. 또 다른 느림보 스티븐과 나는 MIT 활동
이외의 계획에 대해 이야기를 나눴다. 평소 진지하기 이를 데
없는 사람이었기에 스티븐의 우스갯소리는 늘 우리를 놀라게
했다. 그와 나는 '고령'인데도 실제 나이보다 젊은 척하며 달리
는 고충을 나누었다. 켈리, 스티븐과 나는 달리기가 힘겨운 날
에 함께 땀을 흘리고, 비교적 수월한 날에는 함께 웃으며 우정
을 쌓았다.

켈리와 스티븐 없이 장거리를 달린 어느 날 아침, 세라라는
수다쟁이 러너가 같은 그룹 사람들과 함께 아침 식사를 하자고
초대했다. 그녀에게 진심이냐고 세 번이나 물었다. 숨기려고
어지간히 애를 써도 나는 간혹 사람들 앞에서 편집증이 터져
나올 때가 있다. 그녀는 나를 다시 안심시켰다. 선배 러너들이
들려주는 모험담에 귀를 기울이며 달걀과 커피, 활기찬 대화를
즐겼다.

더위 때문에 토요일 아침 달리기 시작 시간이 6시 30분으로
앞당겨졌다. 나는 툴툴대면서도 참가했다. 정오가 되도록 잠만
자던 여자가 꿈을 이루는 데 도움을 줄 공동체를 찾은 것이다.

울고
싶을 때마다
한 발씩
내디뎠다

♦ˏ   2011년 여름에 쉰 살 생일을 맞았다. 삶이 완벽하지는
        않아도 50이라는 숫자가 두렵지는 않았다. 마흔다섯
살에 나는 비참했다. 지금보다 14킬로그램이 더 나가고 활력
도 없었으며 종종 자살 충동을 느꼈다. 지금은 살을 뺀 상태를
유지하고 있다. 남편과 오하이오로 돌아온 지도 10년이 넘었
고 결혼 생활은 여전히 행복했다. 사랑하는 사람들의 죽음도 담
담히 받아들이게 되었다. 쉰이라기보다 서른이 된 기분이었다.

   전부 달리기 덕분이라 생각한다. 정신과의사는 달리기 덕분
에 내가 항우울제 복용량을 줄일 수 있었다고 했다. 뉴멕시코
에서 오하이오로 돌아온 2000년에 나는 여섯 가지 약을 복용
했다. 이제는 세 가지로 줄었다. 10킬로그램쯤 감량하고 싶어
약을 전부 끊길 바랐지만, 과거에도 약을 끊으려다가 비참한
결과를 맞은 적이 세 차례나 있었다. 시도할 때마다 처음 한동
안은 괜찮았다. 풍부한 감정을 되찾고 체중도 줄었다. 하지만
결국 공황과 불안이 되돌아와 기운이 빠지고 기분이 처졌다.
닳고 닳은 동전의 양면처럼 불안과 우울이 번갈아 찾아왔다.

   내가 약을 꼭 먹어야 하는 이유를 되새기려면, 커다란 유리
창으로 몸을 던지고 싶은 강한 충동이 지나갈 때까지 마당으로
달려 나가 흙바닥에 누워 있던 뉴멕시코에서의 어느 날을 떠올
리면 된다. 다음 날에는 우리 집에서 6킬로 떨어진 자살 명소
리오그란데 협곡 다리로 향할 생각을 억누르며 침대에 몸을 묻

었다. 그다음 날에는 폭주하는 생각과 전율하는 몸으로 언덕에 위치한 이층집의 긴 복도를 서성였다. 당시 나는 아이스크림을 탐식했기 때문에 불안이 체중 감소로 이어지지는 않았다.

발목이 여전히 아픈데도 만족감을 느꼈다. 달리기가 우울증이나 음식에 대한 집착을 치료한 것은 아니었다. 책을 완성하는 데도 도움이 되지 않았다. 약을 끊게 해준 것도, 정신과의사와 이별하게 해준 것도 아니었지만 마음은 조금 평화로워졌다. 날마다 해가 중천에 뜨도록 잠을 자던 내가 달리지 않는 날에만 정오까지 잤다. 목욕을 게을리하던 내가 달리고 나면 꼭 샤워를 했다. 달리기를 하지 않은 날에는 글도 종종 썼다. 내 감정은 여전히 배 밑의 파도처럼 들썩였지만 적어도 달리기를 하거나 글을 쓰는 날에는 자부심을 느꼈고 끊임없이 음식 생각만 하지도 않았다. 주기적인 발목 통증과 불안한 발목으로 하프마라톤 훈련을 감당할 수 있을지 문득문득 의구심이 들었지만 내 삶은 차츰 나아지고 있었다.

50번째 생일 즈음에 푹신푹신한 브룩스 아드레날린 슈즈가 483킬로라는 수명을 훌쩍 넘어섰다. 나는 부상 없이 달리는 데 도움이 될 러닝화를 열심히 찾았다. 내가 읽은 기사들은 지금도 가끔 신는 워터 슈즈처럼 납작하고 쿠션이 적은 신발을 추천했다. 근거는 모호했지만, 달릴 때의 자세에 집중하고 미니멀한 슈즈로 발을 단련하는 것이 요즘의 추세였다.

가볍고 납작한 모델인 머렐 페이스 글러브가 마음에 쏙 들었다. 워터 슈즈처럼 굽도 밑창도 거의 없지만 러닝화가 맞다. 나는 아드레날린과 페이스 글러브를 헬스장으로 가져가 트랙에서 시험해봤다. 반품할 수도 있으니 곱게 신어야 했다. 새 신을 신고 0.8킬로를 달린 다음 신발을 바꿔 신었다. 페이스 글러브를 신고 달리는 거리를 차츰 늘리다가 워터 슈즈는 착용을 그만두었다.

발목의 부기는 그때그때 달라졌다. 몇 주씩 아예 붓지 않은 적도 있다. 그러다 어느 날은 아무 이유 없이 부어올랐다. 페이스 글러브를 신으면 발목이 꺾일 때가 있었다. 아드레날린을 신으면 그런 적은 없었는데. 내가 찾아가는 의사들은 내 발목이 납작한 신에 적응하는 중이라고 보았다. 발 가운데로 착지하는 변화는 점진적이어야 했다. 경주 사진을 보면 아직도 발꿈치로 착지하고 있었지만 결승선에 가까워져 전력 질주하던 순간에 찍힌 것이었다. 속도를 낼 때 나는 허리를 굽히고 발꿈치를 세게 디뎠다.

발목의 부족한 유연성은 왼쪽 무릎의 통증으로 나타났다. 역시 가끔씩 일어나는 현상이었다. 골반을 앞으로 기울이는 치러닝 스타일이 도움이 되었지만 완전한 해결책은 아니었다.

페이스 글러브는 지나치게 단순하다는 생각에, 트랙에서 '중간급' 여러 켤레를 시험해봤다. 결국에는 굽이 있고 푹신푹신하지만 발목이 접질리지 않는 브룩스 라벤나 모델을 선택했다. 원하던 것보다는 덜 단순하고 아드레날린보다는 납작했다.

　7월에 뉴턴 브랜드 관계자가 우리 동네 플리트 피트 매장에서 자세 개선 운동에 대해 강의했다. 러닝 그룹 정규 할인에 추가 할인까지 해준다고 해서 신발 한 켤레를 사기로 마음먹었다. 뉴턴은 굽이 낮으면서 쿠션감이 있었다. 살이 좀 빠지긴 했지만 러너치고는 여전히 풍만했기 때문에 나는 쿠션이 있는 신발을 추천받았다. 사람들은 덩치 큰 여성 러너를 아테나라고 부른다. 뚱뚱한 남자는 클라이즈데일Clydesdales*이라 한다.

　트랙에서 뉴턴을 신고 달리니 발목이 꺾였지만 페이스 글러브만큼은 아니었다. 러닝화를 바꿔가면서 신으면 부상을 예방할 수 있다는 기사를 본 터라 페이스 글러브, 뉴턴, 라벤나를 번갈아 신었다. 그랬더니 진짜 선수가 된 기분이었다.

　7월에 에드의 아들을 만나러 인디애나주 카멜을 찾아갔을 때는 발목이 붓지 않았다. 메트로놈을 분당 159비트에 맞추고 자세에 유념하며 모논 트레일을 달렸다. 0.8킬로 만에 통증이 가라앉았다. 8월 초까지 자세에 집중하자 발목이 접질리지 않

●　체격이 크고 힘이 센 짐마차용 말.

앉다. 신발은 계속 바꿔가며 신었지만 오래 달릴 때는 뉴턴이 좋았다.

그런데 날씨가 더워졌다. 토요일에 혼자 11킬로를 달렸더니 온몸이 쑤셨다. 그 거리의 두 배나 달리는 것은 상상도 할 수 없었다. 어느 날은 차 정비를 맡기고 기다리는 동안 페이스 글러브를 신고 프레드 비크먼 공원을 달리기도 했다. 길 위의 온갖 요철 때문에 발이 아팠다.

어느 8월 아침에는, 날씨는 선선했지만 달렸더니 몸이 욱신거렸다. 왼쪽 무릎, 왼쪽 발목, 양쪽 정강이, 왼쪽 엉덩이. 나는 할머니처럼 다리를 절뚝거렸다. 자세에 집중하려 했지만 힘들고 고통스러웠다. 머릿속에서 "너무 힘들다고!"라는 절규가 들렸지만 의연히 달렸다.

다 달리고 나서 모건을 데리고 동네를 산책하다가 차에 앉아 있는 친구를 만났다. 잠시 이야기를 나누고 모건과 함께 길을 건넜다. 인도에서 갑자기 허영심이 솟구쳤다. 고통스러운 달리기를 막 마쳤지만 다시 뛰기 시작했다. 친구의 차가 지나갈 때 나는 달리기가 세상에서 가장 재밌다는 듯 양손을 흔들며 웃었다. 차가 더 이상 보이지 않을 때에야 다시 걷기 시작하며 고개를 절레절레 저었다. 나는 못 말리는 자랑쟁이였다.

뉴턴을 신고 달리는 거리를 서서히 늘렸더니 발목은 더 이상 꺾이지 않았다. 그래도 통증이 있을 때마다 들뜬 기분과 스스로 몸을 망치고 있다는 확신을 번갈아 느꼈다. 8월 마지막 주가 되자 페이스 글러브를 신을 때만 발목이 꺾였다.

무릎과 고관절이 아팠지만 MIT에서 처음으로 14.5킬로를 달리는 내내 켈리와 수다를 떨었다. 다음 날 5킬로 달리기가 고통스럽게 느껴지자 과거에 달리기를 그만둔 이유가 떠올랐다. 자세 교정이 처음에는 변화를 가져왔지만 일정에 따라 달리는 거리를 늘리자 주중 달리기를 6킬로에서 5킬로로 줄여도 통증이 서서히 돌아왔다. 8월 29일에 발목은 다시 자몽 크기가 되었다. 나는 글쓰기 워크숍에서 이틀 내내 앉아 있었던 탓이라고 믿었다. 진짜 원인이 무엇일지 머릿속으로 고민하면서 다시 한번 사랑하는 운동을 포기해야 할까 봐 두려웠다.

8월 31일에도 발목은 가라앉지 않아서, 에드에게 스포츠 의학 클리닉에 가서 골절 여부를 확인하겠다고 했다. 그는 내가 이미 무엇이 문제인지 알고 있다고 다시 한번 지적했다. 고통은 강하지 않고 은근했다. 운동성을 높일 필요는 있었지만 조심해야 했다. 달리기를 아예 그만둬야 하는지 확신이 없어지는 날에는 하프 마라톤 훈련을 마칠 수 있을지도 의심스러웠다.

달릴 때의 통증에 대한 해결책을 꾸준히 찾아보았다. 노동절 주말에 에드와 함께 조카 결혼식 참석차 산타모니카에 갔다가 에고스큐 클리닉을 찾았다. 나는 1990년대 초부터 요통 때문에 에고스큐 운동법 이사이즈를 이용했다. 오하이오 근처에는 클리닉이 없었다.

클리닉은 요가 스튜디오와 물리 치료 센터를 합쳐놓은 모습이었다. 몇몇 사람들이 바닥에 누워서 한쪽 발은 나무 탑에 걸치고 다른 쪽 다리는 갈색 스펀지 블록 위에 올려서 90도로 구부리고 있었다. 이사이즈의 사타구니 스트레칭이었다. 나는 『동작을 통한 에고스큐 건강법The Egoscue Method of Health Through Motion』을 읽고 에고스큐에 입문했다.

어깨, 골반, 무릎, 발목은 똑바로 90도를 유지해야 한다. 머리는 어깨 위에서 살짝 기울이고 양팔은 팔꿈치와 손목을 바닥에 차분히 늘어뜨린다. 에고스큐 이사이즈는 중력의 힘을 빌려 신체를 원상태로 되돌린다.

치료사 카이는 직선이 그려진 벽에 기대어 선 내 사진을 찍었다. 내 오른 어깨 아래쪽과 오른쪽 골반 윗부분이 삐뚤어져 있었다. 걸을 때는 앞으로 똑바로 걷지 않고 옆으로 벗어나 가다가 다시 또 옆으로 벗어났다. 카이는 이사이즈를 충실히 수행하면 자세가 좋아지고, 부상 없이 달리는 속도를 높이고 발목도 나을 거라 장담했다. 내 발목뼈들이 너무 가까이 뭉쳐 있지만 시간이 흐르면(그는 항상 시간을 강조했다) 이사이즈가 달리기 실력을 높여줄 거라고도 했다. 그는 내가 하프 마라톤 훈련을 해도 위험할 게 없다고 보았다. 나는 에고스큐 스카이프 화상 수업에 등록했다.

　그 주 주말에는 14.5킬로를 달려야 했다. 2주 전에도 켈리와 함께 그 정도 거리를 달렸지만 산타모니카에서 혼자 달리려니 손목시계를 차는 손까지 떨렸다. 우리 부부가 사는 콜럼버스도 미국에서 열다섯 번째로 큰 대도시지만 나는 큰 도시에 갈 때마다 강도를 당하거나 길을 잃진 않을까 불안했다. 나는 다른 러너들이 있길 바라며 해변 길을 달리기로 했다.

　에드가 산타모니카 산책로를 걷는 사이, 나는 부두까지 다섯 블록을 달린 다음 콘크리트 길을 따라 베니스 해변에서 마리나 델 레이까지 다녀왔다. 의료용 마리화나 판매대, 보디빌더들, 티셔츠나 선글라스, 기념품을 파는 상인들이 길가에 늘어서 있었다. 술집에서 음악 소리가 울려 퍼졌다. 바닷길이 모래밭으로 바뀌는 지점에서 골목길을 돌아 나가는 동안 치러닝 CD에 담긴 대니 드라이어의 목소리를 듣자 마음이 차분하게 안정되었다.

　늘 그렇듯 나는 이유도 없는 두려움을 느꼈다. 다른 러너들, 자전거 타는 사람들, 산책하는 사람들, 관광객과 지역 주민이 지나갔다. LA 레거스LA Leggers* 셔츠를 입은 여러 명의 러너들

●　산타모니카에서 활동하는 러닝, 워킹 그룹.

이 무리 지어 달려갔다. "나도 동호회에서 하프 훈련을 하고 있어요!"라고 외치고 싶은 충동을 누르고 일말의 품위를 지켰다. 나의 목례에 그들도 고개를 까닥해 보였다. 우리는 모두 진짜 러너였다.

햇살이 피부를 어루만지고 공기가 팔다리와 얼굴을 간질였다. 달리기를 하면서 야외 활동을 더 사랑하게 되었다. 겨울에는 상쾌하고 여름에는 뜨거운 자연이 나를 달래준다. 해변, 숲, 주택가, 변화무쌍한 풍경이든 한결같은 산책로든 대자연은 우리를 치유한다. 어디에 있든 날아다니는 기분이 들었다.

다음 날 남편과 나는 로즈볼 공원에서 우리의 친구 에드와 제니퍼를 만났다. 에드는 다른 에드와 함께 걷고, 나는 달렸고, 제니퍼는 나보다 더 빠르게 걸었다. 나는 우리의 주변 환경과 대화에 몰두하려 했지만, 경쟁심이 나를 뚱뚱한 중년의 중서부 사람으로 전락시켰다. 제니퍼의 큰 키와 긴 다리를 의식하지 않으면 좋았을 텐데. 그녀를 따라잡지 못하는 내가 원망스러웠다.

타오스의 워크숍에서 만나 오랫동안 알고 지낸 작가 친구 제니퍼는 꾸준히 달리면서 살을 뺀 나를 칭찬했다. 내 마음속 나는 여전히 90킬로그램이었다. 내가 그토록 부정적인 자아상을 품고 있다는 사실을 그녀가 알았다면 틀림없이 내 생각을 바꾸려 했을 거다. 하지만 나는 설득당할 기분이 아니었다. 머릿속 목소리가 요란해지면서 발목과 무릎이 아팠다. 그 목소리가 사납게 나를 비판하자 더 이상 집중할 수가 없어 입을 닫았다. 제니퍼는 무슨 문제가 있느냐고 물었다. 나는 훈련 거리가 길어져서 지친다고 했다. 그것도 사실이었지만 주로 내 부정적인 생각이 문제였다. 전날 혼자 해변을 따라 14.5킬로나 달렸음에도 깊은 실의에 빠졌다.

두 바퀴째 달리며 그녀가 내게 힘든 상황을 털어놓았고 나는 명상하듯 귀를 기울였다. 제니퍼의 음성, 플라타너스, 참나무, 미루나무, 오가는 사람들의 경쾌한 소리에 집중했다. 내 마음이 자기 비하에 빠질 때마다 나뭇잎의 곡선, 꽃의 붉은색, 느리지만 나를 꾸준히 이동시키는 발의 감각에 몰입했다. 반 바퀴만에 어둠이 가라앉고, 그녀와 함께하는 시간과 그날의 찬란함을 즐길 수 있었다. 끝나는 지점에서는 남편들의 사랑스러운 얼굴에 집중했다.

울고
싶을 때마다
한 발씩
내디뎠다

오하이오로 돌아와 여름이 가을로 바뀌는 사이 내가 달리는 거리도 늘었다. 다가오는 토요일에 우리 그룹은 16킬로를 달려야 했다. 늘 그렇듯 뒤처져서 길을 잃을까 봐 두려워하며 잠에서 깼다. 이번 경로에는 평소와 달리 갈림길이 많았다. 내게는 아직 GPS 시계가 없었고 전환 지점이 어디인지도 몰랐다. 동료들도 모른다고 했다.

나는 뒤처져서 혼자 남게 되어 당황했다. 우리 그룹을 시야에서 놓치지 않으려고 안간힘을 쓰며 급수대를 지나다가, 방향을 바꾸기 전 잠시 멈춰서 있던 그들을 발견했다. 무리해서 달리느라 녹초가 됐지만 내 차를 세워둔 곳까지 돌아가려면 똑같이 8킬로를 더 달려야 했다. 집으로 가는 길을 안다고 스스로를 달래보아도 앤트림 호수를 지날 무렵에는 다시 숨이 차고 심장마비가 올 것 같았다. 마음을 진정시키기 위해 자세에 집중했다. 어깨를 뒤로 낮추는 에고스큐 기법. 골반을 앞으로 기울이는 치러닝. 눈은 지평선을 보고 턱은 안으로 집어넣었다. 자세에 집중하자 기운이 솟고 고통을 줄일 수 있었다. 고등학교로 이어지는 길에서 에너지를 짜내어 정지 표지판이 위치한 언덕까지 달렸다. 우리 그룹의 몇 명이 처음으로 16킬로를 달린 내게 하이파이브를 했다. 결국 나는 혼자가 아니었다.

불안정한 발목 문제를 해결하고 발목 전문의가 틀렸음을 증명하기 위해 척추 지압사를 꾸준히 찾아갔다. 그는 내 발목과 발가락을 돌리고 간혹 때리기도 했다. 나는 내 건강 관리 전문가 목록에 정골 치료사도 추가했다.

정골 치료사의 진료실 천장에는 어린이들과 나처럼 불안에 떠는 어른들을 진정시키기 위한 형형색색의 금속 모빌이 매달려 있었다. 내가 침대에 눕자 그는 내 발목을 부드럽게 쥐고 왼발을 들어 올렸다. 나는 모빌의 모양과 색조, 방향을 바꾸면서 반사하는 빛에 감탄했다. 그가 돌린 내 발목이 시큰거렸다. 기하학적 형태의 진보라색 금속 조각 하나를 노려보다가 눈을 질끈 감았다. 내가 "아얏!" 하고 소리치며 발을 뺄 때까지 그는 멈추지 않았다.

그에게 조금 천천히 해 달라고 부탁할까 싶었지만 통증을 더 이상 견딜 수 없었다. 꾸준히 치료를 받아야 효과가 있을 텐데. 대신에 훨씬 덜 아프게 치료하는 척추 지압사를 찾아가 발목이 부을 때마다 얼음찜질을 하고 붕대를 감았다. 그리고 계속 달렸다.

어느 날 오후, 에고스큐 스카이프 수업 중 바닥에 누워 있는데 현기증으로 머리가 빙빙 돌았다. 오한이 나고 메스꺼워서 속을 달래기 위해 침대로 기어들어갔다. 달리기를 하지 않던 시절이었으면 쉽게 잠들었을 것이다. 개를 발치에 두고 이불

밑에서 몸을 웅크리면 금세 깊고 평안한 잠에 빠지곤 했는데, 이날은 자는 대신 달리기를 해야 내가 쓸모없는 사람이라는 기분에서 벗어날 수 있을 것 같았다. 너무 이상한 생각이라 벌떡 일어나 앉았다. 개가 침대에서 뛰어나가 기대에 찬 표정으로 나를 올려다봤다. 나는 긴장을 풀고 낯선 생각을 억지로 몰아냈다. 개는 한숨을 쉬더니 다시 침대에 뛰어올라 편안히 자리를 잡았다. 잠이 드는 대신 달리기를 할 때의 가벼운 흔들림을 느껴보았다.

나의 심란함을 읽었는지 모건이 펄쩍 뛰어내려 침대에 몸을 문질렀다. "가자!" 이불을 휙 젖히고 러닝복을 입자 모건은 깡충깡충 뛰다가 복도로 질주했다. 우리는 함께 달리기를 했다. 몸은 피곤해도 기분은 상쾌했다.

하프 마라톤을 한 달 앞둔 9월 중순, 모건과 나는 제2회 육종을 위한 발걸음 5킬로에 출전했다. 올해는 언니 에이미가 입원 중이어서 가족은 아무도 참가하지 않았다. 나도 취소하고 언니 곁에 있고 싶었지만 언니는 제이미를 생각하며 달리라고 당부했다. 올해 2회 차 대회가 열리면서 이 경주도 연례행사로 자리 잡게 되었다. 1년 전의 첫 참가 이후 5킬로는 너무 많이 뛰어서 꽤 숙련자가 된 기분이었다.

모건과 함께 집을 나서기 전에 펄쩍펄쩍 뛰는 녀석을 피하며 러닝복을 껴입었다. 차 안에서도 모건은 공원으로 내보내줄 때까지 낑낑대고 왈왈 짖고 콩콩 뛰었다. 썩 내키지는 않았지만, 대회 자원봉사자가 모건에게 밝은 녹색 티셔츠를 입히도록 내버려두었다. 귀엽기는 한데 달릴 때 불편할 것 같았다. 0.4킬로쯤 달리다가 멈춰 서서 그것을 벗겼다.

그간의 장거리 달리기 훈련 덕분에 우리의 지구력은 향상되었다. 결승선을 넘는 순간 한 자원봉사자가 내게 나이를 묻더니, 50~59세 사이 여성 중 3등이라며 메달을 건넸다. 나는 깜짝 놀라 에드에게 전화했다. 자신이 조직한 브런치 모임에 참석 중이었던 그는 내 수상 사실을 자기 친구들에게 말했다. 집에 돌아와서 다시 결과를 확인하자 3등은 아니고 몇 초 차이로 4등이었다. 주최 측에 이메일을 보내 진짜 메달 주인에게 연락을 부탁했다. 놀랍게도 그녀는 메달을 원하지 않았다. 그래서 내가 갖기로 했지만 그 위에 '4등'이라고 적어놓았다. 모건의 셔츠를 벗기려고 멈췄다가 3등을 놓친 것 같다.

주중에 한 번씩 달리는데도 오른쪽 무릎이 새로 아프기 시작했다. 오른쪽 정강이에도 통증이 나타났지만 금방 지나갔다. 왼쪽 발목이 다리 끝에 달린 벽돌처럼 느껴졌다. 게다가 마사지 시간에 맞추느라 달리는 거리를 1.6킬로 줄여야 했다. 내가 정한 목표를 달성하지 못하게 되어 머릿속이 혼란스러웠다.

달리는 거리가 늘수록 힘들어졌다. 나는 긴 거리를 달리면서 일정한 속도를 유지할 만큼 체력이 좋지 않았다. 통증 때문에 속도는 더 떨어졌다. 짧은 거리에서도 좋은 자세를 유지하지 못하고 몸이 축 늘어졌다. 그냥 천천히 달리는 수밖에 없었다.

아픈 데 없는 어느 평일에 이어버드를 착용하고 달리다가, 커다란 기계로 잔디를 깎고 있는 남자를 피하느라 길 한가운데로 움직였다. 그 순간 거대한 SUV가 쌩하고 지나갔다. 그 차가 다가오는 것을 보지도, 듣지도 못했다. 평상시에는 이어버드를 껴도 바깥 소리가 들리지만 잔디 깎기 기계가 요란한 소음을 내서 아무것도 듣지 못한 거다. SUV가 휙 지나가면서 바람을 일으키자 나와 모건은 질겁했다. 이때부터 이어버드 한쪽을 빼기 시작했다. 하지만 그 사건은 어이없게도 조경사에 대한 두려움으로 변질되었다. 소음과 낯선 사람들에 대한 망상이 생겨 우리 동네에서 잔디를 깎는 인부들만 보면 집 밖을 나가는 것조차 두려웠다. 그들이 떠나고 나서야 겨우 모건을 데리고 달리러 나갔다.

훈련 시즌이 진행될수록 내 속도는 느려지고 MIT 친구 켈리는 빨라졌다. 18킬로를 달리는 날에 나는 그녀를 따라가기로 했다. 켈리도 우리가 가야 할 방향을 몰랐지만 다른 사람과 함께 있으면 길을 잃어도 별로 무섭지 않을 것 같았다.

장거리 달리기는 위안이 되었다. 대화 소재는 정치, 종교, 출

산, 섹스, 불만거리, 그리고 우리의 가장 큰 관심사인 소화 등이었다. 하지만 달리고 나면 무슨 얘기를 했는지 싹 잊어버렸다. 2시간 30분을 함께 보내고도 세세한 대화 내용은 기억나지 않았다. 아이를 낳는 것도 비슷하지 않을까 싶었다. "코스에서 있었던 일은 코스에 남겨두는" 이유는 기억이 나지 않기 때문일 것이다.

켈리에게 뒤처지지 않고 전환점을 돌아 장미 공원으로 돌아온 다음 다급히 간이 화장실로 들어갔다. 나는 그녀에게 계속 달리라고 일렀다. 뻣뻣한 왼쪽 발목에서 시작된 통증이 왼쪽 무릎으로 옮겨갔다. 달리기가 끝날 무렵에는 엉덩이가 못 견디게 아팠다. 스스로를 다독이며 겨우 끝까지 달렸다.

그 후, 나는 진정한 러너의 고통을 맛본 데에 자부심을 느끼면서도 한편으로 아예 달리는 게 싫다는 생각도 들었다. "진정한 주자라면 꼭 따라가야 해." 머릿속이 복잡해졌다. "멍청이! 실패자! 멍청이! 실패자!" 나는 나 자신을 달랬다. "너는 무려 18킬로를 달렸어. 지금껏 달린 가장 먼 거리잖아." 힘들긴 해도 이제 3킬로를 더 늘려 하프 마라톤 거리를 달릴 수 있겠다는 믿음이 생겼다.

켈리와 달리기 그룹 친구들은 토요일 아침마다 함께 달리기를 할 뿐 나에 대해 아는 바가 거의 없었다. 나는 지난 20년간 정상인으로 보이기 위해 갖은 노력을 다했다. 내 장애가 부끄럽다는 뜻은 아니다. 그저 내 삶에서 최대한 많은 것을 끌어내고 싶었을 뿐이다. 새 친구들은 내가 침대에서 나오는 것조차 힘들어하고, 달린 후에만 샤워를 하고, 공황 발작에 시달린다는 사실을 몰랐다.

하프 마라톤 2주 전, 치료 모임에 가려고 운전을 하는 중에 불안감으로 아드레날린이 마구 분출되었다. 땀이 흥건한 한쪽 손으로 운전대를 쥐고 다른 한 손으로는 종이봉투를 입에 갖다 댔다. 콜럼버스 시내에서 가까운 70, 71번 주간고속도로 나들목을 빠져나가지 못하고 20분이 더 걸리는 우회로를 택했다. 이런 일이 있을 줄 알고 일찌감치 출발했지만, 벌벌 떨다가 녹초가 된 상태로 도착했다. 이 얘기는 남편에게만 했다.

늘 정신을 엉뚱한 데 팔다 보니 집안일도 대부분 에드가 했다. 나는 식기세척기를 비우거나 화장실 휴지를 갈아끼우는 것조차 힘에 부칠 때가 많았다. 여행을 할 때도 우리가 가는 곳이 어디였는지 깜박하는 경우가 있어 공항에서 필요한 수속을 밟고 예약된 호텔을 찾는 것도 에드의 몫이다. 더구나 그의 감정적 지지는 세상 무엇과도 비교할 수 없다. 한번은 그에게만 너무 많은 짐을 지운다는 죄책감에, 혹시 내가 원망스럽지 않냐고 물었다. 그는 우리가 만나기 전 5년간 혼자 살면서 모든 일을 직접 처리하는 데 이골이 났다고 대답했다. 내가 하는 얼마

안 되는 집안일을 보너스로 여길 정도였다.

켈리를 비롯한 달리기 친구들과 달리, 내게는 돌봐야 할 아이가 없었다. 제이미 외에는 아이에게 사랑을 느낀 적이 없었다. 토요일 달리기가 끝나면 드러누워야 했다. 대회가 끝나면 배고픈 아이들이 아닌 우울증이 나를 기다리고 있었다. 개한테는 저녁을 먹이지만 요리할 필요가 없는 식사다.

다른 사람들에 비해 훌륭한 정신 치료를 받을 수 있는 것도 참 감사한 일이다. 나는 무엇 하나 당연한 것으로 받아들이지 않는다. 덕분에 정신 병원에 갇혀 있어야 할 사람이 달리기, 글쓰기 워크숍, 명상 수련회 등에 '참가'할 수 있었다.

달리기는 금방 내 정신 건강을 지키는 도구가 되었다. 달릴 때마다 불안, 우울, 조증이 조금이나마 완화되었다. 달리기는 집중과 진정에 도움이 되었고 성취감과 기쁨을 주었다. 작은 목표들을 달성하는 보람도 느끼게 했다. 나는 일단 몇 킬로를 달리기로 정하면 그대로 실천했다. 두려움은 접어두고 밖으로 나갔다. 어떤 날은 달리기 파트너인 모건과 함께 포장도로를 쿵쿵 딛는 발의 감각에서만 평화를 찾을 수 있었다. 운동을 마치고 나면 책상 앞에 앉아 글을 쓸 용기도 생겼다.

18킬로를 달릴 때, 도중에 화장실을 딱 한 번 갔기 때문에 기저귀는 더 이상 필요 없을 줄 알았다. 하지만 주중에 단거리를 달리면서 기저귀를 차지 않았더니 한 발짝씩 디딜 때마다 검정 레깅스에 오줌이 샜다. 커피를 너무 많이 마셨는지도 모른다. 새로 산 물병으로 물을 너무 자주 홀짝였는지도 모른다. 머릿속에서 호통소리가 들렸다. "이 젊은 척하는 늙은 아줌마야. 너 따위가 무슨 하프 마라톤을 한다고." MIT와 함께하는 토요일이 아니라 개와 나 둘뿐이라서 다행이었다.

그 순간 자기 집 관목을 손질하는 이웃이 눈에 들어왔다. 그에게 축축한 다리를 들킬까 봐 움찔했다. 하지만 그는 박수를 치며 외쳤다. "잘한다! 힘내라!" 빌어먹을 오줌. 개와 나는 모퉁이를 돌아 우리 집 진입로까지 한참 걸어 올라갔다. 집에 들어서자마자 지하실로 내려가 더러워진 옷을 세탁기에 던지고 다량의 세제를 투척했다. 달리기는 만만한 일이 아니다! 모건과 나는 러너다.

대회 2주 전부터 우리는 달리는 거리를 차츰 줄였다. 모건과 8킬로를 달리다가 이러다 죽는 거 아닐까 싶었던 적도 있다. 휴대폰으로 오디오북을 듣는 사이 왼쪽 무릎이 심하게 욱신거렸다. 딴생각을 하면서 달리면 자세가 무너지고 통증이 커졌다. 1.6킬로쯤 달렸을 때 싸늘하고 매서운 비가 내리기 시작했다. 개의 귀를 타고 내린 빗방울이 포장도로에 떨어졌다. 머릿속 목소리가 깐족거렸다. "폐렴 걸리기 딱 좋네. 네 몸을 네가 망치고 있구나." 지름길로 갈까 고민했지만 머릿속 목소리에 질 수는 없었다. 나는 모건의 등에 새겨진 '천사 날개' 무늬를 내려다봤다.

제이미, 어머니, 아버지가 살아 있었다면 나를 응원했을 것이다. 고통은 그리 심하지 않았다. 비도 그리 차갑지 않았다. 우리는 속도를 높였다. 땀이 나기 시작하니 비가 상쾌하게 느껴졌다. 끝난 다음의 만족감은 이루 말할 수 없었다.

다음 토요일에 MIT는 19킬로를 달리는 일정이었다. 하지만 페이스 코치가 우리에게 13킬로만 달리라고 하자 머릿속에서 다툼이 일어났다. 내 안의 건강 염려증 환자는 무리한 일정으로 부상을 당할까 봐 두려워했다. 내 안의 완벽주의자는 나태한 태도를 비판했다. 나는 경험 많은 러너들과 함께 겨우 13킬로만 달렸다.

'겨우'라니 주제넘은 소리다. 하지만 계획한 거리보다 적게 달리면 머릿속 목소리는 나더러 꾀를 부린다고 한다. 또 비가 내렸지만 기온은 따뜻했고 옷을 한 겹 더 껴입어서 별로 젖지 않았다.

동료들 덕분이었을지도 모른다. 나의 태도나 우리가 '겨우' 13킬로만 달렸기 때문이었는지도 모른다. 이날의 정신 상태와 경험은 특별했다. 자세에 집중했더니 거의 통증 없이 달릴 수 있었다. 그 후 왼쪽 무릎이 조금 아프고 발목이 뻣뻣해졌지만 달리기를 그만둘 생각까지 했던 며칠 전의 고통에는 비할 수 없었다. 오랫동안 정신과의사, 명상 강사, 작가, 치료 모임 사람들, 코치들에게서 머릿속 목소리를 믿지 말라는 조언을 들었지만 이제 나 스스로 그런 결론을 내렸다. 머릿속 목소리는 정말로 나를 죽이려 했다. 달리기는 그런 진실을 깨닫게 했다.

에고스큐 스카이프 수업에서 배운 한 가지는 나의 왼쪽 엉덩이 근육이 제 기능을 못한다는 것이다. 이런 현상을 '엉덩이 기억상실증dead butt syndrome'이라 한다. 남들이 말하는 고관절 통증을 경험한 적은 없지만 이것이 무릎 통증의 원인인가 싶었다. 엉덩이 근육이 작동하면 무릎의 부담을 덜어줄 것 같았다.

하지만 스카이프 수업 시간이 아니면 에고스큐 연습을 따로 하지 않았다. 장거리 달리기는 용케 하고 있지만 나는 게으름의 끝판왕이었다. 타율적인 체계가 필요했다. 달리기 일정이나 트레이너가 있으면 괜찮을 텐데. 나는 이득을 경험하고도 혼자서 운동을 해나가는 데 실패했다. 물리 치료 때도 그랬는데 이제 에고스큐도 그 짝이 났다. 결국 에고스큐도, 물리 치료도 제대로 하지 않은 셈이다.

하프 마라톤 전의 마지막 '장거리'는 동호회 사람들과 함께 달린 10킬로였다. 다들 초조한 마음으로 웃고 떠들었다. 켈리는 대회 전에 아프거나 다칠까 두려워 "대회 날까지 최대한 몸을 사리고 아끼겠다"라고 선언했다. 나는 강박적으로 손을 씻고 옷소매로 문을 여닫기 시작했다.

페이스 코치는 두려움을 느끼는 게 정상이라고 했다. 첫 하프 마라톤이 딱 한 주 남았지만 이날 계획된 달리기 거리가 짧았기 때문에 누적된 흥분과 불안을 해소할 수 없었다. 나는 쿼터 마라톤 전에 이런 '테이퍼링 광기taper madness'*'를 경험했다. 대회 당일 두 배나 되는 거리를 달려야 하니까 두 배로 불안하고 흥분되는 것이 정상일 것이다.

10킬로도 녹녹치 않았다. 우리는 언덕이 많은 동네를 지나 제노아 트레일까지 달렸다. 자세에 집중하려 해도 언덕을 오르는 것 자체가 힘들었다. 친구들과 함께 달리면서 대회 박람회, 경주 일정, 출발 직후 벗어던질 허드레옷 쇼핑 등을 소재로 수다를 떠느라 자세 따위는 까맣게 잊었다. 왼 다리 전체가 쑤셨다. 몸이 불편해지자 늘 그렇듯 완주할 수 있을지 의구심이 생겼다. 그 두려움에서 겨우 벗어났더니 머릿속 목소리는 내가 내 몸을 영구적으로 망치고 있다고 비아냥거렸다. 주말이 끝나고 며칠이 지나도록 기분이 시무룩했다.

● 대회를 앞두고 몸을 회복시키기 위해 훈련 거리를 서서히 줄이는 테이퍼링 기간에 남아도는 에너지를 주체하지 못해 흥분과 불안을 느끼는 현상.

하프 마라톤 엿새 전에 가볍게 5킬로만 달리겠다는 생각으로 개를 데리고 밖으로 나갔다. 활기찬 대화를 나눌 상대가 없으니 더 힘들고 더웠다. 등과 다리가 결렸다. 게다가 머렐 페이스 글러브를 신고 달리자 길 위의 요철 하나하나가 발바닥을 자극했고 왼쪽 발목이 꺾였다. 골반 기울기, 고관절 회전에 신경 쓰고 어깨를 뒤쪽 아래로 유지하려 했지만 역시나 힘들고 속도는 느렸다. 갈비뼈, 등, 오른쪽 손목도 아팠다.

머릿속 목소리가 외쳤다. "여기저기 다 아프면서 21킬로를 달리겠다고 덤비냐!" 하프가 끝나면 달리기를 포기하게 될까봐 걱정이었다. 대회 도중이나 끝난 후에 심장마비로 죽지는 않을지도 걱정이었다. 시카고 마라톤 결승선을 150미터 남기고 사망했다는 남자도 있는데. 나이를 먹고 늙어가는 것과, 에드와 모건 없이 살아야 할지 모르는 삶도 걱정이었다.

모건도 힘들게 달렸다. 디젤 트럭에 시동을 거는 조경사를 집배원으로 착각해 과자를 얻어먹지 못해서 시무룩했다.

나는 햇살에 반짝이는 진홍색 단풍잎에 주의를 돌렸다. 아프기는 했지만 다리에 힘이 느껴졌다. 신이 나서 귀를 쫑긋 세운 모건을 내려다봤다. 희망이 없는 것은 아니었다. 어떻게 달려도 달리지 않는 것보다 낫다. 차근차근 훈련하면 나도 할 수 있다.

대회 닷새 전부터 온몸이 아프기 시작했다. 기력이 빠져서 예정대로 단거리를 달리는 대신 낮잠을 잤다. 무엇이 문제인지 몰라도 빨리 낫고 싶었다. 반복되는 악몽이 낮잠을 방해했다. 다음 날에는 열과 두통, 구역질이 났다. 겨드랑이가 심하게 부었다. 다시 침대로 돌아갔다. 욕지기, 탈진, 오한, 몸살이 내 강박적 사고를 차단해서인지 24시간 내내 잠을 잤다. 잠을 깨도 역시나 아파서 걱정스러운 마음에 의사에게 전화했다.

그녀는 겨드랑이 모낭의 세균 감염과 염증이라고 진단했다. 증상이 시작되기 전날 헬스장에서 털을 민 다음 여과 장치가 작동하지 않는 것을 모르고 수영장에 들어간 게 화근이었다. 의사는 항생제를 처방하려 했지만 대회 직전에 항생제 부작용의 위험을 감수하고 싶지 않았다. 대신에 항생연고, 식초 세척제, 이부프로펜ibuprofen˙을 처방받았다. 나는 의사가 시키는 대로 침대로 돌아갔다. 깰 때마다 계속 그녀의 지시를 따랐다. 밤에는 열까지 났는데, 하프 마라톤 전까지 회복할 날은 하루밖에 남지 않았다.

● 진통, 해열 작용이 있는 비스테로이드성 항염증약.

울고
싶을 때마다
한 발씩
내디뎠다

일요일 경주를 앞두고 토요일 오전 느지막이 일어나 항생연고를 바르고, 이부프로펜을 복용하고, 식초 세척을 했다. 오후가 되자 집을 나설 수 있을 만큼 회복되었다. 머리를 자르고 박람회장으로 향했다. 축축한 내 손바닥이 에스컬레이터 손잡이에 지문을 남겼고 목구멍이 막히는 기분이었다. 나는 하프 마라톤 번호표와 대회 공식 티셔츠를 수령했다.

풀 마라톤 참가자 쪽에 늘어선 줄을 보며 내가 시시한 경주에 출전한다는 생각을 억지로 접었다. 언젠가는 풀코스를 달릴 거라는 희망이 마음속에서 꿈틀거렸지만 오늘은 하프에 집중해야 했다. 하프는 이미 현실이 되었으니까.

우리 그룹의 사람들과 함께 박람회를 둘러봤다. 긴장을 풀기 위해 우스갯소리를 주고받았다. 다른 사람들은 티셔츠, 타이츠, 후드 티, 스웨터, 모자, 재킷, 영양제, 수분 공급 음료, 스티커, 러닝화, 양말, 물리 치료 장비, 이어버드, 책, 대회 출전권, 물집 방지 크림, 바람막이 팬티, 벨트, 암 밴드, 운동화 끈, 스포츠 브라, 선글라스, 머리띠를 샀다. 나는 1달러짜리 '허드레' 장갑 한 켤레를 샀다. 장갑은 이미 갖고 있었지만 긴장을 달래기 위해 뭐라도 사야 했다.

박람회 강연 행사에서 클리프바* 페이스 팀 소속의 스타 블

---

* 에너지바로 유명한 미국의 유기농 식품 회사.

랙퍼드는 레이스를 세 부분으로 나눌 수 있다고 설명했다. 처음 3분의 1은 머리로 달린다. 가능하다고 생각하는 속도보다 느리게 달리는 것이다. 그녀는 총성이 터지는 순간에 솟구치는 아드레날린을 조심하라고 경고했다. "지나치게 빨리 달려 나갈 수 있으니까요." 나는 쿼터 마라톤 때부터 이 조언을 유념했다. 두 번째 3분의 1은 다리로 달리라고 했다. 속도를 높이고 리듬을 찾으라는 뜻이다. 마지막 3분의 1은 마음으로 달려야 한다. "한계에 부딪히면 그간 장거리를 완주하면서 키운 정신력과 정서 체력을 끌어내보세요. 마음이 우리를 인도할 겁니다." 이 시적인 전략은 오랫동안 글쓰기 수련과 명상에서 체득한 교훈을 연상시켰다. "어떤 상황에서든 계속하고 절대 포기하지 말라"라는 가타기리 선사의 말을 인용하던 나탈리가 떠올랐다.

경주 시작 직전에 체온을 유지하는 용도로 중고 트레이닝 바지와 폴라 플리스 재킷을 샀다. 멀쩡한 옷을 버리는 것은 장거리 달리기 대회의 전통이다. 자원봉사자들이 옷을 모아서 세탁한 다음 재판매하거나 노숙자에게 준다. 나는 2.21달러를 썼다. 이제 준비는 다 끝났다.

어릴 때 나는 주목받는 것을 좋아했다. 우리 어머니도 고등학교 치어리더, 학급 수석, 가정학 전공자, 재능 있는 뮤지션이자 가수, 교회 합창단 지휘자 겸 독창자, 화장품 판매원, 청소년

지도사, 치맛바람을 일으키는 학부모, 라디오 디제이로서 빛나는 삶을 살았다. 하지만 한 집에 관심 종자 둘은 너무 많았다. 어머니의 신파극, 생떼, 삐짐, 오락가락하는 애정 표현에 내 존재감은 사라졌다. 내 기질이 지금과 전혀 달랐다면 어머니보다 더 돋보이려 하거나 부정적인 형태의 관심을 끌려 했을 수도 있다. 대신에 말이 없고, 알아서 기고, 숫기 없고, 갈등은 무조건 회피하는 아이가 되었다. 끊임없이 바들거리는 1미터 길이의 더듬이를 기른 셈이었다.

성인이 되면서 주목받는 법을 서서히 터득했다. 과시 욕구에 휘둘린 나는 소셜미디어에 하프 마라톤 코스 링크를 게시했다. 친구들이 응원해줬다. 나의 끝없는 달리기 글에 넌더리가 난 친구들에게 입에 발린 사과를 할지언정 게시를 그만둘 생각은 없었다. 내 안의 세 살짜리 아이는 박수를 갈구한다. 모든 경주에서 관중들이 나만을 위해 환호하는 줄 안다.

대회 당일 새벽녘에 켈리가 나를 데리러 왔다. 경주 전날에는 늘 그렇듯이 잠을 설쳐서 신경이 좀 날카로웠다. 전날 밤 달릴 때 입을 옷, 러닝화, 전해질 젤과 번호표를 붙인 러닝 벨트, 속옷, 벗어던질 옷, 스포츠 음료가 담긴 물병을 강박적으로 챙기고 또 챙겼다. 일기예보에 따르면 기온은 영상 4.5도, 출발 시간에는 흐릴 예정이었다. 켈리가 도착하기 전부터 장비를 전부 착용했다.

켈리는 차량 틈새를 능숙하게 비집고 호텔 주차장으로 들어 갔다. 우리는 MIT가 출발점에서 가까운 호텔에 임대한 회의실로 향했다. MIT 회원 수백 명이 스트레칭을 하거나 바닥에 앉아 허공을 응시하고, 화장실 앞에 줄을 서고, 간식을 먹고, 담소를 나누고, 벽에 기대앉아 있었다. 우리 페이스 그룹 중 몇 사람은 1시간 전부터 와서 기다리고 있었다고 했다. 데이튼에서 차를 몰고 온 켈리의 친구 바브가 우리와 합류했다.

MIT는 가방도 맡아주었다. 달릴 때 몸에 지닐 필요가 없는 물건은 무엇이든 결승선까지 날라다 준다. 러닝 그룹의 리더인 키다리 제프가 단체 사진을 찍더니 우리에게 가방을 트럭에 실으라고 지시했다. 켈리, 바브와 나는 지시에 따른 뒤 호텔 화장실로 향했다. 돌아와 보니 우리 페이스 그룹은 이미 떠나고 없었다. 우리 울타리 구역까지 몇 블록 걸어갔지만 인파 속에서도 그들을 찾지 못했다. 콜럼버스 마라톤은 5개월 전에 참가했던 주도 대회와 비교해도 규모가 훨씬 컸다.

울타리 안에서 대기하던 나는 경주가 시작되기도 전에 쓰러질 것 같았다. 수면 부족으로 피곤했고 모낭염도 낫지 않았기 때문에 켈리와 바브가 옆에 있는데도 혼란스러웠다. 공황 발작 조짐이 보이기 시작했다.

인도에 서 있는 사람들의 얼굴을 훑어보며 에드를 찾았다.

거친 호흡을 조절하려고 떨리는 손으로 입을 덮었다. 부질없었다. 1시간 반 전에 집에서 에드에게 작별 키스를 했다. 이곳에서 만날 계획이었지만 군중이 어마어마했다. 자꾸 두리번거렸더니 어지러웠다.

그 순간 그의 밀짚모자를 발견했다. 에드는 은행 건물에 기대어 참가자들을 살피고 있었다. 나는 그를 소리쳐 불렀다. 그의 얼굴이 환해지더니 종종걸음으로 철망 울타리에 다가와 나를 안아주었다. 그를 바브와 켈리에게 소개하려는데 목이 메어 소리가 나오지 않았다.

참가자들의 1차 출발을 알리는 주의회의사당 축포 소리에 소스라쳤다. 불꽃도 터졌지만 볼 수 없었다. 군중이 우르르 나아갈 때까지 에드의 손을 잡고 있었다. 버릴 옷을 잡아당겼지만 좀처럼 벗겨지지 않았다. 마침내 트레이닝 바지를 벗어 에드에게 건네자 그가 말했다. "그건 던져버릴 거 아니었어?" 내키지 않았지만 그의 말대로 했다. 재킷은 입고 있었다.

출발선으로 이동하는 내내 에드가 옆에 있어 주었다. 하이 스트리트에서 그는 "10킬로 지점에서 만나"라며 내 손을 꼭 쥐고는 돌아섰다. 군중 속으로 멀어져 가는 그의 모자를 보며 나는 눈물을 삼켰다. 켈리와 바브를 돌아보니 그들의 눈이 휘둥그레졌다. 우리는 모두 혼자였지만 함께 있었다.

6개월 전 쿼터 마라톤에서처럼 콜럼버스 마라톤에서도 시작 전 가볍게 달리다가, 멈췄다가, 다시 가볍게 달리기를 반복했다. 멈췄을 때는 발이 땅에 못 박힌 기분이었다. 다시 움직이기 시작하자 발은 순순히 들려 올라갔다. 이런 식으로 우리는 출발선으로 이동했다. 마침내 금속 아치문이 세워진 출발 지점이 시야에 들어오자 심장이 콩닥거렸다. 손가락으로 거리 측정계 버튼을 누를 준비를 하며 켈리, 바브와 함께 출발선을 넘었다.

　코스에 들어선 후에는 긴장을 풀었다. 박람회에서 '천천히 시작하고 무심히 달려라'라는 구호를 보았다. 나의 유일한 목표는 완주하는 것이었다. 출발할 때는 머리로 달리라던 스타의 조언은 잊은 지 오래였다. 나는 마음으로 달릴 뿐이었다.

　켈리, 바브와 농담을 나누며 달려 나갔다. 바브와는 장거리를 달린 적이 없었기 때문에 우리는 계획을 재정비했다. 밴드를 보며 손뼉을 치고 자원봉사자와 관중들에게 감사 인사를 했다. 켈리는 사진사들을 곧잘 발견했고 우리는 카메라를 향해 손을 흔들며 미소 지었다.

　내가 가장 자주 본 것은 간이 화장실의 내부였다. 대회 시작 전과 출발 전에 화장실을 다녀왔는데도 3킬로 즈음에 소변이 마려웠다. 6킬로와 10킬로 직전에도. 켈리와 바브에게 그냥 가라고 해도 듣지 않았다. 화장실에 갈 때마다 두 사람은 나를 따라왔다.

경주는 달리면서 즐기는 성대한 파티 같았다. 0.8킬로마다 밴드나 디제이가 배치되어 음악이 양쪽에서 겹쳐 들리기도 했다. 백파이프를 연주하는 남자의 애절한 메아리에 이끌려 프랭클린 공원 근처 브로드 스트리트의 다리 밑으로 내려갔더니 인근 모퉁이에 설치된 스피커에서 팝 음악이 쾅쾅 울렸다. 넬슨 로드에서는 어느 고등학교 밴드가 드럼 비트를 연주하고 그 학교 치어리더들이 우리를 향해 응원 수술을 흔들었다.

벡슬리에 너무 오래 있는 듯했지만, 브로드 스트리트로 돌아가는 길목에서 에드와 독서 모임 친구 린다를 만나고 싶었다. 린다가 내 이름을 소리쳐 불렀다. 나는 보도로 달려가 에드에게 키스하고 그와 린다를 포옹한 다음, 다시 차도로 돌아와서 켈리와 바브를 따라잡았다.

응원해주는 사람들은 다 고맙지만 아는 얼굴을 만나는 반가움은 무엇과도 비교할 수 없다. 에드, 린다와의 만남은 채 1분을 넘지 않았지만 첫 8킬로 내내 그들과 만나는 순간을 고대해왔다. 반가운 마음은 그 후에도 1.6킬로 동안 이어졌다.

자세에 집중하려 했지만 정신이 산만했다. 13킬로 전후로 심한 통증이 찾아왔다가 곧 사라졌다. 머잖아 14.5킬로와 16킬로 사이에 있는 독일 마을에 도착했다. 콜럼버스의 뉴스 앵커 앤드리아 캠번이 실러 공원의 자택 앞에서 손을 흔들고 있었다.

우리는 하이 스트리트에서 방향을 돌려 결승선까지 3킬로 오르막을 꿋꿋이 올라갔다. 18킬로에서 찾아온 통증이 끝까지 이어졌지만 19~21킬로에서 방울을 울리며 우리를 응원해준 친구 크리스티 덕분에 관심을 딴 데로 돌릴 수 있었다.

결승선 앞에서 힘껏 속도를 냈다. 켈리의 아버지가 찍은 사진 속에서 우리는 내 기억과 똑같이 행복해 보였다. 이 경험을 통해 나는 경주, 군중, 시끌벅적한 분위기, 밴드, 흥분과 불안, 끝난 후의 피로마저도 사랑한다는 사실을 확인했다. 나는 다시 달릴 준비가 되었다.

MIT 천막에서 제프가 설인 의상을 입고 우리를 축하해주었다. 이런 달리기 동호회가 또 있을까!

나는 경외하는 눈빛으로 풀 마라토너들을 바라봤다. 그날은 21킬로를 더 달린다는 건 상상도 할 수 없었지만 내 마음속에는 아직 뭔가가 남아 있었다. 풀코스 완주의 꿈이었다.

그날 밤, MIT 회원들은 동네 식당 뒤편의 테이블에 둘러앉아 경주를 되새겼다. 그들의 이야기를 듣고 내 경험도 나누었다. 그 자리에 유일하게 배우자로서 참석한 에드는 대회 이야기가 지루했겠지만 옆에 있어 주는 그가 자랑스러웠다.

레이스가 끝난 후 서재 문 옆의 액자 모서리에 메달을 걸고 나니 허탈감이 찾아왔다. 훈련에 참가하고 경주에 출전하면서 아드레날린이 쌓이는 과정은 지극히 짜릿했다. 그런데⋯ 휘리릭. 팬들은 사라지고 경주는 끝났다. 남은 건 나와 개뿐.

훈련한 만큼 잘 해냈다. 지난 경주도 최선을 다했지만 쾌감은 지속되지 않았다. 물론 자랑거리가 생겼다. 내가 하프 마라톤을 뛰었다고 하니 우리 독서 모임 사람들은 몹시 놀랐다. 몇몇 친구들은 믿으려 하지 않았다. 나조차도 하루에 21킬로를 달린 것이 놀랍기만 했다. 고등학교 친구들은 체육 시간을 그렇게 싫어하더니 어찌 된 일이냐고 했다. 가족들도 자랑스러워했지만 그 순간의 뿌듯함은 금방 시들해졌다.

첫 5킬로 후에 경험했던 것과 똑같은 우울감이었다. 이번에도 뒷일을 계획하지 않았다. 대신에 푹 쉬려고 일정을 비웠지만 달리기가 아닌 일에는 집중할 수 없었다. 나머지 생활은 전부 달리기를 뒷받침하는 활동이 되었다. 마사지를 받으며 마사지사에게도 대회 이야기를 했다.

메달을 여기저기에 놓고 사진을 찍었고, 여러 관중들이 찍어준 사진을 편집해 온라인 앨범도 만들었다. 그래놓고 강박적으로 댓글을 확인했다. 내 안의 세 살배기는 아직 박수에 목말랐다. 터무니없는 가격이어도 구매하려던 대회 공식 사진은 아직 나오지 않았다. 마침내 사진이 나오자, 누구인지 확실치 않은 인물들을 살펴보고 나와 켈리, 바브 외에 안면이 있는 사람을 모두 찾아 주문할 사진에 추가했다.

여러 날이 지난 후에야 대회 후유증의 치료법이 떠올랐다. 또 다른 대회 참가!

누구나 마라톤을 할 수 있다

울고
싶을 때마다
한 발씩
내디뎠다

♦.   대회가 끝나고 다음 토요일이 올 때까지 달리지 않았
     다. MIT도 쉬는 날이었지만 토요일마다 그룹 달리기
를 하던 습관을 깨기는 어려웠다. 개를 데리고 MIT 사람들과
6킬로를 달렸다. 역시나 뒤처졌지만 혼자는 아니었다. 왼쪽 발
목이 뻣뻣했고 왼쪽 무릎까지 아팠지만 몸은 금방 회복되어서
다행이었다.

경주가 끝난 지금은 어떤 일정으로 달려야 하는지 두에인에
게 물었다. 그동안 쌓은 기초를 유지하기 위해 추수감사절에
콜럼버스 터키 트롯 8킬로를 또 한 번 달리고 싶었다. 훈련을
하면서 일정에 맞추었다. 옷을 몇 겹 껴입을지, 입이 무거운 모
건과 달리려면 팟캐스트를 들어야 할지 등은 스스로 결정해야
했지만, 일정이 정해져 있으니 얼마나 달릴지는 고민할 필요가
없었다. 두에인은 거리를 10퍼센트 줄이라고 제안했다. 일단
마음이 안정되자 한 주에 사흘씩 달리기로 했다.

나는 강박적으로 신발을 계속 바꿨다. 절반쯤은 뉴턴을 신고
달렸는데, 기존 러닝화보다는 납작하지만 미니멀 슈즈에 비하
면 쿠션감이 있었다. 하지만 뒤축이 높고 쿠션감 있는 신발을
신어야 속도가 빨라졌다. 그런 신발을 신으면 내 발과 다리가
지면에 얼마나 세게 부딪치는지 알 수 없어서 더 많은 충격을
견딜 수 있었다. 기사에 따르면 충격이 주는 피드백에 무뎌지
는 것은 좋지 않았다. 나는 자세를 바꾸어 충격을 줄이려고 노

력했다. 기존의 러닝화를 신으면 그런 노력의 효과에 대한 감각이 무뎌졌다.

더 빨리 달리고 싶은 마음도 있었지만 속도는 상대적인 법이다. 나는 언제까지나 가장 느린 축에 속할 것이다. 러너의 체격 조건을 타고난 것도 아니다. 살이 웬만큼 빠졌는데도 이 덩치로 날랠 수는 없었다. 전형적인 러닝화 브룩스 라벤나, '중간급'인 뉴턴, 미니멀한 머렐 페이스 글러브 등 신발을 번갈아가며 신는 것 외에는 어떤 노력을 더 해야 할지 막막했다. 속도에 대한 욕심에 항상 라벤나만 신고 싶은 마음도 없지 않았지만 내가 조사한 바에 따르면 납작한 신발을 신어야 부상을 예방할 수 있었다. 대단한 과학적 근거가 있는 것은 아니어도 납작한 신발이 내 몸에 더 적합하기를 바랐다.

콜럼버스 마라톤 열흘 후, 30명의 페이스 그룹 사람들이 대회 셔츠를 입고 메달을 목에 건 채 줄지어 놓인 테이블에 둘러앉아 경주 이야기를 나눴다. 대부분은 하프를 달렸는데 처음 출전한 사람도 적지 않았다. 나는 켈리의 맞은편에 앉았다. 식사를 하면서 그녀는 내가 경주 때 화장실을 너무 자주 들락거린다고 놀렸고, 나는 그녀의 농담이 썰렁하다고 놀렸다.

여러 사람과 어울리기 위해 자리를 바꿔 앉은 다음 안면은 있지만 친하진 않았던 세라에게 말을 붙였다. 대화 중에 그녀의 콜럼버스 메달은 파란색이고 내 것은 주황색이라는 사실을 발견했다. '마라톤 완주자'라는 문구를 본 나는 얼른 물었다. "풀코스를 달렸어요?"

그녀는 미소 짓더니 메달을 들어 올리며 대답했다. "네, 해냈어요."

그녀에게 42.195킬로를 달릴 능력이 있는지 의심할 이유는 없었다. 몇몇 코치 중에는 풀코스를 뛴 사람도 있었지만 세라는 코치가 아니었다. 그녀는 우리와 다르지 않았다. 그녀의 체형은 전형적인 마라토너보다 내 모습에 가까웠다. 나는 하프를 달리는 사람들이 방향을 트는 지점에서 그대로 직진하던 '풀코스' 참가자들에게는 관심을 기울이지 않았다. 그들은 별종인 줄 알았다. 하지만 나와 함께 저녁식사 중인 풀 마라토너는 우리와 다를 것이 없었다.

나는 그녀에게 질문 세례를 퍼부었다. 풀코스에 도전하기로 결심한 계기는 무엇인가? 지금껏 대회에 몇 번이나 참가했나? 긴 거리를 달리며 무슨 생각을 했나? 코스 후반부 컨디션은 어땠나? 언제부터 완주할 수 있겠다는 확신이 들었나? 진짜로 궁금했던 "머릿속 목소리가 방해하지 않았나?"라는 질문은 하지 않았다. 모든 사람이 그런 문제에 시달리는 건 아니니까.

세라는 행복한 듯 그날을 되새기며 끈기 있게 대답해주었다. 그녀가 한 말 중 놀랍거나 두려운 것은 없었다. 그녀가 두 배로 열심히 훈련하고 두 배로 많이 달렸다는 점 외에 나와 크게 다를 것도 없었다. 나 같은 신참에게 겁을 주지 않은 것은 그녀의 인품이나 그날의 즐거운 분위기 덕분이겠지만, 어쨌든 그녀의 말을 들으니 나도 할 수 있을 것 같았다.

26.2 스티커를 손에 넣겠다는 꿈을 되새겼다. 세라는 평범한 사람도 무시무시한 42.195킬로를 달릴 수 있다는 산증인이었다. 그녀는 어떻게 메달을 땄는지 내게 알려주었다. 나도 똑같이 해낼 수 있을지 궁금했다.

대회 뒤풀이 행사 며칠 후 치러닝 단기 수업에 켈리가 함께 했다. 우리는 학교 운동장을 달렸다. 지면이 폭신해서 관절에 부담이 덜했다. 우리에게 반복 훈련을 시키는 더그 대포의 아름답고 경쾌한 달리기 자세에 감탄했다. 내 자세가 어색하고 어설픈 건 알았지만 처음에 비하면 많이 발전한 거였다.

더그는 자신의 마라톤 훈련 프로그램에 대해 설명했다. "매주 다른 자세를 중점적으로 연습할 겁니다." 나는 그의 프로그램을 듣는 대신 치마라톤Chi Marathon 책을 새로 구입했다. 내 달리기 그룹이 마음에 들어서 장거리도 그들과 함께 달리고 싶었다. 이 책을 읽고 나서 그룹과 함께 달릴 때도 치러닝 기법을 효과적으로 적용할 수 있기를 바랐다.

더그를 만나니 다시 풀 마라톤의 꿈이 생각났다. 풀코스에 도전하기 전에 하프를 몇 번 더 달리고 싶었다. 풀코스는 아마도 내년에. 지금으로서는 치러닝으로 부상 없이 달리면서 내역량을 살피고 싶었다.

1996년 8월, 나탈리 골드버그의 글쓰기 워크숍에 처음으로 참가하고 집으로 돌아온 다음 날이자 타오스로 이사하기 1년 전의 어느 날, 나는 종종 글을 쓰러 가던 커피숍에 갔다. 창가 자리에 앉은 두 여자가 스프링 노트에 글을 쓴 다음 서로에게 읽어주고 있었다. 그들의 테이블 밑에는 닳아서 너덜너덜한 나탈리의 베스트셀러 『뼛속까지 내려가서 써라』 한 부가 놓여 있었다. 커피숍의 단골이었음에도 이 여성들은 본 적이 없었다. 나는 뉴멕시코에서의 경험을 나눌 누군가를 간절히 찾던 차였고, 웬디 드레이크도 처지가 비슷했다. 내가 타오스로 이사하게 된 1997년까지 웬디와 그녀의 오랜 친구 크리스틴과 함께 매주 한 번씩 만나 글을 썼다.

몇 년 후 콜럼버스로 돌아온 나는 웬디가 MBA를 마치는 동안 그녀와 함께 글쓰기 연습을 시작했다. 웬디는 그해 가을에 달리기를 시작했고 우리가 만나기 전 내가 달리기를 관둔 게 안타깝다고 했다. 나는 늘 그렇듯이 "몸이 너무 힘들어서"라고 핑계를 댔다. 이후 웬디는 볼더로 이사해 산악마라톤과 울트라마라톤을 접하게 되었다. 그녀가 오하이오에 오면 우리는 만나서 글을 썼다. 그녀는 내게 최근에 어떤 달리기를 했는지 들려주었다. 부러운 마음으로 고개를 끄덕이며 나는 동네를 산책하는 게 전부라고 했다. 한번은 그녀가 발에 보호대를 하고 나타난 적도 있다. 그녀는 모험을 열망하고 끊임없이 도전하는 사람이었다.

하프 마라톤 2주 후에 웬디가 오하이오를 찾아왔다. 우리는 함께 글을 쓰고 처음으로 함께 달렸다. 그리그스 저수지 옆 사이오토강을 따라 6킬로를 달리면서 나는 속도, 거리, 심박수를 측정해주는 그녀의 가민 305 시계가 부러웠다. 그녀는 몇 번 그것을 들여다보며 말했다. "가볍게 뛰기로 했잖아요. 천천히 해요." 나는 지금껏 그녀가 곁에 없었던 게 아쉬웠다. 우리는 인간관계, 훈련, 글쓰기 그룹, 글쓰기 파트너 등을 소재로 이야기꽃을 피웠다. 내가 풀코스를 달리고 싶다는 은밀한 소망을 털어놓아도 그녀는 비웃지 않았다. 흐린 날이어서 더 추워질 것 같았다. 강에는 갈색 흙탕물이 흘렀다. 물 위에는 오리도, 수상 스키를 타는 훈남도 없었지만 모든 게 완벽했다. 나의 세계들이 가장 멋진 방법으로 충돌하고 있었다.

MIT 시즌이 끝난 11월과 12월에도 경주에 참가했다. 긴 거리를 천천히 달리는 하프 마라톤 훈련은 짧은 거리를 좀 더 빨리 달리게 해주는 근육을 키워줬다. 경주는 즐거웠다. 연말연시가 되자 사별한 가족들에 대한 아픈 기억이 되살아났지만 힘든 시기는 축제로 바뀌었다.

나는 콜럼버스 국제 프로그램 5킬로에서 개인 기록을 세웠고, 내가 쓰고 있는 형편없는 소설 속 등장인물을 친구에게 소개하느라 진을 빼지 않았다면 로터리 명예 참전 용사 5킬로에서도 개인 기록을 세웠을 것이다. 징글벨 5킬로에서도 새 기록을 세운 것 같지만 속도 추적 칩이 제대로 작동하지 않아 측정된 속도가 평소의 절반밖에 되지 않았다. 그래서 내 연령대에서 1등을 했다는 주최 측의 통보에 잘못된 기록이라고 설명해야 했다.

콜럼버스 터키 트롯 8킬로에서는 개인 기록에 도전하지 않았다. 대신 켈리와 함께 우리의 첫 하프 마라톤에서의 추억을 떠올리며 수다를 떨었다. 우리 둘 다 불과 한 달 전 일이라는 사실을 믿을 수 없었다.

그 후 5킬로를 달려 라우지 메달 버추얼Lousy Medal Virtual[*]에 참가할 수 있었다. 참가비를 내고 내 기록을 보냈더니 메달이 배송되었다. 그런 서비스가 있는지도 여태 몰랐다.

플리트 피트가 '러너 안아주기의 날'을 개최했다. 우리는 하이뱅크스 메트로 공원의 산책로를 달린 다음, 대피소 벽난로에 불을 피워놓고 각자 준비해온 간식과 따뜻한 음료를 마셨다.

---

[*] 원하는 시간에 원하는 장소를 달려서 경주에 참가하는 가상 달리기 대회.

우리 같은 러너들에게는 기념일이 며칠 있다. 6월 첫 수요일은 '전국 달리기의 날', 11월 20일은 '세계 러너 안아주기의 날'이다. 온갖 구실을 갖다 붙여 기념할 거리를 만드는 셈이다.

촌스러운 성탄 스웨터 달리기에 참가할 때는 어머니가 미친 듯이 수공예에 꽂혔을 때 뜨개질한 수십 년 묵은 스웨터를 입었다. 앞면에는 퉁방울눈을 가진 빨강과 초록 격자무늬의 곰 인형이, 가장자리는 반짝이로 장식된 옷이었다. 헝겊 조각이 흩어진 식탁 위로 몸을 숙이고 있던 어머니가 떠올라 스웨터를 입으면서 슬며시 웃었다. 내 안의 세 살짜리 아이를 돋보이게 할 준비는 끝났다. 평소에 나는 남들의 이목을 끌지 않는 옷을 입는다. 편집증에 내향적인 성격 때문이다. 하지만 지금은 크리스마스 옷 덕분에 소속감을 느꼈다. 다른 여성 친구들은 당당히 깃털, 반짝이, 벨벳을 입고 왔다. 남자들은 산타 의상, 성탄 속옷, 화환과 스팽글이 주렁주렁 달린 여성용 성탄 스웨터를 입고 왔다. 우스꽝스러울수록 돋보였다. 모두들 산타와 함께 사진을 찍어 소셜미디어에 올렸다.

콜럼버스 국제 프로그램 5킬로 참가자들은 출신 국가의 의상을 입고 왔다. 엘리자베스 여왕으로 꾸민 소녀가 분장 대회에서 우승했다. 나의 뿌리는 너무 다양해서 그 행사를 앞두고 무슨 옷을 입어야 할지 난감했다. 아버지 쪽은 대부분 독일계지만 외가 쪽은 다양한 외국 혈통이 섞여 있어서 헷갈렸다. 달리는 와중에 한 참전 용사가 나의 '로터리 명예 참전 용사' 머리띠에 관심을 갖더니 그 자선 단체를 도와줘서 고맙다고 인사했다.

징글벨 5킬로에서는 작은 종이 달린 봉제 순록 뿔을 쓰고 눈송이 달리기 대회에서 받은 특대 사이즈 성탄 스웨터를 입었다. 러너들은 갖가지 모자와 의상을 착용했고 머리부터 발끝까지 토끼로 꾸민 참가자도 있었다.

반짝이는 '새해 복 많이 받으세요' 글자와 스팽글이 붙은 머리띠는 새해 첫날의 첫 5킬로에 제격이었다. 같이 쓰고 있던 파란색 머리띠와도 잘 어울린다고 칭찬을 받았다. 내 안의 어린 소녀가 환히 웃었다.

달리기에 관한 책을 꾸준히 읽었다. 독서 모임에서는 제2차 세계대전이 터지기 전에는 올림픽 유망주였다가 전쟁 포로가 된 루이스 잠페리니의 일대기『언브로큰』을 읽었다. 지난해 이 모임에서『본 투 런』이 큰 인기를 끌었기 때문에 에드와 나는『언브로큰』을 추천하면서 달리기나 제2차 세계대전과는 큰 관련이 없는 책이라고 장담했다. 내가 잠페리니처럼 올림픽 유망주가 될 수는 없지만, 길게 뻗은 코스를 발밑에 두었을 때의 땀과 동기, 자유에 깊이 공감했다. 나는 존 '펭귄' 빙엄의『누구나 하는 마라톤Marathoning for Mortals』도 읽었다. 달리기 관련 서적을 꾸준히 읽으며 자극을 받았다.

11월과 12월에는 속도가 빨라졌고, 새 개인 기록도 세웠다. 즐거운 일도 많았지만 발목과 무릎은 계속 아팠다. 자세에 집중하면 조금 도움이 되었다. 다리가 아프면 장딴지에 힘을 빼고, 노면에서 발을 들어 올려 양말을 벗고, 골반을 돌리며 허리가 아닌 발목부터 몸을 기울였다. 무릎을 구부리고 다리에 힘을 풀어 복근과 고관절 굴곡근을 이용했다. 어깨는 뒤쪽 아래에 두었다. 배부터 내밀고 평소의 구부정한 자세 대신 머리를 좀 더 자연스럽게 목에 얹었다.

11월 내내 글쓰기에 도전하느라 평소보다 컴퓨터 앞에서 많은 시간을 보냈다. 앉아만 있는 것이 건강에 해롭다는 기사를 읽기 전이었지만, 매일 달려도 하루 종일 앉아 있으면 통증을 극복할 수 없다는 것은 본능적으로 알고 있었다.

영구적인 부상을 입을까 여전히 두려웠고, 때로는 시작하는 것조차 힘들었지만 달리고 나면 울적한 기분이 싹 걷혔다. 특히 중간 지점을 지나면 감정이 차분해져 고통을 감수할 가치가 있는 듯이 느껴졌다. 의사를 찾아가지 않는 내가 제정신이 아니라는 친구들도 있었지만 나는 꾸준히 자세를 교정했다. 자세를 제대로 잡으면 고통이 멎었다.

그럼에도 어떤 날에는 살을 빼겠다는 욕심 때문에 좋은 자세를 무너뜨리면서 속도를 냈다. 체중계 눈금은 똑같았지만 청바지가 꽉 꼈다. 다른 러너들과 비교하면 내 몸매와 무게가 더 탐탁지 않았다. 하지만 몸이 탄탄해진 느낌은 들었다. 근력을 기르는 데 집중하니 체중 걱정이 줄었다. 음식과 체중에 대한 집착은 남아 있었지만 깡말랐던 30대 초반처럼 나를 괴롭히지는 않았다. 나는 자세에만 신경 쓰기로 했다. 달릴 수 있다는 것 자체가 감사했다.

친구들의 GPS 시계가 부러웠다. 그들은 우리가 어디까지 달렸는지, 전환점이 어딘지, 속도가 얼마인지 어림짐작할 필요가 없었다. 한창 달리다가 한 사람이 손목에 찬 검정과 주황색의 네모를 보며 "우리 너무 빨라요"라고 하면, 다른 사람은 매끄러운 녹색 동그라미를 보며 그렇지 않다고 주장했다. 심지어 공중에서 손목을 흔들며 "아직 신호가 잡히지 않아요"라는 사람마저 부러웠다. 휴대폰 앱을 사용하면 되지만 달리기가 끝나기 전에 배터리가 나갈까 봐 걱정이었다.

GPS 시계 구입을 주저하는 이유에는 선택지가 너무 많다는 것도 있었다. 심박수 측정 기능이 궁금했다. 내 나이쯤 되면 외가 쪽 심장병 가족력이 걱정될 만하지만 시계의 작동 원리를 알 수 없었다. 자존심 때문에 물어보지도 못하고 두려움 때문에 조사도 할 수 없었다. 가격도 문제였다. 타이멕스보다 자주 사용할 리 없는 GPS 시계에 수백 달러를 쓰고 싶지 않았다. 더구나 나는 얼리어답터도 아니다. 아직도 종이 다이어리를 쓰는 사람이다.

하지만 이발소에 오래 머물다 보면 결국 머리를 자르게 되는 법이다. 같은 페이스 그룹 회원이 페이스북에 판매 링크를 올려줘서 나는 동지冬至 기념으로 가민 405를 구입했다.

새 시계가 측정한 거리를 온라인 GPS 지도나 동료 러너들의 시계와 비교한 건 나의 실수였다. 내 시계가 기록한 거리는 어느 쪽과 비교해도 더 짧았다. 사람들은 "니타의 시계로는 거리를 안 잴래요"라는 말을 농담처럼 하기 시작했다. 우리는 누구 시계에서 거리가 가장 길게 나오는지 비교했다.

가민 회사에서 제안한 문제 해결 방법을 따랐지만 결과는 마찬가지라서 달리기 일지에 혼자 투덜거렸다. "가민은 내가 X 킬로밖에 안 달렸대. 가민 미워!" 좀 더 적극적인 사람이었다면 시계를 환불받았을지 몰라도, 편지를 동봉해 반송하려고 마음먹을 때마다 다음 대회가 다가왔다. 대회에서 시계 없이 달리고 싶지는 않았다. 결국 보증 기간이 끝났다. 주행 거리는 접선을 바탕으로 측정되기 때문에 팔을 어떻게 흔드느냐에 따라 수치가 다르게 나올 수 있다는 사실은 나중에야 알았다. GPS도 정확하지 않은 것이다.

GPS 시계를 갖게 되면서 생긴 진짜 의문은 그것을 사용한다고 내가 진짜 러너가 될 수 있는가였다. 속도와 거리를 측정하는 기계에 희한하게도 믿음이 생겼다. 강박 장애와 기술에 대한 호감 때문에, 나는 빨리 달리지도 못하면서 빠른 러너들처럼 0.01초 차이의 개인 기록에 일희일비했다. 이런 정보들을 온라인 앱에 꼼꼼히 기록해두었다. 내 페이스를 분석하고, 신발을 바꿀 때마다 속도와 기능이 어떤 영향을 받는지 관찰했다. 물론 가민 시계의 기능 대부분은 절대 이해하거나 사용할 일이 없을 것 같았다. 내게는 분에 넘치게 과한 장비가 틀림없었다.

울고
싶을 때마다
한 발씩
내디뎠다

2011년 말에, 2012년의 MIT 두 시즌을 한꺼번에 등록해서 '탐나던' MIT 재킷을 손에 넣었다. 형광노랑을 선택했지만 시즌 후 할인 판매로 나온 연분홍 재킷을 보고 그것도 구입했다. 뭐든지 '많을수록' 좋은 법이다.

첫날 아침, 우리 그룹 사람들과 아침 햇살 속에서 올렌탄지 트레일을 타박타박 달리던 나는 크리스마스 휴가를 보내러 간 켈리가 그리웠다. 스티븐이 우리 페이스 그룹에 들어왔기에 그와 함께 달렸다. 왼쪽 무릎이 존재감을 호소했지만 굳건하고 침착하게 달렸다. 나는 이제 2년 차였다. 더 이상 초보자가 아니지만 숙련자도 아니었다.

우리 페이스 그룹의 몇 명은 풀마라톤 훈련을 하고 있었다. 쫑파티에서 세라를 만난 이후로 그들은 더 이상 내게 경외감을 주는 존재가 아니었다. 나는 하프 마라토너들과 3.2킬로를 달리고 풀 마라토너들과 0.8킬로를 더 달렸다. 그들의 속도가 좀 더 느렸기 때문에 전부 나보다 젊은 사람들이었지만 그럭저럭 따라갈 수 있었다. 나도 그 그룹에 속하고 싶었다. 아직은 때가 아니라고 스스로를 타일렀다. 나는 주로 하프 마라톤 훈련에 매진해야 했다. 지난번에는 쿼터를 뛰었지만 이제는 주 종목에 참가하고 싶었다.

겨울이 다가올수록 옷을 더 껴입어야 했다. 어느 비 오는 날,

모건은 젖은 낙엽 더미를 하나도 그냥 지나치는 법 없이 오줌을 갈겼고, 내 겉옷 후드는 자꾸만 얼굴을 덮었다. 그 후 몇 번을 더 달리는 동안 뭘 입어야 할지, 어떻게 해야 45분이면 끝날 달리기를 모건이 2시간으로 늘어뜨리지 못하게 할지 궁리했다. 춥고 비 내리는 날마다 머릿속 목소리는 이렇게 빈정댔다. "단단히 미쳤군. 집에 안 가고 뭐 해?" 하지만 후반부는 나쁘지 않았다. 면 후드와 손가락장갑 대신 자홍색의 덮개가 있는 엄지장갑과 보온 후드 티를 옷장에 들였다. 이런 궂은 날씨에도 아랑곳 않고 달리는 것은 내 의지의 표현이었다. 울트라러너 친구 웬디에 따르면 나는 '그놈의 메달'을 따려고 어지간히 노력하고 있었다.

1월 3일, 기온은 영하 5도였지만 바람 때문에 체감 온도는 영하 13도였다. 긴팔 기능성 셔츠, 반팔 기능성 셔츠, 후드 티, 내복 바지, 긴 바지, 폴라 플리스 머리띠, 폴라 플리스 넥워머, 장갑을 착용했다. 손가락과 팔은 1.6킬로를 달리고 나서야 서서히 풀렸다. 달리는 내내 시린 부위는 코가 유일했다. 그놈의 메달을 향해 한 발짝 더 나아간 셈이었다.

어느 아름다운 토요일 아침, 우리 그룹은 흩날리는 눈발 속을 달렸다. 눈부신 눈을 배경으로 형광색 재킷을 입은 러너들이 선명히 두드러졌다. 영하 7도에, 체감 온도는 영하 14도였다. 앤트림 호수에서 수증기가 올라오고 있었다. 더워 죽겠다고 불평할 7월이 되면 오늘 아침을 떠올려야지. 리처드가 말했다. "인격 수양 훈련이네요."

하지만 MIT와 처음으로 함께한 그해 겨울은 수십 년 만에 가장 따뜻한 겨울이었고 눈도 거의 내리지 않았다. 그날의 강설 이후에는 가볍게 흩날리는 눈과 비가 전부였고 얼음도 얼지 않았다. 언젠가부터 나가지 않게 된 헬스장은 아예 그만두었다.

두 번째 MIT 시즌이 진행되는 1월 내내 나는 그룹 안에서도 왠지 불안했다. 켈리는 임신한 이후 넘어지는 것이 무서워 참가하지 않았다. 몇몇 사람들과 대화를 터봤지만 그들과 속도를 맞추면서 말을 하는 건 무리였다. 그래서 좀 더 천천히 달리는 풀 마라토너들을 따라다녔다. 그들이 달리기를 끝내기 전에 나는 먼저 돌아섰지만, 함께 발로 딛는 거리와 시간은 우리를 가깝게 이어주었다. 그들을 만나는 날이 기다려졌다. 절반은 혼자 달려야 했지만 아무래도 좋았다. 그들을 따라가며 추가로 더 달렸더니 체력이 조금씩 향상되었다.

때아닌 온화한 날씨로 달리기는 한층 유쾌해졌지만 1, 2월과 3월 초에는 글쓰기가 순조롭지 않아 고민이었다.

에드와 내가 뉴멕시코에서 오하이오로 돌아온 지도 어느덧 10년이었다. 첫 5년은 한 해에 네 번씩 타오스에 가서 나탈리의 워크숍을 보조하고 나름대로 글쓰기 수련을 했다. 그러다 아버지에 대한 글을 쓰기 시작했다.

내가 자살을 간신히 피하고 6개월이 지난 1995년, 전직 육상선수였던 아버지가 말기 암 판정을 받았다. 내가 어릴 때 아버지는 전화국에서 기술자로 장시간 일했다. 퇴근하고 나서도 헛간에 가서 가축에게 먹이를 주거나 농장 시설을 끝없이 손봤다. 집 안에서는 〈매닉스Mannix〉, 〈코작Kojak〉, 〈힐 스트리트 블루스Hill Street Blues〉 등의 범죄드라마를 보며 줄담배를 피우거나 병에 든 버드와이저를 마셨고, 작은 탁자 위 꽁초가 수북한 재떨이 옆에 쌓여 있던 탐정소설을 읽기도 했다. 아버지는 오하이오 중부의 염소 목장에서 함께 골프를 치며 생애 마지막 9개월을 보내기 전까지 나와 서먹하기만 했다. 우리는 마멋marmot이 골프공을 훔쳐 가지 못하게 하는 방법부터 아버지가 남은 생에 하고 싶은 일까지 이런저런 대화를 나눴다. 골프를 못 치게 될 만큼 몸 상태가 나빠지시자 아버지는 어머니와 함께 에드와 내가 사는 집으로 들어왔다. 아버지가 세상을 떠난 1996년 1월 즈음에 우리 사이는 충분히 가까워졌다. 그래서 후회는 없었다.

2005년, 11월 내내 5만 단어 이상 쓰기에 도전하는 '전국 소설 쓰기의 달'에, 나는 아버지의 마지막 해를 담은 회고록의 초안을 썼다. 1년에 걸친 온라인 워크숍 기간에 초고를 수정했다. 2006년에도 그 원고는 내 성에 안 찼지만 고더드 대학의 석사 학위 논문으로 이용했다.

그리고 2007년에는 제이미, 에드의 친구, 에드의 아버지, 제이미의 고양이, 제이미의 아버지, 어머니의 전 남자친구, 어머니의 단짝 친구, 그리고 결정적으로 어머니가 세상을 떠났다. 나는 대학 수업에 몰두해 3주마다 강사에게 40페이지를 제출하며 감정을 무디게 했다. "자신을 내던지지 마세요." 나탈리는 이렇게 말했었다. 치료 모임 친구들은 기적이 일어나기 전까지 포기하지 말라고 했다. 명상 수업 친구들은 지금 이 순간에 충실하라고 했다. 2008년에 졸업한 나는 출판사의 거절 메일을 회수하기 시작했다.

2년이 흐르고 37통의 퇴짜를 맞은 후 개발 편집자를 고용했다. 그녀는 내 글에 300개가 넘는 질문을 붙여서 돌려주었다. 달리기를 다시 시작한 지 9개월이 지난 후에도 나는 그 질문들 속에서 허우적거리고 있었다.

그해 겨울에 여러 지인이 영원히 잠들면서 나의 불행은 깊어졌다. 장례식에 갈 때마다 여러 가족을 잃었다는 악몽이 다시 떠올랐다. 머릿속 압력 밸브가 열리고 자살 생각이 구름처럼 떠다녔다. 달리기는 정신적 고통과 자기 비하에서 탈출하는 수단이 되었다. 달리기를 하는 중에 불쾌하거나 위험한 생각이 피어나면 호흡과 신체 감각에 다시 집중했다. 골반을 기울이고 수평선을 바라보았다. 메트로놈의 삑삑 소리에 귀를 기울이며 박자에 맞춰 발을 바꿨다. 나는 자꾸자꾸 이런 말을 하고 있었다. "네깟 게 무슨 작가라고. 집어치워." 기분이 유난히 처지는 날에는 "어머니는 이겨내지 못할 겁니다"라던 의사의 말이 "당신은 이겨내지 못할 겁니다"로 바뀌었다. 이런 생각이 떠오르면 조심스럽게 호흡과 몸으로 주의를 돌렸다. 왼발. 오른발. 왼발. 오른발. 신체 감각에 초점을 맞추면 부정적인 목소리가 접근하지 못했다.

글쓰기 수련에서 얻은 회복력과 안정감은 달리기에도 도움이 되었다. 특히 장거리에 대비한 훈련을 할 때 나는 배운 것에 의지했다. 글쓰기 수련에서는 타이머를 설정하고 펜을 움직인다. 달리기에서는 경로를 선택하고 발을 놀린다. 새로울 게 없다. 전에도 해본 일이다. 나는 러닝화를 신고 달리기 시작했다.

이 무렵에 절실히 필요했던, 가벼움을 주는 팟캐스트를 발견했다. 〈조깅하지 않는 삼인방Three Non Joggers: 두 명의 러너와 한 명의 집배원이 포틀랜드 지하실에서 온갖 쓸모없는 주제에 대해 나누는 대화)이다. 이 세 사람은 주로 달리기 이야기를 하면서 중학생 수준의 농담을 곁들이고 자신들을 비롯한 온갖 대상을 놀렸다. 이 방송을 들을 때면 스스로를 질책하거나 침울해질 수가 없었다.

　달리기 일지에서도 나 자신을 응원하기 시작했다. 나는 10대 시절부터 온갖 형태의 일기를 써왔다. 30대에 '글쓰기 수련'을 알게 되면서 내 인생을 기록하려는 강박적인 욕구는 정당화되었다. 내 생각과 일상생활을 기록한 스프링 노트가 선반을 꽉꽉 채웠다. 나는 주로 논픽션을 쓰기 때문에 이 기록들은 글감이 되고 허황된 안도감을 주기도 한다. 글에서 온갖 세세한 경험까지 되살리길 바라기에 기억을 망각할까 봐 걱정하지 않는다. 기록하는 과정에서 같은 경험을 두 번 하게 된다. 다시 읽으면서 세 번째로 되풀이한다. 결국 나는 과거를 잊는 법이 없다. 낱낱이 적어두기 때문이다.

　달리기 일지를 드문드문 기록하는 것도 글쓰기 수련의 일부가 되었다. 대부분의 러너는 성공한 전략을 반복할 수 있도록 무엇이 효과가 있고 무엇이 효과가 없는지를 기록해둔다. 나의 경우 속도, 착용했던 옷, 러닝화를 신고 달린 거리, 날씨, 자세, 통증 여부 등을 기록했다. 달리다 마주친 개나 사람과 감각적인 묘사도 포함되었다. 매 기록의 마지막은 다정한 코치처럼 '힘내라, 니타!', '잘했어!' 따위로 마무리했다.

　한번은 달리다가 누군가의 비명 소리를 들었다. 몇 집 떨어진 곳에, 차고 문과 진입로에 주차된 차 사이에 서 있는 할머니가 보였다. 갇힌 것처럼 보이지 않았지만 할머니는 드문드문

소리를 질렀다. 모건과 내가 다가가는 사이 중년 여자와 10대 소녀 둘, 조그만 갈색 개 한 마리가 집 밖으로 뛰쳐나와 할머니에게 달려갔다. 그들이 집 안으로 모시려 했지만 할머니는 거부했다. 결국 중년 여자가 차를 후진시켰다. 할머니는 자신이 갇혔다고 생각했고, 나머지 사람들이 장단을 맞춰주는 모양이었다. 할머니가 '풀려나자' 작은 개만 남고 다들 집 안으로 들어갔다.

그 개가 모건을 발견하고는 우리 쪽으로 달려와 짖으며 우리의 발뒤꿈치를 깨물었다. 내가 비명을 지르자 10대 아이가 다시 나와서 개를 불렀다. 개는 들은 체도 하지 않았다. 나는 뒤로 피했지만 모건은 털을 부풀린 채 그 자리에 서 있었다. 작은 개가 또 덤벼들자 모건은 사납고 우렁차게 한 번 짖었다. 작은 개는 마당으로 종종대며 달아났다. "죄송해요!" 10대 아이가 소리쳤다. 나는 모건을 끌고 가던 길을 재촉했다. 그런 사건도 내 일지에 전부 기록했다.

팟캐스트를 듣는 날에는 방송에 정신이 팔려 기록할 거리가 거의 없었고 자세에 집중하지 않아 통증까지 생겼다. 팟캐스트를 들으면 훨씬 빨리 달렸지만 새와 바람, 나무 냄새를 놓쳤다. 몸도 대가를 치러야 했다.

MIT와 함께하는 새로운 시즌은 '숙련자' 하프 마라톤 훈련 일정을 선택했다. 초심자 일정을 따를 경우 매주 32킬로를 달리던 거리를 16킬로로 줄여야 했기 때문이다. 내 기본 체력을 유지하고 싶었다. 살찌는 것도 두려웠지만 무엇보다 26.2 스티커가 머릿속을 자꾸 떠다녔다.

숙련자 일정은 주중에 달리는 거리가 더 길었지만 주말 거리는 똑같았다. 그 결과 이번 시즌에는 더 빨리 지쳤다. 어느 날 장거리를 달리면서 옆 사람에게 내가 '숙련자' 일정을 따르고 있다고 말했다. 나보다 경험이 많고, 첫 풀코스를 준비 중인 줄리가 하프를 네댓 번은 달리고 나서 숙련자 일정에 참가하는 게 낫다고 조언했다. 그 말에 훈련을 하루 줄이기는 했지만 주중에는 계속 긴 거리를 달렸다.

무릎과 발목이 여전히 말썽이었지만 자세에 집중하면 통증은 사라졌다. 『마라톤 풀코스 16주 완주 프로그램』에서 읽은 대로 "어서 와, 통증아. 나랑 함께 달리자"라는 주문을 외우기도 했다. 그런데도 일지마다 통증 이야기는 빠지지 않았다. 가장 미니멀한 신발을 신어도 발목이 꺾이지 않고 거의 붓지도 않는다는 점은 희망적이었다. 앉아 있는 시간이 긴 것도 통증의 원인 중 하나였다. 얼음찜질을 하거나 트라우밀 통증 크림을 바르고 가끔 이부프로펜을 복용했다. 피로가 쌓이자 달리는 거리를 줄였다.

2월 중순에 에드와 함께 서쪽으로 날아갔다. 캘리포니아주 카멀에서 며칠을 머무르고 100세를 맞은 에드의 이모님을 방문했다. 다음은 워싱턴주로 이동해 내가 대학원을 다닌 포트 타운센드에서 하룻밤을 보내고 에드의 큰아들이 사는 시애틀에서 며칠 머물렀다. 낯선 도시에서는 길을 잃을까 봐 마음껏 달리지 못하는 것이 안타까웠다. 휴대할 작은 지도를 인쇄해놓고도 두려움을 떨칠 수 없었다.

카멀에서 달릴 때는 카멀만(灣)이 보일 때까지 긴장을 늦출 수 없었다. 맑고 바람 부는 날씨였고 공기에서 소금 냄새가 느껴졌다. 위쪽 길을 가로지르며 내려다보니 백사장에서 사람들은 걷고 개들은 신나게 뛰놀고 있었다. 바람에 시달린 측백나무는 하나의 조각품 같았다. 저 멀리 페블 비치의 생생한 신록은 곧 오하이오에도 봄이 찾아올 거라는 약속처럼 느껴졌다. 행복한 마음으로 에드의 이모님 집으로 돌아와 그녀가 우리를 위해 직접 구운 쫄깃한 초콜릿칩 쿠키를 한두 개 먹었다.

에드가 카페에서 샤론 샐즈버그가 쓴 불교의 자비에 대한 책을 읽는 동안 나는 5킬로를 달렸다. 애드미럴티 포구는 친숙한 곳이었지만 출발할 때 속이 울렁거렸다. 1.6킬로를 달렸더니 소변이 마려웠다. 화장실을 이용하기 위해 편의점에 들렀고, 돈을 챙겨 오지 못했다고 사과했다. 주인이 나를 안심시켰다. "누구나 이용하셔도 돼요." 그 말에 마음이 조금 놓였지만 반환

점을 돌 때까지 달리기가 별로 즐겁지 않았다. 돌아오는 길에서야 투두둑 쏟아지는 비를 맞으며, 조선소에서 수리 중인 거대한 목재 선박을 기쁘게 지나왔다. 평소처럼 목적지에 가까워질수록 끝내기가 싫어졌다.

에드의 아들 켄은 시애틀의 사우스 레이크 유니언 근처에 살았다. 밝은 길눈과 지도, 길을 물어볼 사람들, 휴대폰을 모두 갖췄음에도 호텔 앞에서 뭉그적대는 통에 어서 출발하라고 나 자신을 설득해야 했다. 에드는 호숫가의 커피숍에서 샘 해리스의 『신이 절대로 답할 수 없는 몇 가지』를 읽으며 기다렸다. 물가에 정박된 요트에 수십만 달러의 가격표가 붙어 있었다. 거대한 금속 선박이 가득한 공단 지대를 보니 주눅이 들었지만 체시아후드 루프 산책로를 따라 영화 〈시애틀의 잠 못 이루는 밤〉이 촬영된 선상가옥 근처에 이르렀다. 오솔길은 육교보다 약간 낮고 좁다란 목조 보행자 다리로 이어졌다. 반쯤 건너가다가 무심코 그 밑을 내려다보자 시커멓게 고인 물과 녹슨 금속 구조물이 눈에 들어왔다. 나는 돌아오는 길에 다시 육교를 건너야 한다는 생각을 머릿속에서 억지로 몰아내며 반대편 끝까지 달려갔다. 멀리서 희미한 굉음이 들렸다. 모퉁이를 도니 눈앞에 5번 주간고속도로가 펼쳐져 있었다. 다른 날이었으면 그 밑을 달리고 싶었을지 몰라도 그날은 이미 한계까지 밀어붙인 뒤였다. 등골이 오싹해져 쏜살같이 그곳에서 달아났다.

돌아오는 길에, 구름 사이에서 태양이 고개를 내밀자 스페이스 니들Space Needle*이 선명히 보였다. 나는 사진을 찍으며 경치를 즐겼다. 다시 보행자 다리에 들어섰을 때는 다리 위에 있던 남자와 여자가 내게 인사했다. 나무 널을 밟는 그들의 발소리에 집중했더니 육교 아래를 내려다보지 않는 데 도움이 되었지만 여전히 저 밑의 어둠 속에는 괴물들이 있을 것만 같았다. 다음 모퉁이를 돌자 무시무시한 큰 배들이 모습을 드러냈다. 얼른 그곳을 빠져나갔다. 선상가옥과 요트를 보고 나서야 호흡은 정상으로 돌아왔다. 커피숍에 갔더니 에드가 라테를 시켜놓고 기다리고 있었다.

오하이오의 집으로 돌아온 후 2월 말과 3월 초에는 주중 달리기가 힘겹게 느껴졌다. 그 무렵의 오하이오 중부는 대개 엄동설한이지만 그 해는 날씨가 따뜻했다. 기온이 21도를 찍은 어느 날, 옷을 많이 껴입고 10킬로를 달렸다. 얼마 지나지 않아 흠뻑 젖었다. 소매를 걷어 올리고 양말을 밑으로 내렸지만 후끈후끈했다. 민소매 셔츠를 입은 다른 러너들이 지나갔다. 설상가상으로 무릎까지 아팠다. 별자리 운세에 따르면 그 주에 나는 어둠에서 교훈을 얻는 운세였다. 음, 구렁텅이에 빠진다

* 184m 높이의 전망대로, 시애틀의 대표적인 랜드마크.

는 뜻일지도. 5킬로에서 더 이상은 못하겠다 싶었다. 6킬로부
터 달리기와 걷기를 반복했다. 두 다리가 납덩이같았다. 쥐가
나고 힘이 빠졌다. 자세에 집중하고 싶었지만 대부분은 나도
모르게 허리를 굽히고 땅을 보며 달리고 있었다. 뭐 하러 달리
나 싶고 다 때려치우고 싶었다. 평소 마지막 1.6킬로는 행복하
게 달리고 나서 피곤하지만 뿌듯한 마음으로 집에 돌아가곤 했
다. 그날 저녁에는 자러 가고 싶다는 생각뿐이었다.

  이번에도 성인용 기저귀 차는 것을 잊어 5킬로를 달리다가
바지에 오줌을 지렸다. 신발에 오줌이 흐르지 않기를 바라면
서 마지막 1.6킬로를 투덜대며 걸었다. 집에 도착해 옷을 모조
리 벗어 세탁기에 넣었다. 욕실에서 몸을 비누칠하며 꺽꺽 울
었다.

  어느 바람 부는 날에는 거리를 비틀비틀 내려가다가 그만 돌
아갈까 생각했다. 하지만 이 무렵에 나는 다음 목표인 주도 하
프 마라톤 참가 신청을 마친 상태였다. 훈련 계획을 정해두니
별생각 없이 달리면 되니까 편했다. 힘들었지만 일정에 따라
정해진 거리를 달렸다.

  토요일의 그룹 달리기는 대체로 즐거웠지만, 어느 토요일에
는 불안감이 숨통을 조였다. 나는 당황하여 그런 상태를 숨기
려 했다. 관찰력이 날카로운 사회복지사 줄리가 금방 눈치를
챘다. "발에 감각이 느껴져요?" 그녀는 내 이름에 성을 붙여서

부른다. 줄리가 달래는 어조로 반복했다. "발을 느껴보세요, 니타 스위니. 발에 감각을 느껴보세요." 불쾌한 감각이 가라앉고 거리도 금방 지나갔다. 우리는 가족, 자원봉사 활동, 직업에 대한 대화를 주고받았다. 겨울에는 끔찍하게 춥고 여름에는 죽도록 덥고, 적당한 날씨는 드물다고 불만을 토로했다. 우리가 너무 짧게 또는 길게, 너무 빨리 또는 천천히 달리는 것은 아닌지 의견을 나눴다. 새 러닝용품과 제조업체가 디자인을 바꾼 탓에 낡았지만 버릴 수 없는 용품들 이야기도 했다. 화제가 오하이오 주립대 농구 팀으로 넘어가자 우리는 3월의 광란_{March Madness}• 결과 예상표에 아쉬워했다. 다이어트 얘기도 하고, 달리고 나서 무엇을 먹는지도 이야기했다.

봄이 오자 내 달리기 일지는 조금 유쾌해졌다. 날씨는 크게 달라지지 않았지만 겨울은 거의 물러가고 있었다. 바람 부는 날에는 화창한 하늘 아래서 꽃을 흐드러지게 피운 층층나무, 박태기나무, 벚나무 옆을 지나갈 때 단풍나무 씨앗이 뱅뱅 돌며 쏟아져 내렸다. 숙련자 하프 마라톤 훈련 계획과 풀 마라톤 생각은 잊고 초심자 하프 마라톤 훈련 일정의 짧은 거리를 즐기기로 했다. 달리지 않을 때는 역시나 침울했지만 적어도 자살 충동은 사라졌다.

• 미국 대학 스포츠 연맹이 주최하는 대학 농구 선수권 대회를 가리키는 말.

3월 중순, 뉴턴에서 나온 강사가 플리트 피트에서 우리 모습을 녹화했다. 치러닝을 연습하고 자세에도 신경 썼지만 나는 아직 뒤꿈치로 착지하고 있었다. 비명을 지르고 싶었다. 핵심은 발 전환이라며 그는 속도를 줄이라고 조언했다.

메트로놈을 준비했지만 무엇을 바꿔야 할지 몰랐다. 부정적인 머릿속 목소리에 의욕을 돋우는 구호로 맞서며 내가 파놓은 마음의 구덩이에서 나 자신을 끌어냈다. 뒤꿈치로 착지하거나 보폭을 과도하게 벌리지 않는다면 더 먼 거리를 달릴 수 있을지 모른다. "마라톤을 생각해." 이런 혼잣말도 도움이 되었다.

3월 말에 에드와 함께 워싱턴을 방문해, 그는 학회에 참석하고 나는 시내를 달리기로 했다. 전날 저녁에 잔뜩 긴장한 채 관광지도에 경로를 표시하면서, 이미 다른 도시에서도 달리지 않았냐고 나 자신을 달랬다. 듀폰트 서클DuPont Circle*에서 에드와 아침식사를 마친 후 나는 백악관 쪽으로 달렸다. 백악관을 찾고 나니 조금 자신감이 생겼다. 낯선 사람에게 내 사진을 찍어 달라고 부탁한 다음 기념탑 주위를 달렸다.

달리기를 하지 않았다면 절대 시도하지 않았을 모험이었다. 다른 관광객들이 있는데도 내 페이스대로 달리며 도시를 구경

● 각국 대사관, 주택가, 레스토랑, 카페 등이 모여 있는 워싱턴 북서부 지역.

하고 관광지와 관광지 사이를 신속하게 이동하는 여정이 마음에 들었다. 나는 애국자와는 거리가 먼 사람이지만 꽃향기를 풍기는 벚나무, 대도시의 소음, 위대한 건축물들이 초등학생인 양 신기했다. 자주 멈추다 보니 16킬로 달리기가 4시간으로 늘어졌지만 상관없었다.

한창 달리는데 에드에게서 전화가 왔다. 대법원청사 인근의 벤치에 앉아 그가 말해주는 학회 발표 이야기를 들었다. 나는 그에게 반사의 연못Reflecting Pool* 이야기를 했다. 2년 전 같았으면 외출이 두려워 호텔에만 틀어박힌 채, 계획한 글쓰기를 끝내지 못해 자기 비하나 하다가 지쳐 잠들었을 것이다.

여행 중에는 내 자세를 떠올리며 달리기를 했다. 뉴턴의 강사가 제안한 스완 다이브swan-dive 방식으로 팔을 흔들며 꼿꼿한 자세를 만드는 데 집중했다. 지면이 아닌 지평선을 보았다. 상점의 판유리 창에 비친 내 모습을 보니 발 중심부로 착지하고 있었다. 조금씩 나아지기를 바랐다.

차를 타고 워싱턴에서 집으로 돌아가는 길에 웨스트버지니아주 모건타운 근처의 민박집에서 하룻밤을 묵었다. 다음 날 아침, 우리는 내가 달리는 동안 에드가 샘 해리스의 책을 마저 읽을 카페를 찾았다. 내가 다차선 도로를 건너는 순간 교차로

---

* 링컨 기념관과 워싱턴 기념탑 사이에 있는 대형 인공 연못.

옆의 가파른 언덕 아래에서 석탄 트럭이 브레이크를 밟으며 멈춰 섰다. 내 머리 위로 머난거힐라강을 따라 캐퍼턴 트레일이 이어져 있었다.

나는 자갈밭을 헤치고 잡초가 우거진 언덕을 올랐다. 쓰레기와 옷 무더기를 지나 트레일로 들어섰다. '사람 하나 끌고 와서 쥐도 새도 모르게 죽이기 딱 좋은 곳이네'라고 생각했다. 북쪽으로 달렸는데 한쪽은 주차장으로 이어지는 가파른 가시투성이 강둑이고 다른 쪽은 강이라서 무서웠다. 도시 한복판이었지만 사람들은 도시 한복판에서도 살해당한다. 나는 돌아섰다. 반대쪽이 나아 보였지만 또 다리가 문제였다. 그냥 돌아가려다가 이대로 포기하면 실패한 것처럼 느껴질까 봐 계속 달렸다. 기둥이 녹슨 무시무시한 현수교를 건너 작은 댐 쪽으로 나아갔다. 섬뜩한 자갈 채취장 바로 앞에서 3킬로를 알리는 신호가 울리자 방향을 틀어 온 길을 되돌아갔다. 카페 화장실에서 젖은 천으로 몸을 간단히 씻은 다음 에드와 함께 집으로 향했다.

3월 마지막 토요일에 'FAB 달리기'라는 가상 달리기 경주에 참가했다. '마이커 트루'라고 적은 등 번호표도 직접 인쇄했다. 카바요 블랑코라고도 알려진 트루는『본 투 런』의 주된 등장인물이다. 그런데 한 주 전, 그가 19킬로를 달리던 중 종적이 묘연해졌다. 전설의 러너인 그가 실종되었다는 소식은 나도 길을 잃을 수 있다는 두려움에 불을 지폈다. MIT와 함께한 16킬로

코스에서 처음 8킬로는 풀 마라토너들과, 돌아오는 8킬로는 혼자서 달리며 카바요를 생각했다.

그날 저녁, 얼굴에 오른 열을 식히느라 밖으로 나가 우리 집 마당의 층층나무를 감상했다. 잔디에 발을 디뎠더니 날카로운 통증이 발바닥을 뚫고 들어왔다. 녹슨 못이 내 신발의 얇은 밑창을 찌르며 작은 구멍을 낸 것이다. 상처가 감염되면 발을 절단해야 할지도 모른다는 생각이 퍼뜩 들었다. 에드는 그럴 리 없다고 나를 달래면서도 "파상풍 주사를 맞은 게 언제였지?" 하고 물었다. 나는 침을 꼴깍 삼켰다.

나는 지독한 바늘 공포증으로 열두 살 이후 한 번도 주사를 맞은 적이 없었다. 긴급 진료 센터는 문을 닫았고 전화 상담을 해준 간호사는 에드에게 아침까지 기다려 보라고 했다. 당장 갈 수 있다면 좋았을 텐데. 나는 파상풍 증상을 조사했다.

다음 날 아침에 발을 살폈다. 무게를 실어도 아프지 않아서 하이파이브 러닝 풀리시High Five Running Foolish 5킬로를 달렸다. 경주는 순환 코스였고, 참가자는 두 그룹으로 나뉘었다. 각 그룹은 주차장 반대편에서 시작해 서로를 향해 달려가며 하이파이브를 한다. 그런 다음 한 그룹은 왼쪽으로, 다른 그룹은 오른쪽으로 코스를 돌다가 만나면 다시 하이파이브를 한다. 낯선 사람을 만나도 손을 마주쳤다. 파란 하늘과 선선한 기온 덕분에 유치한 하이파이브가 더욱 즐거웠다. 나는 이따금씩 떠오르는 카바요와 파상풍 주사 생각을 밀어내며 최근에 간호 학위를 땄다고 자랑하는 새 친구와 함께 달렸다. 그 친구에게 파상풍 주사에 대한 얘기는 꺼내지 않았다. 우리는 걷는 사람 몇 명만 뒤에 남긴 채 달리기를 마쳤다.

모건도 데려왔더니 목줄을 잡은 상태로 사람들과 하이파이브를 하기가 너무 힘들었다. 개는 내 왼쪽에서 달렸기 때문에 상대방이 오른쪽에서 하이파이브를 하면 괜찮았다. 하지만 왼쪽으로 다가오면 손을 바꾸고 적절한 타이밍에 팔을 들어 올려야 했다. 모건은 동요하지 않고 평소처럼 무심히 유치한 하이파이브를 참아줬지만 나는 몇 번이나 걸려 넘어질 뻔했다.

땀이 흥건한 손으로 운전대를 잡은 채 집으로 돌아오는 길에 카바요와 주사 생각이 되돌아왔다. 더 이상 꾸물댈 수 없었다. 어퍼 알링턴 응급 센터의 친절한 간호사는 내가 에드의 무릎에 앉는 것을 허락했다. 나는 그의 가슴팍에 얼굴을 묻고 숨을 참았다. 아주 살짝 따끔하더니 "다 끝났어요"라는 말이 들렸다. 수십 년을 쌓아둔 공포증이 일거에 사라지자 민망함과 안도감이 나를 휩쓸었다. 공황 발작이 일어나지 않아서 다행이었다. 이런 변화는 달리기를 하면서 전반적으로 안정을 얻었기 때문이라고 생각한다.

며칠 후, 뉴멕시코 힐라 삼림 지대의 개울가에서 카바요의 시신이 발견되었다. 사람들은 그를 백마에 실어 옮겼다. 카바요 블랑코는 스페인어로 '백마'를 뜻한다. 일부 전문가들은 부검 결과 밝혀진 심장 기형을 그의 극단적인 달리기 탓이라고 보았다. 그는 정기적으로 16~160킬로를 달리는 천하무적 러너였지만 결국 목숨을 잃었다. 사진 속 그의 미소를 보며 연민을 느꼈다. 타라후마라 부족을 위해 그토록 큰 공헌을 한 인물이 죽다니. 그를 사랑하는 모든 이를 생각하니 마음이 아팠고, 파상풍 주사에 어린애처럼 벌벌 떨었던 내가 한심하게 느껴졌다. 그가 가장 좋아하던 일을 하다가 죽었다는 사실에 그를 사랑하는 사람들이 위안을 얻길 바랐지만, 그런 생각은 별 도움이 되지 않는다는 것을 경험으로 알고 있었다.

4월에 들어서자 날은 더 따뜻해졌다. 역시나 무릎이 속을 썩였는데 자세에 신경을 쓰면 효과가 있었다. 어쩌면 통증을 항상 따라다니는 동반자로 받아들여야 할지도 모른다. 그 정도는 감수할 가치가 있어 보였다.

4월의 어느 날 웨스터빌의 제노아 트레일을 달릴 때, 1년 전 주도 하프 마라톤 훈련 중 어머니를 여읜 우리의 페이스 코치 세라가 중얼거렸다. "이 길은 질색이야!" 달리기가 끝난 후 누군가 세라의 어머니가 이 근처에서 돌아가셨고, 그날이 그분의 기일이었다고 귀띔했다. 세라를 안아주며 그녀의 가족을 잊지 않겠다고 말해주었다.

다음 몇 번은 달리는 내내 숨이 가쁘고 현기증이 나고 심장 상태도 뭔가 이상했다. 증상은 곧 지나갔고 나는 그것을 건강 염려증 탓으로 돌렸다.

전 주 토요일 장거리 달리기 도중에, 시즌 내내 함께 달리는 줄리와 수에게 내 나이에도 풀 마라톤을 완주할 수 있다고 생각하느냐고 물었다. 줄리는 잠시 생각하더니 이렇게 대답했다. "일단 훈련부터 해보고 한번 지켜보자고요." 그녀는 내 불안감을 이해했다. 그들은 둘 다 첫 풀코스를 대비해 훈련하는 중이었다. 훈련 일정에 따라 장거리를 연습하는 모습이 나를 비롯한 사람들에게 깊은 인상을 남겼다. 나의 두 번째 하프와 그들의 첫 풀 마라톤 대회가 3주 앞으로 다가왔다. 몇 년 후에는 나도 가능할 거라고 생각했다. 풀코스는 먼 꿈이었지만 소리 내어 말하면 좀 더 가깝게 느껴졌다.

울고
싶을 때마다
한 발씩
내디뎠다

줄리와 수에게 풀 마라톤에 대해 물어본 다음 날, 스티븐과 짐이 콜럼버스 마라톤 풀코스에 참가 신청을 했다는 얘기를 들었다. 다른 친구 몇 명도 10월 대회에 참가 신청을 했다. "토요일마다 같이 달리는 동지가 많아지겠어요." 스티븐이 거의 하루 종일 달려야 하는 장거리 훈련을 언급하며 덧붙였다.

일정표를 확인했다. 평일에는 하프 일정 막바지에 달리던 거리보다 딱 1.6킬로를 더 달릴 뿐이었다. 어쩌면 나도 할 수 있겠다 싶었다.

18킬로를 달리면서 줄리는 장거리 달리기 후 1시간 반짜리 마사지를 받을 예정이라고 했다. 마사지 치료사를 네 명이나 거쳤지만, 나도 매주 토요일 달리기를 한 다음 날에는 마사지를 예약하고 더 긴 거리를 달리는 꿈을 꾸었다.

모건과 함께한 다음 달리기는 통증과 번뇌로 엉망이 되었다. 반환 지점을 놓치고 발목은 쓰리고 옷은 너무 두꺼웠다. 달린 후에는 몇 달 만에 발목이 다시 붓기도 했다. 우울증이 도졌다. 하루 종일 침대에서 나오지 못하는 건 아니었지만 팔다리와 마음이 대체로 묵직했다. 풀코스를 생각하면 설레었는데 이제 낙담만 남았다. 감정 기복을 다룰 줄 아는 사람들도 있겠지만 내 감정에는 단단한 고삐가 필요하다. 준비만 되면 마라톤은 얼마든지 할 수 있다고 혼잣말을 했다. 일지에는 이렇게 적었다.

"풀코스를 달릴 생각이라면 난 제정신이 아닌 거다. 지금도 못 견디게 힘들다." 다가오는 하프 마라톤도 해낼 수 있을지 자신이 없었다.

요요처럼 기분이 오르내렸다. 통증 없이 달릴 때면 풀코스를 훈련하는 모든 사람들의 얼굴이 머릿속에 떠올랐다. 내가 아침형 인간으로 거듭나 너무 더워지기 전에 달리기를 마칠 수 있을까? 소셜미디어를 그만둬야 할까? 웨이트트레이닝과 수영을 해야 하나? 탄수화물을 줄여야 하나? 생각이 장난감 생일 초처럼 타올랐다. 하나를 끄는 순간 다른 것에 불이 붙었다.

주도 하프 마라톤에 대비한 마지막 장거리 훈련 후에 우리 페이스 그룹은 아침식사를 하러 갔다. 달걀과 커피를 들며 탄수화물 충전과 박람회 구경을 계획했다. 아니나 다를까 화제는 10월 풀코스로 흘러갔다. 대회 전주의 테이퍼링이 주는 긴장감이 26.2 스티커의 이미지와 섞여 마음을 진정시키기 어려웠다. 다가오는 하프 경주는 디딤돌처럼 느껴졌다.

주도 마라톤 박람회에서, 그리고 대회에 참가하러 가는 길에 '겨우' 쿼터나 달리던 지난해를 떠올렸다. 올해는 '무려' 하프 마라톤, 곧 '진짜' 경주를 한다.

대회 당일 아침에 키다리 제프가 "다들 건승을 빕니다!"라고 스피커에 대고 외쳤다. 우리는 가방을 트럭에 싣고 배정된 울타리로 걸어가거나 이동식 화장실에 들렀다. 나는 에드를 찾느라 사람들에게 양해를 구하며 빽빽한 구역을 헤치고 동쪽에서 서쪽으로 이동했다. 출발 5분 전에 에드가 나타났다. 그는 사진을 찍고 있었다. 그를 만나러 비집고 나갔다가 원래 자리로 돌아왔더니 우리 페이스 그룹은 출발하고 없었다. 나는 군중 속을 미친 듯이 찾아 헤매다가 사람들에게 떠밀려 출발선에 섰다. 에드에게 손을 흔들고 달리기 시작했다.

몇 발짝 내디디면서 메트로놈에 귀를 기울이며 나만의 리듬을 찾았다. 늘 그렇듯 의도했던 것보다 빠른 속도로 출발했지만 힘들지 않아서 그 속도를 유지했다. 1.6킬로와 3킬로 사이에서 친구들을 따라잡았다. 급수대에서 앞으로 치고 나갔다. 밴드가 음악을 연주했다. 관중들이 함성을 질렀다. 아픈 데는 없었다.

올렌탄지 강변길은 끝도 없이 뻗어 있었지만 강과 도로가 만나는 지점에서 에드를 만나기로 했었다. 우디 헤이스 드라이브 고가도로 밑을 일찌감치 지나간 터라 에드에게 전화해 일정보다 앞서고 있다고 알렸다. 그는 쇼텐스타인 경기장에서 탄원서에 서명을 받고 있었다. 미국 대통령과 영부인을 만날 티켓인 셈이었다. 내가 다가가자 그는 경기장 앞에 서서 클립보드를 흔들었다. 그를 껴안고 입을 맞출까 고민하다가 그냥 키스만 날리고 돌아섰다.

8킬로 지점에서 제프가 자전거를 타고 지나갔다. 그는 MIT를 지원하기 위해 코스를 따라 이동하고 있었다. 내 우그린 표정을 보고 그가 말했다. "쉬엄쉬엄해요. 아직 갈 길이 멀어요." 그는 내가 에드에게 들르지 않아 우울하다는 걸 몰랐다. 그것만 아니었다면 힘이 넘쳤을 거다. 어쨌든 제프가 기운을 북돋워주었다. 나는 혼자가 아니었다.

도로를 따라 계속 내려가면서도 에드에게 키스하지 못한 서운함을 완전히 떨칠 수 없었다. 그 순간 친구 앤디와 프런트러너 매장 직원들이 보였다. 그의 하이파이브가 내게 힘을 주었다. 교차로 근처에서 밴드와 함께 트롬본을 연주하는 친구 매튜를 발견했을 때도 또 한 번 기운이 솟았다. 그는 눈을 휘둥그레 뜨며 나를 응원했다. 내가 달리는 걸 몰랐던 모양이다.

관중이 늘어선 4킬로 길이의 대학 중앙로가 펼쳐져 있었다. 지난번 하프 마라톤 때 〈채리엇 오브 파이어〉가 울리는 스피커를 자전거에 싣고 다니던 그 추레한 남자를 보고 나는 다시 힘을 얻었다.

쇼트 노스 지구에서는 보라색 벨벳 드레스 차림으로 자전거를 타는 사람을 보고 박수를 쳤다. 회전을 기다리는 차들이 왼쪽 차선에 줄지어 서 있었다. 차창 밖으로 팔을 내민 남자와 하이파이브를 했다. 연쇄 반응처럼 사람들이 전부 창문을 내렸고 그들 모두와 손바닥을 마주쳤다.

개인 기록을 생각하며 속도를 높였다. 하지만 롱 스트리트로 들어서자 바람이 얼굴을 때렸다. 사람들은 공기가 습하다고 불평했지만 나는 느끼지 못했다. 워싱턴에서 고속도로로 방향을 트는 순간, 1년쯤 전에 모건을 데리고 함께 달렸던 '진짜 러너' 헤더의 찰랑대는 포니테일이 눈에 들어왔다. 이제 그녀는 임신한 몸으로 걷고 있었다. 헤더는 내 포옹을 반갑게 받아주었다.

속도를 높여 페이스 그룹 친구를 따라잡았다. 우리는 함께 고속도로를 건너 독일 마을로 진입했다. 실러 공원의 벽돌 길 때문에 발이 아팠지만 이내 다른 친구도 따라잡았다. 점점 파티 분위기가 무르익었다.

대회 전에 수와 함께 저녁을 먹으면서 14.5킬로부터 속도를 높이라는 충고를 들었던 걸 잊고 있었다. 하이 스트리트에서 19킬로에 접어들자 나는 친구에게 이제부터 좀 빨리 달리겠다고 선언했다. 그녀도 속도를 높였다. 내 왼쪽 아킬레스건은 협조하지 않았다. 아킬레스건을 보호하기 위해 뒤꿈치부터 디디기 시작했다. 결승선이 보이자 나는 외쳤다. "가자!" 온몸에 긴장을 풀고 전력 질주를 했다. 파란 풀코스 메달로 자극을 준 마라토너 세라를 비롯해 MIT 사람들이 "니타, 파이팅!" 하고 외쳤다. 나는 사진 찍는 사람들을 향해 미소 지었다.

임신 중인 켈리는 오늘 자원봉사자로 참가했다. 그녀가 내게 메달을 건넸다. 나는 우리가 함께한 첫 하프 마라톤을 떠올리며 그녀를 끌어안고 감사했다.

발목이 쑤시고 무릎이 시큰거려서 얼음을 사기 위해 구호 천막으로 갔다. 대회 의료 책임자 브라이트 박사는 내 치러닝 주법이 아직 몸에 익지 않아 아킬레스건에 무리가 갔을 거라고 했다. 켈리가 얼음찜질을 받고 있는 나를 발견했다. 우리는 그녀의 차로 걸어갔고 그녀가 나를 호텔로 데려다주었다. 도움을 주는 사람들이 끊임없이 나타나서 행복했다. 나는 결코 혼자가 아니었다.

개인 기록은 16분이나 앞당겼다. 발목이 붓고 무릎이 아리고 허벅지가 쓰렸지만 그 정도는 감수할 가치가 있었다.

대회 후 3일간 발목 부기가 빠지지 않고 아킬레스건이 시큰거렸다. 기분이 가라앉았다. 얼음찜질을 하고, 이부프로펜을 복용하고, 가볍게 스트레칭을 하고, 자고, 울고, 영구적인 부상을 입었다고 확신했다.

나흘 후 부기가 사라지고 통증이 잦아들자 모건과 함께 3킬로 달리기에 나섰다. 대회 사진을 보면 나는 뒤꿈치로 지면을 딛거나 걷는 것처럼 보였다. 그래서 이제는 속도를 늦추고 무게 중심을 조금 앞으로 기울였다. 어깨는 뒤로 젖히고 다리를 아래로 뻗었다. 올바른 자세를 잡았을 때의 느낌이 어떤지는 모르지만, 적어도 달리는 동안 통증은 없어지고 영구 손상도 피할 수 있다니 노력할 가치가 있었다.

한편 동료들은 2012년 콜럼버스 풀 마라톤에도 참가 신청을 했다. 나는 "풀 마라톤 훈련 중이에요"라고 떠벌리고 다니고, 여름의 열기 속에서 친구들에게 둘러싸인 채 장거리를 달리고, 오랫동안 탐내던 26.2 스티커를 차에 붙이는 상상을 했다.

수와 줄리도 경주를 무사히 마치고 5개월 후에 열릴 콜럼버스 마라톤에 참가 신청을 할 예정이었다. 코치들이 휴가를 떠나서 줄리가 새 코치가 되었다. 역시 풀 마라톤을 준비하는 제니퍼도 코치를 자청했다. 부실한 발목이나 오락가락하는 기분이 목표 달성을 방해할까 여전히 걱정이었지만, 그들과 함께 달릴 수 있다는 생각에 시름을 덜 수 있었다.

에드도 내가 참가 신청을 하고, 목표를 세우고, 훈련에 돌입하려는 계획에 동의했다. 일단 훈련을 시작한 다음 경과를 지켜볼 생각이었다.

모건이 바닥에 누워 코를 골고 있는 서재에서, 콜럼버스 마라톤 웹사이트의 '참가 신청'을 클릭하는 손이 달달 떨렸다. 받은편지함에 확인 메일이 들어와 꺅꺅 소리를 질렀고 모건은 멍멍 짖었다. 이제 풀 마라톤 참가는 기정사실이 되었다.

울고
싶을 때마다
한 발씩
내디뎠다

"나도 풀 마라톤 훈련을 한다고!"차를 몰고 새 시즌의 첫 MIT 모임에 참가하러 가며 잔뜩 들떠서 혼잣말을 했다. 이른 아침부터 모여서 재잘재잘 수다를 떨고 있는 우리 페이스 그룹에게 키다리 제프가 출발을 지시했다. 아직 5월이었고 아침 7시도 안 된 시간이었지만 겨드랑이에 땀이 찼다. 설렘은 실망으로 바뀌었다. 전혀 대단할 게 없었다. 또 한 차례의 달리기일 뿐.

숙취를 달고 온 몇 사람이 투덜댔다. 나는 다행히도 20년 넘게 숙취를 겪은 적이 없었다. 문득 '평범한 것이 완벽한 것'이라는 생각이 들었다. 매주 거리를 늘리는 것은 새로운 도전이 되겠지만 대체로 올렌탄지 트레일에서 보내는 흔한 토요일일 뿐이었다. 시시한 것도 나쁘지 않았다! 달리는 내내 얼굴에서 미소를 누를 수 없었다.

계획은 9.7킬로였지만 노련한 풀 마라토너인 코치들은 하프 러너들과 함께 6.4킬로만 달리기로 했다. 나는 줄리 코치에게 집에서 기다리는 사나운 맹수와 3.2킬로를 더 달리겠다고 했다. 그녀는 무리하다가 다친다고 나를 만류했다. 결국 집에 돌아와서 1.6킬로만 더 달리는 쪽으로 타협했다. 에드, 모건과 함께 골목 끝까지 슬슬 거닐다가 나머지 거리는 개를 데리고 천천히 뛰었다.

최초의 '마라톤'은 기원전 490년에 페이디피데스라는 병사가 페르시아와의 전투에서 승리했다는 소식을 전하기 위해 그리스의 마라톤에서 아테네까지 약 40.2킬로를 달린 사건이다. 그 병사는 승전 소식을 전한 직후 쓰러져 숨을 거둔다.

마라톤 코스는 40.2킬로로 유지되다가 1908년 런던 올림픽 때 영국 알렉산드라 여왕의 요구로 조금 연장되었다. 여왕은 왕실의 아이들이 방 안에서 관람할 수 있도록 윈저성 잔디밭에서 경주를 시작해 올림픽 경기장 귀빈석 앞에서 끝내기를 원했다. 그 결과 코스 거리는 42.195킬로가 되었다. 그 이후 마라톤 거리는 42.195킬로로 정착되었다.

나는 마라톤을 하다가 죽는 일은 없기를 바랐다.

첫 풀 마라톤 훈련 이틀 뒤에, 모건과 함께 8킬로를 달렸다. 발목은 불룩했지만 가급적 발 중심부로 지면을 디디며 빠르게 달렸다. 이제야 감이 좀 잡히는 기분이었다.

집에서 1.6킬로 떨어진 곳에서 마라톤을 하는 공상에 빠져 있다가 발을 헛디뎠다. 넘어지면서 생각했다. '안 넘어지고 버틸 테다.'

꽈당! 가슴이 콘크리트와 충돌하기 직전에 오른손, 오른 팔꿈치, 왼쪽 무릎으로 땅을 짚었더니 날카로운 통증이 온몸을 흔들었다. 보도에서 미끄러져 이웃집 잔디밭에 널브러진 나는 힘겹게 숨을 골랐다. 심장마비로 기절할지도 모른다는 생각이 언뜻 스쳤다. 그다음은 무언가 날아간 듯한 느낌이었다. 보도블록 사이의 작은 틈에 내 신발이 끼어 있었다.

내 앞의 테니스화 한 켤레를 보고 몸을 굴렸다. 청바지 무릎에 풀물이 든 훤칠한 청년이 나를 내려다보고 있었다. "어르신?" 누군가가 외쳤다. "구급차를 불러드릴까요?" 그 청년이 나를 일으켜 앉혔다.

모건이 생각나 주위를 살펴보니 녀석은 길가의 풀을 킁킁대고 있었다. 그 청년이 개 목줄을 잡았고 역시 옷에 풀물이 든 남자가 두 명 더 다가왔다. 땀에 젖은 이 멀끔한 청년들은 나를 할머니 취급하며 '어르신'이라 불렀다. 너무 창피해서 다른 러너들이 말렸는데도 인도에서 달린 나 자신을 책망했다. 한편으로는 이런 생각도 들었다. '이렇게 자빠졌는데 안 죽고 살았으니 이제 진짜 러너로 거듭난 거야.' 그 와중에도 가민 시계를 정지시켜야 한다는 생각이 들었다.

이웃집 주인인 70대 남자가 다가왔다. 청년 둘은 마당에 멀찍이 떨어져 있었지만 나를 처음 발견한 청년은 아직 모건의 목줄을 잡고 서 있었다. 집주인이 물었다. "집까지 태워다 드릴까요?" 나는 고개를 저었다. "그냥 일어서는 것만 좀 도와주세요." 그들이 내 팔을 잡아주어 아픔을 참고 일어섰다.

하지만 나는 심하게 떨고 있었다. 떨림은 멈추지 않았다. 심호흡을 몇 번 하고 나서야 폐가 제 기능을 하는 듯했다. 모건은 불안한 듯 숨을 헐떡였다. 나는 배에 힘을 주고 발을 똑바로 세운 채 중심을 잡았다. "괜찮아요. 좀 긁혔을 뿐이에요." 내가 말했다. 청년들이 손을 놓자 나는 비틀거리다가 간신히 균형을 잡았다. 집주인이 자신의 이름을 알려줬지만 금방 잊어버렸다. 나도 내 이름을 알려주고 모두에게 감사 인사를 했다.

집으로 돌아가면서 괜찮을 거라고 혼잣말을 했다. 에드가 상처에 '호' 해주고 밴드를 붙여주겠지. 보도 끝에서 천천히 뜀박질을 시작했다. 별문제 없어 보여 계속 뛰었다. 어느새 모건과 나는 다시 달리고 있었다. "내일은 몸이 좀 쑤시겠지만 괜찮을 거야." 모건에게 말했다.

집에 돌아와 홈 베이스로 미끄러진 것 같은 왼쪽 허벅지의 상처 부위를 씻은 다음 항생 연고를 바르고 반창고를 붙였다. 에드가 나를 안고 키스해주었다. 그날 밤 치료 모임에서 내 반창고를 본 친구들도 나를 위로해주었다. 별일 아니라고 말은 했지만 터프 걸이 된 기분이었다. 집에 돌아와서 이부프로펜을 복용하고 잠자리에 들었다.

이튿날 아침, 몸을 뒤척였더니 칼로 찌르는 듯한 통증이 흉곽을 덮쳤다. 나는 '늑골 골절'을 검색했다. 치료약 가운데 이부프로펜과, 나의 중독 성향 때문에 복용을 피하고 있는 더 센 진통제가 포함되어 있었다. 어느 의학 사이트에서는 심호흡,

매시간 기침하기, 하루 종일 부드럽게 스트레칭하기 등을 권장했다. 같은 주 주말에 달렸더니 조금 아프기는 해도 통증이 심하진 않았다. 눕거나 몸을 굽히거나 아침에 일어날 때 가장 아팠다. 숨을 쉴 때도 가끔씩 욱신거렸다.

웨이트트레이닝을 시작하고 싶었지만 가방 들 힘도 없어서 일단 미뤄야 했다. 마우스를 쓰는 오른손도 만지면 아팠다. 길에 긁힌 상처는 잘 나았지만 갈비뼈는 여전히 쓰라렸다. 엑스레이에 아무것도 나오지 않고 의사도 계속 달리라고 허락하면 안심이 되겠지만, 혹시라도 의사가 달리지 말라고 한다면 나는 "너무 늦었어요"라고 하는 수밖에 없다. 아무 물건도 들지 않고 다시 넘어지지도 않았더니 서서히 괜찮아졌다. 인터넷에서 실제로 이런 조언을 보았다. "갈비뼈가 부러졌다면 무슨 일이 있어도 다시 넘어져서는 안 된다." 음, 글쎄. 처음부터 넘어지려고 작정한 사람이 있을까!

2주 후에도 통증이 가시지 않아서 긴급 진료를 받았다. 엑스레이상으로는 이상이 없었다. 의사에 따르면 갈비뼈 골절은 엑스레이에 바로 나타나는 경우가 드물다고 하니 한참 있다가 촬영한 건 잘한 일이었다.

넘어진 이후의 달리기는 명상하듯이 억지로 계속한 운동이었다. 다른 부상이 생겨도 느끼지 못할까 봐 달리기 전에는 이부프로펜을 복용하지 않았다. 엑스레이 촬영을 하고 나서는 폐에 구멍이 뚫리지 않았을까 하는 걱정은 덜었지만 뭉근한 통증에 머릿속이 여전히 복잡했다. 나만의 리듬을 찾고 흉곽이 열리도록 골반을 기울였더니 호흡이 불편하지 않았다. 하지만 이따금씩 걸음이 꼬이면서 가슴에 번쩍 통증이 느껴지면 심장마비가 아닌지 두려워졌다. 최근에 넘어진 사실을 떠올리며 안심이 될 때까지 "그냥 갈비뼈가 아픈 거야"라고 중얼거렸다.

하프 마라톤이 끝나고 넘어지기 전에 발목이 다시 부었었다. 결승선을 향해 무리하게 속도를 내어 시간을 줄인 대가를 치르는 셈이었다. 달릴 때는 전혀 아프지 않았지만 오래 앉아 있으면 피가 고이고 발목이 물렁물렁해졌다.

저녁에는 얼음찜질을 거르지 않았고 압박스타킹도 신었다. 가끔은 잘 때도 신었지만 그때는 여름이었고 나는 툭하면 얼굴이 달아오르는 중년 여자였다. 자주 다리를 들어 올리고, 컴퓨터 앞에서는 열린 책상 서랍 위에 다리를 얹었다.

과거 경험에 비추어 보면 발목 부기와 통증은 곧 지나갈 게 분명했다. 달리기를 처음 시작했을 때는 발목이 부었지만 운동에 익숙해지면서 부기가 잦아들었다. 이제는 늘어난 거리와 빨라진 속도에 익숙해져야 했다. 게다가 뜨거운 여름 날씨에는 온갖 것들이 부풀어 오르기 마련이다.

의사를 찾아가 무시무시한 MRI, 항불안제, 검사 전후의 악몽, 달리기를 그만두라는 충고를 들을 가능성에 고통받는 대신, 척추 지압사를 꾸준히 만나 발목을 탄력붕대로 감고 발끝과 발을 돌리고, 아르니카arnica* 알약을 복용하고, 아르니카 크림을 발랐다. 그런다고 완치되지는 않겠지만 발목을 잘 풀어주어 부기를 줄일 수는 있었다.

평일 달리기도 줄였다.

약 4개월 만에 월경이 시작되자 혹시 호르몬이 발목에 영향을 미치는 건 아닌가 의심스러웠다. 내 지압사처럼 약초, 마사지, 가벼운 동작을 처방하는 러닝 닥터가 있으면 좋겠다 싶었다.

나더러 달리기가 해롭다던 뚱뚱한 발목 전문의에게 헛소리 집어치우라고 소리치고 싶었다. 하지만 마음 한쪽에서는 여전히 그가 옳을까 봐 두려웠다. 나는 몸에 스스로 치유하는 능력이 있다고 믿고 싶었다. 계속 달려야만 사실인지 알 수 있다.

넘어지고 열흘 후, 모건과 함께 동물 구조 달리기에 또 한 번 참가했다. 이번에도 두 바퀴를 도는 코스 곳곳에 물그릇, 유아 풀장, 개똥 수거함이 비치되어 있었다. 대회는 오전 10시 반에

● 국화과의 풀로 민간요법에서 타박상, 염증 등의 치료제로 쓰이며 구강 섭취는 주의가 필요하다.

야 시작되었고, 기온이 높아서인지 참가율이 낮았다. 우리의 출발 속도는 너무 빨랐고 갈비뼈도 아직 쑤셨다. 모건이 물그릇을 볼 때마다 물을 마셔서 다행이었다. 한번은 녀석이 그릇에 오줌을 싸는 바람에 그것을 걷어차 뒤집어엎어야 했다.

열기 때문에 걷는 사람이 많았다. 3킬로에서 4.8킬로 사이에 모건이 심하게 헐떡이더니 유아 풀장에 들어가 누웠다. 나는 손으로 물을 떠서 녀석의 머리와 목에 끼얹으며 모건이 원하는 만큼 그 자리에 머무르기로 했다.

처음으로 완주 실패 또는 경주 포기를 해야 하나 고민하고 있는데 모건의 호흡이 정상으로 돌아왔다. 한 여자가 데리고 지나가는 그레이하운드를 보더니 모건이 벌떡 일어섰다. 목줄을 당겨 단단히 잡자 모건은 나를 원망하듯 눈알을 희번덕거렸다. 녀석이 더위를 먹는 것은 원하지 않았다. 결승선이 가까워져서야 빨리 달리도록 내버려 두었다. 경주가 끝나고 나서 유아용 풀로 데려가 몸을 식혀주었다. 더 이상 헐떡거리지 않는 것을 보고 물을 마시게 했다. 우리는 에어컨이 나오는 차로 이동했다.

다음 월요일인 전몰장병 추모일에 우리 동네를 도는 8킬로 경주에 출전했다. 갈비뼈는 여전히 얼얼하고 날씨는 뜨거웠지만 인터넷 커뮤니티 '죽은 러너의 사회'의 몇몇 러너들을 직접 만날 기대에 부풀었다.

죽은 러너의 사회는 1989년 영화 〈죽은 시인의 사회〉에서 따온 명칭이다. 이 모임의 구호 '카르페 비암Carpe Viam'은 대충 '코스를 즐겨라!'라는 뜻이다. 전몰장병 추모일의 소규모 모임을 우리는 '죽은 만남Dead Encounter'이라 불렀다. 달리기 경험이 쌓이자 나는 이메일을 통해 이 커뮤니티와 '의무 달리기 노트'를 공유하면서 '펭귄' 초보자 모임을 떠나 이쪽으로 옮겨왔다. 최근에야 우리 집에서 한 블록 떨어진 곳에도 '죽은' 커플이 산다는 사실을 알게 되었다.

그날 아침, 나는 경주가 시작되는 소방서 근처의 깃대 옆에서 그 커플과 콜럼버스에 사는 다른 '죽은 러너'를 만났다. 날씬한 근육질의 커플은 딱 마라톤 선수들 같았다. 그들은 1년 내내 전국을 돌며 이런저런 대회에 참가하고 있었다. 2011년에는 마라톤을 열네 번이나 뛰었다고 했다. 다른 여성도 날씬하고 건강해 보였다. 부상에서 회복 중이라는 그녀는 올림픽 선수 제프 갤러웨이가 주창한 달리기/걷기를 할 예정이라고 밝혔다. 죽은 러너의 사회의 '진짜 러너들'이 나를 어떻게 볼까 걱정했었는데 다들 상냥하고 다정했다.

총성이 울리자 커플은 출발했다. 나는 혼자 온 여자와 같이 달렸다. '각자 자기만의 레이스를 펼쳐라'라는 러너의 신조를 잘 아는 그녀는 걸을 때가 되자 내게 먼저 가라고 손짓했다. 그녀의 충실한 동행이 되고 싶었지만 개인 기록에도 욕심이 났다. 마음이 오락가락했다. 앞으로 치고 나가 뒤를 돌아보니 그녀가 손을 흔들었다. 더 이상 뒤돌아보지 않았다.

3킬로 지점 근처에서 사슴 한 마리가 흰 꼬리를 높이 흔들며 도로를 쌩하니 지나갔다. 코스 저 멀리서 죽은 러너 커플의 여성이 손을 흔들었다. 그녀는 나를 10분 이상 앞섰고, 그 집 남자는 그녀보다도 앞서가고 있었다.

우리 집 근처에서 에드, 모건과 이웃 사람들이 기다리고 있었다. 모퉁이 집에 사는 빨강 머리 소녀 둘도 언덕을 오르는 나를 응원했다. 둘의 아버지 루크도 달리고 있었다. 속도를 올리는 내 모습을 에드가 멋지게 사진 찍어주는 사이 모건은 나를 따라가지 못하는 것이 속상한지 펄쩍펄쩍 뛰었다.

다음 급수대에서 물 한 잔을 마시고 머리 위에도 한 잔을 부었다. 이웃들이 사다리에 올라가 밑으로 지나가는 우리에게 호스로 물을 뿌려주었다. 갈비뼈가 아팠지만 언제든 공짜로 달릴 수 있는 동네를 달리는 데 꽤 많은 참가비를 냈다는 사실을 떠올렸다.

죽은 러너 커플과 에드가 결승선에서 나를 맞아줄 때는 기온이 32도였다. 개인 기록을 6초 정도 단축했다. 물 두 병을 꿀꺽꿀꺽 마시고 그늘을 찾아갔다.

달리기/걷기를 하던 죽은 러너가 결승선에 들어서자 우리는 환호했다. 그런데 그녀의 신발이 결승선 기록 측정용 매트에 걸려 손목을 땅에 부딪치며 세게 넘어졌다. 응급처치 요원이 다가와 그녀를 건물 안으로 데려갔다. 손목이 삐었을 뿐 부러지진 않았지만 그녀가 몇 주간 얼마나 고생할지 눈에 선했다.

내 연령대의 여자들은 전부 몇 분씩 나를 앞섰다. 에드와 나는 모든 우승자, 특히 자신의 연령 그룹에서 우승한 70대 여성에게 박수를 쳤다. 나는 에드에게 말했다. "나도 어릴 때 저런 사람이 되고 싶었어."

경주가 끝나고 3시간 동안 낮잠을 잤다. 그날 밤에도 일찌감치 잠자리에 들어 정오까지 푹 잤다. 시간 차 없이 치른 두 차례 대회에서의 격렬한 신체 활동과 사회생활로 인해 한 주분의 에너지를 다 소진했다. 내게는 마라톤을 할 체력이 부족한 건 아닌지 걱정이었다.

6월 첫 토요일, 우리의 MIT 페이스 그룹은 하프 마라토너 스무 명과 풀코스 훈련자 여섯 명으로 구성되었다. 달리면서 실없는 말을 주고받으니 아직도 욱신대는 갈비뼈를 덜 의식할 수 있었다. 하프 마라토너들은 5킬로를 달릴 예정이었다. 우리 '풀 마라토너들'은 화기애애한 분위기 속에서 '겨우' 10킬로를 달렸다. 하프 마라토너들이 방향을 틀기 전까지 2.4킬로를 함께했다. 그들이 돌아가고 우리 여섯 명만 계속 달리는 순간이 오자 나는 불안과 환희로 몸서리쳤다. 지난 시즌에 풀 마라토너들과 함께 달릴 때도 비슷한 흥분을 느꼈지만 이번에는 1.6킬로만 달리고 혼자 돌아서는 게 아니라 끝까지 쭉 가는 거였다.

돌아오는 길에 한 남자가 "뒤에 자전거 와요"라고 소리치며 우리에게 주의를 주었다. 우리는 한 줄로 나란히 서서 달렸다. 남자는 곧 "밟아라!" 하고 외쳤다. 많은 사람들이 떼로 다가오나 싶어 길가에 붙어 섰다. 보조바퀴 자전거를 탄 네댓 살짜리 꼬마 소년이 머리를 푹 숙인 채 낑낑대며 페달을 밟고 지나갔다. 나는 배꼽이 빠지도록 웃다가 또 넘어질 뻔했다. 우리 그룹은 "밟아라!"를 구호로 정했다.

며칠 후에 뉴발란스에서 주최하는 '좋은 자세 달리기 클리닉'에 참가했다. 콜럼버스 풀코스에 대비해 훈련 중이라고 자기소개를 하며 자부심에 얼굴이 달아올랐다. 나는 누가 봐도 참가자 가운데 가장 늙고 뚱뚱한 사람이었다.

1년 넘게 치러닝 자세를 집중적으로 훈련한 터라 달리기 기법에 대한 용어에는 빠삭했다. 나는 『포즈 러닝Pose Running』이라는 책을 읽고 뉴턴의 자세 개선 수업에 수차례 참가했으며 『본 투 런』을 읽고 크리스토퍼 맥두걸이 요약한 카바요 블랑코의 기법을 연습했다.

강사가 던지는 질문에 대한 답을 대부분 알았고 휴대용 메트로놈 얘기가 나왔을 때도 아는 척 나섰다. 달릴 때 자세를 고치는 방법도 기꺼이 시범을 보였다. 내가 너무 설쳐서 다른 참가자들은 짜증이 났을지 몰라도 자세의 중요성을 진심으로 믿기에 개의치 않았다. 자세에 신경 쓰면 확실히 몸이 덜 아팠다.

강사는 우리에게 자세의 네 가지 요소를 몸에 익히는 요령을 알려주었다. 정지 자세는 일단 두 발을 나란히 놓고 무릎에 힘을 뺀 뒤, 골반을 기울이고 어깨를 떨어뜨려 요가의 산 자세를 잡는다. 미드풋 주법midfoot strike의 경우 발 중간을 디디며 제자리걸음을 한다. 케이던스의 경우 1분당 최소 180회의 빠른 발 전환을 목표로 삼는다. 메트로놈을 이용해 나는 150에서 170까지 늘렸다. 마지막으로 기울이기는 정지 자세를 똑바로 잡고 발가락이 말릴 때까지 발목부터 몸을 앞으로 기울인 다음 한 발을 들고 이동한다.

제자리걸음(미드풋 주법 익히기)과 정지 자세를 산 자세로 교정하는 연습(정지 자세 익히기)이 내게 특히 도움이 되었다. 머릿속에서 생각만 하는 것이 아니라 몸으로 체험하기는 처음이었다.

수업 전에 일단 우리 모습을 비디오로 녹화했다. 강사는 내머리가 달리는 내내 평평하게 유지된다며 칭찬했다. 나는 통통거리지 않았다. 팔은 제대로 흔들렸지만 손이 몸통 앞에서 교차하고 상체가 뒤틀렸다. 내 케이던스는 그곳 사람들 중 최고였고 몸도 적당히 앞으로 기울였다. 다만 발뒤꿈치로 착지하는 게 문제였다. 자세가 개선되었지만 뒤꿈치를 땅에 디디는 습관과 과도한 보폭은 실망스러웠다. 나는 미드풋 주법을 원했다.

이 워크숍을 계기로 달릴 때마다 명상하듯 자세에 집중해야겠다고 다시 한번 다짐했다. 모건이 멈출 때마다 나는 적절한 자세가 주는 느낌이 어떤지 되새겼다. 메트로놈을 사용하고 좋은 자세 달리기 클리닉 안내 책자를 보며 좀 더 개선하기로 결심했다.

어머니를 심장마비로 잃은 우리의 페이스 코치 세라에게, 심부정맥 혈전증과 폐 색전증이 왔다는 얘기를 들었다. 심부정맥 혈전증은 대체로 비행기를 자주 타거나 장시간 앉아 있는 사람들에게 찾아온다. 혈액이 고이고 응고되는 질환이다.

장거리 러너도 이 병에 취약하다. 달리기를 하면 안정 시 심박수가 떨어지고 혈액 순환이 느려져 응고가 촉진된다. 나는 장거리를 달리는 데다 오래 앉아 있고 건강 염려증도 있다. 그녀에게 그런 일이 생기자 나는 강박적으로 다리를 확인했다. 종아리가 아팠다. 벌겠지만 햇볕에 타서 그럴지도 모른다. 내가 알기로 심부정맥 혈전증에 별 효과가 없는 아스피린을 복용하며 희망을 품었다.

새끼 동물 사진, 가벼운 농담, 용기를 주는 문장들을 보내며 세라를 응원했다. 내 기분을 돌리기 위한 행동이라고 해야 옳을 것이다. 그녀를 낫게 해 달라고 우주에 빌었다. 결국 낫기야 하겠지만 지루하고 고통스러운 과정이 될 것이다. 그녀는 요양 중에 자신의 경험을 블로그에 올렸다. 그녀의 글을 읽고 나는 내 다리에도 증상이 있나 꼼꼼히 살피다가 조금이라도 이상한 점을 발견하면 또 아스피린을 복용했다. 응급실에 갈 필요는 없다고 스스로를 달랬다. 나중에 알고 보니 심부정맥 혈전증의 통증이 더 심하긴 하나 그 증상은 정맥류와 비슷했다. 나도 정맥류가 있으니 내 통증의 원인은 그것이라고 혼잣말을 하며 계속 달렸다. 마라톤을 앞두고 있어 훈련을 멈출 수 없었다.

우리 풀 마라톤 그룹이 보조바퀴 자전거를 탄 꼬마를 만나고 며칠 뒤, 우리는 그 장면을 재현했다. "밟아라!"는 생각났지만 그 남자가 소리쳐 불렀던 아이 이름은 기억하지 못했다.

"밟아라, 존?" 아닌데. "밟아라, 로저?"

그다음 주에 우리는 11킬로를 달렸다. 스티븐과 나는 짝짜꿍이 맞아 개, 정치, 날씨 등 온갖 얘기를 나눴다. 그 귀여운 꼬마 얘기도 했다.

우리가 지나가는 길은 자전거를 타는 사람들과 러너들로 미어터졌다. 스티븐과 깊은 대화를 나누던 나는 지난번에 본 꼬마와 아이 아버지로 추정되는 남자가 다가오는 것을 보았다.

나는 너무 반가워 강둑에서 강으로 떨어질 뻔했다. 간신히 균형을 잡고 소년을 가리키며 "지난 토요일에 '밟아라!' 했죠?"라고 외쳤다. 남자는 웃으며 고개를 끄덕였다. 나는 그에게 우리 달리기 그룹이 그것을 구호로 정했다고 말했다.

"꼬마 이름이 뭐죠?"

"제이크예요." 아이 아빠가 뿌듯한 듯이 대답했다. 나는 우리의 의문을 풀어준 그에게 고맙다고 인사했다.

그날 늦게 다른 사람들에게 메시지를 보냈다. "밟아라, 제이크!" 그것이 우리의 마라톤 구호였다.

롤러코스터

22

울고
싶을 때마다
한 발씩
내디뎠다

🌢 페이스 코치 세라에게 폐 색전증이 생긴 후, 나는 종아
       리 통증을 달고 살게 되었다. 검사를 받지도 않으면서
걱정만 했다. 달릴 때 자세에 집중하면 종아리는 아프지 않았
지만 지나고 나면 통증이 찾아왔다. 세라의 증상을 유심히 살
펴보았다. 격렬한 통증이었나? 경련이었나? 내 다리는 부은 걸
까, 아니면 운동으로 근육이 붙은 걸까? 긴급 진료를 받아야 할
까? 오늘은 싫은데. 내일 한번 가볼까?

   오하이오 중부는 6월 중순부터 8월 중순까지 숨 막히게 덥
다. 모건에게 줄 물을 챙겨와도 이따금씩 달리기를 멈추고 그
늘에서 쉬어야 한다. 나는 아침형 인간이 아니라 달리기를 늦
게 시작할 때가 많다. 푹푹 찌는 날에는 부루퉁한 모건을 집에
두고 나와야 해서 외로웠지만, 영역 표시를 하려고 자꾸 멈추
는 개가 없으면 속도를 높일 수 있다.

   천둥번개 때문에 MIT의 토요일 달리기가 취소되자 줄리, 수
와 함께 일요일에 달렸다. 태풍 때문에 여전히 공기가 습했고
곳곳에 나무가 쓰러져 있었다. 앤트림에서 길을 따라 폴짝폴짝
뛰는 토끼들과 뒤집힌 쓰레기통을 뒤지는 너구리가 우리를 놀
라게 했다. 우리는 이날을 '자연의 날'로 선포했다.

   같은 달 말에도 MIT는 무더위를 이유로 토요일 달리기를 취
소했다. 나는 머리도 식힐 겸 모건과 함께 최소 6킬로를 달리

기로 했다. 첫새벽에 일어나 해가 뜰 무렵 죽은 러너의 사회에서 발송된 이메일을 확인했다. 이미 기온은 24도, 습도는 90퍼센트였다. 후덥지근한 안개 속을 달리는 듯한 느린 달리기는 자꾸만 물을 마시고 몸을 식히려 멈추는 바람에 30분이 더 걸렸다. 나는 집에서 만든 이온음료 235밀리리터 두 병을 들이켰고 모건은 600밀리리터짜리 물병을 싹 비웠다. 그날은 최고기온 37도로, 그 해 7월 중 가장 더운 날이었다.

MIT의 16킬로 달리기를 놓친 나는, 날이 너무 더워 모건은 집에 두고 같은 거리를 달렸다. 주방 창문으로 간절히 바라보던 모건의 모습이 나를 괴롭혔다. 거리에 흩어진 쓰레기를 볼 때마다 짜증이 솟구쳤다. 더워서 신경이 날카로워진 모양이었다. 결국 자세에 집중하여 딴 생각을 차단했다. 나중에 모건을 데리고 나와 그늘 밑에서 1.6킬로를 더 달렸다.

뇌우가 몰아치면 모건과 나는 1.6킬로 거리의 협곡을 여러 바퀴 돌았다. 길가에 내 물병과 모건의 물그릇을 두고 그곳을 지나갈 때마다 한 모금씩 마셨다. 더위를 이겨낼 수단을 그때그때 마련해야 했다.

초여름에 뉴턴보다는 쿠션이 적지만 머렐 페이스 글러브보다는 말랑말랑한 러닝화를 찾았다. 머렐 베어 액세스 아크는 발은 편했지만 몇 번만 달려도 뒤축이 닳아 발바닥이 아팠다. 푹신한 양말을 신어보아도 뉴턴만 못했다. 베어 액세스 아크로

갈아타기는 무리였다. 그래서 청록색 뉴턴 최신 모델을 샀다.

메트로놈에 싫증이 났다. 〈조깅하지 않는 삼인방〉 팟캐스트는 머릿속 부정적인 목소리를 끄는 데 도움이 되었지만 자세와 케이던스에 신경 쓸 수 없었다. 나도 모르게 팟캐스트에서 나오는 음악에 맞춰 발을 전환하자 분당 180회 가까이 나왔다.

구글에 '분당 비트 수 180 음악'을 검색했더니 준비된 재생 목록 몇 가지가 나왔다. 대부분 가사가 있는 노래여서 부담스러웠다. 머릿속에 노랫말이 자꾸 맴돌 게 뻔했다. 나는 클래식이나 잔잔한 재즈, 또는 엘리베이터에서 나올 법한 대중음악을 선호했다. 비트 수 180에 가까운 어쿠스틱 알케미*의 노래 두 곡을 다운로드했다. 다음번 달릴 때 이어버드를 한쪽만 꽂고 그 노래를 이용해 리듬감을 찾았다. 두 곡밖에 없어 금방 지겨워졌지만 발 전환이 느려졌다고 느낄 때마다 음악을 틀면 케이던스가 훨씬 빨라졌다.

달리기는 대체로 내게 유익했지만 감정은 계속 들쑥날쑥했다. 어느 날 아침, 침실 창문 밖에서 들리는 목소리에 기겁하며 잠에서 깼는데 아무도 없었다. 집 앞 도로에 차를 대고 앉아 있

• 1981년부터 활동을 시작한 영국의 재즈 밴드.

는 낯선 사람을 볼 때마다 우리 집에 침입하려고 기회를 엿보는 것만 같았다. 어느 날에는 러닝복을 마구 사들이다가 나중에 옷장에 쌓인 가격표 무더기를 보고 이맛살을 찌푸렸다.

한번은 폭우 속에서 개와 함께 달리기를 하다가 우수관에 숨어 있는 너구리 두 마리를 보고 기겁했다. 또 하루는 러닝 벨트에 물통을 넣다가 지나가는 사람들이 "저 여자 좀 봐! 얼마나 뛰겠다고 물까지 차고 다니네"라고 수군거릴까 봐 신경이 쓰였다. 나의 터프 걸 지수를 더 높일 필요가 있었다. 모건이 고개를 절레절레 저었다. 물을 챙겨야 할 만큼 멀리까지 뛰는 걸 어리석다고 생각할 사람들이 못마땅한 모양이었다.

개와 함께 달리다가 내 사촌 마크를 우연히 만났다. 내가 포옹을 하러 다가갔더니 그는 "멋지다!" 하고 외쳤다. 마크와 내가 이야기를 나누는 사이 모건은 그늘에서 낮잠을 잤다. 감탄하는 그의 표정을 보니 내가 진짜 러너처럼 느껴졌다.

이 무렵 나는 대회 메달을 수집하고 있었다. 서재 벽에 에드가 진열대를 설치했다. 마음이 울적할 때마다 반짝이는 메달들을 바라보았다.

달리기는 정서 안정에 도움을 주었지만 결정 장애는 해결해 주지 못했다. 훈련 일정은 정해져 있어도 하루 중 언제, 한 주중 어느 요일에 달릴지, 어느 길을 택할지, 어떤 옷을 입을지 선택하기가 괴로웠다. 결정을 하지 못해 하루 종일 집에서 컴퓨터 카드 게임이나 하며 시간을 보내는 날도 있었다. 한낮의 더위가 찾아올 때까지 뭉그적거리다가 개와 함께 땀을 뻘뻘 흘리며 고생하기도 했고, 다음 날로 미뤘다가 몇 시간을 불안에 시달리며 앉아만 있기도 했다. 밖으로 나가기까지 엄청난 노력이 필요했지만 일단 나가면 기분이 나아졌다.

7월 중순, 폭염 속에서 혼자 16킬로를 달렸다. 우리 집 앞 도로에 세 명의 조경팀이 작업을 하고 있었다. 그들이 떠날 때까지 기다렸다가 집을 나서려니 모건을 데리고 나가기에는 너무 더운 시간이었다. 멈춰 서서 스트레칭을 한 다음 공원 근처 담장에 걸터앉아 물을 마시며 쉬었다. 달리기를 할 때마다 넘어져서 보도 위로 미끄러지는 장면이 눈앞에 어른거렸다. 그 이미지를 차단하기 위해 〈에브리 리틀 셀Every Little Cell〉*이라는 노래를 불렀다. 하지만 다리가 무거워졌다. 16킬로는 마라톤에 한참 못 미치는 거리인데. 그렇다면 그 2.5배나 되는 거리는 절대 달릴 수 없다. "오늘은 안 해도 돼." 이렇게 혼잣말을 했다. 집에 돌아와서 샤워를 하고 부은 발목에 압박붕대를 감은 다음 모건과 함께 낮잠을 잤다. 자고 일어났더니 기분은 한결 차분해지고 몸도 달린 후의 온기로 충만해졌다.

• "내 몸의 모든 작은 세포들은 행복하다. 내 몸의 모든 작은 세포들은 잘 지낸다. 내 몸의 모든 작은 세포들이 행복하고 잘 지내서 기쁘다"라는 가사가 반복되는 노래.

푹푹 찌는 7월에 MIT 회원 몇 명과 함께 컬러 런Color Run에 참가했다. 색색의 옥수수 전분을 뒤집어쓰고 무지개처럼 보이는 것이 관건이었다. 흰 러닝 스커트를 샀는데 미리 입어보니 피부에 쓸렸다. 샤워할 때 쓸린 피부에 물이 닿자 못 견디게 따가웠다. 결국 기부 물품함에 던져버렸다.

시간을 재지 않는 경주여서 친구들과 땅에 구르며 옷에 알록달록한 색을 입혔다. 우리가 지나갈 때 에드는 그의 사무실이 입주한 빅토리아풍 저택 현관에서 손을 흔들었다. 어떤 사람들은 진흙탕이나 철조망 아래를 기어가고 불 위를 뛰어넘는 장애물 경주를 즐긴다. 나는 아니지만. 인생은 아름다웠다. 내 안의 세 살짜리 꼬마가 춤을 췄다. 결국 나는 오색 인간이 되었는데 면 대신 기능성 셔츠를 입었더니 색이 금방 날아갔다.

우리 페이스 그룹에서 시작한 사람들이 더 빠른 그룹으로 옮겨가자 나는 샘이 났다. 속도나 거리를 늘리는 노력은 할 수 있어도 둘 다 추구하기에는 역부족이었다. 오히려 나는 퇴보하고 있었다.

달리는 시간이 길어지면 내 페이스는 킬로당 1분 이상 느려졌다. 줄리와 수도 마찬가지라고 했다. 둘 다 지난봄에 풀 마라톤을 완주한 터라 개인 기록을 앞당기는 것이 목표였다. 나는 완주가 목표였지만 그들에게 휩쓸릴까 두려웠다. 우리가 경주에서 우승할 리는 없지만 나는 26.2 스티커를 꼭 손에 넣고 싶었다. 혼자 뒤처지지 않고 그들과 나란히 달리길 바랐다.

초심자 마라톤 일정에는 스피드 워크speed work*가 포함되지 않아서 나만의 일정을 만들었다. 어떤 날은 짧은 거리를 전속력으로 달렸다. 우리 동네를 도는 코스에서 개인 기록을 세울 때마다 기뻤다. 하지만 이렇게 속도를 낼 때 모건은 오히려 꾸물거렸다. 모건과 함께 달리는 게 좋고, 개더러 딴짓하지 말고 계속 뛰라고 할 수도 없으니 대개 스피드 워크는 건너뛰었다.

어느 날, 모건을 데리고 우리 집 근처 언덕을 달리는데, 핏불복서 잡종견이 모건을 뒤쫓으며 거리로 뛰쳐나왔다. 나는 고함을 치며 목줄을 잡아당겼지만 모건은 속력을 냈다. 한 블록을 지나와서도 여전히 심장이 콩닥거렸다. 나는 모건을 야단쳤다. "내가 말한 스피드 워크는 그렇게 하는 게 아니야!"

이제 11킬로는 '짧다'고 여기는 나 자신을 보면서 눈높이가 얼마나 높아졌는지 우스울 지경이었다. 16킬로는 19킬로로 늘었다. 한여름에도 주말마다 하프 마라톤을 뛰는 셈이었다.

7월의 어느 날, 모건과 나는 뜨거운 수프처럼 끈끈한 공기 속을 달렸다. 금방이라도 비가 올 듯 하늘이 찌무룩했다. 더위가

• 중장거리 달리기에서 앞사람을 추월하기 위해 일부 구간을 전력 질주로 달리는 연습.

개들을 밖으로 불러내는 것 같았다. 지나가는 SUV 뒤창으로 초콜릿색 래브라도가 몸을 반쯤 밖으로 내민 채 짖어댔다. 몇 분 뒤에는 목줄에 묶인 래브라도 두 마리가 우리를 보고 으르렁거렸지만 그 개들의 주인은 신경도 안 쓰는 듯했다.

몇 블록 떨어진 곳에서 검정 하네스를 착용한 저먼 셰퍼드 잡종견이 우리 쪽으로 슬금슬금 다가왔다. 주인은 보이지 않았다. 녀석은 경계하듯 우리를 주시하며 털을 부풀린 채 빙빙 돌았다. 나는 속도를 늦췄다. "착하지, 착해." 귀를 뒤로 젖히고 머리를 낮춘 채 접근하는 개를 달랬다. 그 개가 덤비면 눈에 물을 뿌릴 작정이었지만 부들부들 떨려서 병을 떨어뜨릴 뻔했다.

셰퍼드가 다가와 뒤에서 킁킁대자 모건은 으르렁거리다가 귀청이 찢어지도록 요란하게 짖었다. 셰퍼드와 나는 둘 다 깜짝 놀랐다. 그 개는 물러섰다. 나는 천천히 뒷걸음질 치다가, 개가 시야에서 사라지고 나서야 돌아섰다. 우리는 아드레날린이 넘치는 상태로 가파른 언덕을 달려 올랐다. 언덕 꼭대기의 길가에 주저앉아 모건의 부드러운 목에 팔을 감았다. 그길로 진정이 될 때까지 울었다.

우리가 만나는 모든 개가 치와와나 비글 같으면 좋을 텐데. 어떤 날에는 모퉁이 집의 주인 여자가 야외용 의자에 앉아 담배를 피우는 동안 치와와들을 마당에 풀어놓았다. 그녀는 원색 러닝화가 잘 어울린다며 내게 말을 건넸다. 흑백색 치와와는 길가로 달려 나와, 이웃집 마당으로 연결되는 경계석을 따라 달리던 우리를 향해 짖어댔다. 치와와 중에도 무는 개가 있다는 사실을 알기에 조금 경계했지만 녀석은 절대 도로 밖으로 나오지 않았다. 까만 치와와도 짖기만 할 뿐 달려 나오지 않았다. 그 개들은 집 안에 있을 때는 창가에서 깡충깡충 뛰며 캥캥거렸다. 그 길을 더 내려가면 다정한 비글들이 철망 울타리 너머에서 우리를 보고 경쾌하게 짖었다.

심술궂은 개와 마주친 스트레스를 겨우 벗어던진 모건과 나는 집으로 달려갔다. 집에서 모건과 함께 바닥에 드러누웠다. 그 애의 등을 긁어주며 보호해줘서 고맙다고 말했다. 우리 둘다 숨겨진 힘을 발견하고 있었다.

좋은 자세 달리기 클리닉에 참가한 날 이후 곧바로 정지 자세 교정을 시작했다. 두 팔을 머리 위로 쳐들고 요가의 산 자세로 손을 모았다. 어떤 날은 개 목줄을 쥐고서 자세 교정을 하는 게 몹시 어색하고 부끄러웠다. 좀 더 시원한 아침저녁에 나오면 거리에 다른 러너도 많아서 혼자 달릴 수가 없었다. 사람들은 집 안에서 지켜보고 있고(사실은 아닐 거다) 러너, 자전거 타는 사람들, 산책하는 이들까지 남녀노소를 가리지 않고 밖에 나와 있었다. 10대 아이들이 비웃는 것 같아 혼자 있을 때 말고는 자세 교정을 포기했다. 아무튼 자세 교정은 그날그날의 정신 건강과 자의식, 자기중심성의 수준에 좌우되었다.

스티븐과 나는 우리 그룹의 첫 22.5킬로 달리기를 놓쳤다. 월요일 아침 6시 반에 나는 고등학교 주차장을 서성이며 그가 도착하기를 기다렸다. 둘이서 놓친 거리를 보충할 작정이었다. 22.5킬로를 달리면 지루해 죽거나 불안정한 발목이 말썽을 피워서 훈련을 중단해야 할지도 모른다.

주차장 건너편에 회색 턱수염을 기른 중년 남자가 녹슨 쉐보레 세단을 주차했다. 스티븐이 아니었다. 그는 운전석에서 이쪽을 응시했다. 나는 다시 차에 타서 라디오의 클래식 채널을 켜고 그쪽을 흘끔거리지 않으려고 애를 썼다. 결국 스티븐이 도착했지만 나는 그 남자가 우리를 따라올 거라 확신했다.

스티븐과 나는 북쪽으로 숲길을 달려 다리를 건넌 다음 올렌탄지 강변의 목초지로 들어섰다. 땅에 이슬이 앉았고 전날 내린 비로 나무와 풀이 생생했다. 감각을 일깨우는 풍경과 심심하지 않게끔 끊임없이 말을 걸어주는 스티븐이 고마워 마음이 벅찼다. 차에 타고 있던 남자가 따라오는지 확인하느라 어깨 너머를 몇 번 돌아봤을 뿐이다.

우리는 워딩턴 힐스 전망대 부근에서 처음으로 멈춰 화장실에 다녀왔다. 둘 다 쉰이 넘었기에 상대가 용무를 보겠다고 하면 반대하지 않았다. 앤트림에서 우리는 또 한 번 화장실에 다녀왔다. 해가 낮게 걸리자 호수에 안개가 일었다. 앤트림 남쪽, 강과 315번 국도 사이에서는 차량 소음이 시끄러워 소리를 질러야 했지만 말을 멈추지는 않았다. 0.8킬로를 더 달리니 길이 강 쪽으로 휘어졌다. 나무 덕분에 소음은 줄었다.

앤트림 호수와 헨더슨 로드 사이의 그늘진 길은 내게 애증의 대상이다. 눈에 띄는 지형지물이 거의 없어 끝이 없는 것처럼 느껴진다. 하지만 무성한 나무가 늘어서 있다. 스티븐의 이야기를 들으면서 달리니 금방 지나갈 수 있었다. 작은 벤치를 보고 드러눕고 싶다는 생각이 스쳤지만 주차장에 있던 남자를 떠올렸다. 그는 코빼기도 보이지 않았다.

우리는 학교로 돌아갔다. 스티븐이 나무 밑에 숨겨둔 물병을 찾아왔다. 손아귀 힘이 약해서 나는 물병도 제대로 못 열었다. 스티븐은 오래 쉬는 것을 좋아하지 않는다. 나는 꾸물거리는 편이라서 좋은 습관이라고 생각했다.

헨더슨 다리를 건너 다시 언덕을 내려갔다. 다리 밑을 지나 숲속으로 들어갔다. 반대 방향으로 달리니 길이 달라 보였다. 그런 변화가 좋았다.

이제 앤트림 호수에 햇살이 반짝였다. 경치가 아름답다는 말을 하려는데, 누군가 자전거를 타고 쌩하니 지나가며 나를 넘어뜨릴 뻔했다. 그다음에 나타난 작은 언덕을 오르느라 숨을 헉헉거렸다. 종료 지점이 가까워질수록 속도를 높였다. 어느 순간부터 스티븐은 말이 없어졌다.

언덕 꼭대기에서 스티븐이 숨을 헐떡이며 말했다. "자세를 제대로 잡으려 해도 잘 안되네요."

"저도 10킬로 전부터 자세고 뭐고 다 포기했어요." 숨을 몰아쉬었다. 메트로놈으로 케이던스를 확인했다. 느려서 좀 더 분발해야 했다. 무릎이 아파서 골반을 기울이고, 발을 높이 들어 무릎을 굽히면서 긴장을 풀었다. 이내 통증이 가셨다.

21킬로 지점에서 스티븐이 말했다. "하프 마라톤 완주를 축하합니다!" 내가 여태 달린 가장 긴 거리인 21.2킬로를 돌파하자 그는 다시 한번 축하한다는 말을 했다.

학교로 향하는 긴 언덕을 말없이 터덜터덜 오르는 동안 머리가 흔들리고 다리는 질질 끌렸다. 과속방지턱 때문에 발을 높이 들기 싫어서 가운데 공간으로 달렸다. "거의 다 왔어요." 정지 신호 앞에서 내 시계는 22킬로, 스티븐의 시계는 22.4킬로를 표시했다. "내려갈까요?" 그는 이렇게 물으면서도 이미 답을 알고 있었다. 내 시계에 22.5킬로가 표시될 때까지 달린 다음 우리는 거의 비어 있는 주차장을 돌면서 몸을 식혔다. 온몸이 쑤셨다. 내가 경계했던 낯선 남자는 사라지고 없었다.

집에 와서 기다란 막대에 납작한 흰색 고리가 끼워진 마사지 도구 스틱을 다리에 굴리며 뭉친 곳을 풀었다. 냉수욕은 하지 않았다. 그 효능에 의문을 제기하는 기사를 읽은 적 있어서였다. 더군다나 냉수욕은 지나치게 불쾌했다. 내게 폼 롤러는 없었다. 스틱도 꽤 아팠다. 다음 날 발목이 부어 있었다. 나는 발

목을 붕대로 감싸며 들어 올렸다. 그래도 22.5킬로나 달리다
니 스스로가 대견했다. 2년 전만 해도 동네를 한 바퀴 돌 기력
조차 없었는데.

  풀 마라톤 훈련 일정 가운데 토요일 장거리 달리기는 6킬
로부터 시작되었다. 3주에 걸쳐 매주 1.6킬로씩 늘렸다. 넷째
주 토요일에는 체력 회복을 위해 거리를 '단축'했다. 스티븐과
22.5킬로를 뛴 다음 주에 줄리와 나는 우리 그룹의 16킬로 '단
축' 달리기를 놓쳤다. 일요일에, 화창하고 선선한 날씨를 만끽
하러 나온 인파가 북적대는 길에서 우리는 놓친 거리를 수월하
게 보충했다. 줄리와 나는 대회 날 경주 후반부에 응원할 친구
들을 어떻게 배치할지 전략을 짰다.
  돌아온 토요일, 우리 그룹은 웨스터빌에서 인근 동네를 거쳐
제노아 트레일까지 두 번째 22.5킬로를 달렸다. 나무들 사이
를 통과한 햇빛이 오솔길과 연못까지 비췄다. 후버 보호 구역
트레일의 작은 다리는 전혀 두렵지 않았고, 적당한 크기의 언
덕은 도전 정신을 불러일으켰다. 우리는 재미있는 이야기를 주
고받았다. 제니퍼가 말했다. "오늘 아침에 내 팬티에서 도토리
가 떨어졌어요!" 그녀의 아들이 하이킹을 하다가 솔방울과 도
토리를 주웠는데 어쩌다 빨랫감에 섞어 들어간 모양이었다. 솔
방울은 있는데 도토리가 보이지 않더니 오늘 아침 팬티를 입을

때 툭 떨어지더라는 것이다. 제니퍼는 항상 운동복을 빼입고 다니는 패셔니스트였기 때문에 그 이야기가 더더욱 웃겼다.

스티븐과 나는 같이 뒤처졌다. 전환점을 돌 때, 나는 그룹과 가까이 있었다. 스티븐은 거리 대신 '달리는 시간'을 측정했다. 4시간을 채운 순간부터 그는 걷기 시작했다. 우리는 스티븐 없이 달리기를 끝내고 오하이오 헬스 건물 주위를 걸으며 이야기를 나눴다. 10분이 지났지만 스티븐은 나타나지 않았다. 나는 그를 찾으러 돌아갔다. 그는 현기증이 난다며 보도에 앉아 있었다. 식사를 하고 낮잠을 자면 괜찮아질 거라며 우리를 안심시켰다. 나중에 그는 의사와 통화했다고 문자를 보냈다.

스티븐의 건강은 걱정되었지만, 나는 놀랍게도 처음 22.5킬로를 달렸을 때보다 훨씬 덜 피로했다. 이번에는 자세에 주력해 메트로놈을 사용하며 몇 가지를 교정했다. 뉴턴 신발도 도움이 되었다. 그래도 여기서 19.6킬로를 더 달리는 건 상상도 할 수 없었다. 줄리에게 말했더니, 그녀는 이렇게 물었다. "그래도 3킬로 정도는 더 달릴 수 있겠죠?" 내가 "그렇다"라고 하자 줄리가 말했다. "다음 주에는 거기까지만 하면 돼요."

울고
싶을 때마다
한 발씩
내디뎠다

타는 듯한 더위가 계속되자 주중의 10킬로짜리 '짧고' '쉬운' 달리기마저 고역이었다. 왼쪽 무릎이 계속 쑤시고 왼쪽 엉덩이도 아프기 시작했다. 하루아침에 아침형 인간이 될 수는 없다 보니 개를 데리고 나가기에는 이미 너무 더울 때가 많았다. 데려가도 별로 재미가 없었다. 수년간 같이 달렸거늘 모건의 대화 기술은 향상되지 않았다.

거기다 건조하기까지 했다. 갈라진 땅을 보면 수년 전 뉴멕시코 사막에서 자살 충동을 느끼던 때가 떠올랐다. 일단은 명상과 글쓰기에서 배운 대로 실천했다. 꾸준히 계속하기. 하고 나면 늘 기분이 나아졌다.

그다음 주 29킬로 달리기를 앞두고 제니퍼, 줄리와 나는 그룹 달리기 시작 전 미리 몇 킬로를 더 달리고자 새벽 5시 반에 어둠 속을 출발했다. 두 사람은 코치였기 때문에 하프 훈련자들과 함께 달리다가 풀 마라톤 거리를 채우러 돌아가야 했다. 우리는 워싱턴 인근을 달렸다. 보도를 비추는 가로등이 있었지만 난데없는 개 짖는 소리에 나는 너무 놀라 줄리를 자빠뜨릴 뻔했다. 그 개가 우리를 쫓아오는 게 아니라 집에 있다는 사실을 깨닫기까지 얼마간 시간이 걸렸다.

비가 내리기 시작했다. 센 비는 아니었지만 6킬로 즈음에서 신발과 양말이 흠뻑 젖었다. 하프 훈련자 몇몇이 투덜거렸지만 들을 기분이 아니었다. 마음이 무거울수록 다리도 무거워졌다. 더구나 29킬로를 달리는 것 자체가 결코 쉬운 일이 아니다. 6킬로쯤 지나 나는 포기하기로 했다. 보폭을 안정시킬 수 없어서였다.

줄리가 주문을 외워보라고 했다. 명상 수련회에서 같은 구절을 반복할 때의 이점을 배웠다. 나는 중얼거렸다. "힘차게 달려라, 자유롭게 달려라." 다리는 여전히 아팠지만 마음가짐은 조금 달라졌다.

줄리는 달리기의 90퍼센트는 정신력이라는 점을 상기시켰다. 그리고 이렇게 덧붙였다. "나머지 10퍼센트도 정신력이고요!"

하프 마라토너 팀을 돌려보낸 뒤에 풀 마라토너들은 20킬로를 더 달려야 했다. 남쪽으로 11킬로를 달렸다가 다시 돌아오면 그 거리를 채울 수 있다는 말을 누가 했는지 모르겠지만, 다들 정신 줄을 놓고 있었는지 누군가의 시계가 29킬로를 표시했는데도 우리는 차를 세워둔 장소에서 1.2킬로 떨어진 곳에 있었다. 우리가 '거리 계산'에 실패한 게 이번이 처음은 아니었다(마지막도 아닐 거다).

집에 와서 뉴턴의 밑창을 확인했다. 발꿈치 가장자리가 마모되어 있었다. 내 달리기 기록을 확인했다. 발이 아픈 것도 무리가 아니었다! 뉴턴을 신고 805킬로를 달린 것이다.

노동절에 모건을 데리고 후덥지근한 공기 속에서 5킬로를 달린 다음 에드와 함께 오하이오 주립대의 라이벌 X시간 대학이 소재한 앤아버로 차를 몰았다(벅아이즈는 원래 미시간의 '미' 자도 입에 담기 싫어하는 법이다). 29킬로를 달려 다리의 피로는 여전했지만 개를 혼자 두고 가는 게 미안해서 달리기를 한 거였다.

　에드가 최근에 시작한 후견인 봉사 활동 회의에 참가하는 사이 나는 달리기를 했다. X시간 캠퍼스 주위에서 오하이오 주립대 옷을 입고 돌아다닐 배짱은 없었기에 아무 표시 없는 옷을 입었다. 도중에 건설 중인 다리 밑을 지나갈 때는 심장이 마구 벌렁댔다.

　왼발에 새로 통증이 느껴졌다. 에드는 작은 상처가 생긴 것 같다고 했다. 피로골절이 아닐까 걱정했지만 찌르는 느낌에 가까웠다. 무시무시한 독거미에 물렸는지도 모른다. 발에 얼음찜질을 했더니 통증이 가라앉았다. 여러 번 신발을 벗어 아픈 부위를 살폈고 다량의 이부프로펜을 복용했다. 뜨거운 욕조에 몸을 담그고 다음 날 닥칠 통증을 상상했다. 부은 발로 마라톤을 할 수는 없는 노릇이다.

　다음 날 아침, 못 찾을까 걱정했던 앤아버 수목원을 찾아내서 8킬로의 언덕길을 천천히 달렸다. 이 처음 달리는 길에서 잿빛, 빨강, 깜장 세 종류의 다람쥐와 매를 보았다. 하지만 화장실에 두 번 들르고 속도가 처지면서 계획보다 45분이나 늦게 끝났다. 호텔방에 들어서는 순간 에드의 굳은 표정을 보고 미리 전화하지 않은 것을 후회했다. 여러 해 전, 내가 정신 병원을 퇴원한 다음 날, 치료 모임을 마치고 아침식사를 하러 갔다가 예정보다 훨씬 늦게 돌아왔을 때 그가 보인 표정과 똑같았다. 우리 집에서 나 혼자만 걱정을 달고 사는 건 아니었다.

오후가 되자 발바닥의 반점과 통증이 동시에 사라졌다. 아무래도 신발 탓인 듯했다. 통증을 느낀 전날에는 뉴턴을 신었고 이번에는 머렐 베어 액세스 아크를 착용했다. 앤아버에서의 마지막 날인 다음 날 아침에는 뉴턴을 신고 마을과 작은 공원 주위를 8킬로 달렸다. 새로운 풍경과 몇 차례의 폭우에 기분이 상쾌해졌다. 왼발이 조금 아팠지만 이전과는 달랐다. 얼음찜질을 하면서 뉴턴이 아닌, 거리를 늘리면서 생긴 통증이라고 결론 내렸다.

토요일에 오하이오로 돌아와 16킬로로 단축된 달리기에 참가했다. 풀코스 몇 명은 가벼운 빗속에서 1.6킬로를 달린 다음, 14.5킬로를 예정한 하프 훈련자 그룹에 합류했다. 문득 절대 아침형 인간이 아닌 내가 어쩌다 '꼭두새벽형 인간'이 됐는지 의아했다. 동류 집단의 압력은 참으로 놀라웠다. 부지런한 에드도, 동트기 무섭게 밥 타령을 하는 개도, 내 알람이 울린 5시에는 꿈나라를 헤매고 있었다.

하프 그룹에 합류한 우리 풀 마라토너들은 키다리 제프가 출발 신호를 줄 때까지 고등학교 체육관 근처에서 기다렸다. 바람이 거세지고 빗줄기가 드러눕기 시작했다. 다른 그룹들이 빗속으로 돌진하는 사이 우리는 화장실 지붕 밑에 옹기종기 모였다. 누군가 외쳤다. "우리는 느릴지언정 미련하지는 않다!"

결국 우리도 컴컴한 빗속으로 뛰어들었다. 약을 바꾼 후 현기증이 싹 나았다는 스티븐과 그의 아내 테레사가, 달리기를 끝내고 헤드램프가 달린 모자를 쓴 채 우리에게 다가왔다. 길이 어둡다며 스티븐이 헤드램프를 빌려주었다. 싸늘한 비가 자꾸만 들이부었다. 피부가 벗겨질까 봐 걱정되었지만, 줄리에게 생일 선물로 받은 오하이오 주립대 기능성 셔츠는 제구실을 톡톡히 했다.

폭우 속에서도 우리는 유방 축소 수술, 브래지어, 요실금, 건강 염려증 얘기를 하며 깔깔거렸다. 몇 킬로가 후딱 지나갔다. 이제 16킬로쯤은 단거리로 취급했다. 억수같이 쏟아지는 비를 맞으니 역시 터프 걸이 된 기분이었다.

차를 몰고 집으로 돌아가는 길에 에드에게 전화를 걸었다. 에드는 그날 아침 천둥번개 소리에 잠을 깼다며 우리를 걱정했다. 그는 즐겁고 안전하게 달렸다는 얘기를 듣고서야 안도했다. 에드는 사이비 종교에서 탈출한 광신도의 연설을 들으러 가는 중이었다. "난 달리기 광신도가 되고 있는데!" 나는 그렇게 농을 던졌다.

　발바닥이 다시 아프기 시작하자, 요가 강사 겸 치료사인 제니스는 새로 산 청록색 뉴턴 탓이라고 보았다. 아픔을 참고 몇 번 더 달린 다음, 이베이에서 밑창 사진을 확인하고 거의 새것에 가까운 주황색 뉴턴 과거 모델을 구입했다. 신고 달려보니 훨씬 편해서 경주용 신발로 손색없어 보였다.

　그래도 발이 아픈 건 여전했다. 통증이 시작되었을 때 코치가 얼음찜질을 제안했지만, 나는 원체 게으른 사람인지라 뒤늦게 말랑말랑한 얼음팩을 하나는 발바닥에, 하나는 발등뼈 위에 대었다. 쿠션이 두툼한 브룩스 라벤나도 신어보았다. 그것을 신으면 발에 감각이 없어져 달리기를 마칠 때까지 통증을 느낄 수 없었다.

　통증은 악몽을 불러왔다. 친구들이 달리는 동안 옆에 서서 구경만 하는 꿈을 꾸고 식은땀을 흘리며 잠에서 깼다. 결승선에서 그들의 소지품을 들고 기다리며 응원하는 내 모습을 상상했다. 부상 때문에 훈련을 중단하거나 하프로 줄인 친구들이 있다. 하지만 그들은 미소를 지으며 우리를 응원했다. 나는 그만큼 성숙한 인간이 못 된다. 바닥에 발가락을 구부려 누르면서 애써 생각을 돌렸다. 발목을 돌리고 발가락에 힘을 주어 한데 모으기도 했다. 어찌해도 아팠다.

줄리에게 자주 문자를 보내 내가 피로골절인 것 같냐고 물었다.

"통증이 심한가요?" 그녀가 물었다.

"아뇨. 무직하게 아파요."

"그러면 괜찮을 거예요."

피로골절은 몇 주가 지나도록 엑스레이에 찍히지 않는다고 들어서 병원에는 가지 않았다. 얼음찜질을 계속했고, 구형 모델인 새 뉴턴을 신고 꾸준히 달렸다.

몇 주 전 16킬로를 달린 후, 줄리와 나는 32킬로를 달려야 하는 토요일 훈련을 빠지고 우리 둘 다 미식축구 경기를 보러 갈 예정임을 알게 되었다. 오하이오 주립대와 에드의 모교인 캘리포니아 대학교 버클리 캠퍼스의 시합이었다. 줄리는 그다음 날인 일요일에 같이 달리자고 제안했지만, 나는 육종을 위한 발걸음 5킬로에 참가 신청을 해둔 상황이었다. 조카를 추모하기 위해 우리 가족 전원이 참가할 예정이었다.

줄리가 눈을 반짝였다. "둘 다 하면 되죠!" 대회 전에 일정 거리를 달린 다음 5킬로에 참가하고, 나머지 거리를 그 후에 달리자는 거였다. 정신 나간 계획 같지만 괜찮을 듯했다. 우리는 '전격 도전 32킬로'를 함께할 다른 사람들을 모았다.

토요일에 오하이오 주립대 벅아이즈가 버클리 골든 베어스를 52 대 34로 이기는 경기를 관람했다. 그날 밤, 다음 날 아침의 '전격 도전'을 기대하며 평소 장거리 달리기를 앞두었을 때보다 훨씬 심하게 뒤척였다. 거리 계산은 제대로 했나? 급수대와 화장실은 적절한 위치에 있을까? 친구들이 그런 코스를 좋아할까? 32킬로를 달리는 게 정말 가능할까? 내가 달려본 가장 긴 거리가 될 텐데.

나는 한 번 이상 지나갈 예정인 그리그스 저수지와 옥스퍼드 공원에 물과 바나나가 담긴 아이스박스를 비치해둘 작정이었다. 두 곳 모두 가로등이 없었다. 밤잠을 설치는 와중에, 아이스박스를 비치하는 내 뒤에서 X시간 후드 티를 입은 남자가 다가와 목에 칼을 겨눈 채 나를 사이오토강으로 끌고 가는 꿈을 꾸었다. 다음 날 아침, 동트기 전 아이스박스를 갖다 두려던 나는 에드를 깨워 같이 가 달라고 부탁했다. 그는 눈을 감은 채 몸을 뒤집었다. "뭐가 무섭다는 거야?" 악몽 얘기를 하자 그는 주섬주섬 옷을 걸치고 차를 타러 갔다. 집에 돌아와 에드는 내게 입을 맞추고 다시 침대로 기어들어갔다.

잠든 남편을 두고 제니퍼, 줄리와 함께 동네 거리로 나설 때도 여전히 깜깜했다. 달빛이 길을 밝혀주었다. 리버사이드 드라이브와 노팅엄 교차로에서 우리는 요란한 횡단보도 신호음을 듣고 소스라쳤다. 넓고 휑한 차도를 건너 공원 입구로 향했다.

가로등이 그리그스 저수지를 비췄지만 나는 소음이 들릴 때마다 놀라서 펄쩍 뛰었다. 보트가 실린 트레일러트럭 여러 대가 천천히 지나갔다. 트럭을 보자 조금 안심이 되었다. 문제가 생기면 소리를 질러 그들을 부를 수 있으니까. 공원 남쪽 끝에 위치한 언덕에는 경찰서가 있어 정기적으로 순찰을 돈다. 선착장을 지나갈 때 나무 둥치와 길은 어두웠지만 하늘은 차츰 밝아졌다.

6킬로를 달리고 평소처럼 화장실에 들러야 했다. 우리는 키가 크고 축축한 풀을 헤쳐 언덕 위의 건물로 달려갔다. 빛이 들어오지 않아 문을 열어두었다.

페어팩스 근처에서 리버사이드 드라이브를 건너, 내가 우리 동네에서 가장 좋아하는 구역으로 들어섰다. 플라타너스와 단풍나무 등 초목이 우거지고 넓은 부지에 큰 집들이 모여 있는 곳이었다. 조그만 옥스퍼드 공원으로 들어섰을 때 숨겨둔 아이스박스가 보이지 않아 누군가 훔쳐 갔다고 확신했다. 하지만 길 아래쪽 완만한 경사면에서 그것을 발견했다. 줄리와 제니퍼는 의심병이 도졌다며 나를 놀렸다.

우리 가족과 친구, 함께 달릴 MIT 사람들을 찾으려면 늦어도 오전 7시 45분까지 대회 장소로 가야 했다. 도저히 시간 내에 도착하지 못할 것 같아 지름길을 택해 가파른 맥코이 언덕을 올랐다. 아드레날린의 작용으로 내 다리는 강하고 가벼웠다. 출발할 때는 7도였는데 지금은 10도였다. 달리기에 완벽한 날씨였다. 언덕을 오르자 음악이 쩌렁쩌렁 울렸다. 저 멀리 공기주입식 아치가 보이자 안도의 한숨을 내쉬었다. 늘 그렇듯 쓸데없는 걱정을 한 것이다.

공원에서 우리는 가족, 친구, MIT의 러너인 수, 르돈과 포옹을 나눴다. 경주가 정시에 시작되지 않아서 몸이 식지 않도록 줄리, 제니퍼와 함께 공원 주위를 달렸다. 복작대던 참가자들이 마침내 출발하자 우리도 천천히 나아갔다. 전환점을 돌고 나서, 우리 곁을 휙 지나 머리를 숙이고 전력 질주하는 선두주자를 보고 환호했다. 나랑 어찌나 차이가 나던지.

제니퍼, 줄리와 함께 결승선을 넘는 순간 자원봉사자가 나를 옆으로 불렀다. 주최 측의 착오로 메달을 받았던 작년과 달리 올해는 진짜로 내 연령 집단에서 3등을 했다. 나는 에드에게 전화했다. 작년과 똑같이 그는 휴머니스트 브런치에 참가 중이었다. 전화 저편에서 그가 친구들에게 내 자랑을 하는 소리가 들렸다.

언니는 나를 안아주며 딸 제이미 생각에 눈물을 흘렸다. 페이스북에 올릴 단체 사진을 찍고 줄리, 제니퍼, 수, 르돈과 함께 우리 집 쪽으로 계속 달렸다. 모건은 우리가 안으로 들어올 때까지 짖어댔다. 잠시 쉬었다가 다시 옥스퍼드 공원을 거쳐 그리그스 저수지로 향했다.

10시가 다 되어 다시 리버사이드를 건너려니 교통 체증이 심했다. 제니퍼가 우리와 함께 건너지 못해서 다 같이 기다리는 사이 누군가 외쳤다. "한 명도 남겨두고 가면 안 돼요!"

이제 사이오토강 수면에 햇빛이 쏟아지며 무수한 색조의 푸른색을 만들었다. 나무는 초록빛으로 반들거렸고 산들바람이 나뭇잎을 흔들었다. 21킬로에 접어들자 피로가 몰려왔지만 생각보다는 괜찮았다. 이제 약 10킬로가 남았다. 우리는 1킬로씩 지날 때마다 환호성을 질렀다. 기온이 15도까지 올라가자 자외선 차단제를 깜박한 것이 후회스러웠다.

공원은 그야말로 인산인해였다. 아까 트레일러트럭을 몰던 어부들은 이제 물 위에 떠 있었다. 순찰차를 타고 천천히 지나가던 두 명의 경찰관 중 한 명이 우리에게 엄지를 들어 보였다. 다른 러너들은 손을 흔들었다. "26킬로 끝. 6킬로 남았습니다!" 내가 소리치자 사람들이 또 엄지를 쳐들었다. 아이들과 소풍 나온 가족들도 있었다. 커플들은 손을 잡고 걸었다. 달리는 사람, 자전거를 타는 사람, 개를 산책시키는 사람들이 보였다. 운 좋게도 이 아름다운 초록과 파랑의 세계에 가까이 산다는 사실에 감사했다.

내 친구들은 강가의 그늘과 바람을 즐기며 코스가 아름답다고 감탄했다. 쾌속정이 지나갈 때마다 수상 스키를 타는 남자들의 모습을 기대했지만 번번이 운이 없었다. '매력적인' 볼거리라고는 보조개가 귀여운 경찰 한 명이 유일했다. 웃통을 벗은 러너나 자전거 타는 사람은 보이지 않았다. 섹시 가이는 전부 교회에 간 모양이었다.

이번에는 경찰서 옆의 언덕을 오르기가 버거웠다. 다리가 아프고 왼쪽 새끼발가락이 양말에 쓸렸다. 무시하고 그냥 달리려 했지만 친구들이 잠시 멈추고 양말을 고쳐 신어야 한다고 고집했다.

입구 근처의 큰 언덕 언저리에서 이제 걸어야겠다는 말을 꺼내려는데 줄리가 앞으로 치고 나가서 따라가는 수밖에 없었다. 정상이 얼마 남지 않은 곳에서 숨이 차고, 현기증이 나고, 심장이 터질 것 같았다. 줄리가 무릎을 짚고 나를 굽어보았다.

잠시 쉬었다가 횡단보도 신호음을 듣고 리버사이드 드라이브를 건넜다. 그날 아침 고요한 어둠 속에서 우리와 함께 달라지 않았던 수는 "젠장, 간 떨어지는 줄 알았네!"라고 외쳤다. 다들 웃음을 터뜨렸다.

우리 집에 가까워질수록, 나는 죽을 것 같은 기분으로 마지막 5킬로를 달렸던 지난 29킬로 달리기 때보다 훨씬 쌩쌩했다. 평소처럼 줄리가 괜찮으냐고 물어볼 것을 예상하며 아직 10킬로는 더 달릴 수 있겠다고 말했다. "잘됐네요." 그녀가 힘없이 말했다. "한창 열이 올랐나 봐요." 그녀는 아닌 모양이었다. 언덕을 오르기 전 카페인 젤을 먹었는데 심장 박동이 불규칙적이어서 두렵다고 했다. 그녀는 오직 끝까지 달리겠다는 생각으로 한 발 한 발 내딛고 있었다. 내 불타는 투지에서 일부를 떼어내 그녀에게 주고 싶었다. 굉장한 기분이었다! "속도가 점점 빨라지고 있네요." 그녀는 이렇게 내뱉고는 뒤로 물러났다. 그 말이 맞았다. 나는 경조증 상태였다. 아드레날린이 용솟음쳤다. 대체 왜 이러지? 온 세상이 찬란했다.

하지만 나는 거리 계산을 잘못했다. 누구도 '추가 과제'를 원치 않았기 때문에 우리는 숲속으로 달려갔다가 집 쪽으로 돌아온 다음, 집 몇 채를 더 지나 정확히 32킬로를 채웠다. 줄리의 시계에서 신호음이 울리는 순간 온몸에 기쁨이 퍼져나갔다.

모건이 주방 창문 뒤에서 신나게 짖는 사이 우리는 현관에 털썩 주저앉았다. 신발을 벗고 물을 마시고 바나나를 먹었다. 내가 조용히 하라고 소리쳐도 모건은 계속 울부짖었다. 에드는 브런치 이후 리처드 기어와 수전 서랜던이 나오는 영화 〈시크릿〉을 보러 갔다. 그러고 나서 대통령 후보자 선거 운동 중이었다. 나는 모건이 자꾸만 짖어서 녀석도 데리고 나가야겠다고 생각했다.

나는 친구들에게 레스토랑에 가는 길을 명확하게 알려주지 못했다. 그럼에도 불구하고 무사히 도착해 음식을 시켜 먹었다. 공중에 붕 뜬 기분이었다. 이 활기찬 여성들과 하루 종일 함께 있고 싶었지만 다들 볼 일이 있었다. 우리는 하나둘씩 자리를 떠났다.

울고
싶을 때마다
한 발씩
내디뎠다

◖ '전격 도전 32킬로' 다음 날, 훈련 계획상 11킬로를 달려야 했다. X시간에 있을 때 모건은 개들의 감기에 해당하는 켄넬코프에 걸렸다. 항생제와 코데인codeine• 처방으로 금방 나아서 수의사가 다시 달려도 된다고 했지만 나는 재발을 원치 않았다. 마당에 서서 시계가 위성 신호를 잡을 때까지 손목을 공중에 쳐들고 있으니 모건이 주방 창가에서 나를 향해 짖어댔다. 하지만 나는 울트라마라토너 웬디와 스카이프에서 만나 글을 쓸 시간이 될 때까지 11킬로를 마치지 못했다.

웬디와의 볼일이 끝난 후, 모건을 데리고 나가 나머지 거리를 마저 달렸다. 다리가 뻣뻣했다. 오른 무릎 뒤와 양 무릎 앞쪽이 시큰거렸다. 새로 생긴 통증에 머릿속이 복잡해졌다. 역시 마라톤은 가망이 없는 건가 싶었다.

정치 선전물이 마당에 점점이 흩어져 있었다. 올해는 대통령 선거가 있었고 나라는 위태로웠다. 어느 당을 지지하는지와 관계없이 홍보물을 보니 짜증이 났다. 나는 녹색만 펼쳐진 텅 빈 마당을 원했다.

숲속에서 어떤 남자가 흰색 승합차를 요란하게 몰고 와서 모건을 길 밖으로 끌어냈다. 그는 라디오를 쩌렁쩌렁하게 틀어놓고 피자를 먹고 있었다. 나는 "제한속도 40킬로예요!" 하고 소

• 아편에서 추출한 약물로 통증 완화와 기침 치료에 쓰인다.

리쳤지만 차는 이미 떠난 뒤였다. 집으로 돌아와 다시 치료를 받으러 가야 할 때도 여전히 11킬로를 채우지 못했다. 나는 감사할 거리를 찾았다. 태양은 빛나고 하늘은 짙푸르렀다. 아직 소파에 앉아 빈둥대는 사람도 있을 테다.

다음 날, 스컹크가 모건을 비롯한 온 가족에게 악취를 뿌리는 꿈을 꾸다가 잠에서 깼다. 그 꿈을 떨치고 진정하기 위해서라도 달려야겠다는 생각이 들었다. 모건과 달리는 동안 에드의 전화가 걸려왔다. 짧은 통화였지만 내가 사랑받는 사람임을 다시금 느낄 수 있었다.

무릎이 시큰거렸다. 몸의 긴장을 풀었더니 통증은 사라졌다. 오른쪽 발볼과 뒤꿈치가 아팠는데 심하지는 않았다. 전날 마주친 흰색 승합차를 떠올리며 모건의 목줄을 짧게 잡았다. 모건은 코를 킁킁대며 영역 표시를 하고 싶어 했지만 나는 "오늘은 달리기가 먼저야"라고 타일렀다. 우리는 언덕을 올랐다. 꼭대기에 이르러 모건을 칭찬했다.

주중 달리기를 할수록 나의 터프 걸 지수는 점점 높아졌다. 우리를 날려버릴 것 같던 거센 역풍을 헤치며 달린 다음 모건에게 말했다. "대회 당일에 바람이 불 수도 있으니까 이런 연습도 해둬야 돼." 개는 눈을 가늘게 뜨고 코에 바람에 맞았다.

다음 날, 잔디를 깎고 있던 친구가 내게 엄지를 들어 보였다.

모건은 그 앞을 지나가며 고개를 당당히 쳐들었다.

달리다가 종종 마주쳤던 내 또래의 남자가 알은체를 했다. 자랑하고 싶은 마음에 이렇게 외쳤다. "대회까지 30일 남았어요." 그가 가던 길을 멈췄다. "마라톤 하세요?" 나는 얼굴을 붉혔다. "그래서 훈련하는 거예요." 그는 "와" 하고 함성을 질렀다. 긍정적인 감각이 온몸을 휩쓸었다. 우리는 하이파이브를 하고 헤어졌다. 몇 미터 떨어진 곳에서 나무를 다듬고 있는 사람들이 보였다. 그들도 들었길 바랐다.

'겨우' 19킬로로 단축한 우리 그룹의 훈련은 가뿐할 듯했다. 우리 풀 마라토너들은 오전 5시 45분에 모여 MIT 그룹 달리기가 시작되기 전에 4킬로를 달렸다. 하프 마라토너들보다 먼저 출발하기 위해 일찍 일어나는 것은 이번이 마지막이라서 기뻤다. 13킬로에 접어들자 무릎, 다리, 사타구니, 발바닥이 뻐근했다. 그래도 끝까지 버티기로 마음먹었다. 다른 사람들과 달릴 때면 그들의 리듬을 따라가게 되고 내 케이던스는 느려졌다. 메트로놈을 몇 초간 켜서 발 전환율을 확인한 다음 삐 소리가 동료들에게 거슬리지 않도록 스위치를 껐다. 지쳐가면 몸은 점점 구부정해졌다. 몇 번이나 자세를 교정하다가 기침이 터져 나와 뼈가 뒤틀릴 뻔했다. 다음 주에는 32킬로를 달려야 한다는 생각이 떠올랐지만 두려움을 떨치고 현재에 집중했다. 오로지 발만 생각하자, 이렇게 혼잣말을 했다.

무사히 끝내고 기쁜 마음으로 집에 돌아왔다. 온수로 샤워를 한 다음 '계단에 매달렸다'. 내가 가장 좋아하는 에고스큐 이사이즈 '중력 이용하기gravity drop'를 했다는 뜻이다. 지하실 계단의 맨 아래 칸에 발볼을 놓고 난간에 매달린 다음 중력을 이용해 머리에서 발끝까지 몸을 쭉 폈다. 그리고 스틱으로 다리 근육을 문질렀다.

지금껏 달린 장거리의 속도보다 느렸는데도, 다음 날 어린이를 위한 발걸음 5킬로에 참가한 나는 내 연령대에서 3위를 하며 개인 기록을 세웠다. 가하나 시내의 크리크사이드 코스를 달리는 사람 중에는 아이들이 많고 어른은 소수였다. 타는 듯이 더운 오후 4시 45분에 한 남성이 1등으로 들어왔다. 나는 '청소년과 가족을 위한 길잡이' 사업의 일부인 '쇼트 스톱 청소년 회관' 소속 아이들에게서 손 그림이 그려진 나무 그릇을 선물 받았다.

5킬로 개인 기록을 세운 후에 달린 13킬로는 고되기 이를 데 없었다. 나는 푹신하고 굽이 높은 라벤나를 신고 있었다. 이제 내 발은 납작한 신발을 선호하는 것 같았다. 마라톤이 이런 거라면 달리다 죽을지도 모르겠다 싶었다. 푸념할 모건도 없고, 평소에 즐기던 〈조깅하지 않는 삼인방〉의 유머조차 유치하게 들렸다. 마라톤 당일에는 응원하는 사람들, 재미있는 표지판,

급수대가 있으니 힘든 줄도 모를 거라며 스스로를 달랬지만 사실은 그렇게 생각하지 않았다. 나는 주문처럼 반복했다. "여긴 네가 달리러 온 길이야." "몸이 움직이면 마음도 따라온다." 힘든 날에는 육체만큼이나 정신도 단련되었다.

이틀 후에 개와 나는 폭우 속에서 10킬로 개인 기록을 세웠다. 〈조깅하지 않는 삼인방〉을 듣는 대신, 자세에 집중해 몸을 똑바로 세우고 무릎을 구부렸다. 발을 들어 올려 뒤쪽으로 찼더니 무릎이 아프지 않았다. 날씨 때문인지 거리에는 보더 콜리를 데리고 나온 여자 한 명이 전부였다. 쓰레기를 치우는 남자들도 비옷을 입고 있었다. 평소보다 일찍 나왔더니 출근하거나 아이들을 학교에 데려다주는 사람들로 북적대던 거리가 한산했다. 교통량이 줄어들기 전인 첫 3킬로는 차를 피하기 위해 몇 번이나 잔디밭에 뛰어들어야 했다. 공사 현장에 설치된 간이 화장실을 몰래 이용했다. 모건이 밖에서 낑낑댔지만 우리 둘 다 들어갈 공간은 없었다. 몇 킬로 더 가니 그때 그 치와와들이 돌출된 창 안에서 미친 듯이 폴짝거렸다. 모건이 그 집 모퉁이의 큰 관목에 오줌을 싸는 순간 치와와들의 엄마가 손을 흔들었다. 나는 토요일에 있을 우리의 두 번째 32킬로 달리기에 충분히 준비가 되었다고 느꼈다.

같은 주에, 이번에는 플리트 피트에서 열린 '좋은 자세 달리기 클리닉'에서 키다리 제프가 코어에 대해 설명하고 기본적인 훈련 방법을 가르쳤다. 그는 내게 러시안 트위스트_{Russian} twist,* 중량 원판 팔 운동, 골반 기울이기 등도 해보라고 제안했다. 제프는 내가 달릴 때 아래를 내려다본다며 하루 종일 자세에 집중하라고 조언했다. 그는 내 모습을 영상으로 찍진 않았지만, 나의 '새' 뉴턴 밑창의 마모 상태를 보면 여전히 뒤꿈치부터 딛는다는 사실을 알 수 있을 거라고 말해 나는 탄식했다. 다음번에 달릴 때는 몸을 똑바로 세우는 데 각별히 신경을 썼다. 골반을 앞으로 기울이고 어깨를 뒤로 젖히며 지면이 아닌 멀리 떨어져 있는 나무에 집중했다.

9월의 마지막 토요일, MIT 계획표에 따르면 35킬로를 달려야 했다. 줄리, 제니퍼, 르돈과 함께 32킬로로 줄일 작정이었지만, 헨더슨과 노스 브로드웨이 거리 사이 어딘가에서 14.5킬로에 접어들자 우리는 한껏 열에 들떠 계획된 거리를 다 달리기로 했다. 35킬로라니! 2년 전만 해도 주방 타이머를 들고 숲속에서 60초도 겨우 달렸는데.

빨리 달리는 하프 러너들과 함께 9킬로를 달렸더니, 워딩턴 힐스 전망대에서 화장실에 가려고 멈추자 몸이 욱신거렸다. 장미 공원에서 또 한 번 화장실에 들를 때는 절망이 밀려오면서

● 엉덩이를 바닥에 붙이고 앉아 무릎을 구부리고 몸통을 좌우로 뒤트는 운동.

나도 모르게 '안 되겠다'라는 생각이 머릿속을 맴돌았다. 그 생각을 억지로 떨쳤다. 동료들과의 거리가 멀어지지 않으려면 계속 달려야 했다. 다음 급수대까지는 그리 멀지 않았다. 발을 부지런히 움직였다.

속도가 빠른 러너들이 방향을 돌려 우리 쪽으로 다가왔다. 편자 형태 때문에 지역 주민들이 '말굽'이라고 부르는 오하이오 경기장에서 키다리 제프가 사진을 찍고 있었다. 이를 기대하며 도드리지 스트리트에서 쇼텐스타인 경기장까지 이동할 힘을 얻었다.

간식도 도움이 되었다. 줄리의 남자친구 레그는 코모 급수대에, 제니퍼는 토머스 워딩턴 고등학교 근처 코스 입구 옆에 바나나를 갖다 두었다. 나는 땅콩버터 크래커를 싸왔다. 여러 번 장기 이식을 받은 MIT 동료 프레드 거슈트가 레인 애비뉴와 올렌탄지 강변길 모퉁이에서 땅콩버터잼 샌드위치를 건넸다. 단맛과 짠맛의 조합이 입안에서 사르르 녹았다. MIT 사람들은 서로를 챙길 줄 안다.

줄리가 우리를 레인 애비뉴 다리 밑으로 이끌었을 때 나는 우리가 길을 잃을 거라고 확신하며 얼빠진 사람처럼 굴었다. 그녀는 히죽거리다가 미소 지었다. "전에 가본 적 있는 길이에요." 나는 사과하고 따라갔다. 우디 헤이스 드라이브 옆의 간이 화장실에도 들렀다.

하지만 우리가 도착했을 때 제프는 말굽에 없었다. 친절한 신참 안내인이 현장으로 안내해 팔로 O-H-I-O 글자를 만든 우리 사진을 찍어주었다. 제니퍼는 사진을 제프에게 보냈다. '우리 페이스 그룹에 애정이 있기나 한 거예요?' 제프는 우리의 수분 보충을 위해 애쓰는 중이라고 답장했다. 시즌 초에는 종종 물이 다 떨어지곤 해서 제니퍼는 '수분 보충 중요하죠'라고 답장을 보냈다. 다 큰 어른으로서 제프가 옳은 선택을 했다는 걸 알면서도 말굽 밖을 달릴 때는 토라진 세 살짜리처럼 투덜거렸다. 우리 사진이 MIT 페이스북 페이지에 올라가지 않을까 봐 걱정이었다. 다른 사람들은 벌써 잊은 듯했지만.

말굽을 벗어날 무렵, 제니퍼와 르돈은 통증 때문에 걸을 수밖에 없었다. 줄리는 말굽에서 우리 컨디션이 정점을 찍었다고 했다. 짜증을 겨우 진정시킨 나는 땅콩버터잼 샌드위치가 정점이었다고 말했다.

처지는 기분을 물리치기 위해 머릿속에서 다음 구간을 몇 부분으로 나누었다. 경기장에서 애커먼 로드까지, 습지 진입로까지, 작은 건물까지, 다리까지, 코모의 급수대까지. 줄리도 비슷한 생각을 하고 있었다.

코모 급수대 근처에서 웬 낯선 여자가 아까 우리가 숨겨둔 간식 가방을 들고 있었다. 내가 달려가자 여자는 가방을 내려놓고 가버렸다. 나는 줄리에게 가방을 건넸고 그녀는 우리 모두에게 귀한 과일을 나눠 주었다. "그 여자가 우리 바나나를 건드리지 않아서 다행이에요!" 줄리가 말했다. 우리는 맞장구를 쳤다. 바나나를 먹지 않으면 큰일 날 상태였다.

노스 브로드웨이 북쪽의 주택가를 지날 때 줄리는 경계심을 드러냈다. 아이들이 핏불의 공격을 받았다는 기사를 읽은 터였다. 나는 모건과 달리다가 목줄 없이 돌아다니는 개들을 만났다고 얘기했다.

줄리는 모건을 데리고 달리는 것과 사람들과 함께 달리는 것 중 어느 쪽이 더 힘든지 물었다. 나는 그냥 다르다고 했다. 내 페이스가 흐트러지기 때문에 사람들과 달리는 게 힘들 때도 있다. 하지만 개는 말을 하지 않기 때문에 그룹으로 달리는 것이 더 재미있다.

화장실이 급해서 장미 공원에서 또 멈춰야 했다. 평소의 건강 염려 성향 때문인지 혹시 요로감염은 아닐까 걱정했다. 다음 날은 괜찮아졌다.

헨더슨 로드에서 앤트림 호수까지의 한적한 3.2킬로를 달리면서 벤치, 나무, 철망 울타리 같은 물체들을 볼 때마다 이름을 외쳤다. "우린 지금 게임 중인 거예요." 넋 나간 사람 같았지만 호흡은 비교적 고른 줄리가 물었다. "무슨 게임요?" 이에 대답했다. "물체 이름 대기 게임 말이에요." 그녀가 실망한 표정을 지었다가 웃으며 말했다. "차라리 재밌는 얘기나 해줘요." 나는 거절했다. 내가 글 쓰는 사람이기는 해도 달리면서 이야기를 지어내는 재주는 없었다.

이야기 대신 붉은색 덩굴옻나무 잎이 멋지다는 말을 했다. "그래도 건드리진 말자고요, 우리." 내 딴엔 농담이었지만 그녀는 웃지 않았다. 웃을 경황이 없어 보였다. 나는 정신력이 강해진 느낌이었다. 반면에 다리는 묵직했다. 줄리는 체력만큼은 강해 보였다. 나는 다시 자세에 초점을 맞추려 노력했지만 좋은 자세로 두 발짝 걷고 나면 어느새 스무 걸음쯤은 뒤꿈치로 바닥을 딛고 있었다. 앞을 보는 것도 신경 썼다. 줄리에게 치러닝에서 배운, 내면의 의지를 활용하는 법을 알려주었다. 멀리 떨어진 물체에 시선을 집중하고 그 물체가 자신을 끌어당기게 하는 것이다. "다음에 해볼게요." 그녀가 말했다. 우리는 터벅터벅 나아갔다. 우린 이 힘겨운 코스를 달리러 온 것이다.

앤트림으로 돌아가니 제프가 남은 물을 버리고 있었다. 줄리와 나는 말굽에 없었다고 난리를 쳐서 제프의 심기가 불편한 건 아닌지 눈치가 보였다. 하지만 32킬로에 접어들 무렵에는 그런 생각을 할 여력도 없었다.

이제는 르돈, 제니퍼와 다른 네 명이 줄리와 나보다 훨씬 뒤처졌다. 줄리가 전화하자 제니퍼는 기다리지 말고 그냥 가라고 했다. 그녀와 르돈은 통증 때문에 우리를 따라올 수 없었다. 우리가 제프에게 그 사실을 알렸더니 그는 앤트림에 도착한 제니퍼와 르돈을 차에 태워 고등학교로 데려갔다.

앤트림과 161번 국도 사이에서 줄리는 내게 속도를 줄이라는 말을 반복했다. 나는 결승선에 가까워질수록 더 빨라졌다.

마지막 급수대에 들렀다 가겠냐고 줄리에게 물었다. 줄리는 고개를 저었다. "그랬다가는 다시 출발하지 못할 거 같아요." 정지 신호에서 확인하니 우리의 시계가 표시하는 거리는 아직 35킬로에 못 미쳤다. "주차장을 돌아가요!" 내가 제안했다. '거의 끝났다'는 안도감과 격렬한 고통, 짜릿한 기쁨이 온몸을 채웠다.

제니퍼와 르돈이 우리를 응원하는 사이 제프는 테이블과 물 주전자를 쾅쾅 내려놓고 있었다. 나는 그가 화가 나서 그러는 줄 알았지만 나중에 알고 보니 게토레이에 몰려든 벌들을 쫓으려는 거였다.

제니퍼가 외쳤다. "마지막이지만 똑같이 해낸 분들!" 우리가 꼴찌로 들어가는 그룹이었기 때문에 한 말이었다. 나는 "우리는 느릴지언정 미련하지는 않다!"라고 외쳤다. 속도가 빠른 그룹이 뇌우 속으로 직진할 때 악천후를 피했던 날을 떠올리며 한 말이었다. 줄리가 시계를 보며 소리쳤다. "35킬로!"

마음이 벅찼지만 체력은 바닥났다. 제니퍼와 르돈이 걱정됐지만 대화할 기력도 없었다. 우리는 차를 타고 그곳을 떠났다. 나중에 제프는 제니퍼에게 말굽에 가 있지 않은 것을 사과하고 우리의 O-H-I-O 사진을 자신의 35킬로 달리기 동영상의 미리 보기 사진으로 썼다.

다음 날이 되자 엄청나게 허기가 졌고 발목에 무게가 실릴 때마다 고통스러웠다. 움직이니 좀 나았다. 내 몸이 참 경이로웠다. 6시간 가까이 달리다니.

주행 거리를 채우려고 주차장을 달릴 때 줄리가 물었다. "얼마나 더 달릴 수 있겠어요?" 나는 주저 없이 대답했다. "7.195킬로요." 내겐 그 생각뿐이었다.

35킬로를 달린 후 사흘 동안 달리지 않았다. 풀코스 훈련을 시작한 이래 가장 긴 휴식이었다. 사흘째 아침에 잠에서 깨니 여전히 몸이 뻐근했다. 머릿속 목소리는 지금은 5킬로도 무리라고 주장했다. 체력이 다 떨어져 달리기가 고역일 거라고 빈정댔다. 나는 개에게 목줄을 채우고 나가 욱신대는 몸으로 발과 무릎을 들어 올리는 데 집중했다.

그날 저녁 해가 넘어가고 나서, MIT의 주중 10킬로 달리기에 참가했다. 무릎, 엉덩이, 발목이 아파서 억지로 힘을 짜내야 했다. 나의 헤드램프 빛이 희미해서 잘 보이지 않았지만 "저기 뭔가 있어요"라고 속삭이는 줄리의 말만 듣고 우리는 힘껏 달아나기 시작했다. 알고 보니 그저 다른 러너였다. 나중에는 보행자 전용 다리 표지판을 사람으로 착각해 수를 넘어뜨릴 뻔하기도 했다.

　며칠 후 근육통과 무력감에 늘어진 몸으로 침대에 누워 있는데, 요란한 '꽝!' 소리와 함께 침실 창문에 금이 갔다. 발톱에 다람쥐를 움켜쥔 매 한 마리가 창문으로 돌진했다가 마당에 떨어져 몸을 푸드득 털었다. 다람쥐는 무사히 달아나고, 매는 몸을 털고 날아가 버렸다. 나는 그 사건을 아직 아픈 다리를 흔들어 깨우라는 신호로 받아들였다. 달리는 길에 창가의 치와와들이 모건을 보고 짖어대며 신나게 폴짝거렸다. 항상 원피스를 입고 다니는 여자가 케이스혼트 개를 끌고 지나가고, 그 뒤로는 줄에 묶이지 않은 고양이가 따라오고 있었다. 나는 모건과 함께 그들 모두에게 인사를 하면서도 계속 자세에 신경 썼다. 마라톤을 할 때는 항상 달린 거리를 확인하고 휴식을 취해야 한다. 동료들 걱정은 할 필요가 없다. 각자 자기만의 레이스를 하는 것이다.

　토요일은 내 맘에 쏙 드는 찬란한 가을 날씨였다. 쌀쌀하지만 화창하고, 맑고 파란 하늘을 배경으로 나뭇잎이 반짝였다. MIT의 하프와 풀코스 그룹이 함께 19킬로를 달렸다. 늘 그렇듯이 길을 잃을까 봐 두려웠다. 메트로놈으로 케이던스를 간간이 확인하면서 따라가려 했지만 역부족이었다. 결국 포기하고 마이크 마셜과 함께 뒤처졌다. 우리는 둘 다 시골에서 자라 가축과 농작물 이야기를 나누며 달렸더니 남은 거리가 금방 줄었다. 우리 그룹이 반환점을 돌 무렵에는 다시 따라갈 수 있을 만큼 몸이 풀렸다.

집에 와서 아픈 왼발을 얼음통에 담그고 비명을 억지로 참았다. 5분간 얼음찜질을 했다. 지나치게 달린 것 같아 마라톤을 할 때는 속도에 너무 욕심내지 않겠다고 다짐했다. 오른발로 바꿨다가 다시 왼발을 얼음에 담그니 좀 견딜 만했다. 이제 온수 샤워를 해야지!

발을 정상으로 되돌리느라 이틀을 쉬었지만 시험 삼아 달리러 나갔더니 역시 욱신거렸다. 토요일에 19킬로를 달린 이후로 오른쪽 발등뼈가 붓고 시큰거렸다. 무시무시한 피로골절이 두려웠다. 8킬로 달리기를 빠졌지만 10킬로 달리기에 합류하자 3킬로부터 발이 쓰라렸다. 얼마나 더 달릴 수 있겠느냐고 묻던 줄리가 생각났다. 아니, 통증은 심하지 않았다.

콜럼버스 마라톤의 의료 책임자인 브라이트 박사에게 전화를 해볼까 고민하다가 그만두었다. 그가 나더러 마라톤을 뛸 수 없다고 말할지도 몰랐고, 그 말은 받아들일 수 없었다. 그냥 좀 쉬어야 했다. 하지만 대회 날까지 쉬면 체력이 떨어져 완주하지 못하거나 속도가 떨어져 제한 시간을 맞추지 못할까 봐 두려웠다. 달리 뭘 해야 할지 몰라 또 얼음찜질을 했다. 내가 보기엔 피로골절이 분명했다. 아니면 나의 '새' 주황색 뉴턴 때문인지도 모른다. 아니, 사실은 새 뉴턴이 더 편했다. 이유를 도저히 알 수 없었다.

나는 '테이퍼링 광기'에 시달리고 있었다. 장거리를 달려 불안을 태워 없애지 않으면 문제를 해결해야 한다는 생각에 머릿속이 복잡해졌다. 시시때때로 쑤시고 결려서 더 혼란스러웠다.

다음 날에는 모건과 함께 달릴 수 있을 만큼 부기가 가라앉았다. 달리는 중에는 발이 아프지 않았지만 6킬로를 지나니 다리가 묵직해졌다. 마지막 3킬로는 속도가 너무 떨어져서, 달리기를 처음 시작한 시절처럼 모건은 달리지 않고도 나를 따라왔다. 공사 현장의 간이 화장실에 들렀는데도 바지에 오줌을 지렸다. 경기 당일에는 어쩌나 싶었다.

달리고 나니 발이 아팠다. 얼음찜질. 이부프로펜. 압박붕대. 다리 들기. 내 계획은 어찌 됐든 이 마라톤 대회에 나가는 것이었다. 발 검사는 끝나고 나서 받으면 된다.

마라톤 한 주 전, 회의에 참석하러 가는 에드를 따라 오리건주 포틀랜드에 갔다가 그의 큰아들 켄을 만나러 시애틀까지 가기로 했다. 포틀랜드에서의 첫날 아침, 나는 작은 호텔방도 못마땅하고, 제대로 구경도 못했지만 도시가 마음에 들지 않았다. 오로지 피곤하다는 생각뿐이었다. 언제나처럼 길을 잃을까 봐 달리기가 두려웠다. 그래도 달리러 나갔다. 윌래밋 강변길에서 만난 러너, 자전거 타는 사람, 담배 한 개비를 나눠 피우는 두 노숙자가 나의 흥미를 끌었다. 작은 다리 밑을 지나가도 거대한 강철 현수교 밑, 강 위에 놓인 길로는 달리지 않았다. 그것이 내 한계였다.

판자가 깔린 강변 산책로를 달리다가 길이 또 다른 거대한 다리 밑으로 이어져 나는 돌아섰다. 캐나다기러기 떼가 대형을 지어 은빛 수면에서 날아오르는 장관을 보자 기분이 환해졌다. 호텔로 돌아와서 TV와 전등에 걸쳐놓은 땀투성이 옷을 보며 슬머시 웃었다. 이것이 나를 진짜 러너로 만들었다. 두 발로 길을 탐험했고, 진짜 러너가 되었다. 발을 제외한 몸 컨디션은 최고였다. 발에 얼음찜질을 하고 하루 종일 압박스타킹을 신었다. 그것마저도 나를 진짜 러너로 느끼게 했다.

며칠 전 에드는 장기 거주 치료 센터의 재무 책임자로 일한 공로를 인정받아 상을 수상했다. 우리는 그의 수상 소식을 알기 전에 이 여행을 계획했지만 에드가 포틀랜드 시티 그릴에 예약을 해둔 김에 그곳에서 축하하는 시간을 갖기로 했다.

30층에 있는 레스토랑까지 급행 엘리베이터를 타고 갈 생각에 목이 막히고 숨이 차고 시야가 흐려졌다. 졸도할 것 같아 에드에게 엘리베이터를 두 번 나눠서 타자고 했다. 식사 때는 창가 테이블에서 내다보이는 휘황찬란한 도시의 야경과 육즙이 많은 스테이크에 집중했다. 식사 후에는 억지로 급행 엘리베이터를 타고 내려왔다.

다음 날 아침에는 반대 방향인 워싱턴 공원 쪽으로 달렸다. 호텔 15층 객실 창문을 통해 거대한 언덕을 바라보며 지형을 웬만큼 파악했지만 고속도로를 건너는 것이 걱정이었다. 공원 바로 앞에 칠엽수가 서 있었다. 나무 밑동 주위에 무더기로 쌓인 '쓸모없는 열매들'의 사진을 찍은 다음 행운의 부적으로 두 개를 집어 들었다.* 하나는 내가 갖고, 하나는 역시 오하이오 주립대 동문인 에이미 언니에게 줄 요량이었다.

　국제 장미 실험 정원과 포틀랜드 일본 정원에서 사진을 찍었다. 킹스턴에서 달리며 자세에 집중하려고 애썼지만 완만한 오르막의 지그재그식 도로를 오르기는 여간 까다로운 게 아니었다. 가파른 언덕을 자꾸자꾸 올라갔다. 동물원에서는 방향 감각을 잃고 겁에 질렸다. 호이트 수목원에서 전환점을 찾을 때까지 힘겹게 숨을 헐떡였다. 언덕을 내려올 때 뒷발을 들면 허벅지가 욱신거렸다. 짧은 소나기에 기분이 상쾌해졌다. 막 영업을 시작한 장미 정원의 작은 기념품 가게에 들어가 냉장고 자석을 고르고 장미차를 시음했다. 우리 호텔을 지나 새먼 스프링스에서 분수대를 한 바퀴 돌고 다시 호텔로 돌아왔다. 샤워를 한 다음 발에 얼음찜질을 하며 스스로를 칭찬했다. 언덕

---

* 칠엽수buckeye 열매는 오하이오 주립대의 마스코트로, 독성이 있어서 먹을 수 없지만 주머니에 넣어두면 행운이 온다는 속설이 있다.

을 오르고 또 하나의 낯선 도시를 탐험하며 쉴 새 없이 움직였다.

다음 날 우리는 기차를 타고 비 내리는 시애틀로 향했다. 켄이 역에서 우리를 맞았다. 올해 초에 시애틀을 방문했을 때는 동쪽으로 유니언 호수 주변 길을 달렸었다. 이번에는 서쪽으로 오로라 다리까지 8킬로를 달렸다. 고개를 들고 골반을 기울이고 발을 빠르게 놀리는 데 집중했다. 메트로놈은 딱 한 번 사용했지만 케이던스가 좋았다. 포틀랜드 언덕을 오를 때는 역시나 허벅지가 아팠다.

로드뷰로 확인했을 때 오로라 다리 밑으로 지나는 길이 음침해 보여 두려운 마음으로 호텔을 나섰다. 그 인근은 교통량이 많았다. 착암기를 작동시키는 남자 옆으로 문 한 짝을 든 건설 노동자들이 지나갔다. 나는 귀를 막았다. 차에서 장도리를 꺼내던 남자가 인사를 했다. 몇몇 러너가 손을 흔들었다. 꽉 끼는 청바지와 플란넬 셔츠 차림의 수염을 기른 남자들이 개를 산책시키며 내게 알은체를 했다. 샌드위치 봉투를 하나씩 든 청년 네 명이 나를 위해 정중하게 길을 비켜주었다. 내가 말했다. "제가 워낙 느려서 부딪쳐도 흠집도 안 날걸요." 그들이 웃었다. 나는 사진을 더 찍었다. 늘 그렇듯 처음에는 두려웠지만 결국에는 즐거웠다. 발에 얼음찜질을 했다.

콜럼버스로 돌아온 나는 일요일 마라톤에 대한 기대감에 설렘과 두려움을 안고 훈련 일정을 따랐다. 수요일에 모건과 함께 때아닌 따뜻한 햇살 속에서 5킬로를 달렸다. 돌풍이 불며 땅 위로 메마른 이파리를 날렸다. 달리기 초반에는 대회에서 얼마나 힘들지 상상하자 가슴이 두려움으로 오그라들었다. 달리기 전략에 대한 기사를 떠올리자 공포는 한층 커졌다. 그냥 기분 내키는 대로 달리다가 끝내기로 마음먹었다. 튼튼한 팔다리에 주의를 모았더니 불안은 사라졌다.

달리는 도중에 모건과 나는 집배원 짐을 만났다. "마라톤에 대한 조언이 있을까요?" 내가 물었다. 그는 평소처럼 모건에게 과자를 주고는, 진지한 표정으로 내 코를 손가락으로 가리키며 말했다. "즐기세요!"

남은 거리를 달리면서 주위 환경에 집중했다. 꼴 보기 싫은 정치인들의 홍보 표지판 앞을 지나갔다. 전날 밤에 2012년의 두 번째 대선 토론이 있었다. 내가 좋아하는 후보자가 싫어하는 후보자에게 밀리던 장면에서 벗어나려 애썼다. '발이 있는 곳에 마음을 두라.' 이 말을 계속 떠올렸다. 선거는 13일 뒤의 일이다. 마라톤은 나흘 뒤다. 이번 주 일요일이면 대회는 끝난다.

이날은 달린 후에도 발목이 아프지 않았지만 예방 차원에서 얼음찜질을 했다.

금요일에 개를 데리고 나가 3.2킬로를 달렸다. 대회가 얼마 남지 않았으니 힘을 너무 빼지 않고 달리는 법을 확실히 익혀 두는 것이 좋다고 모건에게 말했다. 경주가 코앞이라는 사실이 믿기지 않았다. 지금껏 거쳐온 훈련을 회상했다. 29킬로를 달리면서 이러다 죽겠다 싶었던 날이 아니라, 중간에 5킬로 대회에 참가하며 32킬로를 달린 날과 프레드에게 샌드위치를 얻어먹으며 오하이오 경기장까지 35킬로를 달린 날이었다. 19킬로를 달리다가 피로골절이 온 줄 알았던 날과 앤아버까지 다녀왔다가 발에 통증이 생긴 날은 가급적 잊으려 애썼다.

내 옆에서 가뿐하게 달리는 개의 매끄러운 금색 털로 관심을 돌렸다. 골든 레트리버와 아이리시 세터에게 끌려가는 이웃을 보고 손을 흔들었다. 치와와들은 창가에서 신나게 짖으며 뱅글뱅글 돌았다. 우리는 숲속에서 거대한 접이식 파이프와 펌프로 작업 중인 사람들을 피해 갔다. 주기적으로 머리를 들고, 발 전환율을 높이고, 다리를 가볍고 편하게 움직이고, 보폭을 줄이는 등 자세를 수정했다. 모건이 오줌을 누러 멈출 때도 자세를 재점검했다.

달리기 일지에 로그인하며 생각했다. '다음번에는 여기다 마라톤을 해냈다고 적어야지.'

스티커를 내 손에　　　　　　25

울고
싶을 때마다
한 발씩
내디뎠다

마라톤 전날인 금요일 밤, 나는 박람회에서 풀 마라톤 번호표를 떨어뜨리고 자원봉사자에게 사과했다. 손떨림이 도저히 진정되지 않았다. 움켜쥔 대회 티셔츠에 손자국이 남았다.

경주에 참가하기 위해 도시 밖에서 온 '죽은 러너' 몇 명과 마주쳤지만 불안하고 어색한 기분에 말이 안 나올 지경이었다. 오랜 기간 온라인으로만 대화하다가 다시 만난 사람들은 포옹을 나누고 수다를 떨었다. 나는 칼, 린과 이야기를 하다가 다른 사람들을 만나러 갔다. MIT 동료들을 만나니 조금 안심이 되었다. 그들 중 한 명이 앞에는 'WTF!', 뒤에는 'Where's the Finish? 결승선은 어디에?'라고 적힌 분홍색 모자를 가리켰다. 나는 '경주 당일에는 새 물건을 사지 않는다'는 원칙을 깨고 그것을 구매했다.

박람회가 끝나고 탄수화물을 충전하러 만난 우리 페이스 그룹은 긴장된 얼굴로 대화를 이어갔다. 안타깝게도 35킬로 달리기 이후 르돈은 골절 진단을 받았다. 그런데도 그녀는 저녁 식사 자리에 참가했다. 우리는 대회 날 만날 장소를 정했다.

토요일 아침, 앤트림 호수에 잠시 산책하러 갔다가 죽은 러너의 사회 회원들을 만나 각자의 목표가 무엇인지 얘기를 나눴다. 칼은 4시간 기록을 깨는 것이라고 했다. 나는 가급적 날이 어두워지기 전에 똑바로 서서 결승선에 들어가고 싶었다.

토요일 오후, 벗어던질 옷을 사러 에드와 함께 중고품 가게에 다녀왔다. 지퍼에 인조 다이아몬드가 붙은 검정 벨벳 후드티를 샀는데 버리기 아까운 옷이었다. 그리고 친구 집에 놀러 가서 오하이오 주립대가 퍼듀대를 이기는 경기를 시청했다. 집에 돌아와 잠을 청했다.

　늦었다. 러닝화를 두고 왔다. 풀린 신발 끈에 걸려 급수대 위로 넘어졌다. 전해질 젤이나 간식을 챙기는 것을 깜박했는데 먹을 것을 나눠주는 사람도 없었다. 내가 가져온 젤에 함유된 카페인 때문에 공황 발작이 일어났다. 줄리, 제니퍼, 수를 비롯해 함께 달리고 싶은 사람이 아무도 보이지 않았다. 코스를 벗어났다. 돌아가는 길을 찾았더니 결승선은 이미 헐리고, 내 기록은 계산되지 않아 메달도 받지 못했다. 에드나 에이미 외에 나를 응원하는 사람을 아무도 만나지 못했다. 경기장으로 돌아가는 길을 잃고 진로를 이탈했다는 이유로 실격당했다. 설사가 났다. 경주에 임박해 코스가 바뀌는 바람에 우리는 교통량이 많은 70, 71번 주간고속도로를 달려야 했다. 교통순경의 지시를 어기고 차를 몬 운전자 때문에 트럭에 깔릴 뻔했다. 어린아이가 내게 침을 뱉었다. 27킬로 지점에서 개에게 물려 응급처치 천막을 찾아가 상처를 바늘로 꿰맸다. 더울 때는 물이 떨어지고 없었다. 추울 때는 손가락과 발에 감각이 없어졌다. 결승선에서 기록 측정 매트에 발이 걸려 코가 부러졌다. 대회 날 첫새벽부터 의사에게 전화가 와 달리면 죽을 수도 있는 희한한 병에 걸렸다고 했다. 대회 장소로 가는 길에 타이어가 펑크 났고 도착하니 대회는 끝이 났다. 에드가 추위 속에서 나를 기다리다가 심근경색이 왔다. 전화벨 소리를 듣지 못해 그가 쓰러져 죽어가는 줄도 모르고 끝까지 달리기만 했다. 총을 든 사람이 29킬로 지점에서 난입해 여러 발을 쐈고 관중 몇 명을 죽이고 나서야 체포되었다. 내가 꼴찌로 들어왔다. 그 순간 잠에서 깼다.

2012년 콜럼버스 마라톤이 열리는 날 아침은 안개가 피어나는 영상 4도의 날씨로 상쾌하게 시작되었다. 나는 4시 반에 일어났다. 화장실에서 『마라톤 풀코스 16주 완주 프로그램』에 나오는 창조적인 시각화, 주문, 몰입 상태에 대한 동기 부여 구절을 읽었다. 육상선수 라이언 홀의 충고를 떠올렸다. "달리고 있는 그 길에 충실하라."

모건은 내 입에 코를 대고 킁킁거리더니 무릎에 몸을 비비며 긁어 달라고 졸랐다. 책을 내려놓고 모건을 긁어주었다. 개가 만족하자 나는 전날 밤 준비해둔 장비를 착용했다. 박람회에서 구입한 분홍 WTF 모자, 분홍 MIT 로고가 찍힌 파란색 탱크톱, 검정 7부 바지, 분홍 스포츠 양말, 주황의 뉴턴 러닝화.

대회 시작 전 MIT 회원들이 모이기로 한 하얏트 호텔까지 에드가 태워다주었다. 러닝복 위에 벗어던질 요량으로 너무 크거나 어울리지 않는 셔츠, 바지, 후드 티를 걸친 우리는 꼭 노숙자 행색이었다. 지미는 자신의 '허드레' 잠옷 바지를 순식간에 훌렁 벗어던지는 시범을 보였다. 나는 52센트짜리 검정 벨벳 후드 티와 일회용 장갑을 당당히 착용하고 있었다. 수는 캐터필러 중장비 회사 로고 'CAT'가 박힌 검은색 튜브 양말의 발가락 부분을 잘라내 토시처럼 팔에 끼고 왔다. 우리가 간식을 먹고, 킥킥거리고, 스트레칭을 하고, 긴장을 풀기 위해 사진을 찍고 있으니 키다리 제프가 "가방을 트럭에 실으세요!" 하고 외쳤다. 그 지시에 따르고 단체 사진을 찍어주는 제프 앞에서 포즈를 취했다. 설렘과 두려움으로 팔다리가 얼얼했다.

1,000명에 가까운 우리 달리기 그룹이 떼 지어 하이 스트리트로 이동하는 모습은 작은 퍼레이드를 방불케 했다. 대회 공식 사진사들은 우리가 떨고 있는 모습을 포착했다. 간이 화장실에 들렀다가 F구역으로 향했다. 에드는 내가 전화할 때까지 난방이 되는 지하 주차장 계단에서 책을 읽고 있었다. 감기에 걸린 터라 폐렴으로 진행되지 않게 조심해야 했다. 에드가 우리 쪽으로 다가와서 나는 그를 껴안고 입을 맞췄다.

나는 주의회의사당에서 축포가 발사될 때마다 소스라치면서도 목을 길게 빼고 출발점인 브로드 스트리트와 3번가의 교차

지점에서 솟아오르는 불꽃을 구경했다. 이때는 보스턴 마라톤 폭탄 테러 전이라 그것이 축포 소리일 뿐이라는 걸 알았지만 그 폭발음을 들으며 울타리 안에서 사람들과 몸을 맞대고 서 있으려니 현기증이 났다. 몸을 떨며 욕지기를 느꼈다. 우리 구역 사람들이 움직이자 에드에게 작별 키스를 하고 가로등 밑에서 사진을 찍는 그에게 손을 흔들었다. 나는 입을 닫고 힘차게 떠드는 다른 사람들의 대화에 귀를 기울였다.

걸어가면서 경주 날에 적합한 긍정의 주문 "편안하게 달려라, 끈질기게 달려라"를 반복하며 긴장을 풀었다. 얼마나 큰 발전인가. 딱 2년 반 만에 동네 숲속에 숨어 60초씩 달리던 내가 수만 명의 군중이 지켜보는 가운데 18,000명의 러너에 섞여 첫 번째 풀 마라톤 출발선에 서다니. 비좁은 곳에 있으면 여전히 불편했기에 천천히 숨을 쉬는 데 집중했다. 환상통이 온몸을 떠돌고 걱정이 마음을 휘저었다.

출발선을 넘기 직전에 제니퍼가 외쳤다. "출발 시간이에요!" 제니퍼가 허공에서 팔을 흔드는 사이 우리는 다른 사람들이 지나갈 수 있게 옆으로 물러났다. "출발해요!" 그녀가 소리쳤다. 우리는 한 명씩 출발선을 지나며 각자의 시계 버튼을 눌렀다.

이제 진짜 공포가 찾아왔다. 이번엔 진짜였다! 더 이상 울타리에 갇혀 있지 않아도 된다는 사실은 안도감을 주었지만 웬걸, 또 현기증이 났다. 나는 생각했다. '지금 달리는 이 길에 집중하라.' 수를 비롯한 몇몇 사람들은 르돈의 남편 데이비드를 발견하고 그와 함께 하프를 달리러 갔다. 남은 우리는 첫 5킬로를 함께 달렸다. 스티븐이 우리 팀에 합류했다.

줄리와 나는 시작도 하기 전에 후드 티와 장갑을 버렸다. 달리면 금방 몸이 풀릴 줄 알았다. 건물 사이를 지나갈 때는 따뜻했지만 교차로에 이를 때마다 10월의 싸늘한 바람이 몰아쳤다. 팔을 손으로 문질러도 소용없었다. 이가 딱딱 맞부딪치고 팔다리에 소름이 돋았다. 남들이 버린 장갑을 주워서 끼라며 지미가 놀렸다. "나는 주운 거라도 낄래요." 내 말에 지미가 바닥에 떨어진 장갑을 주워서 건넸다. 그는 줄리와 제니퍼가 쓸 장갑도 골라주고는 장갑 낀 손을 꼼지락거리는 우리 모습을 영상으로 찍었다.

아직 도심지에 있을 때 노란 닭 의상을 입고 자전거를 타는 사람을 발견했다. 유난히 키가 큰 닭이었다. '키다리' 제프는 보통 설인 의상을 입곤 했다. 하지만 우리를 따라잡고 앞서가는 닭의 부리 틈으로 제프의 히죽거리는 얼굴이 살짝 엿보였다. 그가 카메라를 들이대 우리는 어설프게 포즈를 잡았다.

벡슬리에 이르기 전 스티븐, 지미, 로버트는 줄리, 제니퍼와 나를 남기고 앞서갔다. 5킬로 지점 근처에서 철도 다리 밑으로 가자 킬트를 입은 남자가 또 한 번 백파이프를 연주하고 있었다. 나는 눈물을 삼켰다.

물을 계속 홀짝이면서도 볼일이 잘 통제되고 있다고 생각했지만 벡슬리를 지나갈 때 소변이 마려웠다. 줄리와 제니퍼에게 잠시 멈췄다 가겠다고 하면서 각자의 경주에 충실하기로 한 우리의 약속을 상기시켰다. 그들이 기다리지 않길 바랐다.

제프리 맨션과 주지사 관저 인근의 거리에는 응원하는 사람들과 가을빛을 띤 나무들이 즐비했다. 6~8킬로 지점 사이에 있는 간이 화장실에 또 들러야 했지만 줄이 길었다. 나는 화장실에 갈 때마다 일행에게 먼저 가라고 이야기했다. 계속 주저해오던 그들은 그제야 달려 나갔다. 결승선에 들어서기 전까지는 그들을 못 보겠구나 싶었다.

화장실 안으로 들어가니 머릿속 목소리가 나를 공격했다.

"네까짓 게 뭐라고?" 익숙한 훼방꾼이 말했다.

기괴한 이미지들이 떠올랐다. 호스피스 병동에 누워 있는 죽은 아버지의 밀랍 같은 피부. 인공호흡기를 제거하려는 간호사를 피해 몸부림치는 어머니. 아파트 계단에서 조카 제이미의 시신을 옮기는 그 애 남자친구의 표정.

나는 변기에 웅크리고 앉아 도리질 치며 그 이미지들을 힘겹게 쫓아냈다.

그래, 나는 이제 혼자 남았고 사랑하는 이들은 떠났다. 하지만 그들에 대한 기억을 내 안에 간직하고 있다. 나는 이 경주를 위해 지금껏 훈련했다. 그들은 내가 최선을 다해 경주를 끝내길 원할 것이다.

플라스틱 문을 두드리는 소리에 줄을 서서 기다리던 러너들이 떠올랐다. 용무는 끝났다.

문을 열기 전에 혼잣말을 했다. "나는 러너야!" 그런 다음 팬티를 올리고 밖으로 나갔다.

풀밭에 발을 디디자 간이 화장실이 휘청거렸다. 내 뒤에 줄을 섰던 남자가 나를 부축했다. "하마터면 쌀 뻔했네요." 그가 말했다. 둘이서 웃었다. 내가 안에서 무슨 생각을 했는지 그는 짐작도 못할 것이다.

첫 번째 실수를 했다. 줄리와 제니퍼를 따라잡으려 한 거다. 나는 내가 5분쯤 뒤처진 줄 알았다. 작정하고 자세에 집중하여 보폭을 안정시킨 다음 벡슬리를 거쳐 메인 스트리트로 들어갔다가 다시 시내 쪽으로 향했다. 안개 자욱한 풍경이 아름다웠다.

발은 지치고 마음은 외로웠지만 제니퍼와 줄리가 앞서가고 있었기에 더 분발했다. 이번 경주에서 가장 빨리 달린 구간이었을 것이다. 몸에 열이 올라 장갑을 다시 버렸다. 기운을 아끼기 위해 사람들이 든 응원 팻말에 관심을 돌리지 않았고 누구와도 하이파이브를 하지 않았다. 올드타운 이스트에서 방향을 조금 틀어 관중이 늘어선 동네를 지나가면서 그들의 에너지를 빨아들였다. 71번 주간고속도로 위에 놓인 다리를 건너는 순간 시애틀의 고가도로에서 멈칫거린 순간이 떠올랐다. 오늘은 아니었다.

독일 마을에서 야외 테이블에 앉아 있던 남자가 식료품점 앞을 지나가는 나를 보고 미소 지었다. 힘을 아끼기로 한 것을 잊고 남자에게 살라미를 얹은 호밀빵 한 조각을 나눠줄 수 있느냐고 물었다. "겨자는 뿌려요, 말아요?" 그는 이렇게 대꾸하며 반쯤 베어 먹은 샌드위치를 내밀었다. 실러 공원에서 나는 높은 곳에 있는 대회 사진사들에게 최고의 미소를 지어 보였다. 대회 사진은 모조리 구입할 생각이었다.

사진작가들이 올라가 있던 아치형 통로 너머에서 줄리와 제니퍼를 발견했다. "코치님들!" 소리쳐 불렀지만 듣지 못한 모양이었다. 속도를 높이며 다시 소리쳤다. 그들은 여전히 듣지 못했다. 나는 입에 손을 대고 "MIT 코치님들!" 하고 외쳤다. 줄리가 뒤를 돌아보고 나를 발견하더니 활짝 웃으며 손을 흔들었다. 제니퍼도 환히 미소 지었다. "최고의 순간이네요!" 내가 그들을 따라잡는 순간 제니퍼가 말했다. 줄리는 달리는 내내 내가 어쩌고 있는지 신경이 쓰였단다. 제니퍼는 "속도를 엄청 냈나 봐요!"라며 감탄했다. 나는 대수롭지 않다는 듯 어깨를 으쓱했다. "그냥 슬렁슬렁 달렸죠 뭐." 이렇게 말했지만 마음속에서 기쁨이 차올랐다.

저 앞에서 스티븐이 나무에 기대 스트레칭을 하고 있었다. 그의 딸들과 사위는 코스를 따라 자전거를 탔다. 그는 힘든 한 주를 보냈지만 풀코스 완주를 희망했다. 달리는 순간에 집중하기 위해 명상 팟캐스트를 듣고 있었다. 더 강하고 빠른 러너인 그의 아내는 진작에 앞서갔다.

독일 마을과 네이션와이드 대로의 중간 지점까지는 약 4킬로 거리다. 주의회의사당과 콜럼버스 공유지를 제외하면 볼거리가 거의 없는 지루하고 힘든 오르막이다. 우리는 70번 주간 고속도로의 고가도로 근처에서 응원하고 있는 우리 페이스 그룹의 일원 (또 다른) 줄리를 보았다. 주의회의사당으로 돌아온 나는 그날 아침 에드가 사진을 찍으며 서 있던 가로등을 발견했다. 제니퍼가 말했다. "우리가 아까 언제 여기를 지나갔죠?" 줄리가 시계를 보았다. "2시간 49분 전에요."

땅바닥에 떨어진 검은 천 조각이 눈에 띄었다. 흰색으로 인쇄된 'CAT'라는 글자가 보였다. 수의 토시! 그녀를 떠올리자 마음이 따뜻해졌다. 수가 하프 마라톤 개인 기록을 세우기를 바랐다.

18킬로는 질병을 이기지 못하고 숨진 전국 어린이 병원의 환자들을 추모하는 '천사의 마일' 구역이었다. 세상에 더 이상 존재하지 않는 사랑스러운 어린이들의 현수막 사진을 보며 숙연해졌다. 나는 제이미를 떠올렸다. 다 큰 성인이었지만 같이 쇼핑을 다니던 금발의 꼬마로 기억하고 싶었다.

19킬로 지점에서, 글 쓰는 친구 재키와 그녀의 남편 조지를 포함한 MIT 응원단이 우리를 향해 함성을 질렀다. 누군가 응원을 해줄 때마다 나는 눈물이 날 것 같았다.

하프 마라톤 분기점에 가까워지자 구경꾼들이 "거의 다 왔어요!"라고 소리쳤다. 우리는 파란색 마라톤 번호표를 가리키며 "아니에요!"라고 외쳤다. 하프 마라톤 번호표는 주황색이었다. 네이션와이드 타워 옆 언덕을 오를 때는 우리가 꽤 터프 걸처럼 느껴졌다.

하이 스트리트 한복판에 부상을 당한 르돈이 선물처럼 나타났다. 그녀는 우리가 호텔에서 맡긴 소지품들을 들어 올렸다. 줄리는 팔을 벌리고 새된 비명을 질렀다. 제니퍼는 웃음을 터뜨렸고 나는 더 많은 눈물을 삼켰다. 그녀에게 아낌없이 고마움을 표시한 다음 가방을 받아 들고 네이션와이드 대로를 건넜다. 대회 진행 요원들은 하프 주자들에게 결승선으로 향하는 왼쪽으로 이동하라고 소리치고, 풀코스 주자들에게는 하이 스트리트를 따라 계속 올라가라고 지시했다.

"이제 못 돌아가는 거예요." 제니퍼가 말했다. 하프 마라톤을 한 번 더 달리면 된다.

쇼트 노스와 오하이오 주립대까지 뻗은 7킬로 길이의 하이

스트리트에서 나는 제니스 아이스크림 가게에 들르자고 제안했다. 줄리는 경기가 끝난 후에 가겠다고 했다. 제니퍼는 베티스 아이스크림이 더 좋다고 했다. 나는 그냥 젤이나 하나 더 먹었다.

오하이오 유니언 앞에서 밴드가 〈이츠 레이닝 맨It's Raining Men〉을 연주하고 있었다. 거리 오른쪽에서 대회 진행 요원들이 춤을 추고 있었고 왼쪽에서는 귀여운 남자 대학생들이 급수대를 운영했다. "정말 남자들이 비처럼 떨어지네요!" 제니퍼가 말했다.

나는 끝없는 올렌탄지 트레일을 머릿속에서 여러 구간으로 나눴듯이 독일 마을에서 레인 애비뉴까지 길게 뻗은 길을 몇 토막으로 잘랐다. 하지만 아까 제니퍼와 줄리를 따라잡느라 무리하게 달린 탓에 다리가 아팠다. 따라잡고 나니 안심이 됐지만 몸은 대가를 치러야 했다. 오하이오 경기장이 저 앞에 보였다. 그곳까지 가려고 힘을 냈다.

시작한 지 4시간째에 접어들자 많은 공연자들이 해산하기 시작했다. 한 연주자는 우리더러 들으라는 듯이 "경주가 아니라 산보를 하고 있네"라며 투덜댔다. "6시간 동안 달려나 보고 저런 소리를 하든지!" 나는 이렇게 구시렁거렸다.

하이 스트리트에서 레인 애비뉴로 방향을 튼 직후에 제니퍼가 뒤처지기 시작했다. 줄리는 속도를 늦추며 괜찮으냐고 물었다. 그렇게 하지 못한 내가 부끄러웠다. 나는 죽기 살기 모드가 되었다. 줄리가 다시 달리기 시작하자 마음속으로 그녀에게 고리를 걸었다.

레인 애비뉴 다리가 시야에 들어왔다. 줄리를 살살 밀어주다가 코스 지도를 떠올렸다. 레인을 똑바로 내려가는 길이 아니었다. 올렌탄지를 건너 파이프 로드로 달린 다음 오하이오 경기장으로 돌아가야 했다. 늘어지는 몸을 질질 끌다가 작년에 파란색 '풀코스' 메달로 내게 자극을 주었던 세라를 발견했다. 그녀와 또 다른 러너 친구 리처드가 팻말을 들고 있었다. '발동 걸렸구나?'와 '26.2는 섹시하다'라고 적혀 있었다. 박수를 치고 싶었지만 힘없이 손만 겨우 흔들었다.

영원히 달리는 기분이었다. 왼발이 땅에 닿았다가 올라가고 다시 땅에 닿는 느낌에 주의를 집중했다. 몸이 휘청거렸다. 나중에 확인한 사진 속에서 나는 할머니처럼 몸을 웅크리고 있었다.

회색의 거대한 오하이오 경기장이 희미하게 보였다. 우리는 건물이 만들어낸 바람의 통로를 달려, 대회 깃발들을 따라 가파른 경사로를 올라갔다 내려왔다. 나는 관중석 한구석에 서 있는 친구 제니를 보고 손을 흔들었다. 에이미 언니는 동영상을 찍고 있었다. 에드가 땅콩버터잼 샌드위치 반쪽을 내밀었다. 한 손으로는 그것을 잡고 다른 손으로 그를 껴안았다. "사랑해." 나는 그의 귀에 속삭였다.

　돌아왔더니 줄리가 보이지 않았다. 가족을 만나러 출구 경사로를 오르는 그녀를 따라잡으러 달려갔다. 그들이 재빨리 O-H-I-O 사진을 찍는 사이 샌드위치를 조금 베어 물었다. 나머지는 쓰레기통에 버리고 다시 움직였다.

　경기장을 나가면서 줄리가 말했다. "한 자릿수 남았어요!" 진짜인지 모르겠지만 계산해볼 여력은 없었다. 점점 작아지는 경기장을 돌아보다가 제니퍼를 발견했다. 그녀를 두고 달려 나간 죄책감이 밀려왔다. 줄리와 내가 손을 흔들자 제니퍼는 우리에게 엄지를 들어 보였다.

　경기장을 막 벗어났을 때 (또 다른) 줄리를 다시 만났다. 그녀가 든 팻말에는 '힘이 부치면 **밟아라, 제이크!**'라고 적혀 있었다. 이번 시즌 우리 러닝 그룹의 구호였다. 또 눈물이 쏟아지려 했다.

　경기장을 벗어나니 허탈감이 찾아왔다. '밟아라, 제이크!' 팻말을 든 (또 다른) 줄리를 봤을 때만 해도 좋았는데, 지금은 텅 빈 주차장에 있었다. 줄리는 내 실망을 눈치채고 우리가 만나고 싶어하는 사람들 얘기를 했다. 다만 너무 지쳐서 귀에 들어오지 않았다. 줄리와 제니퍼를 따라잡으려고 속도를 낸 것이 역시 무리였다. 자세가 망가지고 생각이 산만해지고 자꾸만 멍해졌다. 컨디션이 좋은 날에도 별로 말이 없는 나는 30.5킬로를 달리고 나니 입도 뻥긋하기 싫었다. 〈조깅하지 않는 삼인방〉을 들으면 도움이 되었을 텐데 그 생각은 못 했다.

나는 힘겹게 몸을 질질 끄는데 줄리는 화색이 돌았다. "니타 스위니! 우리 6시 15분쯤에는 도착할 것 같아요." 그녀는 두 번째로 참가한 풀코스 마라톤에서 개인 기록을 세우길 원했다. 어떻게 그 시간이 나왔는지 이해를 못하니 그녀가 애써 설명을 했지만 나는 아무래도 이해할 수가 없었다.

어퍼 알링턴 월섬의 주택가를 지나갈 때 관중들이 환호했다. 32킬로 지점에서 안내 방송으로 우리의 이름이 호명되더니 내 친구 모린이 두 팔을 벌리고 거리에 나타났다. 백발에 보라색 코트를 보자 영락없는 그녀였다. 나는 모린과 그녀의 친구 데 이비드를 포옹했다. 경주에서는 누구든지 끌어안게 된다. 월 섬에서 걷고 있는 친구 짐도 발견했다. 그를 껴안으며 말했다. "결승선에서 만나요." 나는 그를 응원하고 싶었다. "내 정신력 으로 가능할지 모르겠네요." 그가 대꾸했다. 나도 이해할 수 있 었다. 줄리를 놓칠까 두려워 필사적으로 달리지 않았다면 나도 걷고 있었을 테니까.

몇 분 후 우리가 달리는 지점이 어디냐고 줄리가 물었다. 나 는 코스를 숙지하기 위해 금요일에 차를 타고 사전 답사를 했 었다. 그녀에게 다음 모퉁이를 설명했지만 감이 안 오는 모양 이었다. 우리는 등판에 코스 지도가 인쇄된 대회 공식 셔츠를 입은 남자 뒤로 다가갔다. 나는 지도를 가리키며 설명했다. 줄리도 손가락으로 가리키다가 실수로 남자의 등을 건드렸다. 사과를 했지만 남자는 우리를 째려봤다. 잠시 후 루크가 우리를 큰소리로 불렀다. 나는 루크와 돈, 그들의 사랑스러운 빨강 머리 딸들을 안아주며 기다려줘서 고맙다고 인사했다. 루크는 특유의 딱딱한 미소를 지었다. 나중에 루크는 남자의 셔츠 등짝을 가리키고 있는 줄리 사진을 내게 이메일로 보내주었다.

　이후 나는 응급 담요를 덮고 땅바닥에 누워 있는 젊은 남자를 발견했다. 그는 퍽이나 평화로워 보였다. 그가 경주를 마쳤다고 생각해서 "담요 멋지네요!"라고 말을 걸었다. 그는 내게 힘없이 엄지를 들어 보였다. 줄리가 소곤거렸다. "니타! 구급 텐트에 실려온 환자잖아요!" 나는 그에게 다시 외쳤다. "얼른 나으세요." 32킬로를 달렸더니 뇌가 제 기능을 못하고 있다는 또 하나의 증거였다. 나는 머릿속 지도를 따라 한 지점에서 다른 지점으로 이동할 뿐이었다.

　케임브리지 로드에서 줄리가 물었다. "우리 아직 왼쪽의 툭 튀어나온 지형 끝에 있나요?" 그러더니 "다시 북쪽으로 가야 하나요?" 하고 물었다. 나는 설명하려 했지만 알아들을 수 없는 이상한 소리만 튀어나올 뿐이었다. 그녀는 질문을 포기했다. 나는 움푹 들어간 곳마다 발을 곱디며 그녀에게 부딪히고 사과하기 바빴다. 발을 질질 끌 듯이 이동했다.

킹 애비뉴의 여러 건물을 느릿느릿 지나쳤다. 노스 스타에 이르자 줄리가 물었다. "여기가 그랜드뷰 애비뉴인가요?" 아니라고 했더니 그녀는 실망한 표정으로 이렇게 말했다. "꼭 지난번 대회 때 같네요." 그녀의 첫 마라톤 날은 지극히 더웠다. 탈수와 통증 때문에 사진 속 그녀는 반쯤 죽은 사람 같았다. 하지만 오늘은 카메라를 만날 때마다 활짝 웃었다. 그 모습이 보기 좋았지만 나는 미소 지을 기력도 남지 않았다. '끝까지 버티기만 해, 니타' 모드로 보도를 밟았다.

그랜드뷰와 킹 애비뉴 근처에서 줄리의 연인 레그와 그녀의 부모님을 발견했다. 그제야 줄리가 아까 왜 그런 질문을 했는지 이해가 됐다. 그녀가 간식을 먹는 2분 동안 나는 멍하니 길만 바라보았다. 스트레칭을 하거나 경기장에서 버렸던 땅콩버터잼 샌드위치를 먹었어야 했는데.

나는 아직 준비가 안 됐는데 줄리는 다시 달리기 시작했다. 어쩔 수 없이 따라갔다. 인도 레스토랑 앞에서 5번가를 건너면서, 레스토랑에서 배를 가득 채우고 나왔을 덩치 큰 남자 둘이 부러웠다. 그랜드뷰에서 3번가를 건너자 낡은 뷰익 센추리를 탄 노인이 우리 쪽으로 다가왔다. 차량은 도로 반대편에 있어야 하는데. 넋이 나간 나는 줄리를 차 쪽으로 밀었다. 그녀가 밀려났다. 우리가 충돌하기 전에, 내가 무슨 짓을 했는지 깨닫고 그녀를 다시 끌어당겼다. 그 노인이 차선을 잘못 들었는지는 몰라도 우리가 차와 충돌하는 일은 없어야만 했다. 대회 진행 요원은 어깨를 으쓱하더니 고개를 저었다.

제니스 아이스크림 가게 앞에서 임산부와 키 큰 남자가 우리를 향해 천천히 달려왔다. 터키 트롯과 동물 구조 달리기를 함께한 친구 크리스와 헤더를 알아보기까지 시간이 좀 걸렸다. 임신 9개월의 헤더는 다음 날 아침에 유도분만을 할 예정이라며 나를 안아주었다. 크리스가 사진을 찍는 사이 나는 야외용 의자에 앉아 경주를 지켜보는 헤더의 부모님에게 손을 흔들었다. 그 무렵 모린과 데이비드가 다시 나타났다. 그들과 포옹을 나누다 보니 줄리가 멀어지고 있었다. 1번가에 들어설 무렵 그녀를 따라잡았다.

37킬로에 접어들었을 때, 1번가를 내려가는 긴 언덕에서 키가 크고 마른 사람이 끊임없이 재잘거리며 내 예민한 신경을 긁었다. 그는 "이 정도 거리는 쉰세 번째 달려요"라며 우리가 아직 쌩쌩해 보인다고 했다. 그를 한 대 쥐어박고 싶었다. 쇠약하고, 늙고, 지친 기분에 눈물이 날 것 같고 그냥 다 때려치우고 싶었다. 남은 거리가 5킬로라는 사실이 믿기지 않았다. 키 큰 수다쟁이를 앞지르자 다행히 그의 목소리가 점점 멀어졌다. 언덕 아래에 노스웨스트 대로가 펼쳐져 있었다.

다음으로 에지힐의 경사로가 나타났다. 콜럼버스가 평평하다는 사람은 어퍼 알링턴과 그랜드뷰를 달린 적이 없는 사람들이다. 완만한 구릉지여도 언덕은 언덕이다.

반쯤 올라갔더니 심장이 벌렁거리고 숨이 찼다. 속이 울렁거렸다.

"몸 상태가 안 좋은 거 같아요." 내가 웅얼거렸다.

줄리는 대꾸하지 않았다. 내가 첫 마라톤에서 37킬로나 달리고 오르막을 오르고 있으니 당연히 그럴 거라 여긴 모양이다.

하지만 머잖아 현기증과 두통이 나서 눈을 가늘게 뜨고 줄리를 바라보았다. 눈 양쪽 가장자리가 부시고 시야가 흐려졌다. 나는 비틀거리다 그 자리에 멈췄다. 벽돌 건물들과 단풍 든 나무들이 빙빙 돌았다.

변호사 생활이 한계에 부딪쳤을 때 경험한 물에 빠지는 감각과 비슷했다. 공황 상태에 빠져 차를 고속도로 갓길에 댄 순간처럼, 희박한 공기를 들이마시듯 숨을 헐떡이며 길가로 비켰다. 나는 어느새 뉴멕시코의 흙길로 돌아와 있었고, 곧 죽기라도 할 사람처럼 얼굴 위로 눈물이 주르르 흘렀다.

달리기라고 다를 게 없었다. 나는 실패할 것이다. 누워서 몸을 둥글게 웅크릴 때가 되었다.

"기절할 것 같아." 이렇게 웅얼거리며 몸을 숙이자 머리에 피가 쏠렸다.

그때 사회복지사 줄리의 직업 정신이 발휘되기 시작했다. "당신의 발을 느껴봐요, 니타 스위니." 그녀는 길 잃은 아이나 겁에 질린 동물을 대하듯 부드럽게 말했다. "깃발을 보세요. 팔이 느껴져요? 이제 하늘을 봐요." 나는 이산화탄소 대 산소의 비율을 조절하기 위해 손으로 입을 덮었다.

명상 수련 때 배운 대로, 포기하고 싶다는 생각을 하늘에 떠다니는 구름처럼 흘려보내는 상상을 했다. 이런 생각과 신체 감각은 내가 놓기만 하면 지나갈 것이다. 잠시 후 줄리는 달리는 속도를 확 늦췄다. 나는 내 정신을 그녀에게 붙들어 맸다. 그녀가 움직이면 나도 따라 움직였다.

그 순간 두 번째 실수를 깨달았다. 경기장을 벗어난 이후 아무것도 먹지 않은 것이다. 고갈된 글리코겐 수치를 회복하기 위해 물과 함께 전해질 젤을 들이켰다. 먹고 나니 공포를 잊을 수 있었다. 3번가를 건널 때 시야가 다시 또렷해졌다. 5번가 모퉁이에서 호흡은 안정되고 머리는 맑아졌다. 언제 공포에 질렸냐는 듯이 '오 미키, 너는 정말 괜찮아…'라는 노래를 틀어놓은 DJ에게 주먹을 들어 보였다. 내리막길에서 줄리가 말했다. "점점 빨라지고 있어요!" 0.2킬로 만에 우울증이 조증으로 싹 바뀌었다. "우리 최대 속도로 달리고 있어요, 니타 스위니. 최대 속도요!"

올렌탄지 강변길 너머 다리 위에 마이크 마셜이 서 있었다. 우리는 함성을 지르고 포옹을 나누며 39킬로 지점의 5번가 언덕을 오르기가 얼마나 고역이었는지 탄식했다. 차를 타고 지나 갈 때는 언덕 같지도 않았는데. 우리는 계속 터벅터벅 나아갔 다. 줄리는 거뜬해 보였지만, 나는 언덕에 혹사당해 다리가 묵 직했고 울음이 목구멍까지 차올랐다. 참 지랄 같은 언덕이었 다. 장거리를 달리면서 단련한 정신력도 소용없었다. 조증으로 도 이겨낼 수 없었다.

길 위의 움푹 팬 부분에 걸려 또 줄리에게 부딪쳤다. 그녀는 신경 쓰지 않았다. 닐 애비뉴 쪽으로 방향을 틀 무렵에는 나의 짧은 조증이 사라진 지 오래라 한 걸음도 더 뗄 수 없을 것 같았 다. 내 마음은 지루함과 싸워야 했다. 아름다운 빅토리아풍 주 택, 멋진 단풍, 응원단도 충분한 자극이 되지 못했다. 자러 가고 싶은 생각만 간절했다.

40킬로 지점 근처에서 검정 MIT 셔츠를 입은 여성이 폴짝폴 짝 뛰며 팔을 흔들었다. 나는 친구 리사인 줄도 모르고 그녀를 멍하니 응시했다. 그 친구가 그곳에 있기로 한 것도 잊고 있었 다. 누군지 깨달은 순간 그녀를 부둥켜안았다. 그녀가 내게 괜 찮으냐고 물었다. "죽겠어요." 내가 앓는 소리를 했다. "나도 같 이 달릴게요." 그녀는 계속 말을 걸어주었다. 이렇게 멀리까지 달려오자, 나는 내 작은 정신세계로 들어가 자세에 집중하거나 머릿속에서 노래를 흥얼대고 싶었다. 우리 그룹 사람들이 종료 지점 몇 킬로 전부터 침묵에 빠지듯이. 리사의 활기찬 수다는 나를 감싼 거품을 터뜨렸다. 줄리는 리사에게 지루함을 해소해 줘서 고맙다고 했다. 그제야 줄리와 내가 0.8킬로 이상 말 한마디 나누지 않았다는 사실을 깨달았다.

"거의 다 왔어요." 리사는 이 말을 되풀이했다. 내 시계의 거리 표시계와 숫자들이 흐릿하게 보여 거리를 가늠할 수 없었다.

버틀스 애비뉴는 경사가 급해서 구데일 공원을 달리는 내내 자꾸 길에서 미끄러졌다. 중앙선이 약간 꺼져 있어서 더 말썽이었다. 사실 패인 부분이 진짜 있었는지 확신할 수 없다. 환각이었는지도 모르지만 중앙선 때문에 자꾸 발을 헛디디는 것 같았다. 구데일 공원의 연못에서도 결승선까지 1.2킬로도 남지 않았음을 인식하지 못했다.

닐 애비뉴에 있을 때 리사가 마지막 급수대라고 알려줬지만 귀에 들어오지 않았던 것 같다. 그 말을 알아들었으면 신이 났을 텐데. 끝이 가까워졌음을 의미했으니까. 하지만 나는 감정을 초월한 상태였다. 불가능한 일을 하느라 몸은 마비되고 마음은 저항했다. 리사는 재밌어 죽겠다는 듯 이야기를 하며 킥킥 웃었지만, 나는 우리가 영원히 달릴 운명에 처하기라도 한 듯 절망적인 기분이었다.

42킬로에 접근하면서도 계속 의기소침했다. 달리기를 하는 다른 친구 스테이시가 내 손을 덥석 잡았다. "자긴 내 영웅이야." 따뜻한 손에서 사랑이 전해졌지만 그 친절함이 내 집중력을 흔들었다. 손이 잡힌 탓에 나는 몸이 기울어진 채 달려야 했다. "고마워." 내가 말했다. "이제 손이 필요해." 그녀는 손을 놓았고 나는 그녀에게서 멀어졌다.

"42킬로에 접어들었어요." 리사가 표지판을 보고 말했다. 눈앞에 서 있는 고층건물들을 보면 네이션와이드 대로와 결승선이 가까이 있는 게 분명했지만 이 고통이 영원히 끝나지 않을 것만 같았다. 나를 방해하려고 머릿속의 화난 목소리가 최후의 발악을 했다. "수술! 수술! 수술!" "너 이러다 죽을걸!" 나는 마음속으로 줄리에게만 집중하여 그녀에게서 떨어지지 않으려 했다.

네이션와이드 대로의 붉은 벽돌이 보이자 감각 기억이 돌아와 부정적인 목소리를 강하게 억눌렀다. 우회전을 했더니 서성대는 사람들과 텅 빈 관람석, 거대한 확성기, 풍선 아치, 그리고 여태 내가 본 중 가장 아름다운 단어 '결승선'이 적힌 커다란 현수막 등 숨 막히는 광경이 기다리고 있었다!

정신이 번뜩 들고 기쁨이 목구멍까지 차올랐다. "해냈어!" 나는 비명을 질렀다. 머릿속에 한 가지 생각만을 남긴 채 기어를 올리고 결승선을 향해 질주했다.

그 순간 줄리를 보았다. 그녀는 속도를 줄이고 '잘한다, 니타!'라고 적힌 팻말을 가리켰다. 친구 크리스타와 그녀의 아들 타일러가 들고 있는 팻말이었다. 크리스타는 2년 반 전 내게 처음으로 경주 참가를 제안했었다. 눈물을 펑펑 쏟으며 그녀에게 키스를 날리는 사이 줄리가 나를 따라왔다. 경주 내내 나는 꾹꾹 참으며 하이파이브도, 환호도 하지 않고 소리도 별로 지르지 않으면서 감정 소모를 줄이고 힘을 아꼈다. 이제 고함을 치고 눈물을 훌쩍이며 그 찬란한 결승선을 향해 달려갔다.

선을 넘는 순간 줄리는 주먹을 들어 올렸고 나는 양손으로 승리 표시를 했다. 누군가 분홍 모자를 쓰고 있는 내 뒤통수와 공중에 휘날리는 줄리의 말총머리를 사진에 담았다. 자원봉사자들이 목에 메달을 걸어주고 물 한 병씩을 내주었다.

그때 눈물을 줄줄 흘리고 있는 에드를 보았다. 그는 결승선 풍선 안쪽으로 몰래 들어와 있었다. 나는 그를 얼싸안고 펑펑 울었다. 포옹을 풀고 싶지 않았다. 해냈다! 빌어먹을 마라톤을 완주했다!

에드를 놓아주었다. 자원봉사자들에게 감사를 표시한 다음 줄리와 맥퍼슨 코먼스 공원의 끔찍한 계단을 올라가 간식 가방을 찾아왔다. 내가 원하는 것은 초콜릿 우유뿐이었다. 언니가 달려와서 나를 얼싸안았다. 아직 달리고 있는 우리 친구들이 걱정이라는 줄리와 함께, 결승선으로 들어오는 그들을 보기 위해 관람석으로 향했다. 줄리는 개인 기록을 세웠다. 우리는 그 먼 거리를 달리고도 동네 한 바퀴를 달린 마냥 쌩쌩해 보이는 제니퍼를 보고 환호성을 질렀다. 줄리는 제니퍼와 이야기하러 가고, 나는 짐과 스티븐이 들어올 때까지 기다렸다. 걷기조차 쉽지 않았지만 그들을 열렬히 맞아주고 싶어서 남은 힘을 짜내 울타리까지 뒤뚱뒤뚱 움직였다.

늘 그렇듯 과묵한 스티븐은 풀 마라톤은 자신에게 무리였다는 말을 반복했다. 그는 하프를 선호했다. "이번에 교훈을 얻었으니 다행이죠." 그가 말했다. 며칠 후, 그는 아내와 함께 이듬해 가을에 열릴 시카고 마라톤 출전 계획을 세웠다. 제니퍼와 나는 우리 이름이 적힌 MIT 현수막 앞에서 사진을 찍었다. "마라톤은 이번 한 번으로 끝이에요!" 그녀가 선언했다. 하지만 다음 시즌에는 26.2 스티커가 낡아 보여서 싫다고 하겠지.

스티븐과 제니퍼처럼 풀코스를 두 번 다시 달리고 싶지 않았다. 에드에게 의견을 물었더니 "지금 단정하기에는 너무 이르다"라고 했다. 더없이 현명한 대답이었다. 당장 화요일부터 다음에는 어느 마라톤 대회에 나갈지 고민하기 시작했으니까. 우승자는 킬로당 5분 19초의 속도로 2시간 19분 3초 만에 풀코스를 마친 러너였다. 나는 14분 41초의 속도로 6시간 24분 51초의 기록을 세웠다. 내 가민 시계도 똑같은 시간을 표시했다. 구입 이래 이렇게 정확하기는 처음이었다.

에드와 나는 차까지 걸어갔다. 차에 타기가 몹시 고통스러웠다. 하지만 한 발짝이라도 더 뛰거나 걷지 않아도 된다는 것이 얼마나 좋던지! 집에 와서 얼음 목욕을 한 후 뜨거운 물로 샤워했다. 모건의 목에 메달을 걸어줬더니 귀찮아했다. 나는 낮잠도 자지 않았다.

그날 저녁, 우리 러닝 그룹 회원들은 대회 셔츠 차림에 메달을 목에 걸고 술집에서 식사를 하며 경주를 되짚었다. 빠른 주자 그룹이 에드와 나를 대화에 끼워주었다. 같은 테이블에 앉아 있던 키 큰 근육질 남자 켄은 보스턴 마라톤에 출전한 적이 있었다. 보스턴에 나간 그와 첫 '풀코스'를 달린 나 중에 누가 더 자랑스러울지는 알 수 없었다. 그를 비롯한 숙련된 러너들은 나를 무척 배려했다. 다리가 아프고 몸은 녹초가 되었다. 그냥 집에서 쉴 수도 있었지만 러너들과 함께 시간을 보내고 싶었다. 마라톤 완주가 대단한 성취라는 것은 누구나 알지만 직접 뛰어보기 전까지는 진심으로 이해할 수 없다. 우리는 달릴 때 느끼는 감정의 굴곡에 대해 의견을 나눴다. 나는 줄리에게 정신적으로 매달린 이야기, 줄리가 나를 달래 공황 발작에서 벗어나게 한 이야기를 했다. 우리의 강박감을 소재로 실컷 웃고 승리를 경축했다. 죽은 러너의 사회도 그날 오후 늦게 모임을 가졌지만 나는 1년 내내 같이 훈련한 MIT와 함께하는 쪽을 택했다. 결국 정확히 내가 있어야 할 곳을 찾은 셈이다.

울고
싶을 때마다
한 발씩
내디뎠다

마라톤이 끝난 후 월요일, 아파서 집에 누워 있는 에드를 위해 즉석 치킨 수프와 따뜻한 차를 만들며 없는 솜씨를 발휘했다. 하루 종일 야외에서 내가 뛰는 것을 지켜보느라 그의 감기가 심해졌다. 그가 잠든 틈을 타 마사지를 받으러 갔다. 조용히 있을 작정이었지만 마사지사가 경주에 대해 묻자 참지 못하고 70분 내내 떠들었다.

마사지가 끝나고 프런트러너로 차를 몰았다. 메달을 가져온 사람에게 26.2 스티커를 주는 곳이었다. 5킬로도 달리기 전에 친구의 차 뒤편에 붙어 있던 스티커를 탐낸 기억을 떠올렸다. 스티커가 갖고 싶다는 말을 하면서 나는 그의 얼굴을 차마 바라보지 못하고 땅만 내려다보았다. 그는 착한 청년이었다. 자신의 어머니뻘인 내게 "꾸준히 달리면 머잖아 완주하실 거예요"라고 말해주었다.

프런트러너 직원이 축하해주었지만, 말투는 무덤덤했다. 그곳 직원들과 고객들은 마라톤에서 나보다 훨씬 좋은 기록을 내는 사람들일 거라 짐작했다. 경주에서 쌓인 피로감과 경주가 끝난 후의 무료함으로 나는 침울해졌다.

집에 돌아와서 자동차 후면 유리를 닦아 26.2 스티커를 붙일 명예의 장소를 마련했다. 지난해에 획득한 13.1 스티커 맞은편인 오른쪽 상단이었다. 차에 스티커를 붙이고 다니던 그 친구에게 나도 스티커를 획득했다고 자랑하고 싶었지만 소식이 끊긴 지 오래였다. 그가 옳았다. 꾸준히 달렸더니 결국 스티커를 손에 넣었다.

화요일, 경주 후의 울적한 기분이 조금 나아졌다. 평소 두려움을 좀처럼 드러내지 않는 에드는 내가 본격적인 우울 모드로 진입할까 봐 눈에 띄게 걱정했다. 그는 내가 대회 후의 소강상태에서 허우적대는 모습을 익히 봐왔지만 마라톤은 높은 산과 같아서 그 골짜기가 한없이 깊을 수도 있었다.

달리기는 약물과 상담 치료만큼이나 내 정신 건강을 지키는 데 중요한 역할을 했다. 낮잠 빈도를 줄였고, 자존감을 키웠고, 책임감을 높였고, 정신과의사가 약물을 늘리거나 바꾸는 것을 막았고, 병원을 멀리하게 했지만 나를 완전히 치료하지는 못했다. 경주 후에는 지독한 우울증이 찾아왔다. 가장 흔히 쓰이는 경기 후 우울증 치료법을 적용해 콜럼버스 터키 트롯에 참가 신청을 했다. 덕분에 새 목표가 생겼지만 울적한 기분은 물러가지 않았다.

대회 날 에드, 친구들, 가족 모두가 나를 지지했다. 출발할 때, 코스 위에 있을 때, 경기장에 들어올 때, 결승선을 넘을 때, 팻말, 함성, 포옹으로 응원해줬다. 하지만 그들의 사랑이 땀처럼 내게 달라붙어 있는 것은 아니었다. 모건과 단둘이 집에 있으며 나는 상실감을 느꼈다. 메달과 기념품 셔츠로도 충분치 않았다.

48시간 만에 경주는 흐릿해졌다. 글에 담으려고 애썼지만 기억이 희미해지고 있었다. 사람들은 "기분 최고겠어요"라며 인사치레를 했다. 나도 큰 기쁨과 성취감을 기대했다. 하지만 슬프고, 피곤하고, 짜증 나고, 아팠다. 완주만 하면 더 바랄 게 없을 줄 알았는데 별로 좋지 못한 기록이 아쉬웠다. 막판에 그렇게 힘이 빠진 것도 못마땅했다.

게다가 어머니, 아버지, 제이미가 그리웠다. 분명 나를 자랑스러워할 테지만, 그들이 내 곁에 없다는 생각에 마음이 뻥 뚫린 기분이었다. 10킬로를 선호한다던 조니 삼촌이 축하 이메일을 보내왔다. 그에게 고마웠지만, 남들이 내가 마땅히 느껴야 한다고 여기는 감정을 경험하지 못해서 슬펐다.

무엇을 해야 할지 몰라 서재에 앉아 모건만 바라보았다. 녀석은 자신과 함께 달리지 않았다고 뽀로통했다. 반짝이는 메달에도 관심이 없었다. 모건은 모든 훈련을 나와 함께했다. 그 대가가 뭐냐고? 나는 애써 설명했다. 내가 말을 끝내기도 전에 녀석은 코를 골았다.

다리가 아프지 않았다면 경주가 없었던 일처럼 느껴졌을지도 모른다. 나 자신의 성취를 까내리는 것은 오랜 습관이었다. 축하의 말을 건네는 사람에게 '충분히 잘하지 못했다'는 뜻으로 "별거 아니에요"라고 대답했다. 자랑스러울 일이 아니라는 뜻이다. 화요일 오후쯤에는 칭찬과 포옹, 환호와 지지가 기억에서 빠져나갔다. 남들의 칭찬이 필요해서가 아니라 기억을 소유하고 메달을 내 것으로 만들기 위해 그것들을 되살려야 했다. 마라톤을 완주했으니 자부심을 가질 필요가 있었다.

달리기에서 배운 점이 있다면 바로 상황을 바꾸는 방법이다. 나가기가 두려웠던 적이 한두 번이 아니지만 결국에는 잘 나왔다 싶었다. 길을 잃을까 걱정했던 적도 한두 번이 아니지만 결국 길에서 발견한 새로운 풍경에 황홀했다. 꼭두새벽에 일어나면서 투덜거린 적도 한두 번이 아니지만 결국에는 동료들과 함께 웃었다. 이번도 다르지 않았다. 내가 어떻게 대응하냐에 따라 침울함은 사라질 수도 있다.

메달을 꺼내고 대회 셔츠를 집었다. 그것들을 쥐고 있으면 힘이 났다. 나는 셔츠로 갈아입고 메달을 목에 건 뒤 그 위에 폴라 플리스 재킷을 입었다.

차를 타고 단골 커피숍으로 향했다. 커피숍 주인이자 워터셰드라는 밴드의 리드 싱어인 콜린은 주문받는 것도 미루고 메달을 찬찬히 감상했다. 손님 중에도 메달을 궁금해하는 사람들이 있었다.

다음으로는 친구들이 일하는 인근 식료품점으로 차를 몰았다. 그들에게 메달을 보여주며 잔뜩 우쭐해졌다. 모두들 축하

한다며 나를 안아주었다. 커피를 로스팅하는 팀이 나를 놀렸다. "목에 힘이 너무 들어간 거 아니에요?" 나는 웃음을 터뜨렸다. "뭐 이 정도 갖고 그래요. 앞으로는 목에 깁스도 하고 다닐 건데!" 몇몇 고객도 내게 축하 인사를 건넸다. 대회 당일과 달리 이날은 그들의 칭찬을 기쁘게 받아들일 수 있었다. 가슴이 벅차고 슬픔은 사라졌다. 나는 영광을 만끽했다.

그날 저녁에는 치료 모임에 메달을 걸고 가서 포옹, 칭찬, 축하를 받아들였다. "겸손함은 길에서 잃어버렸어요!" 내가 너스레를 떨었다. 한 친구가 내게 26.2가 적힌 머그컵과 핑크색 양말 한 켤레를 선물했다. 발바닥에 '끝까지 간다!'라고 적혀 있었다. 훈훈한 감각이 온몸을 가득 채웠다. 내게는 이렇게 뒤늦은 축하가 절실했다. 누군가 보낸 때늦은 생일 카드가 도착한 듯 파티는 연장되었다. 눈물이 왈칵 쏟아질 것 같았다. 내가 마라토너라니!

마라톤은 사흘에 걸친 오하이오 변호사 자격시험을 연상시켰다. 첫날은 서술형, 둘째 날은 객관식, 셋째 날은 다시 서술형이다. 셋째 날의 마지막 절반을 남긴 시점에서 실패하는 사람이 무더기로 나온다. 그들은 포기하거나, 긴장을 놓거나, 지쳐서 나가떨어진다. 사람들은 내게 시험에 대비해 페이스를 조절하라고 조언했다. 각 문제에 소비하는 시간과 에너지를 잘 분

배하라는 것이었다. 나는 셋째 날 오후에 긴장 상태를 최대한 유지하기 위해 그 조언을 따랐다. 그 전략이 먹혀든 덕분에 시험에 통과했다. 마라톤도 마찬가지였다. 마지막 몇 킬로가 나를 괴롭혔지만 포기시키지는 못했다.

경기가 끝나고 며칠간 사람들에게서 이런 말을 들었다. "인생을 바꾸는 경험을 하셨네요!" 돌이켜 보니 풀 마라톤의 결승선을 넘는 것은 최고의 경험 이상이었다. 비슷한 경험은 이미 여러 번 했다. 변호사 시험에 합격한 날. 에드가 청혼한 날. 우리의 결혼식 날. 첫 5킬로를 완주한 날. 모두 황홀한 날들이었다. 하지만 사실 그런 사건들이 인생을 바꾸는 것은 아니다. 인생을 바꾸는 것은 일생일대 사건의 전과 후에 하루하루를 살아가는 과정이다. 치열한 경주의 순간은 기억 깊이 각인된다. 줄리와 제니퍼를 따라잡은 순간. 결승선을 발견한 순간. 에드를 부둥켜안던 순간. 하지만 그 순간들이 나를 바꾸어놓은 것은 아니다.

최고의 순간들은 모두 훈련의 산물이다. 단 하루가 아니라 한 계절 내내, 하지 않아도 되는 온갖 이유를 무릅쓰고 일정에 따라 움직여서 얻은 성과다. 몇 번이고 신발 끈을 묶고 문을 밀어낸 결과물이다. 새벽 4시 반에 일어나 두 자릿수 거리를 달렸다. 몸이 튼튼해지고 피부밑에 근육이 생기는 과정을 지켜보았다. 훈련을 처음 시작할 때 아무것도 몰랐던 나는 이렇게 생각했다. "별거 아니야. 그냥 한쪽 발을 다른 발 앞에 놓으면 돼!" 얄궂게도 그 방법이 옳았다. 한 주 한 주, 한 마일 한 마일, 한 발을 다른 발 앞에 놓는 것. 길을 벗어나지 않은 것만으로도 내 삶은 바뀌었다.

대회 공식 사진이 나왔다는 이메일을 받고 눈이 빠지게 사진을 훑어봤다. 출발점에서 추위에 떨며 서 있는 우리. 다양한 거리 표지판 앞에 서 있는 우리. 무사히 결승선에 도착한 우리.

사진 속의 내가 뒤꿈치로 지면을 디디지 않는 것을 보고 곤히 잠든 모건을 깨울 만큼 요란하게 환호했다. 일부 사진에서는 무릎을 너무 굽히거나 허리를 너무 숙였지만 어쨌든 발 가운데로 착지하고 있었다! 계속 발꿈치를 디뎠다면 경주 후 통증이 더 심했을 거다. 치러닝, 좋은 자세 달리기, 자연스러운 자세로 달리기, 포즈 운동법, 자세에 집중하기 연습으로 효과를 보았다. 경주 도중에는 몰랐다. 그저 죽지 않으려고 최선을 다했을 뿐. 하지만 사진이 증거였다. 내 자세가 고쳐진 것이다.

다시 사진을 스크롤하며 몇 장을 고르던 나는 깔깔 웃다가 그냥 전부 다 구입했다. 대회 기념 CD는 내가 무엇을 해냈는지 잊었을 때 생생한 증거가 되어줄 것이다. 벡슬리에서 뒤꿈치로 착지하지 않는 나. 독일 마을에서 미소 짓는 나. 오하이오 경기장에서 환하게 웃는 나. 닐 애비뉴에서 찡그린 나. 머릿속 목소리가 절대 못할 거라고 저주했던 마라톤을 하는 나.

엉덩이와 무릎 통증은 경주가 끝나고도 몇 주나 이어졌지만 수년간의 훈련 덕분에 쑤시고 아픈 감각도 2년여 전과는 달랐다. 커다랗게 붓던 발목은 무릎과 엉덩이의 미미한 아픔으로 나타났다. 고통을 무릅쓰고 계속 달린 것이 변화를 가져왔다. 나는 그 통증을 무시하지 않았지만 거기에 굴복하지도 않았다. 내 다리를 째고 수술해야 한다는 발목 전문의나 달리는 횟수를 제한해야 한다던 1차 진료의의 말은 듣지 않았다. 차라리 다른 해결책을 찾았다. 에고스큐와 스트레칭을 하고, 달리는 법을 바꾸고, 러닝화도 바꾸었다. 남은 평생 계속 달리고 싶다는 욕구 때문에 안 해본 시도가 없었다.

나더러 집착이나 중독이라던 사람도 적지 않다. 내 정신 건강이 개선되었다는 점을 감안하면 건강한 집착이라고 말하고 싶다. 내가 몸을 망가뜨린다고 생각하는 사람도 있었다. "그러다가 무릎이랑 관절 상해요. 의사도 그만두라고 할걸요." 너무 늦었다! 의사는 이미 그만두라고 했다. 내가 순진하거나 멍청하다고 생각하지도 않는다. '달리려는' 사람들과 함께하는 걸로 충분했다.

내가 시도했던 것들에 부상을 입는 사람들도 있다. 나는 내가 운이 좋았다고 생각하지만 나 자신을 대상으로 한 시험은 아직 충분치 않다. '우리 각자가 실험 대상'이라는 말은 죽은 러너의 사회에서 처음 들었다. 다른 사람들도 그 말을 증명해주었다. 앞으로 20년 후에도 달리기를 계속하고 있다면 비로소 내 의견을 말할 수 있을 것이다. 그때까지는 입을 다물고 감사하면서 지낼 작정이다.

마라톤 직후에 스케일링을 받았다. 치위생사도 아이들을 쫓아다니느라 자주 달린다고 했다. 그녀는 마라톤에 대해 묻고 부상과 통증에 대한 조언을 구했다. 나는 에고스큐, 달리기 자세, 러닝화 관련 정보를 공유했다. 우리는 휴일, 스트레칭, 훈련 계획에 대한 이야기도 나눴다. 고개를 끄덕이는 그녀를 보니 내가 제법 안다는 생각이 들었다. 나는 진짜 러너니까.

이 무렵, 나는 달리기의 치유력을 굳게 믿었고 만나는 사람 누구에게나 내 모험에 대해 이야기했다. 집을 나서는 것도 힘들어하던 내가 낯선 사람들이 잔뜩 모이는 큰 행사에 정기적으로 참가하는 이로 거듭났다. 길 위에 혼자 있는 시간은 명상, 반성의 시간, 통찰의 수단이 되었다. 여러 사람과 함께 달리면서도 위축되지 않고 사교적인 사람이 될 수 있음을 깨달았다. '한밤중'에 일어나야 하더라도 컨디션에 관계없이 훈련에 참가하는 열정을 배웠다. 두려움에 맞서다 보니 부족했던 자존감도 생겼다. 소파에 홀로 웅크리고 앉아 성과를 자랑하는 친구의 소셜미디어 게시물을 부러워하던 시절은 끝났다. 나는 그들의 대열에 동참했고 그것을 증명할 튼튼한 다리를 갖게 되었다.

달리기가 몸과 마음을 긍정적으로 바꿔준 덕분에 나의 기쁨을 열정적으로 나눌 수 있었다.

경주 후 수요일, 대회 이후 처음으로 모건을 데리고 달렸다. 끊임없이 짖어대는 케이스혼트를 데리고 고양이를 거느린 원 피스 차림의 여자가 산책하고 있었다. 도나 협곡에서는 인부들이 아직도 하수관을 수리하고 있었다. 집배원 짐은 모건에게 과자를 주었고, 치와와들은 작은 치어리더들처럼 창문 앞에서 폴짝폴짝 뛰었다. 비가 그치고 날이 쨍쨍해지자 이웃집 잔디밭은 평소보다 싱싱하고 푸르렀다. 때때로 부담스럽게 느껴지던 페어링턴 언덕을 오르는 것조차 즐거웠다. 느리고 편안하게. 길을 따라 내려올 때는 눈물에 목이 메었다. 내가 마라톤을 완주하다니!

이제는 다시 훈련 생각을 하게 되었다. MIT 공식 풀 마라톤 16주 훈련 일정을 마쳤지만 나의 실제 훈련은 2010년 3월에 시작되었다. 면직 옷을 입고 무거운 트레킹화를 신고 주방 타이머를 들고 개를 데리고 집 밖으로 나가 60초를 달린 그날에. 고등학교 친구 킴의 게시물과 런던에 사는 친구 피오나가 러닝화를 샀다는 소식을 알린 이메일을 기억했다. 울트라마라토너 웬디가 달리기 이야기를 들려주던 순간을 생각했다. 비록 지금과 달리 건강한 동기는 아니었지만 30대 초반에 시도했던 달리기도 떠올렸다. 나는 10년마다 풀 마라톤 훈련을 시도한 셈이다.

정신 수련에 대해서도 다시 생각해보았다. 나는 오랜 시간 글쓰기 수련과 명상, 수천 번의 치료 모임에 의지했다. 20년이 넘는 세월 동안 머릿속 목소리를 이겨내고 내 앞에 닥친 일에 몰두하고 무언가에 집중하는 법을 배웠다. 손을 계속 움직여라. 어떤 상황에서든 계속하라. 실수하거나 어리석게 보이는 것을 두려워하지 말라. 옷을 갖춰 입고 필요한 자리에 나타나라. 현재에 충실하라. 포기하지 말라. 이런 중요한 교훈들을 발판 삼아 훈련과 경주를 감당할 마음의 준비를 했다.

훌륭한 달리기 커뮤니티도 빠뜨릴 수 없다. 러닝 그룹과 함께한 주말 장거리 달리기는 큰 재미와 의미가 있었다. MIT와 동료들, 코스에 준비된 물, 풍경의 변화, 즐거운 대화에 대한 고마움이 마음을 가득 채웠다.

길거리와 트레일에서 오랜 시간을 보내는 동안 나를 격려해주고 우리 가정을 지켜준, 듬직하고 사랑스러운 에드를 생각했다. 그런 복덩이가 어쩌다 내게 굴러 들어왔는지 신기하다.

하지만 벌거벗은 진실은 모건과 함께 달린 그날 아침에 드러났다. 훈련의 노른자위는 바로 이런 달리기다. 우리 동네를 도는 평일 달리기, 나, 모건, 시계, 그리고 길. 푹푹 찌는 날씨에도 내가 마실 물 두 병과 모건의 물 한 병을 챙겨 바로 이 거리를 달렸다. 눈이 펑펑 내리고 비가 억수같이 쏟아지는 날에도 내가 젤을 먹거나 모건이 지퍼백에 담긴 사료를 먹을 때만 멈췄다. 이웃집 비글과 치와와가 미울 때도 좋을 때도 있었지만 동네에는 우리를 격려하는 사람도, 축하 팡파르도 없었다. 딱 붙어서 함께 달릴 줄리도 없었다. 우리 소지품을 옮겨줄 르돈도 없었다. 에드나 에이미 언니나 응원을 해줄 어떤 사람도 없었다. 악단도, 박람회도, 메달도 없었다. 키다리 제프도, 켈리나 스티븐도 없고 달린 후의 초콜릿 우유나 베이글도 없었다.

그런 평범한 나날에 동네에서 홀로 한 발 한 발을 내디뎠다.

그렇게 간단한 일이었다. 쉽지는 않지만 복잡하지도 않았다. 다시 학교를 다니거나 먼 곳으로 이사하는 등 다른 목표 달성 방법과 다를 바 없었다. 코앞에 닥친 과제를 해내면 결실을 맺을 수 있다. 노력을 기울이면 대개 성과를 얻는다. 만성 우울증, 조울증, 불안 장애, 건강 염려증에 시달리고, 발목도 부실한 과체중의 50살 아줌마가 할 수 있다면 누구나 할 수 있다.

발은 가볍고 걸음은 편안하고 발 전환은 재빨랐다. 꿈속에서처럼 날아가는 기분이었다!

여러 달이 흘렀다. 마라톤을 했던 기억이 꿈처럼 아득해졌다. 두 번째 풀코스 훈련을 시작하고 싶었다. 한편으로는 첫 마라톤 완주가 요행은 아니었을지 두려웠다.

경주 10개월 뒤의 후덥지근한 8월 아침, 개를 데리고 다시 한번 동네를 달리고 있었다. "어쩌지?" 나는 풀코스에 또 한 번 도전하는 게 어떨지 모건에게 물었다. 녀석이 고개를 끄덕인 건지 귀에서 벌레를 턴 건지 애매했다. 그날 저녁을 먹으며 에드에게 다시 물었다. 처음에 그는 껄껄 웃었다. "얼마나 힘들었는지 벌써 잊었구나." 하지만 내 진지한 표정을 보더니 내 손 위에 손을 얹으며 말했다. "다시 해낼 수 있을 거야."

며칠 후 줄리에게서 2013년 콜럼버스 마라톤 신청자 수가 역대급이라는 문자를 받았다. 나는 발치에 누워 있는 모건을 보았다. "네 생각은 어때, 분홍아?" 녀석은 귀를 쫑긋 세우고 눈을 반짝였다. 고개를 쳐드는 모건을 보고 인터넷에서 참가 신청을 했다.

첫 마라톤 완주는 요행이 **아니**었다. 나는 두 번째 마라톤에 출전했고 몇 년 후에는 세 번째 마라톤에 도전했다. 혹시 내가 완성하지 못한 책들을 기억하는가? 음, 당신은 지금 내 자랑이자 기쁨을 손에 들고 있다. 이 책 도입부의 '일러두기'에 쓴 문장을 반복하겠다. "상황은 사람마다 다르다." 나는 내게 맞는 방식이 무엇인지 깨달았다. 당신에게는 어떤 방식이 맞는지 알 수 없다. 그러니 자기만의 이야기를 만들어야 한다. 내게 큰 도움이 되었던 몇 가지 참고 자료를 소개한다.

글쓰기에 관한 책

베스트셀러 작가 나탈리 골드버그의 『뼛속까지 내려가서 써라』는 나를 탄탄한 글쓰기의 길로 인도했다. 항상 내 책장을 지키는 다른 글쓰기 책으로는 앤 라모트의 『쓰기의 감각』, 애니 딜러드의 『작가살이』, 브렌다 유랜드의 『글을 쓰고 싶다면』, 비비언 고닉의 『상황과 이야기The Situation and the Story』가 있다. 하지만 작가가 이야기를 창조하는 방식에 유념하여 꼼꼼히 독서를 하는 것이 최선이다. 책 속에서 자기만의 '스승'을 찾을 수 있다.

명상에 관한 책

구나라타나 스님의 『가장 손쉬운 깨달음의 길, 위빠사나 명상』은 지금까지도 내가 가장 좋아하는 책이다. "왜 굳이 명상을 하는가?"라는 질문에 대한 대답으로 시작하기 때문이다. 읽고 또 읽은 다른 책으로 오이겐 헤리겔의 『마음을 쏘다, 활』, 션 머피의 『일조일석One Bird, One Stone』, 존 카밧진의 『왜 마음챙김 명상인가』, 샬럿 조코 벡의 『가만히 앉다』, 신젠 영의 『깨달음의 과학The Science of Enlightenment』 등이 있다. Shinzen.org 에서 녹음 파일도 받을 수도 있다. 한때 에드와 나는 신젠의 강의 테이프를 100개도 넘게 갖고 있었다. 차 안에서 즐겨 들었기에 카세트 플레이어가 없는 차로 바꾼 날 무척 슬펐다.

달리기에 관한 책

크리스토퍼 맥두걸의 『본 투 런』을 읽지 않았다면 지금 당장 사길 바란다. 오디오 버전도 좋다. 책이 끝나는 것이 아쉬울 것이다. 대니 드라이어의 『치러닝ChiRunning』, 로라 힐렌브랜드의 『언브로큰』, 존 L. 파커 주니어의 『한번 러너는Once a Runner』(『생초보를 위한 심박수 훈련Heart Rate Training for the Compleate Idiot』을 비롯해 그의 책은 버릴 것이 없다), 대니 앱셔의 『내추럴 러닝Natural Running』, 니컬러스 로마노프의 『달리기의 자세The Pose Method of Running』, 데이비드 A. 휘트셋, 포레스트 앨런 돌제너, 탄잘라 마본 콜의 『마라톤 풀코스 16주 완주 프로그램』도 도움이 되거나 영감을 주었다. 스콧 더글러스의 『나는 달리기로 마음의 병을 고쳤다』는 내 경험을 과학으로 증명한다. 달리기 책을 펼치면 당장 밖으로 나가고 싶어진다.

원 굿 이어버드

나는 숲길에서 이어버드를 끼고 달리지 않는다. 당신도 기억하겠지만 조경사 옆을 지나가다가 소리를 듣지 못해 모건과 차에 치일 뻔한 적이 있어서다. 하지만 꼭 듣고 싶을 때는 원 굿 이어버드를 착용한다. 이름 그대로다. 원래 한쪽으로 나온 이어버드. 사고로 죽는 것을 막아준다.

달리기 영화

특히 다른 러너들과 함께 달리기 영화를 보면 큰 영감을 얻을 수 있다. 〈스피릿 오브 더 마라톤〉, 〈불의 전차〉, 〈러닝 온 더 선Running on the Sun〉, 〈마이 런My Run〉, 〈더 롱 런 The Long Run〉 등이 가장 좋았지만 그 밖에도 훌륭한 영화는 얼마든지 있다.

다이어트

역시 개인의 상황에 따라 다르다. 다이어트와 관련한 유일한 진리는 아무리 열심히 달려도 식욕을 절제하지 않으면 소용없다는 거다. 에드와 나는 유행하는 다이어트 중에 시도하지 않은 것이 없다. 이 책에서 다루는 대부분의 기간에 나는 티모시 페리스의 『포 아워 바디』(이웃 주민이자 친구인 울트라러너 루크의 추천 도서)의 '느린 탄수화물 다이어트'를 따랐다. 살이 빠졌고 한동안 그 상태를 유지했지만 콩 한쪽만 봐도 신물이 나서 그만두었다. 이제 나는 수지 오바크의 『먹는 것에 관하여On Eating』에 소개된 원칙을 따른다. 체중이 다시 늘었지만 음식에 좀 더 유의하게 되었고 식탐이 줄어든 기분이다.

좋은 자세 달리기

혹시 가까운 러닝용품 매장에서 뉴발란스가 주최하는 '좋은 자세 달리기' 강의가 개설되면 참가하길 바란다. 온라인 자료도 있다. 나는 치러닝의 기초를 알고 있으며 수업을 듣기 전에 자세에 대한 책도 많이 읽었지만, '좋은 자세 달리기'는 자세의 개념을 단시간에 이해하고 이미 아는 지식을 다지는 데 도움이 되었다.

에고스큐 운동법과 능동적 고립 스트레칭

수년 전 에드가 알려준 에고스큐가 내 인생을 바꾸었다. 더 이상 요통으로 몇 주나 소파에 누워 있지 않는다. 지금도 날마다 몇 번씩 '이사이즈', 특히 '중력 이용하기'와 '등 고정하기'를 한다. 루크(앞서 언급한 울트라마라토너)는 내게 '능동적 고립 스트레칭'을 소개했다. 그것도 매일 실시한다. 이사이즈는 스트레칭이 아니라 자세와 동작이기 때문에 에고스큐는 식은 근육에 효과가 있다. 능동적 고립 스트레칭은 정적인 스트레칭이 아니다. 연구에 따르면 정적 스트레칭은 식은 근육에 무리를 줄 수 있다.

경로 확인, 달리기 일지, 장비 연동 추적 앱

이 분야에 처음 입문했을 때 맵마이런MapMyRun 이 쓸 만하다고 느꼈다. 지금도 쓰고 있지만 이제 나도 늙었다. 현재는 스트라바Strava 가 최고다. 아마 이것 이후로도 새로운 게 나왔을 거다. 가민 커넥트Garmin Connect도 꾸준히 쓰고 있다. 경로를 정하는 데 큰 도움은 안 되지만 데이터를 정밀하게 추적한다. 이 세 가지를 다 쓰고 있지만 맵마이런이 가장 익숙하다.

훈련 계획

처음에 모건과 나는 coolrunnning.com의 '카우치 투 5킬로Couch to 5k'* 프로그램에 따라 훈련을 시작했다. 당시에는 웹사이트에서 훈련 계획을 확인할 수 있었지만 이제는 앱이 나왔다. MIT에 가입한 이후로는 그곳에서 제공하는 훈련 일정을 따랐다. 최근에 나는 올림픽 선수 제프 갤러웨이의 일정을 따르기 시작했다. 훈련 일정들을 비교해 자신에게 맞는 것을 찾아보자.

시계

처음에는 주방 타이머로 시작했다. 웃기지만 내게 꽤 유용했다. 다음에는 타이멕스 아이언맨으로 갈아탔다가 현재는 세 번째 가민 포러너를 쓰고 있다. 데이터, 벨소리, 호루라기 소리가 마음에 든다. 나는 내 심박수와 페이스, 인터벌, 케이던스, (그게 뭔지는 몰라도) 수직 진폭, 수직 비율이 궁금하다. 대부분 알 필요도 없고 무슨 의미인지도 모를 정보지만 그래도 알고 싶다! 시

• 소파에서 시작해 9주 만에 5킬로를 달리도록 짜여진 초보자를 위한 달리기 일정 프로그램.

계 없이 달리는 사람도 있지만 나는 그럴 수 없다.

메트로놈

세이코 DM51 클립형을 좋아한다. 덕분에 내 케이던스를 파악하고 늘리기가 훨씬 간단해졌다. 요즘은 메트로놈 기능이 있는 시계도 나온다.

러닝화

플리트 피트 같은 괜찮은 러닝용품 매장에 가서 한번 신어보자. 평소에 신는 것보다 훨씬 큰 사이즈를 권하더라도 판매원을 믿어야 한다. 달리면 발이 붓기 때문이다. 처음 신고 달릴 때 신발에서 소리가 나거나 발이 아프다면 당장 환불받자. 그런 신발에 익숙해지긴 어렵고 안 맞는 신 때문에 물집이 잡히거나 피로골절이 생기는 일은 절대 없어야 한다. 판매원이 발의 회내니, 회외니 못 알아듣는 전문용어를 쓰면 그냥 그런가 보다 하면 된다. 권하는 것을 신어보되 항상 자신을 믿자. 몸으로 느끼는 법을 배우자. 나는 내 뉴턴이 마음에 든다.

무엇을 입을 것인가

오하이오 중부에서는 화요일에 11도여도 토요일엔 '체감 온도' 영하 14도인 영하 2도가 될 수 있다. 달릴 때 입을 옷을 정하는 게 예삿일이 아니다. 나는 《러너스 월드》의 '무엇을 입을까'와 dressmyrun.com 웹사이트를 애용한다. 추위를 많이 타는 편이라 보통 한 겹을 더 입지만 몸에 열이 많은 내 친구들은 한 겹을 덜 입는다. 역시 시행착오밖에 답이 없지만 순면은 반드시 피하자!

장거리 달리기 준비물

같이 달리는 사람들에게 들려줄 농담을 준비하거나 이야깃거리를 생각해두자. 변호사 생활을 할 때 법조계 유머를 '수집'해두었더니 상대방이 내가 아는 이야기를 꺼내면 결정적인 순간에 아는 척할 수 있었다. 우리 페이스 그룹 동료들은 괴롭겠지만 장거리 달리기를 할 때 그때 익힌 유머를 자주 꺼내놓는다. '얼간이 러너Dumb Runner' 뉴스레터도 구독한다. 《러너스 월드》 칼럼니스트였던 마크 레미가 얼마나 웃긴지 모른다. 그의 주간 뉴스레터에는 장거리 달리기를 하면서 토론할 수 있는 주제들도 소개된다. 요긴하게 써먹은 적이 몇 번 있다.

젤, 견과, 간식

6킬로 이상을 달릴 때는 간식을 챙긴다. 죽은 러너의 사회 회원 중에는 적어도 16킬로 이상 달릴 때만 젤을 준비한다는 사람도 있다. 나는 그렇게 강인하지도, 빠르지도 못하다. 전문가

들은 글리코겐을 보충하라고 조언한다. 나는 45분마다 클리프 샷을 복용하고 약간의 브라질너트와 마르코나아몬드(속껍질이 없는 것)를 먹는다. 16킬로 이상 달리면 '진짜' 음식을 먹어야 한다. 땅콩버터잼 샌드위치는 너무 번거롭다. 이제는 젤과 견과류 외에 땅콩버터 크래커를 먹는다. 달릴 때의 영양 보충 식품 역시 순전히 개인 취향이다. 자신에게 맞는 것을 찾되 실험은 훈련할 때 해봐야 경주 당일에 곤혹스럽지 않다.

스포츠 음료

죽은 러너의 사회에는 물만 마시며 마라톤을 뛰는 친구도 있었다. 게토레이가 경주 코스에 언제 처음 등장했는지는 몰라도 항상 있는 건 아니다. 그래도 장거리를 달리거나, 유난히 덥거나 추울 때는 게토레이를 마시는 것이 좋다. 양 극단의 기온에서는 쉽게 탈수되어 전해질이 고갈될 수 있다. 한동안 집에서 직접 '게토레이'를 만들기도 했는데 금방 물렸다. 이제는 스크래치 랩스 전해질 음료 분말을 이용한다. 이 분야는 나날이 발전하고 있다. 새로운 제품이 계속 나올 것이고 보스턴 마라톤 우승자가 그것을 마실 것이다. 당신도 마셔보길 바란다. 당신이 찾던 바로 그 음료일지도 모른다.

커뮤니티

나는 '극도로' 내향적인 사람이지만 뜻이 맞는 사람들을 찾는 것은 더없이 중요하다. 처음에는 펭귄과 죽은 러너의 사회, 다음에는 플리트 피트 매장에서 알게 된 MIT 달리기 동지를 만났다. 나탈리 골드버그의 글쓰기 워크숍에서 다른 작가 친구들도 만났다. 매년 11월 전국 소설 쓰기의 달(nanowrimo.org)에 참가하며 오하이오 중부의 여러 글쓰기 동아리에도 소속돼 있다. 명상 공동체를 '상가'라고 한다. 에드와 나는 갖가지 명상 모임과 수련회에 참석해 공동체를 찾았다. 필요한 동아리를 찾을 수 없다면 수업이나 모임에서 만난 사람들과 뜻을 모아 직접 조직해보자.

마지막 한마디

일단 시도해보자. 무엇이든지. 헬스장이 됐든 파쿠르Parkour•가 됐든 염소 요가가 됐든. 하이쿠, 우화, 회고록도 좋다. 참선이든 티베트 명상이든 지관止觀 명상이든 상관없다. 나의 경우 땀을 흘리고, 한 단락을 쓰고, 5분간 앉아 있는 작은 행동이 큰 차이를 만들었다. 당신도 그리되기를 바란다.

• 건물이나 지형지물 등을 이용하여 정해진 한 지점에서 다른 지점으로 이동하는 스포츠.

옮긴이 _ 김효정

글밥 아카데미 수료 후 현재 바른번역 소속 번역가로 활동하고 있다. 옮긴 책으로는 『더 키퍼』, 『나무 이야기』, 『어떻게 변화를 끌어낼 것인가?』, 『마음을 빼앗는 글쓰기 전략』, 『내가 하늘에서 떨어졌을 때』, 『채식 대 육식』, 『어른으로 살아갈 용기』, 『당신의 감정이 당신에게 말하는 것』, 『상황의 심리학』 등이 있고 계간지 《우먼카인드》와 《한국 스켑틱》 번역에 참여하고 있다.

울고 싶을 때마다
한 발씩 내디뎠다

2021년 4월 12일 초판 1쇄 인쇄
2021년 4월 20일 초판 1쇄 발행

지은이 | 니타 스위니
옮긴이 | 김효정

발행인 | 윤호권·박헌용
본부장 | 김경섭
책임편집 | 홍은선

발행처 | (주)시공사
출판등록 | 1989년 5월 10일(제3-248호)

주소 | 서울시 성동구 상원1길 22 7층(우편번호 04779)
전화 | 편집 02-2046-2897·마케팅 02-2046-2800
팩스 | 편집·마케팅 02-585-1755
홈페이지 | www.sigongsa.com

ISBN | 979-11-6579-530-6 03840